茅盾文学奖
获奖作品全集
典藏版
The Mao Dun Literature Prize

第二个太阳

刘白羽 著

人民文学出版社

图书在版编目(CIP)数据

第二个太阳/刘白羽著. —北京:人民文学出版社,2023(2024.9重印)
(茅盾文学奖获奖作品全集:典藏版)
ISBN 978-7-02-017685-4

Ⅰ.①第… Ⅱ.①刘… Ⅲ.①长篇小说—中国—当代 Ⅳ.①I247.5

中国版本图书馆 CIP 数据核字(2022)第 252144 号

责任编辑　薛子俊
责任印制　宋佳月

出版发行　人民文学出版社
社　　址　北京市朝内大街 166 号
邮政编码　100705

印　　刷　涿州市京南印刷厂
经　　销　全国新华书店等

字　　数　290 千字
开　　本　890 毫米×1290 毫米　1/32
印　　张　14
印　　数　11001-14000
版　　次　1987 年 11 月北京第 1 版
印　　次　2024 年 9 月第 4 次印刷

书　　号　978-7-02-017685-4
定　　价　59.00 元

如有印装质量问题,请与本社图书销售中心调换。电话:010-65233595

出版说明

一九八一年三月十四日,病中的中国作家协会主席茅盾致信作协书记处:"亲爱的同志们,为了繁荣长篇小说的创作,我将我的稿费二十五万元捐献给作协,作为设立一个长篇小说文艺奖金的基金,以奖励每年最优秀的长篇小说。我自知病将不起,我衷心地祝愿我国社会主义文学事业繁荣昌盛!"

茅盾文学奖遂成为中国当代文学的最高奖项。自一九八二年起,基本为四年一届。获奖作品反映了一九七七年以后长篇小说创作发展的轨迹和取得的成就,是卷帙浩繁的当代长篇小说文库中的翘楚之作,在读者中产生了广泛的、持续的影响。

人民文学出版社曾于一九九八年起出版"茅盾文学奖获奖书系",先后收入本社出版的获奖作品。二○○四年,在读者、作者、作者亲属和有关出版社的建议、推动与大力支持下,我们编辑出版了"茅盾文学奖获奖作品全集"。此后,伴随着茅盾文学奖评选的进程,我们陆续增补新获奖作品,力求完整呈现中国当代文学最高奖项的成果,使其持续成为读者心目中"茅奖"获奖作品的权威版本。现在,我们又推出"茅盾文学奖获奖作品全集(典藏版)",以满足广大读者和图书爱好者阅读、收藏的需求。

在"茅盾文学奖获奖作品全集(典藏版)"的编辑过程中,我社对所有作品进行了版式统一以及文字校勘;一些以部分卷册获奖的多卷本作品,则将整部作品收入。

感谢获奖作者、作者亲属和有关出版社,让我们共同努力,为当代长篇小说创作和出版做出自己的贡献,为广大读者提供更多的优秀作品。

人民文学出版社编辑部

目 录

序　曲		1
第 一 章	暴风雨中的急报	2
第 二 章	深沉的大地	18
第 三 章	情深如海	39
第 四 章	心潮澎湃	68
第 五 章	追索	86
第 六 章	两处茫茫皆不见	105
第 七 章	天穹的回响	132
第 八 章	钟声送走多少欢乐，多少哀愁	158
第 九 章	汉江月	179
第 十 章	山洪暴发	199
第十一章	夜露	220
第十二章	永生之门	246
第十三章	湖上风云	268
第十四章	启示	287
第十五章	火种	305

第十六章	惊雷骇电	317
第十七章	音讯杳然	334
第十八章	曙光在望	360
第十九章	英雄奏鸣曲	378
第二十章	微笑的太阳	407
尾　声		432

附录　病中答问　　　　　　　　434

突然间,我似乎看见白昼上又加上了白昼,仿佛万能的神用第二个太阳把天空装点起来。

——但丁

序　曲

　　无声的电波在太空中飞逝。亚细亚东方,在摇曳着苍莽长江、飞腾着汹涌黄河的中国大地上,中华民族正在凝聚着一个巨大的突变。这是死亡与新生、毁灭与创造、痛苦与欢乐交替的时刻,仿佛把亿万年的精力集结在这决定的一刻,形成一种迸发的爆力。不过,这时,太阳还沉没在黎明前的黑暗里:历史受着磨难、生命受着磨难、太阳受着磨难。谁要承受最初一线黎明的欣喜,谁就不得不先通过炼狱的熬煎。孕育才能诞生,呐喊才能前进,熔铸才能创造。谁能不说这一刻才是真正庄严、真正伟大的时刻呢?!无声的电波在太空中飞逝,它召唤未来,它召唤太阳。

第一章　暴风雨中的急报

一

一列火车向南疾驶。其中一节平板车上装载着一辆小吉普和一辆中型吉普。

兵团副司令秦震坐在小吉普司机旁边他的座位上。

雨水在风挡玻璃上狂泻奔流，

风把雨水旋进吉普车厢里面，

凉渗渗的大雨点扑在秦震的脸上，他的美式军大衣和微微敞开的军装上衣的领口，都淋湿了，雨水聚汇起来，顺着脖颈流注到胸膛上。

参谋、警卫员几次请他搬到后面中型吉普电台车上去，他却断然拒绝了。因为在这种历史转折关头，他宁愿在暴风雨里猛进。这不只由于他平生大部分时间都在风餐露宿中度过，一个军人之于大自然，就如同一个猎手之于大森林一样，不论怎样含辛茹苦，都已处之泰然。此时此刻，秦震还有一个特殊的、甚至隐秘的原因，就是这次解放北京之后，无数天南地北、相违多年的老战友骤然相见，高兴尽管高兴，可是由于岁月的销蚀，有些人彼此之间，一下不能相认了。秦震虽然面颊还是那样红润、眼光还是那样机敏，不过，仍然有人拍着他的肚子笑谑地说："你长得富态了！"这对四十几岁的人来说，委实来得太早了一点，可惜，事实如此，他的肚子已经无法掩饰地从军装下微微凸现出来了。一般人都说这是人生衰老的开端,可是秦震无论如何不肯承认这点。正由于这个缘故,当参谋、警卫员轮流劝说要他到中型吉普去躲风避雨,他摇手拒绝之后,唇边闪出一丝笑意,——他没有想笑,甚至连觉都没有觉得,但,他确确实实得意地笑了,"……一切都在不言中吧!"他挺直腰板,坐得更牢靠些,甚至将大衣领敞开,让暴风雨直接擂响他的胸膛,在他这非凡的神魄面前,暴风雨仿佛在惊奇地说:"啊!这是一个多么坚强、多么充满青春活力的人啊!"就像无数回闯过枪林弹雨,出生入死,赢得胜利一样,现在这北方大平原上粗犷凶暴的风雨里的疾驶狂奔,也给他带来无限壮志、无限豪情。

小吉普的帆布篷,给风兜得像一只巨鸟的翅膀,飞掀扑腾,发出呼喊一般哗哗啦啦的声响。

突然,车窗角上一个小电灯泡亮起来,发出微弱的光线。

秦震转过头,睁大眼睛:噢,是黄参谋。

黄参谋说了声:"首长,中央急报!"随即把一个装电报的小图囊递给他。

这种小图囊比一个小笔记本长一些、窄一些,上面装得有锁,里面装着电报。对秦震来说,自从当指挥员以来,这个东西对他那样亲昵、熟悉,又那样诡秘、生疏。它会带给他欣喜,也会带给他忧虑;它会带给他如期实现的愿望,也会带给他不可预知的悬念。现在,他接过它,沉吟了一下,一只手撩开大衣衣襟,从军装口袋里取出老花镜戴上。打开小皮包,手指灵活地从里面抽出一张电报纸,凑近灯光,看到上面写着:

秦震:

    探听黛娜下落,千方百计,设法营救。

周恩来

他的手微微颤抖了一下。

列车在急风暴雨中猛冲,听不清车轮辚辚,只觉得有成千上万种强烈的声音聚成一种轰鸣,震天撼地。

他的目光是微妙的,时而亢奋,时而忧郁,说明他内心急遽的变化。但最终,他的面容为一种明朗而庄严的神色所笼罩。他已经沉湎于深沉回想之中了,仿佛有一股潺潺暖流正在深深透入他的心窝。

二

这天白天,秦震还在北京。中午,得到中央军委办公厅通知,要他下午七时到北京饭店一楼东厅参加一个集会。既然是军委通知,这一定是一个重要的集会,可是他不无诧异地寻思:这样的会为什么让我去参加?为什么在我赶赴华中前线之前让我去参加这样一个会?……当然,他自己是无法回答这些问题的。这是他非常紧张忙碌的一天。自从前天晚上在野战军司令部领受任务之后,他已经一日一夜未曾合眼。由于面临巨大的历史转折,整个战局即将明朗公开,野战军领导决定派秦震立即赶赴华中前线,掌握前线部队、指挥前线部队,以应付随时可能发生的骤变。秦震故作轻松地说,"我是打前站的。"但是他确已感到在兵团司令到来之前,他肩上担负的担子是多么沉重。但作为一个老指挥员,他的全部生涯似乎就在不断承受重担中度过,而且担子愈重,愈唤出他那一往无前,全力以赴的英雄气概。凭借着临阵的快感及精心做好准备工作的经验,在这一日一夜中间,他和参谋长一道研究了南下作战的一切具体部署;和后勤部长共同设想了南下作战可能发生的供应困难。余下的时间还处理了一点私人的事情。比如给远在哈尔滨的妻子写了一封信,又去看望了几个预定要见的老战友,尽管他对战争即将发生的变化守口如瓶，但人们紧握他的双手时似乎都有预祝胜利之意。跟往常一样，当一个重担压在肩头时，他变得比任何时候都冷静、耐心、细密。这不只是一个老指挥员的丰富经验，而且已经成为他的一种自然本能。这时候如果需要一团爆炸的烈火，他也能亲自稳妥准确地点燃、引爆烈焰。每当这种时刻，他的面孔更显得红润，他的目光更显得机敏，他的全身会像朝阳一样精力充沛，意志坚定；这一天一夜中间，他思索着、命令着，一直到疲劳与困倦压倒了他。他要坐下来想想，还有什么遗漏没有？还有什么疏忽没有？不知不觉间，他埋身于那只光滑柔软的黑皮沙发，合上眼睛，沉入了梦乡。过了不知多少时间，他突然被电话铃声惊醒，军委通知他到北京饭店开会。

按照军人的习惯，他决定提前一刻钟，也就是六点四十五分到达北京饭店。小吉普车嘎的一声停在北京饭店门前，他走上台阶，走进那旋转的玻璃门，才突然醒悟过来：这里，他是如此熟悉，他在北平调处执行部工作时，在这里楼上的一间陈设古老的房间里住过，还在翠明庄铺有日本"榻榻米"的房子里住过。那时，他曾经飞赴几个爆发战争的热点执行"调处"，曾经在协和医院为了一城一地的得失，为了揭露假调停、真内战的阴谋进行过唇枪舌剑、难解难分的斗争。因此，这里的一切，对于他是那样熟稔。他一进门就往东拐，沿着镶嵌了黄色木板的墙壁，踏着红色地毯缓缓走过长长的走廊。

那是一九四六年冬季。

日本帝国主义投降之后，人们总以为从苦水中熬出了头，岂知内战的黑云渐渐又沉重地垂在这古老而又灾难深重的中华民族大地之上了。

你展开地图看一眼吧！

很多地方都闪烁着燃爆的火花。

一场不可避免的大流血、大搏战,已经无可避免,迫在眉睫。

秦震从几个月的"调处"、"谈判"中愈来愈明晰地看到:人民的命运、国家的命运、革命的命运,只有通过血与火的战争,才能取得最后的答案。他觉得他应该回到战场上去,指挥千军万马,与武装到牙齿的敌人决一雌雄。是的,请缨杀敌的日子,又降落在他的眼前,他毫不犹豫,愉快地选择了自己的道路,他认为这才是与民族同生死、共命运的征途。

在秦震连续不断的请求下,他奉命回到东北解放区。当他参加最后一次会议,在谈判桌上与对手进行激烈争辩后,他昂头向门口走去。那个穿着绿色夹克、戴着金丝眼镜的美方代表竟主动伸手向他握别,这也许就是所谓西方文明的礼貌吧!有着美国标志的炸弹正在制造着伤亡与悲痛……可是,秦震坦然地跟他握了手,而且露出和蔼的笑容。那个美国人说:

"将军!希望我们不久能够见面。"

秦震从容自若地说:

"我将聊尽地主之谊,陪你畅游全中国。"

他一下转过身来,猛然和国民党的代表,面对面峙立起来。他敏锐地从对方脸上看出狡黠和狂妄的神色,他从心里感到一种不可遏制的厌恶,他的两道眼光利剑一样一直向那人射去。这严峻的几秒钟,是多么漫长呀。像两支剑在格斗。对方渐渐受挫了,败退了,那人的眼神黯然失色。不过,他紧皱着脸皮,还想挽回最终的败局。他似乎经过斟酌,从牙齿缝里吐出一句话来:

"松花江的风雪很冻人呀!"

"不,我倒替阁下担心,人民的血泪会把你们淹没!"

那个人全身战栗了一下,面孔变得一片苍白。

秦震唇边闪过一种奇妙的微笑,他宽容大度地伸出手和那一只冰冷出汗的手握了一下。他没想到在这一瞬间他竟然哈哈大笑,笑声像夏天的骤雨来得快去得也快,很有节制,很有礼貌,他适可而止地转身走出门去。

"历史真是无情呵!"他想,"这事情过去还没有多久,现在我又回到这里来了。"北京饭店,还是那旋转的玻璃门,还是那分成两面盘旋而上的楼梯,楼梯上还是铺着猩红的地毯。但是曾经令他为之痛心的那些外国男人趾高气扬的嘴脸、中国女人的谄媚的姣笑、美国的香烟和法国的香水味,却永远从这儿一扫而去了。"是的,历史做出了应有的结论。"一刹那间,秦震感到四周黄色的墙壁上似乎发出了回响:

"一切被颠倒的都颠倒过来了。"他的思路在此时打断,他已经来到东厅的门口。

三

秦震抬头一看,他愣住了。他原来以为自己是提前到达的,谁知这间明亮的大厅里已经坐满了人。

使他特别遗憾的,是一些年纪比他大的人竟已抢在他的前面,坐在厅堂中间长桌旁边在等待着了,而他却刚刚才到。

天花板上垂下来几盏大吊灯,无数小巧玲珑组成璎珞的水晶片,在许多支灯光照射下,好像成千上万细碎的星光闪闪烁烁。厅堂墙壁装有菲律宾木板镶嵌而成的半截护墙板,四面墙上亮着壁灯。在这一切光亮交相辉映之下,这个宽敞的雍容华贵的大厅显得十分寂静,庄严的寂静。秦震眼光迅速扫视了一下会场,竟没有看到一个军人,好像大部分是民主人士。他注意到一位头上戴一顶黑色小帽,目光威严,胸前铺撒着一部长髯的老人和旁边那个戴着深度近视眼镜的人低声讲了一句什么。后者用一只手拢着耳朵以加强他的听觉,而后点了点头,表情也挺严肃。这一切使得这个厅堂充满盼望、期待的气氛。而谁也不想在这时用声音或动作来打破这凝然的沉寂。就像在手术室外走廊上聚集一群人,但等手术室的门推开一条缝,传出一个声音、一个手势、一个表情来决定大家的命运一样。秦震在这么多老人、长者面前,忽然发现自己竟是如此年轻!似乎有一种看不见的力量在推动他加入这个行列,但他又不敢俨然以平等的身份加入这个行列。他睃巡了一下,找着墙角落里一个皮软椅,悄悄放轻脚步朝那面走去。这一瞬间,曾经出现过的许多问号又升上心头:这样的会为什么让我参加?为什么在我赶赴华中前线进行决战之前让我来参加这个会议?……

正在这时,七点整,一个人影在门口出现了。

人们在一瞬之间就认出他来。

也正因为如此,秦震两眼霍地亮起来,他的身躯竟还如此灵活,就像弹簧一样弹跳起来,一个亲切的称呼充溢心间:

"呵,周副主席……"

周恩来穿着一套灰布制服,朴素、大方、整洁,他迈着轻快的脚步径直向厅堂中间走去。有不少人站起来,还有人正要站起来。但周恩来制止了大家。他那在延安骑马骨折过的右手一向习惯地稍稍弯曲着贴在右胁侧,而现在却高高举起,向大家频频地打招呼。他请大家照常坐下,他那浓黑的长眉下,一双炯炯发亮的眼光,敏捷地扫视了一下会场。全场每一个人都觉得他的眼光曾经在自己脸上停留过片刻。他的整个身姿、容貌,是那样英俊而又爽朗。如果你感到了他的眼光的肃穆、庄严,你也会发现他那几乎不能令人察觉的微笑是那样和蔼、动人。他走到厅堂中间的长桌跟前,站在那里,略停片刻。整个会场立刻变得鸦雀无声。他的口音永远那样清亮,咬字永远那样准确。现在,他用充满炽热之情的语调说:

"同志们！朋友们！我报告给你们一个好消息！"

秦震坐在皮软椅上，目不旁瞬地注视着周副主席。

从到中央苏区以来，他不知见过周副主席多少次，他对他如此敬重、如此挚爱。娄山关、遵义、雪山草地，特别是撤出中央苏区打通湘江那次会面……像一连串电影画面，飞快地掠过脑际。他熟悉他那春风般暖人的微笑，熟悉他那霹雳般惊人的神魄，熟悉他在每一历史转折关头发出的决定性的声音。这一刻，秦震全身每根神经都绷得紧紧的，他和所有到会的人一样都屏住了呼吸。

周恩来把沉稳、清晰、响亮的声音提得更高了一些，他庄严宣告：

"既然南京国民党政府已经拒绝在和平协定上签字，我们也就没有必要再作任何等待。毛泽东主席、朱德总司令已经命令我百万大军立即突破天险长江，中国人民结束蒋家王朝统治的时日马上就要到来了！……"

大厅里热烈的掌声顿时像大海波涛一样奔腾回旋。

就在鼓掌过程中，秦震觉得周副主席的眼光，曾经在他的脸上停留了一刹那。他看见了他还似乎向他微微点了点头，他的眼光好像无声地告诉了他一点什么，但他的脸旋即又转向大家，继续讲话了。

这是多么激动人心的时刻呀！历史的钟声已经由创造历史的人敲响了。

秦震从大革命失败的血泊中挣扎出来，经历过长期战争中每一灾难时刻。但现在这个大决战与以往的战争都决然不同，富有独特的深意。于是，一种求战的欲望强烈地占据了这个老军人的心灵。他高高挺起胸脯，像接受冲锋任务的战士一样，通常笑眯眯的一双笑眼，立刻闪出威严而锐利的光芒。

——是的，南京指日可下，下一步就轮到武汉了……

秦震的心已经从这个厅堂里一下飞驰到阔别二十余年的南方去了。

此时此刻,秦震多么想跑到副主席身边去跟他握一下手啊!不过,他还是紧紧追寻着一个思念的线索:也许,就是周副主席让军委办公厅通知他来开会的,也许他是有意让他到这里来领受一下这最后决战的深意,也许他是让他到这里来接受打回老苏区的使命。不,周副主席对他那炯炯有神的一瞥,似乎还有更深的含意,好像是与他切身有关的什么事情。由于内心复杂的变化,整个大厅轰动起来之后,他的思绪已经模糊成一片。他记得有位身材瘦削、面目清癯的人,用低沉而颤抖的声音说:他要亲自到中山陵告奠,一慰中山先生在天之灵;还有一位满头银发的夫人,用激昂的声调说:先生所希望的一天终于来到了,他没亲眼看到这一天,可是他毕生为之而奋斗的就是这一天啊……厅堂中涌起了巨大的热潮。秦震为这浪潮所旋卷、所震撼,他感受到这厅堂里闪烁的灯光、闪烁的眼光,但是,他没法听清人们的每一句话、每一个字。不过,这里的一切都已经凝聚成为他的信念和力量。

秦震的眼睛湿润了,似乎有一股滚烫的热流渗入他的肺腑。

他看了看表。暮色已逝,夜幕降临,他动身出发的时间到来了。他不能再在这里耽搁,他又一次望了望周副主席,周副主席眉峰簇起,目光凝重,静听着人们的讲话。秦震在心中作着无声的告别:"再见吧!副主席,我会回来向您汇报的……"他踮起脚尖悄悄顺着墙壁走出会场。

四

北京四月之夜,寒冷凄清。

秦震在北京饭店门口稍稍站了一会,使自己的心情平静下来。

他的警卫员小陈飞奔而来,把那件在辽沈战役中缴获来的美军大衣给他披在肩头。

他从暖烘烘的厅堂里出来,觉得夜气特别凉爽、清新。他吸了一口新鲜空气,说不出的舒畅,而后大踏步跨下台阶,向开过来的橄榄色小吉普走去。

秦震是个着重仪表的人,他常常说:

"一个军人就要有军人的仪态!"

从黄埔军校出来,他一直遵守着"军容整齐"这一军人信条。不过,他现在宁愿披着大衣,也许是他觉得这样更能显示出他在临战前那种轻松而又潇洒的神态。

吉普车飞快地把他送到前门西站。

他跳下来,张望了一下这片黑灯瞎火的空旷之地。

——怎么是西站不是东站?

他的眉峰紧皱在一起。

他随即想起黄参谋事前早已向他报告过,军用列车停在西站。他默然一笑。

——为了保密吗?现在还有什么密可保呢!

这时,他即将踏入寂寥无声的西站大门,忽然转过身停了下来。他很想再看一眼北京街头的灯火,心中涌起一股眷恋和惆怅的滋味。难道这只是对每一驻地都依依惜别的老习惯吗?不。北京解放后,他在这里和他唯一的亲人、几十年患难与共的战友丁真吾,相聚了一个多月。对于这个转战频繁、别多于聚,只有两夫妻却又经常一个在前线、一个在后方,几乎习惯于在孤独、寂寞、悬念中度日的家庭来说,这种聚首就更加可贵和幸福了。此刻,当即将告别北京投入战争的一刹那,他特别感到北京灯光的温暖,因为在万家灯火中也包含有他的一份幸福。这一回,他不愿让妻子再单独承受离愁别绪。每次离别,都是妻子只身一人给他送行,而这次,他无论如何也要为妻子送一次行。因此他安排她比他早一个星期回哈尔滨去。他对妻子说,他还不知道什么时候才能受命出发,而军医学院的工作却急需她回去。她喟然轻叹了一声说:"这是最后一次战争了……"她没有再说什么,但她的心像明镜一样。她深以不能伴随他一道打回老苏区,打回家乡,而感到心头空落落的。秦震在那一瞬间完全体会到丁真吾的心境,但他有意不露痕迹,若无其事,决定平平静静地分手。可是,当他站在月台上目送她时,在车玻璃窗后面他依然看到妻子那难以抑制的凄楚神色,自己心中也有些戚然。他苦笑了一下,想道:"唉,无数无数的思念就是军人的爱情的特点吧!……"

他伸手拉了一下大衣。

他想逐走这儿女之情。

他不能忍耐,他从来认为感情上的衰老比躯体的衰老还可怕。

他和她不就是随同年事日增,一次比一次更深地感觉到离别之苦了吗?

——不,不能……

突然,他听到一种震撼北京上空的声音,使他大吃一惊。刹那间,他简直不能分辨这是怎么回事。但他立刻清醒过来:这是空袭警报的凄厉长鸣划过夜空。他不自觉地仰起脑袋,瞭望长空,除了这野兽般的啸声以外,一切是那样泰然、平静——街头的灯火没有熄灭,行人们照常走自己的路。他明白了,这是自己心理上的警报,它将从北京,飞跃黄河,飞向长江,它在警告全中国的人们:曙光虽已在前,黑夜尚未消逝,我们必须前进,我们必须战斗。

于是这凄厉的声音在秦震心里发出回响。

他渴望投入决战的心情压倒了一切。

大衣的两只袖子迅速一摆,他扭转身,向光线暗淡、寂静无声的月台走去。

今天下午,他曾经向黄参谋下达过一个安排乘车的命令,不知道黄参谋有没有按他的意志执行？由于刚刚解放,一切尚未就绪,铁路上只给他挂了一节三等客车车厢。一听这报告,秦震就踌躇起来了。因为政治部分给他一批刚刚从大学里参军的青年,让他带到华中前线去。可是,铁路上只给他们安排了一节敞篷车。秦震在检查出发准备工作时,特地打电话询问了天气预报,今夜有暴雨。是的,他是踌躇了,——难道能让这些第一次出征的年轻人,淋在暴风雨之下吗？不,决不能。这列军用列车上,还挂了几节闷罐车,装载着前线部队急需的给养,更不能让雨水打湿。他稍加考虑,立即作出决定：

"把三等车厢让给同学们。"

黄参谋讷讷地说：

"首长！这,这……"

秦震两眼霍地一亮猛喝一声：

"这什么？"

黄参谋坦率地说："指挥部怎么安排？"

秦震不假思索,机智一笑："不就是两辆吉普车吗？拴牵在平板车上,我在小吉普上办公、宿营,电台在中吉普上工作。"

黄参谋显然不以为然,他没做声,但也不离去。

秦震微微一笑,走近黄参谋,用手指点住他心脯说："我还舍不得我那小吉普呢！总不能让人家淋雨,那样,你合得上眼,睡得着觉吗？"

黄参谋无可奈何地走了。

这一刻,秦震突然担心黄参谋不照他的吩咐办,造成既成事实。于是,他匆匆向站台里走去。

冰冷的水泥地面上敲出清脆而有节奏的皮鞋声响,说明他的脚步是灵活而敏捷的。

这时从朦胧阴影中显出正在向他走来的黄参谋。

他迎头喝道：

"一切都按我的命令准备好了吗？"

黄参谋明白首长的意思，立刻高声强调：

"是的，一切按您的命令准备就绪！"

五

现在，风狂雨暴，列车飞奔。

秦震双目凝然望着手上的电报纸。

从奥秘莫测的天穹上，

从苍茫浩瀚的原野上，

从激流回荡的江河上，

从巉岩嵯峨的山巅上，

同时发出殷切的呼唤：

——黛娜在哪里？

——黛娜在哪里？

——黛娜在哪里？

秦震回味着周副主席在北京饭店东厅里投向他的蓦然一瞥，其中是不是包含着与这电报有关的含意呢？是的，他至此完全明白了：北京饭店的集会，是周副主席指定他去参加的。但在会场上那样热烈的气氛下，周副主席没机会向他直接交代这件事，因而投给他那亲切的一瞥，像是在说："你到时间就出发吧！我会把这件事通知你。"这一回想，使他感到了这份只有十几个字的电报的特殊分量和深刻意义。

黄参谋猛然觉得首长在一刹那间变得目光迟滞、双眉深锁,背微微驼着,下巴颏也瘦削了。当然,黄参谋不知道那是什么电报,也无从理解电报的内容,只模糊地意识到秦震受到很大的震动。他感到十分意外。不过,黄参谋只看到了秦震精神状态的一个方面。事实上,秦震的身上常常变幻着两个形象:一个是老态龙钟,在苦难河流中跋涉的形象;一个是迎着大自然的狂暴,迎着历史的风雨昂首阔步的形象。对于前者,这电报确是一个强烈的刺激;对于后者,这电报似乎给了他无穷的鼓舞与无际的召唤。小吉普是由铁路工人用锁链与钢丝紧紧捆绑在平板车上的,它随着整个列车的震荡而震荡,秦震整个身子又随着小吉普的震荡而震荡,他从苦难、衰颓、悲哀等等沉重的字眼里霍然苏醒过来。于是,秦震身上的第二个形象,成为现实生活中主导形象了。

他跟黄参谋说:

"放在这里,我还要看一看。"

他的声音又洪亮起来,恢复了一个高级指挥员的威严。而后,他把那份电报的大意抄在一张纸上,然后细心地把那张纸折叠起来,珍重地放在贴身上衣的小口袋里。

狂风暴雨像一头怪物在撒野、肆虐。狂风刮得天崩地裂,像要把吉普砸个稀巴烂;暴雨像疯狂的海啸要把吉普卷落永劫不复的深渊。

黄参谋又一次劝说:

"首长!还是搬到中型吉普……"

几乎同时,秦震严厉地说:

"取出图纸!"

秦震为了展看军用地图,退到吉普后座里去,顺手把那份电报还给黄参谋。黄参谋无可奈何地坐在吉普前座上,用一只手张开雨衣,挡住泼洒进来的雨水,一只手按亮手电筒。雨水在雨衣上、车篷上、风挡上敲得篷篷紧响。就在这黑得莽无边际的原野上,这一道雪亮的灯光凝聚着几乎可以征服整个宇宙的强烈的力量,它随秦震目光的移动而移动。秦震俯身在十万分之一的军用地图上,他伸出粗粗的手指,在地图那弯弯曲曲的标志线上慢慢移动。这时,他的精力、智慧,以至全副生命,都落入深沉的思索。

灯光照明整个吉普车厢。这个方形的车厢里,一切有条不紊、秩序井然。

一个地方挂着装军用地图和日记本的皮囊(正在观看的华中前线地图就是从这里面取出来的)。一个地方挂着绿色乌龟壳似的水壶,还有他的"蔡司"望远镜,一支连发卡宾枪,一支小巧的左轮手枪。还有一个绿漆铁皮的小书箱,里面装着《孙子兵法》、克劳塞维茨的《战争论》等军事书籍和几本描写战争的苏联小说。所有这些东西都由警卫员精心地绑扎固定在车棚架的梁柱上。尽管如此,在这列车剧烈震荡之中,还是摇晃着、碰撞着,叮当作响。这辆橄榄色小吉普,正如秦震所说:

"这就是我的指挥所,我的办公室,我的温暖的小窠呀!"

多少年来,一匹马,一个大马褡子,一个小马褡子,就是他的全部家当。后来,小吉普代替了战马。"伙计,这就是我的现代化呀!"

像从前爱调弄战马一样,现在他迷醉于驾驶吉普。他不但成了一个优秀的司机,而且有了一种发现:"汽油味是最好闻的味道,你闻一闻,不比骆驼牌香烟差!"每当这样意趣横生地和人争辩时,他就哈哈大笑起来,笑得流出眼泪,像个孩子一般天真。

秦震凝然不动,陷入深思。他眼前已不是一张地图,而是南方的连绵的高山、险峻的峡谷、激荡的河流、泥泞的小路——地图上那些弯弯曲曲的细线都成为活生生的地形地物。他寻找到华中前线先头部队陈文洪、梁曙光师行军的位置,他仿佛亲眼看到、亲身感到部队艰难跋涉的情景。他头也不抬地问道：

"前线气象报告？"

"有暴雨。"

"啊,暴风雨席卷中原呀！你看,你看,就在这里！"

他用曲起的手指关节敲了敲铺展在他两膝上的图纸。

他自言自语地说着：

"我们坐在帆布篷里,还说躲一躲吧,雨太大了。可是他们呢,踏着烂泥塘,顶着暴风雨,一步一步行进呀！想一想,部队成员大都是北方人,过惯了北方生活,现在一下远离家乡,移地千里,这里面会产生许多新问题呀。是的,这是我们通向最后胜利的坦途上的令人作难的问题啊！"

蓦地,先头部队的师长陈文洪、师政治委员梁曙光和全体指战员出现在他眼前。他想到他们,心里不免翻滚起一阵汹涌的热潮。正是这些普普通通的战士们,在用生命与理想回答这些历史提出的疑难问题。

第二章 深沉的大地

一

风雨不知何时已经停息,黎明晨光正在慢慢照亮人间。

列车轻快而平稳地滑行着,警卫员小陈抱了一支冲锋枪坐在司机旁的座位上守卫着。秦震裹了美国军大衣躺在后座里睡着了。人常有一种反常的惯性,在列车铿锵鸣响,轰隆震动之中酣然入睡了;但车一平平静静停止下来,反倒会立刻惊醒。

秦震揉揉两眼,跨下小吉普。

雨湿的清晨空气那样新鲜,整个天空和大地都笼罩着一片蔚蓝色,这颜色使人想到朝露盈盈的牵牛花,好像这种花撒遍原野。微风像柔软的丝绸在四处飞散,吹上脸颊,透入脖颈,流遍全身,多么清爽宜人的清晨呀!

这时,我们可以清清楚楚看出我们主人公的形象了。秦震站在平板车上,一手扶着吉普棚架,一手插在腰间,披在肩头的军大衣在风中轻微摆动,他整个人衬映在红色朝霞之下,像一幅清晰的剪影。他的身材比起一般人略微矮一些,却有一种军人的坚强气势。他没有戴军帽,黑灰的长发,给风吹得飘飘拂动,脸庞红润,两眼不大,但目光很引人注目,潮湿而机敏,不过现在这一时刻,不是凌厉而是温暖,透露出他对大自然的欣赏与陶醉。这发自心灵的目光一下颤出唇边一抹甜蜜的微笑。凡是熟知秦震的人,都知道他是一个气魄非凡、威风凛凛,指挥千军万马所向无敌的指挥员。但只要你深入他心灵探索一下,你就不但为他的心胸开阔、豁达坦荡而惊奇,还经常由于他那永不泯灭的赤子之心,而觉得他可近可亲。可是,谁知道秦震经历过多少痛苦的折磨,遭受过多少沉重的打击啊!但他从来没被命运击倒过,多少次沉入了悲痛的深渊,又从深渊里跃然而起。正是从几十万、几百万、几千万人大流血、大死亡,从决定着几百年、几千年、几万年历史的永恒希望之中,秦震的个人的命运和整个民族的命运溶合为一。问题的深刻性在于,这一切,不仅仅使他懂得了恨,而更重要的是使他懂得了爱。

这时,列车在接近黄河的原野上缓慢下来,然后轻轻震动了一下,又继续加速驶行了。

他像一个孩子一般天真、喜悦、贪恋地观赏着大自然。

霞光过后,太阳升起。

太阳以无比华丽的光辉,照亮了茫茫大地。

看,那一望无际的翠绿的麦田!啊!那麦田就像大海的波涛,此起彼伏,轻柔荡漾,送来春天的温柔。

看,那丛生在大地与天空之际的密密的树林,像是郁郁连绵不断的山岭,好像在发出轻悄而又愉快的咏叹。

此时此际,

像儿童在母亲的怀抱中,

那芳香,

那温暖,

那柔情,

那幸福,

这一切,都一下涌上了秦震的心头。

他在这大地上行走几十年,却好像第一次发现大地如此光洁美丽。

阳光照在他脸上,他的眼睛愈来愈湿润,忽然从中滚落下一颗泪珠。

他发觉了这一点。

他想到黄参谋和小陈在身旁。

他伸出手擦去泪水,回过头来粲然一笑。

将军的一笑,是多么动人心弦呀!

列车愈走愈快,风愈来愈大,车轮声愈震动愈响亮,他翘首瞭望,神采飞扬。

二

黄参谋向秦震报告:

"电台搬到守车上去了。"

"什么守车?"

"就是挂在这列车尾巴上那一节小车厢,只有一个铁路工人在那儿拿红绿旗打信号。"

"那里条件怎么样?"

"很好,能把天线竖立在车厢顶上,好收听新闻。"

"好,告诉他们严密注意收听华东前线消息,我到学生们那辆车厢去看看,有电报送到那里去。"

他所说的车厢,就是紧挨着平板车那一节三等车厢。现在列车正在护路的绿荫里飞驶,北京的槐树刚从枯枝上绽出绿芽儿,这里却已经开出一穗穗槐花,一股甜蜜蜜的花香倏然扑来又突然飞去了。

秦震走进三等车厢,立刻看到一幅动人景象:车厢里坐满人,不但坐椅上是人,连车顶篷底下的行李架上也全是人,有的躺着吹口琴,有的从上面垂下两条腿哼歌曲,挂在行李架边上那些红的、黄的、白的、绿的各色毛巾,都随了车身的摇晃而有节奏地摇晃着。更多的人挤在敞开的窗口上,他们都还是第一次出远门的孩子,更何况又是身赴疆场呢?因此,对他们或她们来说,一切一切望在眼里,都觉得特别新鲜,特别惬意。

没有人注意秦震的到来,秦震站在那儿从他们身上回味着自己的青年时代。

他也有过似水年华呀!

父亲、母亲都是老同盟会员,孙中山的挚友。他在学校里读书,他热爱哲学,更喜欢地理、历史,因为从那里面他多少次为丧权辱国之耻而悲痛欲绝,为精忠报国之志而愤然拍案。不过,那是一个方生未死的时代,是中华民族上下求索的时代,是一个觉醒的时代。只要一想到"东亚病夫"、"东方睡狮",他就热血沸腾,满面通红。一九二五年,大革命的旋风终于把他卷了进去,他毅然决然从湖南到广东,投身黄埔军校。从那以后,走上了一条在血水中跋涉,在山川大地上风餐露宿,在炮火中前进的道路。而现今,当他一投身到这一群充满生动活泼的青春朝气的青年人中来,他那久已消逝的青春一下又回升到他的眉宇之间。而一想在他和他们之间,竟已隔绝着两代、甚至三代,他又不禁深深叹了一口气:"多么可爱,像鲜花一样盛开的青年啊!"他一面想着一面放开喉咙,压倒轰轰的列车声,说道:

"同志们好啊!从你们一登上火车,你们就算踏上战场了,怎么样,有什么感想呀?"

他的声音是开朗的、柔和的,甚至是年轻的。

所有的眼光一下转过来,都集中在这个老军人身上。

他们没有回答,也不知怎么回答,只送来盈盈笑脸。不过,从他们那最初的一瞥里,就说明他们内心对秦震反映良好。这个穿着一件米黄色美军茄克,很随便、很自在地把手插在两侧的衣兜里面,脸上挂着和蔼笑容的人,多么令人喜欢、令人亲近呀!这群第一次穿上军衣的人,既感到军人的矜持,又不习惯军人的约束。这时,他们还没有人与人之间"上级"、"下级"严格区分的概念,只是觉得到处都自由、什么都如意。车厢里起了一阵骚动,人们纷纷站起来,想把自己的座位让给这位老军人,而这个老军人也就迈着小步走入他们当中,在木板钉成的硬座上坐下。他旁边是一个戴近视眼镜的男青年,对面是亲密地偎在一起的三个女青年。秦震一坐下,他周围立刻围满人,人头簇拥,摩肩擦背,连行李架上也探下头来,一丛丛笑脸,一丛丛笑眼。秦震高兴地问刚才俯身在膝盖头上写什么的青年:

"你在写什么呀?"

这个青年蓦地红着脸站起来,展开两手想要分辩。人群中间,却早有几个声音替他回答:

"这是我们的诗人。"

秦震仔细端详着这个戴眼镜的青年问道:

"你叫什么名字,让我们结识一下吧!"

那青年腼腆地说:"我叫黎明。"

秦震把手往膝盖头一拍说:

"好,你的名字就很有诗意嘛!"

黎明一扬头把额上长发往后一甩,正要说什么,忽然人群中又推出一个女青年,这是一个个头不高,圆圆面孔,脸颊像苹果一样红艳的女青年。她挺起胸脯,毫无怯意。大家喊叫着:"这是我们的歌手,我们乐队第一小提琴手……"

她却把手向这老军人伸出,不用别人问,就自报姓名说:

"我叫李天歌……"

秦震握住她的手忙说:

"好呀!连天都唱歌,这又是一个充满诗意的名字呀!"

谁料人群中却有一个女青年勇敢地反问秦震:

"你爱诗吗?"

"这怎么说呢?我年轻时也爱过诗,那时我崇拜《女神》……你们读过《凤凰涅槃》没有?我还记得几句:

　　光明便是你,光明便是我!
　　光明便是'他',光明便是火!
　　　　火便是你!
　　　　火便是我!
　　　　火便是'他'!
　　　　火便是火!
　　　　翱翔!翱翔!
　　　　欢唱!欢唱!
　　　　…………"

一阵热烈的鼓掌声,一阵尖锐的喊叫声。于是,这个指挥千军万马的老军人,和这群朝气蓬勃的青年人,便意气相投,亲密无间了。车厢里像充满天蒙蒙亮时鸟雀的噪声一样,争着喊:"我喜欢闻一多的《死水》。""我喜欢臧克家的《罪恶的黑手》。"一个女青年挣红脸抢着说:"我们是新时代的青年,我喜欢何其芳的《我为少男少女们歌唱》。"另一个男青年闪露出稚嫩的脸容和与这脸容不相称的庄严神情说:"我们是战士,我喜欢田间的《给战斗者》,我们需要这样擂鼓的诗人。"

正在这时,黄参谋从人群中挤过来。他刚刚从守车上跑来,他好像怎样也抑制不住内心的激动。不过,在这群青年人跟前,他得显示一副军人的仪态:

"报告首长,重要消息!"

秦震连忙掏出老花眼镜,迅速扫视了一遍黄参谋递过来的消

息,立即高声说道:

"同志们!让我念给你们听听:

〔新华社南京二十四日十时电〕人民解放军已于二十三日夜十二时由下关经挹江门开入南京。

"同志们!千里长江防线全部崩溃,南京完全解放!国民党反动王朝彻底覆灭了!"

他的话声刚刚落地,整个车厢哗的一声立刻沸腾起来。欢呼声、鼓掌声、踏脚声一下压倒了列车的轰响,他们眼前好像看到一座牢门砸碎,一座残暴地吸吮人鲜血、吞噬人生命的黑暗堡垒轰然崩塌了,粉碎了。这些青年人的眼睛燃烧起朝霞一样的光亮,他们多么想尽兴地狂呼曼舞!这时,突然听到一个清脆嘹亮的女声喊道:

"等一等!等一等!"

随着声音,一个细高挑的女青年拨拉开众人,一直向秦震这面走来。她是这群人中间唯一戴军帽的人,她虽然年纪不大,可一看就是个老兵。

她气喘吁吁,满面红涨,制止不住内心的激动说:

"我是医生,请分派我到最前线去吧!"

秦震的眼一亮:

"啊,你不是严医生吗?你在辽沈会战中负了伤,怎么会突然在这儿出现了?"

严医生从秦震的反应,很感受到老首长的亲切、温暖,好像有很多话要说,却不知先讲哪一句为好:

"……我在哈尔滨住院,我回了一趟林口老家,后来,听说部队进关了,我赶到沈阳,这不又赶到这里,……我一定要上前线!"

"你干什么这么着急,我们不正往前线行进吗?"

她那纤细的手指捏成拳头,弯曲两臂,使劲往下按了一下:

"我知道你是兵团司令员,你有权决定,你现在就得答应我,这是最后一仗了!要参加不上,我会后悔一辈子!……这趟回老家,家乡变化可大着哪,老爷爷、老奶奶都说,你上前线给我狠狠打几枪!我说什么也得参加最后一仗!……"

她说得很凌乱,很急促,以致说不下去,只挣得眼眶一红,马上要流出眼泪了。

秦震想使她冷静下来,转了话题:

"你姓严,叫严什么来着?"

"我叫严素。"

"就是紧张、活泼、严肃的严肃?"

"不,朴素的素。"她脸色一沉,她不喜欢在这种严肃时刻开这种玩笑,她觉得他不够理解她的心意,她感到委屈。

秦震却为这有着火辣辣性格的女青年所感动,他似乎要努力打破这真的有点严肃的局面,想了想,他就应诺下来:

"我答应你上前线。"

话还未说完,严素就一下跳了起来,她有点羞涩地笑了,她笑得那样美。

"我当个火线护士也行,好吧!那就一言为定,让我们拉一下手……"

秦震却收敛了笑容,郑重其事地说:

"不过只能到师,不能到连。"

"那也行,副司令员!派我到梁曙光政委那个师,我就是在那个师负伤的。"

秦震握着她那微微颤抖的手,环顾大家,笑容满面地说:

"你们看!她还怕我违背诺言呢!"

他的话引起一阵哄堂大笑,大家往他身边拥过来,希望听他再讲点什么。解放南京这事引起他心中千头万绪,他便急急忙忙从那热闹欢声中走出来。

他快走到车厢门口时,忽然回过头来:

"同志们!我们要在华中前线也打一个大胜仗,那时你们这个大交响乐团得来一个大规模演出,你……噉,黎明!还有李天歌!好好准备吧!"

黎明却不以为然地把脖颈一挺说:

"我们是来打仗的,我们要做一个真正的战士,我们要在黎明的国土上洒上一滴鲜血。我们要吹起冲锋的号角,但不是舞台上的演奏。"

大家在一阵热闹的笑声里说:

"首长,你看,他又作诗了。"

秦震笑容可掬,春风满面地说:

"很好嘛,但作的是英雄的诗,我们整个民族将成为一个大合唱队,演出新世界的黎明序曲。"

他招了招手,推开门走了出去,秦震迈着小步迅速地向平板车走去。他一面走一面计算:二十三日夜十二时由下关经挹江门开入南京,这正好是周恩来在北京饭店东厅讲话之后三小时……他不能不为之昂扬振奋,但他知道更需要的是冷静的思考。当他走出三等车厢时听到青年们已经放声歌唱,还有拉小提琴的,吹口琴的。"让他们领略一下胜利的欢乐吧!多可爱的青年人,那个黎明,还有那个李天歌,我要记牢他们的名字,我们会在前线再见,那时不知他们会是什么样子?"他走到小吉普车旁边,转过身吩咐黄参谋:

"一刻不停地收听华东新闻!"

这时,他的心魂,已经奔向南京前线,他羡慕那些直捣敌人老巢而痛饮黄龙的人们!他以不能参与其事而抱憾。

黄参谋立刻拔步向守车跑去。

不久,抄报纸一份跟着一份雪片般送来。

他坐在小吉普上,脸色一下晦暗,一下明亮,当他看到一份合众社消息时,他凝然不动了。他一字一句推敲,反反复复诵读着这则新闻里这句话:

国民党统治已成为历史事件了。

他心里沉思着:

"这句话说得准确极了,是的,就是为了这,我们追求了二十二年,我们搏斗了二十二年,我们煎熬了二十二年。现在,这个目的终于达到了,人民的铁扫帚是无情的,什么统治王朝,统统扫到垃圾堆里去了。"

奔腾的列车使他的整个身子像弹簧一样震颤着。

他突然把手伸到风挡玻璃上,他慢慢地把手掌横扫过去,像要从这地球上揩去什么可厌恶的污渍。他的滚烫的手从窗玻璃上受到清凉爽人的惬意之感。

然后,猛地扭转上身命令黄参谋:"接华中前线部队,让他们立即向全军传达南京胜利的消息。注意,我说全军,就是从每一个干部到每一个战士。我们要用这一伟大胜利鼓舞全军斗志!告诉他们密切注意白崇禧部队新动向!要他们知道战局正在发生微妙的变化,在此刻之前,我华中部队任务是从武汉正面钳制白崇禧集团,策应二野、三野在南京方面作战;在此刻之后,要迅速改变注意力,紧紧抓住敌人,解放大武汉。不准敌人破坏,不准他们逃之夭夭。目前决定一切的任务是保障走向大武汉的道路畅行无阻。命令他们随时报告情况。去吧!"

秦震这段话说得斩钉截铁,他的眼光闪烁着临战时特有的机智、果断。不过,这一瞬间他的内心活动十分复杂。他高兴,敲开了南京大门,敲响了最后胜利的钟声。不过,他也感到遗憾、痛苦,因为这钟声不是由他亲手敲响的!

作为一个军人,不战死沙场,就要亲手消灭最后一个敌人,他渴望在华中敲响第一记钟声。

当黄参谋复诵了一遍他口授的命令,匆匆走去之后。他仿佛为了掩藏自己内心的激动和突然产生的惆怅与担忧,想把小陈支使开,他希望一个人独处片刻。他说:

"小陈!弄点什么吃的吧!在中型吉普上开饭!"

小陈刚要走,他又点手叫住他,唇边漾出一抹微笑,圈起左手大拇指和二拇指做出酒盅形状,压低声音:

"为了最后的胜利,你懂么!"

但等小陈一走,他的脸立刻泛起一阵愁云。

——不能这样!

他像要驱逐什么?是什么?

是羡慕?

是嫉妒?

他释然一笑,像要表白自己灵魂的纯净。

——我还不会有那样的个人英雄色彩。

是的,这是军人的好胜心,荣誉感。他时时刻刻都在渴望着,由自己下达命令,由自己指挥千军万马,斩关夺寨,进行决战。他切切实实地在无数次大战中领受了那一刹那的愉快。现在,眼睁睁看着革命节节胜利;胜利,对军人来说是个伟大的字眼,他却像失去了它,抓不住它。不知怎么他一下想到严素,她那郑重的神态,她那欢乐的面孔,她的一切都那样真挚、热烈、单纯。他眼前一出现这女青年军人的形象,就对自己刚才的内心活动感到一点愧怍。

三

在黎明晨光中他陶醉过。

在三等车厢里他欢乐过。

现在,秦震突然看到一个像地狱般恐怖的世界。

铁路两旁这种变化何时开始,他没注意。不过愈向南来,这景象就愈咄咄逼人了。车站变成废墟,无数根铁轨拦腰炸断,路旁的护路林都砍倒了,焚烧过的枯焦的树枝挂着凄凉的干叶,好像曾经苦苦索回它们的嫩绿,而终于绝望了。令人难过的是春风依旧在吹拂,枯枝依旧在春风中摇摆,但那只是一些没有生命的东西了,巨大而疯狂的战争之神,把这儿踏碎揉烂了。

这一切落在秦震眼中,就像整个列车从他心上轧过。这是我们的祖国,这是我们的大地,满目疮痍,哀鸿遍野呀!他的整个心一下像一坨铅块一样沉重、冰凉。他双眉紧锁,满面愁容,他的眼光变得那样严厉而痛苦。

祖国是美的,我们古老而又伟大的祖国早在千百年前就已像一轮明亮的太阳,辉煌举世,为人钦仰了。而今天却光焰奄奄,垂垂欲绝,这是多么巨大的灾难,多么巨大的痛苦啊!

列车在一个车站上沉寂地停止下来,说它是车站,只是由于它过去是车站罢了。今天,这里既没有站房,也没有窗口,没人买票,也没有乘客。

只有一个穿着破烂肮脏的蓝布制服的老铁路工人,挨近平板车,要求搭一站车。警卫员原想拦阻,秦震却喝住他,请这面有菜色,风尘仆仆的老工人上来。他刚刚爬上平板车,每节车厢都哐当地撞了一下,列车又慢慢开行了。

秦震握住老工人粗硬僵裂的大手,心头一阵发热,问:

"老哥哥,还没吃饭吧?"

"俺就是回俺家吃饭去。"

"这里没有吃食吗?"

"你瞅瞅,什么都毁尽了,连煮野菜都没个架锅的地方啊!"

"可是你今天为什么还到这儿来呀?"

"这是我们国家的一个站头呀,只要这里有一个岔道工,这里就是我们国家的一个站头呀!"

这话说得多好啊!秦震稍一沉吟,立刻拉着老工人手臂说:

"来,咱们老哥俩谈谈心。"

老工人见他满脸热诚,也就跟他爬进了中型吉普,这时列车又继续飞速前进了。

电台搬到守车上,中型吉普腾了出来。这里车厢宽敞多了,两边长条座凳中间,小陈不知从哪里弄来一个装炮弹的空木箱当桌子,秦震请老工人在木箱一面坐下,而后自己坐在对面。

"老哥哥,日子过得怎么样呀?"

"四年没通车了,哎,只要火车冒烟日子就有盼头呐。俺哥在解放区兵工厂,我就守住这个站头,俺哥俩养活全家老少十七八口。老同志,你想想日子会怎么样?!从前是阻止敌人进攻,俺们破坏铁路,现在是他们阻止俺们进攻,他们破坏铁路。就从铁路线上的变化看,这是多么天翻地覆的大变化呀!你看看,这是什么景致!"

秦震顺着他手势看到刚修好的路基上铺了一根根一色崭新的红松枕木。

"敌人一撤退,铁路纵队立马来了,他们说这木头都是从几万里外黑龙江老山林里运来的。这不是又通车了,可还是不如人意,军情如火呀!还没放客运。"他说着指了指吉普车很有歉意地说:

"坐斗篷车,这不让你们受委屈了么!打从铁路纵队到来,我就紧跟上他们,是风是雨,只要铁道线上有响声,我听了心里就乐意,管它风吹雨打,我和一个老哥们顶住干,一个人顶一天一夜,回去睡一天一夜,我家就在下一站,我这就是回家吃饭睡觉去……"

小陈打开两盒罐头摆在木箱上,一罐是鱼,一罐是肉。深绿色罐头盒上印满英文字,还有一个白搪瓷茶缸,里面不多不少斟了一指头深的酒。

秦震望了一眼,颇不满意:

"我说小陈呀!有客,你就给双份才对,去!再倒上两勺子,不要小气嘛!"

小陈由着他推搡,还是嘟嘟囔囔:"这限量是丁真吾同志规定的,她说你心脏不好,绝对不能喝酒……"

"去!去!别啰嗦,有客么!"

可是,一刹那间,他想到了妻子丁真吾,她好像正在用戚然目光望着他。她在哈尔滨,四月,那里该还是雪地冰天,她在干什么?她是个闲不住的人,一旦回到家里,就守着俄罗斯老火墙,翻阅医学资料。那屋里光线很暗,她原来有一副眼镜,度数不够了,这回说在北京配副合适的老花镜,也没来得及,就被他送上火车走了。现在想来心里真是有点歉疚。可是我如果把目前这些难处都写信告诉她,她会怎样?是哭还是笑?……是的,这大半生,她伤心伤透了,连最高兴的时候也会流眼泪。

秦震给汽笛吼声一下惊醒,他开始和那老工人喝酒吃饭。

"老哥哥,我还没问你尊姓大名呢?"

"好说,免贵,我叫石志坚,石头的石,人穷志短的志……"

秦震噗哧笑了,纠正说:

"是志气的志,坚强的坚,合起来就是志气坚强。"

"哈哈,经你一说,我这姓名还有个讲究呢!"

他们喝完酒、吃完罐头和凉馒头，车也就缓慢下来。石志坚说马上到站，就急着从中型吉普上跨下来，秦震也跟了他下来。

谁想得到，在这里等候着秦震的竟是这样震撼人心的一幕。

车还没停，就有一个老太婆尖声地喊着："坚儿！坚儿！……"

石志坚听老娘声音不对，知道出了祸事，没等车停稳，就一纵身飞跳下车。

老娘一扑扑到儿子怀里，撕裂人心地哀号：

"你爹断气了……"

"娘！娘！你说什么呀？！"

他娘回身从地下拎起一个残破的瓦罐。

"这不，临了，连这几口曲曲菜汤也不肯喝，说留给你……"

石志坚这样的硬汉子，也满脸涕泪滂沱，跺着两脚。

再看他老娘，披头散发，骨瘦如柴，全身上下，破衣烂衫，一丝丝、一缕缕，从身上搭拉下来。她两片干树叶似的嘴唇哆嗦半响才挣出一句话："小坚，你就喝了你爹最末后留给你这一口吧！……"

秦震站在旁边，不觉全身一阵战栗。

就在这时，列车哐当一声，向前移动了。秦震刚刚跳上平板车，小陈飞一般跑来，背着几根干粮袋，要倒干粮已来不及。秦震大喊：

"扔下去！扔下去！"

小陈就猛力一摔，把干粮袋朝石志坚母子站的地方扔去。

秦震一抬头，忽然看见后面那节三等客车厢每个窗口都挤满了人，那些青年人把面包、馒头、毛巾、衬衣，纷纷抛掷而下。

四

一份前线急电送到秦震手上。

这时,他正站在一处小镇人家低矮的屋檐下。

火车从徐州转郑州,到漯河就不通了,秦震改乘吉普车越野前进。时值大雨倾盆,路途泥泞。到了这个小镇,镇上到处是没膝盖深的积水,颜色黑绿,臭气熏人。吉普车把水泼溅得哗哗响,转了几个圈也找不到一个落脚的地方。最后,停在一处湿漉漉发霉的瓦屋前,秦震一进小屋,就给污浊难闻的气味熏昏了头,于是转身站到屋檐下来了。

从前线战报看,白崇禧部队为保存实力,回避作战,炸毁了长台关淮河大桥,炸塌了武胜关隧道,妄图迟滞我部队向武汉前进,以此苟延残喘,负隅顽抗。

——哼!看你这人称"小诸葛"的有多大本领!

——我军决不让他的阴谋得逞。

应该派出小部队紧紧箍住敌人不放,不给敌人以下手机会。——我们一定要保证大武汉不落于烟消火灭!

秦震根据他的思考立即口授了一份急电,当机立断,即刻发出。

这一夜,秦震怎样也无法入睡,先是担心忧虑前线的事情,后来发现,这屋里老鼠成群结队,东窜西跳,出没无常。秦震平日最厌恶老鼠。在生活中,凡遇到贼头贼脑,喊喊嚓嚓,造谣诬陷,捉神弄鬼的人,他都一律斥之为:"老鼠!"这鬼鬼祟祟的黑色动物,可恨之至。偏偏这一晚,有几只又肥又大的老鼠,好像密谋串联起来要对秦震施行毁灭性攻击。几次蒙眬欲睡,老鼠竟胆大妄为,跑到他枕头上,吱吱吱狂叫,"是可忍孰不可忍!"他终于忽地一下掀开被盖,披上美国军用大衣,走出房间,跳上停在门口的吉普车,在后座上和衣倒将下来。

阴雨连绵,车篷顶上整夜淅沥作响,这雨声催人入睡,却又搅人安眠。秦震沉入梦乡之后,不知过了多少时间,竟然作起梦来:

开始四周黑暗无边,他一个人在艰苦跋涉,蹚过河流,穿过峡谷,走进森林,攀登绝顶。突然,他觉得自己的两条腿给什么枷住了,愈枷愈紧,愈紧愈疼,……他又一忽感到冰凉,一忽感到阴森,一忽觉得清风习习,一忽觉得阳光闪烁。一下子,一轮太阳,那样红、那样大、那样圆、那样亮,晒得人难忍难熬,整个心像龟裂的田地,在发烧、在冒火;一刹那间乌云遮天盖地而来,到了跟前才知并非乌云,铺天盖地都是老鼠,老鼠,老鼠。它们奇声怪叫,眼光绿荧荧的阴森可怖,天上响起锯齿般的声音,原来是它们在啃那太阳,咬那太阳。他想挥臂驱赶它们,可是两臂也给枷住了,他胸口撕疼,满脸流汗,动弹不得,而那太阳被咬得流血了,被咬得破碎了,眼看就要坠落下来。他大声呼喊,可是喊不出声音。就在此际,太阳咔嚓一声崩碎了,变成无数碎块,纷纷飞散。于是他蓦然惊醒,全身冷汗。原来是自己左臂压在胸口上,惹出一场梦魇。

秦震坐起来,看见稀薄阴暗的曙光已经降临,他不想睡了。梦的余悸尚未消除,又想到面前战局的沉重,他很想整理一下纷繁头绪,一时却不知从何着手。雨消失了,云消失了,天亮了。

黄参谋不知是早已发现他在这里,还是此刻才寻到这里来。小陈用手背揉着眼睛,站在旁边,不高兴地望着秦震,像在责备秦震,又在责备自己。秦震问:

"前边有报吗?"

"有。"

黄参谋把一张电报纸递给他。他看了,眼光一闪,猛然推掉肩上的军大衣。

电报上写着:

  敌正企图炸毁接近武汉的所有桥梁阻我接近孝感。

秦震命令立刻发电:

  千方百计不许炸桥抢占孝感打开通向武汉大门。

五

玫瑰色的晨光染亮天空。在通向武汉的道路上,解放大军像洪水一样涌进,急骤的脚步声不停地响着,从白天响到夜晚,从黑夜响到天明。

山峦环抱中有一片大竹林。竹林外面的道路上,有两个战士牵住两匹马来回来去遛马。一匹马是黑的,一匹马是红的,都是膘肥体壮的骏马,口角上沾有白沫,鬃毛上垂着汗水。刚才好一阵暴风急雨般奔驶,以致阳光把湿淋淋的马身子照得锦缎一样发亮。黑马一边走着,一边从地上叼了一口青草在咀嚼,红马却飒爽地仰脖轻轻嘶鸣了一声。

幽暗的竹林深处,是师临时指挥所,军用电台上的电键滴滴答答不停地响着。

电台旁边站着两个人。一个面目英俊,全身总是绷得紧绷绷的,充满精力,就像一颗随时可以出膛的炮弹,这是师长陈文洪。一个身材高大,赭红色长脸上,刻着深深的皱纹,浓黑的长锋眉和络腮胡特别引人注目,这是师政委梁曙光。他们的眼光中,是平静、镇定、等待。不过,周围的气氛如此紧张,令人急躁不安。随着译报员迅疾移动的手指,一份又一份电报译了出来。

一份是侦察科长发来的:

<blockquote>从武汉开来三辆吉普大桥即将爆破。</blockquote>

一份是军部转来兵团副司令秦震发来的那份加急电报。

陈文洪、梁曙光脸挨在一起,不出声地念着电报。电报纸上的每一个字在他们眼中都那样清晰,清晰得有点冷峻。

同时到来的两份电报,就像阴电和阳电,一接触马上就会爆出火花。

他们俩究竟是老练的指挥员,略一沉吟,敏捷地交换了一下眼光。

梁曙光:"看来敌人要破釜沉舟!"

陈文洪:"会的,南京挖了老祖坟了。"

"抢桥怕来不及了。"

"来不及,也得抢。"

这是他们从电台旁向竹林边走时交换的对话。

陈文洪头也不回,火急地下着命令:

"命令部队跑步,向大桥火速前进!"

梁曙光回头加上一句:"我们在先头部队!"这对老搭档配合得如此紧密无间,两句话同时脱口而出。这说明:情况紧迫,决心一致。他们将亲自率领先头部队,有如一把锋利的尖刀,直接插向敌军。事实,带着一种看不见的威胁,像一片乌云笼上心头。"争分夺秒……争分夺秒……"他们两个人急匆匆冲出竹林。

正在这时,传来轰隆一声巨响,天空和大地都沉重地抖颤了一下。

翘首南望,只见远方有一根黑色烟柱冲上高空。

陈文洪脸色骤然变得煞白,飞身跃上黑马,四只马蹄不点地地急驰而去。

梁曙光已经抓住马嚼口,左脚刚踏上马镫,不料红马见黑马已经跑开,就焦急地打着旋,想立即放蹄而驰。他的右脚不得不紧跟着抢了几步,翻身上了马,右手握住缰绳猛劲打了一下。

一阵烟尘滚滚,

前面一个是陈文洪,

后面一个是梁曙光,

再后面是一个骑兵班,

所有的马都如离弦之箭,远去,远去。
太阳如此和暖,
春风如此温柔,
稻田如此秀丽,
江山如此明媚,
然而,可怕的事情却在这里发生了。

当他们已经迫近大桥,忽地里,接连传来几声霹雳巨响,震天抖地,一片黑烟,一阵火光。

当马队如急风骤雨扑到大桥跟前,陈文洪不等马蹄停下,就耸身跳下马来,大踏步朝桥头走去。敌人终于在他们赶到之前,一连引发爆破了所有的炸药。

浓烟还未消散,一股呛得人鼻疼泪流的炸药气味还在回荡。但,通向武汉的最后一座桥梁,竟然毁于敌人之手了。拱形桥身从半当腰炸断,两边残存的断裂部,像仰天危立的悬崖陡壁,凌空而立。当陈文洪和梁曙光走上断岩顶头,只能看见高空之下的滚滚流水,闪着一浪一浪绿波呜咽流去,仿佛饱含着仇恨与惋惜。

陈文洪一脚踏在钢筋水泥扭得七零八乱的断崖上,满面通红,怒气冲冲,他要制胜敌手,而没能制胜敌手。

梁曙光则不然。他静静地立在陈文洪身旁,仰头凝望前方。前方是大武汉,现在,他的眼睛看不见它,他的心却感得到它。那里有他的母亲,那里有过他那既痛苦又欢乐的青春年华,那里有他的乡亲,那里是他的故土。"这说明什么?"一种不祥的预感涌上心头,"难道他们要再来一次焦土政策,让大武汉烟消火灭?!"

正当此时,一阵急促的汽车喇叭声由远而近。

他们俩猛回过头来,只见一辆小吉普车由大路上飞奔而来。

陈文洪从急促的喇叭声就感到了副司令员的心情。

他的脸一红一白,准备秦震对他们来一场暴风雨式的袭击。

拥在河边的部队纷纷向两旁躲闪,那辆橄榄色小吉普猛一刹闸,靠着飞驶的惯性,在河滩上兜了半个圆圈,才横着停下来。秦震离开司机座位,拉掉把舵盘的白手套,一跃而下,双脚站住。他很平静,穿着美军夹克,戴着一顶灰布军帽,挥手掸了掸衣襟上的尘土,从容自若,潇洒自如,把手举在帽檐上向大家还礼。

陈文洪的脸终于由白变红,为了自己过于焦躁有点惭愧。不过,压在他胸中的怒火怎样也没个出气的地方。

秦震在师长和师政委陪同下缓步走上炸断的桥梁。

他默默地观察。就在这一刹那间,梁曙光、陈文洪同时瞥见他脸上那一片沉重的乌云。但没多久,云消雾散,双眉舒展,在他那微胖的脸颊上露出愉快的笑容:

"由于你们神速的奇袭,已经使白崇禧闻风丧胆,落荒而逃了!"

陈文洪想向他报告,却给他制止,反而一一握手。

然后他伸出左臂往空中一挥:

"炸掉一座小桥,何足挂齿!他们想要毁掉一个中国,绝对办不到!办不到!"

他背负了两手,仰起头,眯缝起两眼向前方凝望。

石志坚老母亲的哀诉,严素女医生的请战,周恩来暴风雨夜中的急报,一时之间都涌上心头。他自言自语说着:

"人心不碎山河就不碎呀!"

陈文洪、梁曙光跟随秦震走下桥头,走近吉普车旁。秦震一只脚跨上车厢,回过头来,不无忧虑地说:

"我们要好好考虑,下一步怎么办。"

秦震的吉普车轻快地向来路奔去,在近午太阳的红色光照里,很快凝成一个小黑点,而后消失了。

第三章　情深如海

一

兵团全班人马到达华中前线,秦震和大家会合了。

兵团司令部设置在一处深邃、幽静的山谷里。

四月的北方还残冬未尽,四月的南方已春意盎然。一片碧绿浓荫中,时时刻刻都听得见鸟的啁啾微语或婉啭长鸣。有一条石铺小径蜿蜒其间,路边草丛中鲜花盛开,红百合花朱红的花瓣上洒满暗红斑点,白百合花的花瓣像铺了一层晶莹的冰雪,空气里弥漫着兰花的幽香,似是似非,若有若无,但不知兰花究竟在哪里?小溪唱着一曲永远唱不完的歌,浮着落花冉冉流去。南方的树木长得又高又大,树冠联结成一片绿网,笼罩天空,春风偶尔拂开密叶,才洒下一线阳光,照在一丛楠竹上,楠竹像湿润的碧玉;照在一株株老树根上,青苔像织绣出来的丝绒。偌大一片地方,静得连落花也听得出声响呢!

这是一个山的、树的、鸟的、花的世界,这里似乎一切都悠闲淡雅,与战争无关。

从林木中,这里,那里,露出一幢幢花岗石块砌成的洋房,里面都充满紧张而繁忙的气氛,无线电的电键不停地在响,人们穿梭来去。不过,这一切都很轻悄,很肃穆。

据说,这地方是住在武汉的外国大富翁避暑的地方。

靠近谷口一幢四面都是宽敞走廊的厅房里,兵团司令部正在召开师以上的军事会议。

漫天竹木浓荫。

电源又被切断。

巨大的厅堂里光线十分朦胧暗淡。

因此,当人们面对悬挂在正面墙壁上的华中敌我态势图时,不得不借助一个参谋人员打开手电筒发出的一道亮光,亮光随了指挥员的指点,而缓慢地在地图上移来移去。

梁曙光、陈文洪来到时,会议已经开始。

地板,不知是由于松散,还是由于干枯,脚一踏上去就发出"吱呀——吱呀"的声音。他们两人只好踮起脚尖、放轻脚步,在后面找个地方坐下来。兵团首长们都坐在正面挂图下蒙了白布的桌边,烟火头不断在这里亮一下,在那里亮一下,辛辣里带点甜味的"骆驼牌"香烟像雾一样散漫开来。陈文洪一坐下,就在首长中间寻找秦副司令。可是,很奇怪,唯独不见秦震,陈文洪觉得有点纳闷。梁曙光却由于这整个营地的鸟语花香都不合他的心意,不,简直和整个战争,和每一个战士蹦跳的心,都不谐调,而感到烦闷。他是多么急于想一举捣向长江,解放大武汉。他一切一切都集中在这一点上,对其他无从考虑。可是有一个苍老而洪亮的声音打断了他的思路,这是史占春兵团司令员在说话。于是,他们所有在场的人的目光都集中在电筒照亮的地图上去了。整个大厅都鸦雀无声,只有一个声音震响:

"……自从华东兄弟部队一举攻克南京,敌人已处于土崩瓦解之势。"

他停顿了一下,嗽了嗽嗓子,继续说:

"可是,我们华中前线面对的是到而今为止,还是残兵败垒中保存得最完整、最凶恶的一股势力——白崇禧!嗯,白崇禧!他制定了一个'华中局部反攻计划',妄图依托湘、鄂、川、黔负隅顽抗,来改天换地,扭转乾坤。"

司令员站起,他的身材瘦削,而且有点驼背,因此人们总觉得他头向前伸着,他如果不穿军衣,根本不像军人,只像个瘦小的农民,可是他眼光、声音显得很威严。他走到地图跟前,背对着大家,大约默默站了十来分钟。

这宁静的、严肃的十分钟里,每一个在座的人,都屏住了呼吸。这时,军人的"荣誉感"、"好胜心"回环在在座的大多数人心中,特别是在师一级干部心中。他们想:辽西一战,如秋风之扫枯叶,尽歼美械精华,解放平津,大局已定。淮海战场,发动最后大歼灭战,以雷霆万钧之力,四昼夜间,"残敌十几万人就全部覆没,平均每天消灭敌人四五万人。这么多敌人,被歼灭得这样快,正好比一个雪球,掉在滚沸的水里一样",摧枯拉朽、直逼长江,现在眼看华东部队跨过南京,直捣上海,我们在华中还不趁火打铁,抢下铁锤?——他们人同此心,心同此理,火急冲向武汉,取它一个辉煌胜利,此时不干,更待何时?

可是,司令员这个老头儿却这样慢条斯理,迂迂磨磨,真是急死人!他不知为什么挥着一条长长的左臂,在地图上画了一个大大的圆圈。

他在地图面前,来来回回又走了一阵,还是默默无言。

随了他的脚步,地板发出枯裂的声音,人们感觉到血管里的血似乎都将凝固、爆炸、燃烧。

突然,兵团司令转过身来直视大家。

他抛开了当前形势,把一段深沉的思虑完全抛了出来:

"同志们!大武汉对我们来说意味着什么?"

这个问题一下使大家怔住了。

司令员并不期望谁来回答,他也知道不会有人出来回答,于是他滔滔不绝地说起来,他的声音虽然低哑但很有力:"二十二年前,我们这支无产阶级革命部队,就是从武汉开始,经过南昌,井冈山,中央苏区,打开了农村包围城市,革命武装力量反对反革命武装力量的革命战争。后来我们到北方去了,现在我们又回到南方,想一想,——同志哥!你想一想吧,大革命失败的白色恐怖,二万五千里长征,泸定桥、夹金山,成千上万,不,上十万,上百万亲密的战友,抛掷了头颅,洒干了热血!"

他的手在桌上猛拍一掌。

"几十年,尸横遍野,血流成河呀!血债要用血来还,到了算总账的时候了!"

司令员突然停止了声音,他没有径直部署战局。

这完全出乎梁曙光、陈文洪意料之外,使他们从眼前的战局一下升腾开去,飞向历史的纵深。这样一来更加使人们胸中焦灼难熬,热血沸腾。

"同志们!现在我们回来了。

"面前就是长江中游军事、政治、经济中心的武汉三镇。辛亥革命时,它威镇八方,北伐时,它名扬四海呀!现在,白崇禧从信阳急速撤退,可是,他手里卡着大武汉,死不撒手……"

二

与此同时,秦震在一幢别墅房子里,正和武汉地下党的同志密谈。

这个自称"老李"的同志化装成商人模样远道而来,和部队取得联系。

两个人坐在窗下的两把陈旧的绿漆藤椅上,中间隔着同样一个小藤几。

窗外,几株紫丁香盛开,扑进一阵阵浓香。

刚才,秦震走进屋来,发现紫丁香,不免目光为之一亮,唇边掠过一抹微笑:啊,紫丁香,西方人说紫丁香是象征幸福的花,莫非我有好运降临?

可是,此刻,他凝眉静听,心事重重。

——白崇禧真准备把大武汉一举烟消火灭?!

地下党同志将一件春罗长衫脱下来搭在藤椅背上,穿一身漂白布褂裤,正就着小藤几,用秦震递过来的一根红蓝铅笔,在一张武汉市地图上,凭着清晰的记忆力,画下各种记号,而一下子,这些记号都变成箭头射向秦震心房。秦震的眼光急急跟着那支红蓝铅笔飞掠,这是江岸机车厂,这是火力发电站,这是汉江大桥,这是汉阳兵工厂,这是长江轮渡码头,还有火车站、仓库、监狱、江汉关大楼……据说这些地方都安放了炸药,接通了电线,只要总闸门一卡,"武汉不堪设想!"

秦震素来临危不惧,镇定自如,这时却不禁倒吸了一口冷气,吐出几个字:

"白崇禧竟敢走这一步绝棋?!"

他在思考,他在判断。但,他终于站起来,把地图折了两折拿在手中。

"形势如此紧迫,请少坐,让我们研究一下。"

可是,当他已经走近门口又折转回来。

老李连忙站起来迎他,两人面对面站在一起。秦震想伸手到军装右上方小口袋,取出那份暴风雨之夜抄下的电报,不过他立即停止了这下意识的动作,只压低声音急急询问:

"跟黛娜有联系吗?"

"有联系。"

他一把抓住对方手腕问：

"她在哪里？"

"在监狱里。"

他的心头一阵刺痛，一片灰暗，但他强行镇定了自己。

他举起手做了一个手势，那意思是"危险吗？"不过，没有等候回答，只把手放在那个同志手上一按："回头再说。"就拉开装有铁纱窗的凉门，又扭动铜把手推开沉重的木门，迈着急促脚步匆匆走去。

一分钟后，秦震出现在大会议厅里。秦震除非万不得已，总穿皮鞋，而且皮鞋擦得乌黑锃亮，尽管他不愿地板过分震响，一阵咔咔声还是打断了兵团司令员的话路，以致他本来向前看的脑袋立即扭转过来。秦震走上去轻轻说了一句什么，兵团司令员立刻站起来，挥了一下手说：

"暂时休会！"

一阵椅凳的挪动声，人们踏着杂乱的脚步，向宽阔的走廊上拥去。

几位兵团首长聚拢在长桌旁，商谈了大约二十分钟，兵团司令员一只大手按在刚刚送来的武汉地图上，跟秦震说："我们继续开会，你再仔细了解一下情况，然后把我们的设想向中央发个电报。"

陈文洪到走廊上和兄弟师的几位同志聚在一道谈话。

只有梁曙光远远离开众人，站在走廊一个角落里吸着一支烟。在青烟缭绕之中，他紧皱双眉，一脸愁容，陷入沉思，连兵团司令招呼开会的声音都没听见，还是陈文洪喊了声："老梁！"他才冷丁惊醒，步入会场。会议已经开始，兵团司令员史占春的声音还是那样洪亮、苍劲，没什么特殊变化，从这一点看来，史占春司令员比秦震副司令员还要沉着、老练，颇有一种巍如泰山的风度。梁曙光一坐下，听到司令员正说：

"最新情况,敌人确有一个把大武汉炸飞的计划。"

这,在会场上无疑是投下一颗重磅炸弹。

会场上一片沉默,不过,这不是紧张的沉默,而是思考的沉默。

兵团司令微闭两眼,泛出既轻蔑又鄙视的笑意,他拿眼睛注视着大家,那意思不过是尊重大家的思考。

"来吧,大家讨论一下吧!"

讨论是热烈的:

1. 猛烈攻击?

2. 箝制待机?

可是,如果猛烈攻击,不正缩短了毁灭时间吗?

可是,如果箝制待机,不正给敌人以充分的时间了?

会场上,各种想法,像无数看不见的小闪电倏忽倏忽地在彼此心地之间传递着。

陈文洪注视着身旁的梁曙光,只见梁曙光一只手在头上一拍,而后搔着头发,烦躁不堪,就要马上站起来抛出他一腔激奋。陈文洪深深同情政委的情怀,理解政委的用意,他就伸手按住梁曙光的肩头,而自己腾地一下站了起来,他立刻亮出自己全部观点:

"我看我军应当立即向武汉发起攻击……"

他的话立刻得到全场大部分人同意,"是呀!从来没有不攻自破的堡垒!""来个狠、猛、快,时间要抓紧,我们多耽搁一秒钟,就给敌人多一分准备时间。""乘其不备,出其不意,直捣武汉!"这些话都显然是支持陈文洪的。

梁曙光终于站起来,他极力抑制自己,但还是免不了声音的颤抖:"整个武汉几十万人民势如悬卵,危在旦夕……"

司令员搔了搔白发,立刻截断梁曙光话头:

"是呀!我们这大武汉像一筐子鸡蛋,你要抢得太狠了,就要碰个竹篮打水一场空。"

他突然把胳膊一甩:"你们要打?好。数百万大军都已灰飞烟灭,这眼前一股子兵力,凭他三头六臂,也不过一扫而光。可是,同志们!你们要冷静考虑一下大局,我们不能忘记党中央的要求:尽可能完好地保存这个工业大城市,不能让国民党实行焦土政策。我们打上几十万发炮弹,就不信轰不走个白崇禧,可是,我们把一个什么样的武汉交给党中央交给全国人民?"

史占春突然停住话音,眼光扫过整个会场,扫过每一个人,他好像要他们交给他一个答案。

陈文洪坐了下来,他把手握住梁曙光的手。他觉得梁曙光的手在发抖,但两人互相望了一眼,没再做声。

史占春的声音又响起来:"你们以为武汉在望,唾手可得,为什么我们倒在这儿踏步不前?今天是师以上的会议,对于中央军委、野战军的部署也透露一点天机,我只能告诉你们:我们正面兵临城下,吸引敌人,"他随即用左手作了一个包抄的手势,"一支大军正从东翼猛插长江,迂回敌后,造成对武汉的钳形攻势。你们要打仗,尽可秣马厉兵,决一死战。仗有你们打的,可是对于武汉,我看还是先稳着脚步,再来一锤子定音!"

这时候,黄参谋蹑手蹑脚走到陈文洪跟前低声说:

"秦副司令请你开完会到他那儿去一下!"

陈文洪一怔,看了身旁的梁曙光一眼,那意思是:"就叫我一个?"

"是的,就请你一个人去。"

开完会,出来一看,已经暮色苍茫,一脉夕阳染红了整个山谷。

三

陈文洪径直向秦震那幢白色洋房走去。

怎么？

参谋不在，

警卫员也不在，

没有一个人来迎他。

寂静，这种寂静仿佛凝聚着一万种看不见的压力，以致连陈文洪这个"闯将"也发怵地停下脚来，手足失措，不知怎好。老头（这是他和梁曙光之间对秦震的昵称）难道不在吗？不会，老头素来信守时间，凡是约定了的那就雷打不动。哪一个迟到狠了，他还要大发雷霆。陈文洪想到这里，便迈步走上石头台阶，喊了声：

"报告！"

没有人应。

他提高声音再喊：

"报告！"

还是没有人回答。

只在第三次喊过之后，才从厅房深处传来一声微弱而显得遥远的应声。

陈文洪推开门走进去。屋里已经非常昏暗。他举目搜寻，才在一扇停滞着一抹朦胧光线的大窗户下，找到秦震。秦震脸朝窗户，背对门口，一人在那儿兀立着，很难猜想，他是不是听见了开门声、脚步声。总之，他没有立刻回转身来。

他就那样一动不动地站着。

他就那样一动不动地站着。

一刹那间，陈文洪突然发现秦震背有点佝偻，全身显得疲惫不堪，他眼前看见的真是一个老态龙钟的人。

陈文洪等待着，等的时间那样长久。

秦震不知怎样一来，蓦然发现有人站在后面，从而迅速地转过身来。他的眼光像火一样在朦胧暮色中亮了一下，但随即又黯然熄灭了。

陈文洪十分惊讶,几十年相处的老首长,从来都是活泼爽朗而又刚强果断。但现在,他在迟疑、在犹豫。他迈开缓慢的脚步走到陈文洪跟前,轻声说:

"文洪!你不要激动!"

不知出了什么事?陈文洪呆呆望着站在面前的这位慈祥的长辈。

谁知更令陈文洪震动的还在后面,秦震终于脱口而出:

"白洁在武汉,不过,在监狱里。"

黛娜是白洁的代号,当然这是由于革命需要而安排的。至于在秦震和陈文洪之间,白洁就是白洁。

陈文洪像给火灼伤了一样,从内心里打了一个冷战,倏然一下传遍全身。他没有做声,他的整个心情如此复杂,他等待了多少年,追寻了多少年,他心中唯一钟爱的人,现在总算找到了,谁知她却被紧紧掌握在恶魔毒爪之中。

"你要冷静,你负担着沉重的战斗任务……"

是嘱咐?是安慰?秦震是在对陈文洪,其实也是对他自己说这些话,他是在努力振作自己。

陈文洪还是没有做声,他的冰冷的心上像用刀子划开一道伤痕,没有疼痛,但在流血。

在陈文洪这样顽固的沉默的时间里,秦震也在考虑,他是不是应该把白洁的全部情况都告诉陈文洪,也许是该让他洞悉一切的时候了。不过经过反复琢磨,仔细推敲,他觉得不能这样做,他没有这个权力。白洁这条线索是由中央掌握的,就是解救出来,说不定还会派遣到哪里做秘密工作。他终于得出结论:只有等完成周副主席的命令,然后由周副主席处理,我应该做的就是守口如瓶,保密到底。不过,他觉得他必须对陈文洪说一句宽解的话:

"我们要搭救她出来,千方百计,设法营救。"

陈文洪确确实实没有激动,相反,倒是出奇的冷静,不过他的声音是微微颤悸的:

"司令员!我只有一桩请求,把主攻任务交给我吧!"

秦震点了点头,他的手和陈文洪的手握在一起,随即转过身去,显然是说:"我们的谈话到此为止,你可以走了!"在这一瞬间,陈文洪有一个重大的忽略——在最后一缕落日余光中,秦震不想让陈文洪看清他的脸,而陈文洪也确实没有看清他的脸。

四

不知什么时候落起雨来,树木和泥土散发出一股土腥气味。四月天气,瞬息万变,这无声的雨啊,令人感到缠绵,感到惆怅。

陈文洪从秦震那里出来,雨淋湿了他,他没有觉得,他就那样走,走出幽谷,走上小路……

雨漫掠过原野,雨在他心房里响起。

一团乌黑的雨云慢慢笼罩了他的心头。

那是在延安,星期天一个炎炎夏日的中午。当时,延安是充满歌声,充满笑语,充满火热青春的地方。大批大批男女青年络绎不绝,像古代朝圣者一样,从全国各地奔向这个抗日战争的灯塔,使得延河两岸,热闹非凡。不过,像这样的中午,人们大都在清凉的土窑洞里睡午觉。陈文洪由于担任抗日军政大学的小队长,从早到晚,奔波繁忙,只好抽星期天中午这个空,到延河上来洗衣服。当年住过延安的人,该不会忘记,延河那柔软无声而又清澈透底的水是多么可亲可爱吧?从水里洗出来的衣服,是那样光滑、清爽,仿佛还给延河水染上淡淡清香。是的,我们不会忘记,那是一个多么震撼人心的大时代,又是一个多么抒情的大时代。陈文洪赤裸着上身,灰布军裤挽到膝盖头上,叉开两条腿站在河流中心,那样勤奋、那样快意地在大青石块上揉搓着衣服。闪亮的水花、雪白的皂沫,随了手势飞溅。如果有一位画家从这儿过,会忍不住要为这青年人勾勒一幅素描。他那样英俊,全身肌腱凸出、充满活力。椭圆白净的面孔上,眼睛、鼻子、嘴都精致、小巧、端正。但他的整个神态使你感到勇猛、果决、刚强。他是经过雪山草地磨练出来的,他的两眼却那样纯真洁净。他洗得很起劲,赤红色的两臂的肌腱活跃地弹动着。他沉醉在劳动的快感之中,专心致志,忘了时间。忽然,一股闷人的热气从河面上升起,使他呼吸有点困难。便直起腰,用带泡沫的手臂擦了一下额头上的汗水,放眼看时,大吃一惊。原来靛蓝的天空突然黑得像锅底,只见一只苍鹰在飞腾旋卷的乌云里急急打了一个斜歪就无踪无影了,河边的石块发白,马兰花在颤抖,一阵狂飙突然从天而落。

大西北高原有时是温情的,有时也是狂暴的。现在,在你还来不及思考的时候,这险象环生的一幕已经降临眼前。

陈文洪抱起湿衣服,立刻就往岸上跑,刚上岸,就隐隐听到一阵可怕的声音,回身一看,河的上游,山洪像千万垛山崖陡壁直压下来,墨黑的旋流带着无穷的吓人的威力。与此同时,整个天空和地面都变得昏暗沉沉,好像整个天穹突然奥变,从天上地下,四面八方发出一种说不清是什么的可怖的轰响。延河原来只是一条曲曲小河,而转眼间,大水已经淹没两山之间整个广阔的平川,沿着整个广阔平川,遮天盖地,狂泻而下,两面光秃秃的山夹着一片汪洋汹涌的黑流。

"不好!"

陈文洪站在石头上惊叫了一声。

他在黑色狂流中发现一个白点。

啊！人！……

这人卷在惊涛骇浪之中，既看不见挣扎，也听不到呼喊，因为这时一切都为大自然疯狂的叫啸所淹没了，只见那个小白点一会浮到水面上来，一会又淹到水面下去。

是的，是一个人！

陈文洪来不及思索，从岩石上耸身一跃，投入急流。

这时，天塌地陷，山崩石裂，谁碰到它，谁就将毁灭，碎成粉末。但，现在，这一个人，这一个大地之子，在挥动双臂，破浪前进。

陈文洪见人危难时，丝毫没有犹豫，投入狂涛恶浪中搏击向前。

山洪的暴发，使得两旁山上窑洞里的人都出来了，当人们看见汪洋中两个小点随流激荡，都吓得倒吸了一口冷气，连声呼叫，奔走相告。一时间，山坡上站满人，有的就急惶惶奔下山来，拉绳索，抬木板，想方设法进行抢救。所有的眼光都投射在陈文洪身上，当一浪把他吞没，人们一下屏住呼吸，当他又凫出水面，人们跟着一声喟叹。命运，命运，一个人的命运和千百人的命运牵系在一起。

山洪急剧地怒吼、旋转、奔流，冲击着成群的牛羊、巨大的树木和桥梁、屋顶，横扫而下，势不可挡。这种狂暴是没有任何力量能与之抗衡的。正因为如此，两岸的人群焦灼、喊叫，于是所有的心扉打开来，通向一个发亮之点——这就是希望，希望，这是驱使人奋发向上的力量。试问，如果没有它，火、热、生命、阳光，都还有什么意义呢。现在陈文洪便是这个亮点，他向黑压压的死神挑战。正在这紧张时刻，忽然一声霹雳，暴雨倾盆而下，水势、风势、雨势，汇成大气流的漩涡，情势更加险恶了。

人群中不断发出喊叫：

"游近了！"

"抓到了，抓到了！……"

"哎呀!"

"又冲开了。"

"他还在游吗?"

"他还在游。"

"真险呀,这一浪把他打得远远的……"

"他在游,近了——又近了!"

陈文洪这时脑子里根本没有任何悬念或疑虑,也不允许他有什么悬念或疑虑,他要对付的就是一意要吞噬他的恶浪,他只有一个意念,就是从急流中救出那个溺水的人。

终于他揪住了这人的头发,于是,两个人漂浮在一起了。

不管浪涛怎样摇撼,他死死扭住头发,头发长长的,是个女人。

她已失去知觉,不再挣扎,就像一片树叶一样,在战栗、在漂流。但,水的浮力,浪的冲力,使她显得不那样沉重,因而使她能够跟着他漂浮。陈文洪,临危不惧,头脑清晰,他知道他不能横断洪流,直截向岸。于是,他趁着水势,一任洪水急速漂流,把他们冲激而下。人们沿岸奔跑、喊叫,有些会水的人已经下到水里,凫着喊着,想助他一臂之力,但怒涛横击,难于接近。当洪水流到很远很远一个转弯的地方,陈文洪利用水势缓慢的大好时机,奋臂划水,他终于被很多扑下水来的人抓住,他和那个被救的人,给人们七手八脚抬上岸来,却已经失去了知觉。不知过了多少时候,陈文洪慢慢苏醒过来了。人们告诉他,那个女同志送到医院抢救去了。

天不知什么时候放晴了,一片红色夕阳照耀在延安四周的山头上。他觉得浑身无力,头晕脑涨。人们要送他,他却谢绝了,只撩河水冲冲身上的污泥,就蹒跚地沿着河岸向上游去寻找他撂在岩石上那堆湿衣服去了。

…………

五

  大约十天以后,一个夜晚,陈文洪正在窑洞里读书,一个通讯员给他送来一封信。当时,在延安没有信封,都把信纸叠成狭条而后曲折扭成个阿拉伯4字形。陈文洪打开来一看,上面写着:

陈队长:

  我是女生队学员,那天山洪暴发我险些遇难,你把我救上来,发高烧住了五天医院。很想认识你。

白　洁

  灯盏里一根细细灯捻爆着一星不大的火花,他看着那娟秀清丽的字迹,蓦地想起那天有人落水的事。这事已经轰动了半个延安,而且他就是主角呀!不过,他对此却不加理睬,有人问他,他就悄悄走开。现在,他对这封信很满意,因为信中没有一个感谢的字眼,至于认识,那又有什么必要呢。他只淡淡一笑,就把这封信撂在一边,又重新埋头到书本里去了。在红军队伍里,他属于爱学文化的一类人,在家参加了村苏维埃的扫盲队。十四岁参军就带了一个小本,一截短铅笔头,这是他的珍宝。在茫茫草地上宿营的夜晚,就着朦胧的篝火,他捏着小铅笔头写得手心出汗,往往把头一撂在书本上就睡着了。现在,他,一个工农出身的干部,管理的却是一批知识分子,他深感彼此之间文化水平差距甚大,不易理解,不易引导,就激发了他的好学进取之心。

  这孔土窑洞一到下雨天就反潮,泥土的霉湿气和灯盏里羊油的腥膻味混在一起。有一只蟋蟀不知在窑洞里还是在窑洞外吟叫个不停。在一次大会上,一位领导同志说的话特别触动了他:

  "世界是人创造的,凡是不懂的你去学就懂了。"

收信的那夜，他依然学到不知什么时候，把头伏在书本上睡着了，那灯盏上的火花，也不知是耗干了油，还是给风吹灭了。

西北高原的夜晚，还是十分清凉冷峭的。西北，你这巍巍的黄土高原啊！你这中华民族发祥之地，你是何等雄伟，何等壮美啊！人们站在这里，不论是白天看太阳或晚间看月亮，都会有一种奇异的感觉，觉得这儿一切离天穹贴近了。因此，太阳特别热，月亮特别亮。黄土高原气势雄浑，景象苍劲，处处使人想到古老的洪荒时代。那时在这里，从石破天惊、开天辟地、移山倒海的沧桑变迁之中，生长了万物之灵的人。我们的祖先，就在这儿开始了茹毛饮血，刀耕火种。然而，一个伟大民族的灵魂就从这里勃发而起。于是，漫漫几千年过去了。今天，在这山河破碎、风雨飘摇、国破家亡的大灾难里，历史好像做了精心的选择，西北高原这片土地，又一次发出呼啸，拔地而起，曾经创造过一个世界的地方，再来创造一个世界。你站在高山之巅，四处瞭望，你会觉得这儿穷山恶水，寂寞荒凉。可是，你放开脚步吧，你追寻着高亢而又苍凉的"顺天游"的歌声走吧！歌声飞过曲曲山巅百道湾，飞过一川碎石大如斗，你会发现土地如此肥沃，森林如此茂密。山梁上一个牧羊人，披着一块老羊皮，提着一根牧羊铲，就是他，一面慢悠悠走着，一面引吭高歌。……天苍苍，野茫茫，好像自从我们祖先沿着黄河走向中原以后，这里便空自留下了无人问津的宝库。可是，这表面上看起来平静的高原，它的心脏却永远不息地跳跃。中国劳动人民的儿子，举着红旗到这里来了，当血雨腥风的民族的大灾难、大痛苦、大悲剧来临的时候，透过浓云密雾，牧羊人高亢而嘹亮的歌声，变成千千万万人的呐喊，唤醒千千万万沉睡的心灵。谁能说在悲痛中没有欢乐，又有谁能说在欢乐中没有悲痛。正是在悲痛与欢乐的交错中，陈文洪，这个江西来的红小鬼，现在，已经是一个真正的勇士，展翅的雄鹰了。

事情并不像陈文洪想的那样单纯、简单。自从陈文洪收到白洁那封来信以后,有一个女同志的影子常常在他身旁出现:在操场头,在课堂边,在延安城铺石板的街道上,在凤凰山头新华书店里,经常有一个影子轻悄地出现。那是一个青春洋溢的人所处的青春洋溢的年代啊!一个微笑,一瞥眼波,都会引起心潮里的涟漪荡漾。可是,陈文洪一直没有觉察。因为好胜心占据了他。在火线上要做个出色的战士,在学校里要做个出色的队长,他把全部精力都沉浸在事业中了。可是,一个星期六晚晌,他和全队学员去参加一个灯火辉煌的晚会。一个女同志站在台上,燃烧的松明透过缭绕的黑烟照明了她。她却完全沉醉在乐声中,那优美动听的小提琴的旋律,从她柔软的手指流沁整个会场。会场里,那么多人一下变得如此安静,似乎所有人的心都和乐声融合起来了,像一股清清的风,一缕淡淡的云,在回环悠扬。一种柔和的、和谐的美,净化了人们,震颤了人们的灵魂,使人不能不为凄婉而哀伤,为昂扬而振奋。忘了,忘了,就这样,忘了一切,忘了自我,它忽然升上太空,忽然旋落平野,而后,余音袅袅,像一根游丝,若断若续,轻微、轻微地飞向无限的深、无限的远。小提琴的琴弦终于静止下来,可是会场上的人还停滞在宁静中,然后一下如大梦方醒,一阵掌声跟着一阵叫喊:

"白洁!——再来一个!"

"白洁!——再来一个!"

陈文洪恍然大悟,啊,原来她就是白洁!也许由于那乐声的陶醉吧!他对她立刻产生了一种油然而生的好感。

白洁没有答应大家要求,似乎羞怯地要退下台去。这时,坐在前排的陈文洪也和大家一起喊叫起来。就在这一刹那,白洁和陈文洪两人的眼光相聚在一起了,她看见了他,他看见了她。

那夜,月光如水。当晚会散会时,人们从空气混浊而热闹的大礼堂里涌出来,特别感到这个山城的夜气如此清凉、甘美。从看不见的远处,传来延水潺潺流响。当人们纷纷沓沓踏着月光向前走时,白洁的身影轻悄地出现在陈文洪身旁,她毫不犹豫地向他走来,十分勇敢地主动同他握手。他第一次握年轻女人的手,心中有点颤悸。这手是那样纤细、柔软,但她的语言像火一样热烈:

"陈队长!我们总算认识了。"

六

是的,他和她认识了,不但认识了,而且渐渐相爱了。

爱情是最宽厚的,也是最仁慈的。

可是,人世间给予陈文洪的爱是太少太少了。他这个江西伢子,三兄弟一道参军时他才十四岁。后来,一个哥哥在广昌战斗中献身了;一个哥哥永埋在古老的苍凉的茫茫草地之中了。可是,他没有哭过。也许正是这些悲怆与惨遇铸成他的性格。他平时沉默寡言,战时又猛又狠,人们都管他叫"辣子连长"。这不仅仅由于他每餐饭没有辣椒就吃不下去,更重要是由于他对人、对事、对一切,都有一股火辣辣的劲头儿。感情这根弦,在这个由苦难陶冶,由战火磨炼的灵魂中,似乎从来没有一根手指去挑拨过。其实,那时,他何尝没有爱,只不过爱含在恨里,心中燃烧的是冰冷的火焰。而现在,当两颗心融合之后,他心里燃烧的是温暖的火焰了。一个落雪的夜晚,他送她回女生队宿舍去,临别,她依依不舍地把他冰冷的两手紧紧抓起,贴在她的两颊上。他立刻感到一阵温暖、火热,美美地渗透入心泉。她责备他:

"这样大雪天也不穿大衣?"

他笑了笑说:"我已经习惯了。"

她十分深情地说:

"你只知道你,你就不想到我……"

她的声音竟呜咽起来,他一下着了慌,连声说:

"我穿!"

"一定得穿。"说着,她把自己脖颈上围的一条毛线围巾取下来,亲手给他围上。他待要谦让,她向他投来一道"命令"的眼光。

这是何等温馨的爱啊! 分手之后,他怎样也不想回自己的窑洞,他一个人坐在延河边一块岩石上,一任凛冽的寒风把雪花洒得满身满脸。他的脸颊,从那轻软的、毛茸茸的围巾上,感到天地间都没有的温暖,他第一次落了眼泪。当他发现一点湿湿的东西流下腮帮,他恐慌了,他连忙去揩,却又止住没有去揩。啊! 这就是深深的爱啊! 这个踏遍荆棘的人,头一遭懂得了幸福;这个坚硬如铁的人,头一遭受到爱怜。这正说明,在他们之间,爱得多么纯真,爱得多么圣洁。他们之间的爱,像是夏日清晨的湖水,清洁、晶莹、透明;一旦太阳一露脸,它就将湖面反衬出无穷无尽青春璀璨的光华,是的,爱就是这样无穷无尽的呀!

陈文洪不再是过去的陈文洪了。

白洁不再是过去的白洁了。

有一次,陈文洪问她:

"你是一个爱好艺术的人,你为什么找我这样一个工农分子?"

她痴痴地望了他一阵,然后慢悠悠地说:

"我从小过着富裕的生活,可是我厌恶那种生活,我的心是那样孤独啊! 我觉得我是一个无用的人,我羡慕你,你是真正有用的人。"

白洁从小巧的嘴唇里露出雪白的细小的牙齿笑了一下,但随即发出郑重的声音。她像在发出誓言:

"请你相信我,我也一定要做一个有用的人,哪怕付出生命的代价……"

她的柔软的脸颊泛出红晕,她的纤细的身子好像强壮、长大起来。

延安的爱情进行曲在鸣奏着。

冬夜。把整个窑洞照得红朦朦的炭火盆上,一只搪瓷茶罐飘溢出大红枣的甜香,这就是人们从最大贫困中得到最大的富有。这是多么温暖而又深沉的眷恋呀,许多从那个年代里过来的人对此都永远恋恋不忘,一直到他们或她们的垂暮之年以至最后弥留之际。那是何等的坚贞啊!那是何等的温馨啊!

但,在陈文洪和白洁正在热恋时,却意外地发生了事变。

事情发生在早春一个静穆的黄昏。陈文洪按照事先约定,到了他们会晤的地点,那是白洁最心爱的一个地方,陡峭山壁下,一弯澄澈清碧的延水边上,有一巨大岩石。他们常常坐在这儿,听水声潺潺。无论是对于他还是她,每一次约会都充满新颖欣悦之感。这一天,陈文洪又怀着同样的心情来到这里看白云变幻。可是她没有来。他在河边沙滩上踱着,仿佛辨认白洁留下的脚印。当时延安人是没有表的,只把日影当作时钟。后来夕阳衔山,天空泛出红紫色云霞,她没有来;后来,暮霭低回,从沙砾里初绽的马兰花在微微摇颤,从河面上袭来一阵寒意,她还没有来。……渐渐,一种焦躁的心情升上心间,焦躁之中又不免夹杂着一种担心忧虑:"难道出了什么意外吗?"这幽僻而荒凉的山谷中,有时是会有狼出现,袭击行人的!……想到这里,陈文洪立刻迎着白洁的来路走去。但他在那条路上走了很远,还是寂无人影。陈文洪心头如炙似烤。他突然想,也许她已从旁处到约会处,于是他又折回到大岩石边。朦胧昏暗的夜影之下,流水声显得特别清冷,仿佛预示着什么灾劫正在降临,陈文洪回顾茫然,大声呼喊:

"白洁……"

"白洁……"

除了山壁上空寂的回音,没有人声反应。

突然间他听到从远方传来一种声音。他纵身一跃跳上岩石。

他的心一下紧紧颤抖起来了。

是狼嗥的声音,如此阴森、意外、悚人。

——莫不是白洁真的出了事?!

一下出了一身冷汗,当他又拔步沿着白洁来的那道川谷奔去时,夜完全黑了。

他多么希望迎面出现一个穿着灰白色衣服的人影呀,但是没有……没有,什么都没有。

他回到大岩石上,他勉强抑制自己冷静下来。

他寻思,是不是她忘记了这个约会?

不,不会,他仔细回想,白洁是一个非常守信用的人。

那么是什么?! 是什么?!

于是他下定决心到白洁所居住的抗大小分队住处去。他走到那儿,整个宿舍房屋连一点灯影都没有,人们该已进入梦乡。

陈文洪站了一阵。

他的心渐渐凝固,沉落下去了!

他这样来回来去,在这川谷中跑了不知多少趟。

最后,他又回到大岩石旁。

冷冷的一汪清水似的月光已经照落下来。

难道白洁她……

不,他不敢想下去了,他只觉得浑身冷飕飕的,像从头上浇了冷水。

他坐在大岩石上,月亮也已西斜了。

哪怕有一点声音,也会带给他一线希望呀……

一种苦恼,一种痛苦深深抓住了陈文洪的整个灵魂。

他终于没有等到白洁,带着失望与绝望回到自己的窑洞。他不愿点燃灯盏,摸黑到床上,和衣而卧,睁着两眼,直到天明。

这个革命中的战士,生活中的苦儿。

他意外地得到幸福,难道现在幸福又意外离去了吗?不,不可能……

从那晚以后,过了多少天。等待,失望,等待,陈文洪陷于一个青年人无法摆脱的烦恼之中。

是的,爱,并不只意味着甜蜜、微笑。

是的,爱,同时也意味着忧愁、苦痛。

在陈文洪身上,生活本来就像一条大河自由自在地奔流。而今,经过欢畅、漫溢,却突然遇到礁石,狂流击碎在礁石上,而后降落下来变成一潭死水。

陈文洪尽力挣扎,摆脱困境,全力投入紧张的工作和劳动,不给自己留一点空闲,想以此压倒苦恼,但青春的烦闷是怎样渗透人心呀!他觉得这个春天特别漫长,不知为什么他苦苦地盼望着夏天的到来。

而夏天也就真的悄悄来临了。布谷鸟彻夜地鸣叫着,月亮把窗纸照得雪白。他怎样也睡不着,茫茫中好像有一种什么神奇的驱使似的,使他走到窑洞前的坪场上来。月影蒙蒙,山影蒙蒙,整个延安酣睡了,整个延安给月光照得那样清凉、明亮,月光像一层极细极细的银丝织出的纱幕笼罩着一切。听到远处延河水流的声音,就像有个小孩从玻璃瓶里往外倒水,咕噜噜咕噜噜地响着。他想到那儿去,他移步走下弯曲的山路。在半山腰上,他忽然看见一个人影,正在上山,骤然面对面停下,来人竟是白洁,白洁。

一月中天,万籁俱寂。

她的充满喜悦的眼光和他充满炽情的眼光骤然相遇,默默注视了一下——这是多么动人心灵的一瞥呀!他们爱得如此之久,但这时才第一次紧紧拥抱了,相吻了。等到她从他怀中仰起白皙的面孔,她两眼满含着泪花,透过泪花笑得多么甜蜜呀。最后,还是白洁轻轻推开了他,微嗔地说:

"你看,你把什么压坏了!"

原来她胸前捧着一大把红的、白的百合花。

他问她:

"你怎么不讲一声就走了?"

"纪律不允许告诉人,任何一个人。"

"那你也不能写一个字?"

"不,不能,洪!那是绝对不能的。"

她没有告诉他她在哪里,不过他也不再问她在哪里了。

他心里明白,作为党的机密,他不应该再加询问。

他记起,在他最烦恼时,他曾为此去见过过去的老首长、现在学校副教育科长秦震。

痛苦在燃烧着他,痛苦在折磨着他,他能找谁一诉衷曲呢?在人群里,一个最关怀他,也最为他敬仰的人就是秦震。陈文洪觉得不应该为个人私事去麻烦上级,但是他的两脚竟不听他的指使了。在这革命大家庭里,秦震与他之间所特有的那种亲骨肉关系竟驱使他走到老上级那儿来了,他要向他请教、求援。

秦震热情地握住他的手,让他坐下,两只微笑的眼睛,一下望到他的心底,好像他知道他会来,也明白他为什么来。

他们谈了很久很久。最后,秦震情深意真,情辞恳切地劝阻陈文洪不要跟白洁恋爱。

陈文洪挣红了脸想要争辩,这个老首长率而直言道:

"她不是你理想的对象。"

可是,陈文洪是用整个生命在爱呀,他不是一个轻易付出爱,更不是一个轻易收回爱的人。

秦震见他执意不肯,在砖砌的窑洞地面上来回踱了几步,背过身去,十分感慨地说:

"文洪,我告诉你,她可能不会给你带来幸福。"

"我不只是为了个人幸福……"

"可是,她也许长久不能跟你在一起呢?"

"只要我们的心在一起,为了革命,她走她的路,我走我的路,也没关系。"

秦震明亮而冷峻的两道眼光霍地射在陈文洪脸上,这一刹那,是多么严峻的考验时刻,是多么清醒的考验时刻。

陈文洪心神一震。他从来顺从老首长的教导,不过,这一次,他不能听从,不能。为了这个"不能",他得付出多么巨大的耐力与毅力呀!但他确实不能,而这时,他看到秦震的眼光缓和下来了,眼光一下变得有如一片和煦的阳光。

不过,这是没有结果的结果,谈话也只能在此结束了。

秦震照例留他吃饭,他也照例坐在小马扎上就着一段木头墩子吃饭。那年月虽然艰苦,可同志之间偶然过访,总要留下吃一餐饭,尽管同样是小米饭,土豆汤。秦震特地加了一小盘炸得焦黄喷香的干辣椒,油汪汪的,使人深感盛情。陈文洪吃得汗淋淋,热烘烘。吃罢饭,一抹嘴站起就走。秦震送他走出窑洞,他回身,立正、敬礼。他的绷得紧紧的整个身姿说明:我是绝对服从您的,不过,在这个问题上我不能够。

现在,白洁却突然出现眼前,他没问白洁,是谁允许她来的,是不是谁说了话才让她来的,但,由于她既然谈到纪律,也由于对她的信赖,他没有再问。他高兴,在一个打开水用的黑釉瓦罐里倒满凉水摆在案头,白洁把那一大捧百合花插在里面。这从荒山野谷里采撷来的花呀!好像在窃窃私语,低低暗笑,为他们散漫出一股略带点泥土气息的芳香,确是令人心醉。

这是多么漫长的一夜!
这是多么短促的一夜!
这是多么痛苦的一夜!

一直到窗纸上泛出青色,两个人还面对面坐在炭盆边喃喃蜜语,语言有时候是吝啬的,但在情人之间却像抽不尽的丝绵绵不绝。他们什么都说了,他们决定了终身。延安的清晨是寒冷的,陈文洪从伙房里掏来几块红火炭埋在炭盆灰里,到这时已化为灰烬,虽还有一丝暖意,实在抵不住窑洞土墙上透出的潮湿的寒气了。陈文洪的棉大衣披在白洁身上,他们彼此望着,笑着,眼光是那样温暖。

七

又是几个月过去了。为了要开辟山东敌后抗日游击战,非常需要得力人手,组织上决定抽调一批人到那地方去,陈文洪也是其中一个。他即将离开延安,走向远方,投身于激烈的战争之中去了。就像爱好游泳的人即将踊身跃入激流一样,陈文洪无限喜悦,忘怀一切,唯一惦念的就是要向白洁告别,但是不知到哪里去寻找她。在这重要时刻,不是陈文洪去找秦震,倒是秦震派了个通信员来说:"副科长叫你到他那儿去一趟!"秦震微笑地端详这精力饱满的小伙子,他叫他到几十里外一个地方去看一看白洁。秦震说得很平静,陈文洪接受得也很平静。

初秋的延安,美得像一个朴实而俊俏的村姑。空气中弥漫着熟透了的谷子的芳香,阳光把飞扬的尘土晒得暖烘烘的,滑溜溜的小风吹到人脸上又那样凉爽宜人。陈文洪走过一道道川,涉过一弯弯水,爬上山峁,穿过密林,从不知隐蔽在哪儿的村落里传来雄鸡的啼鸣，一树树大红枣像飘着红色的雪花。他早起披着露水出发，晌午在一个人家窑洞前，讨了一碗凉水，坐在碾盘石上，吞食了身边带的一块锅盔，快傍晚时就到达了目的地。他远远就看见白洁在山垭口上等他了。白洁身穿一身由灰色洗得发白，但清洁、整齐的旧军衣，同样一顶洗得发白的旧军帽戴在头上。她像一颗朝露盈盈的小白杨树，那样丰盈，那样俊秀。他们的四只手一下紧紧握在一起。他仔细看她，她的左腮上一点朱砂痣微微动了一下，她倩然一笑，埋下头去。他的情况她都知道，她说：

"你要到敌后去，我也要走了。"

"你到哪里去？"

她举起柔软的小手捂住他的嘴，连连摇头，乌黑的头发在耳边拨浪着。

"不要问，将来有一天我会统统告诉你，现在不要问吧！（她用目光央求他，制止他）我是到一个很远很远的地方去。"

第二天一整天，他们都在山野间漫步。两个人就要劳燕分飞，各自东西了。当她说到不知何时再见，她伏在他胸脯上哭了。他紧紧搂住她，感到她的全身有如树叶一般簌簌颤悸。他心里一热，眼窠一酸，但他决然地抑制了自己。她露出含泪的微笑，一任他用手掌抹去她颊上的泪痕，在她脸上那颗朱砂痣上吻了又吻。她说："走吧！走吧！我们分手得早，聚会得也会早些。"

绯红色的波斯菊开得那样茂盛，小河边的脚印那样深沉，这一切，使他们把这离情别绪，永远深深铭记在心间。他只反复叮嘱她："不论到哪里都要注意爱护身体。"她说："我为了你，你为了我，只要我们的心在一起，我们就活得会更好。"第三天一清早，他就动身回延安了，这是多么深情蜜意的时刻呀！这是多么难舍难分的时刻呀！先是她送他走了老远一段路，后来，他又送她走了老远一段路；随后，她又坚持送他，直到太阳升上高空，还是白洁毅然决然推了他一把：

"你走吧！怕断黑赶不到家……"

白洁低下头,她那雪白的脖颈红了,她半天没有做声,然后抬起头来,满颊都是泪花。

陈文洪轻轻地喘了一口气,而后屏住了呼吸。

她幽幽地说：

"我们不能见面,我们不能通信,也许很久很久,你连我生死都不知道……"

陈文洪紧紧拥抱了她,他坚定不移地说：

"我等你。"

她高兴地扬起脸来,泪和笑一道漾在她脸上。

"要是我们永远永远不能……"

"不会,我要拼命作战。"

"等到胜利。"

"等到新中国诞生。"

是的,他们各自奔上各自的战场,那儿有危难,有困苦,但他们有着一个共同的信念,那就是红彤彤太阳一般的新中国就要诞生。

他们两人就这样分手了。她从口袋里取出一包东西,放在他手心里,叮嘱他回去再看,然后,她又轻轻推了他一下,决然地转过身去,从背后朝他伸出一只手摇摆着,仿佛说："你走吧,我求求你,你走吧！"但她承担的是多么巨大的悲痛啊！当陈文洪渐渐远去,回过头来再看,她还站在那儿遥望着他。她似乎已没有力气再举起手来向他挥动一下了,她就那样站着、站着,一直到他再也看不见她的时候。

从那以后,他们谁也不知道谁在哪里。日本帝国主义投降,陈文洪随部队渡渤海从山东到了东北。在那风雪严冬的冬季,他第三次负伤住在后方一所医院里。有一天,秦震掀开厚重的棉布门帘,一脚踏入,四处顾盼,然后就迈着快速的小步,径直朝陈文洪走来。陈文洪刚从沉睡中醒来,眼光有点模糊,但一见老首长,真是百感齐集,悲喜交加。秦震一下攥住他的两手,他觉得将近十年没见面的老首长,虽然脸颊还那样红润,眼睛还那样微笑,但毕竟显得苍老了。秦震坐在床沿上,咳嗽了一声,显出努力在压制内心的激动。秦震告诉陈文洪,在北平调处执行部见到周恩来副主席。周副主席告诉他白洁很平安,工作得很努力,特嘱他一定要把白洁写给陈文洪的信,亲手交给陈文洪。一股热流,慢慢地,慢慢地,而后一下笼罩了陈文洪全身。他激动得紧紧握住秦震的两手:"她在哪里?她在哪里?""她在敌人的心脏里做秘密工作。"天之涯、海之角,这是多么遥远的距离啊!但,他知道了,终于知道了。这是两个世界,她在那里战斗,他在这里战斗,有一条线把他们决然分开。当他从激动中镇定下来时,他发现秦震扭过身去,背对着他,是的,老首长毕竟显得苍老了。不过,陈文洪确确实实知道她在哪里了,可又确确实实不知道她在哪里。他伤口还没愈合,就一跃而起,重上前方了。他觉得在前线他和她距离得更贴近一些,在那茫茫旷野上,他望着太阳、望着月亮、望着星星,他就觉得她也在望着同一的太阳,月亮和星星。

　　…………

　　月亮,是月亮,一片月光照亮了陈文洪的眼睛。

　　雨不知何时停了。

　　陈文洪听到背后有人的脚步声和马蹄声。

　　陈文洪蓦然惊醒,环顾四周,他发现他竟然向与他的师部所在地相反的方向走出不知多远了。

　　他转过身叱问警卫员:

　　"走到什么鬼地方来了!"

　　警卫员委屈地说:

"我当秦副司令有任务要你去执行呢!"

陈文洪摸摸双肩,湿淋淋的,立刻感到一片寒意。他纵身上马,朝来路上扬鞭而去。

第四章　心潮澎湃

一

同样清凉的月光照在火车站的小站房上。

铁路没有通车,由几个小房间组成的站房,成了卫生队驻地。严素同几个女军医、女护士住在一起。她的床位在木板通铺紧靠玻璃窗那一头上。

今天下午才接到通知,分派她明天到师里去。

她为此感到无限兴奋。

秦副司令没有忘记他在南下列车上的许诺,是他亲自打电话给卫生部长为她请战的。

这消息顷刻间传遍这个火车站房。

"大姐,你就抛开我们自己一个人下部队?你带我去吧!"

这些年轻的姑娘似乎根本不知道什么是忧愁,什么是恐惧,她们不高兴就哭,高兴了就笑,而且,一点点根本不值得笑的事,也会引得她们吃吃地笑个不停。现在,她们盯住了严素。她们一遍又一遍问她:"你是怎样跟司令员说的?""你就直接那样走到首长跟前去?""你说什么来着?你说:我一定要上前线?""严军医!你说这是最后一仗了,我要参加不上,就永远不能参加战争了,你是这样说的吗?"她们都那样热情,又那样认真,严素无法推托,只好把在列车上与秦副司令员骤然相遇的事又复述了一遍。末了,她说:

"我已经跟你们讲了三遍了,你们再别追问了!"于是,她们和严素搂抱在一起,嘻嘻笑起来,有的还啧啧称赞:"严姐,我的严姐!你真勇敢,你真有气魄!"另外一个却哼了声说:"要是我遇到这种场合,我也不会放过这机会!""瞧你能的,你还梳着小娃娃辫呢!"……于是又嘻嘻笑成一团。

这些天真烂漫的姑娘呀,她们闹尽了兴,就一个接一个地睡着了。

严素睡不着,不知为什么,她心里有点乱。她收拾了一下东西,然后坐在自己铺位床头上,望着睡熟了的人们,轻轻地喟叹一下,又浅浅笑了笑。

她吹熄了蜡烛,月光立刻像清水一样从窗玻璃上照进来。

这次回林口老家,好像带回一股甜美味儿,至今也嚼磨不完。她和这部队里一个班长牟春光是一个村上的。牟春光跟部队进了关,她想去劝慰劝慰老人。一见牟春光的老父亲她就笑了,老人跟牟春光长得一模一样,爽朗、义气,就是犟得全村出了名,人们都怕沾惹他。他原来怕老人想不通,东北人提起"进关",就像远走他乡,永离故土了。谁知老人家把手在膝盖头上一拍,满面通红,瓮声瓮气地说道:

"春子这一步棋走得好,人活着总要讲个事理,什么南方北方都是一家人!不能咱们这儿光亮了,眼看着关里人还摸黑。这不,沈阳一解放,老二、老三都送去当兵了,老三还是炮兵,来信说当一炮手呢,什么叫一炮手?听他小子咋唬的!这不,小丫也学开康巴音子(康拜因,即联合收割机)去了。"

他压低了嗓音像讲什么机密话:

"素啊!我看老鼠拉木锨,这大头还在后边呢!"

这一老一少笑得十分酣畅。

严素说:

"我就要南下,你给春光捎句话吧!"

老人用大拇指和二拇指捻着蟹爪胡子尖,沉吟了一阵,说:

"你给我告诫告诫春子,他要不打出个好样儿来,瞅我不拿鞋底子捆打他屁股!"

小丫觉得这话说得寒伧,她红着脸从旁拉了一把:

"爹!……我哥是班长呢!你瞎邪虎啥?!"

"班长又怎样,就是当了大总统也是我的儿子,也得归我支管。"

话一落音,满屋子哄起一阵热烈笑声。严素笑得流出眼泪说:

"你老爷子这话我可不敢捎,还是写一封万金家书,我一定给你带去,他走到天边我也赶得上他……"

现在,由小丫执笔写的信就装在严素的挎包里。她站起身,又把信找出来,就着明亮的月光看了看,用旧报纸糊的小信封上,歪歪扭扭写着"牟春光哥亲启"。

严素又笑了。

不过,她的心窠里还是空落落的,她烦恼地摇摆了一下头发,钻到被窝去想睡觉,可是蓝幽幽的月光刚好落在她的脸上,她又翻身披衣坐起来。

她的心忽然怦怦跳。

她面前出现一个赭红脸庞上刻着深深皱纹的脸,浓黑的眉锋和胡茬,令人看了就觉得严峻,这人长相很平常,说不上俊美,可是他的两只眯眯的笑眼一闪亮,他的整个脸就变了,你就觉得这个人整个心地就是这样明亮。

嗜!……

她想摆手驱赶这个念头。

可是手不知道为什么那么沉重,十个纤纤细指头像绞丝银镯一样绞在一道,怎么也抬不起来。

可是那个人那一双眼睛在黑暗中还是火星那般发亮。

她第一次发现这双眼睛,是在辽西作战战场上,那一仗打得可厉害,天上地下,火炮开花,她背了药箱在火线上抢救伤员,硝烟呛出眼泪,烈火烧焦了头发,她汗淋淋、喘吁吁奔跑着,包扎了一个又去包扎另一个。当她跃出一个壕堑向另一个壕堑跑去时,她听到威严的一声大喝:"谁在那儿跑?你给我卧倒……"然后,她觉得有人猛力一下把她推倒。就在这时,她只觉得灼热的一闪,她被掩埋在土里。等爆炸声响过去,她扒开土扬起头,就在那一瞬间,在离她不远的地方有一双明亮的眼睛在看她。紧接着又是一阵骇人的爆响,从此她失去了知觉。她在住院期间又发现了这双眼睛,不过头上缠着白布绷带,他在她的病房窗下神情专注地捧住一本书在读。她仔细观察他,又从旁人那里打听,她才知道,就是这个师政治委员,在生死关头一把把她推倒,然后,在第二发炮弹落下时,他们一道负了伤。

师政治委员梁曙光是一个性情沉默而又机智的人,像在野战部队里一样,在这大群伤员中依然是一个洞察秋毫的政治委员。他自己是伤员,却经常挨着个儿看望伤员,给他们一点安慰,给他们一点鼓励。伤员们都很喜欢他,他到哪儿,哪儿就发出一串笑声。有一天,严素看见他走到她隔壁病床,她突然燃起一种炽烈的希望,希望他到自己这儿来看一看呀!后来他真的走过来了。他好像完全清楚她的情况,他没问她的伤势,更没提他们一道负伤那回事。但,从此他们认识了。他的谈吐使她感到惊奇,他不是一个军人,他是一个学者。从他那像小溪流水一样的娓娓言谈中,谈卢梭,谈狄德罗,谈林肯,谈拿破仑,谈贝多芬,谈肖邦,谈达·芬奇,谈米开朗基罗,谈歌德和拜伦。严素在医学院就是一个埋头图书馆的人,兴趣广泛,酷爱文学,自从作了军医以后,整天整晚行军、宿营、巡诊、抢救;她周围没有能谈她所热爱的文学、音乐、美术,这类优美动人的事情的人。而现在,从梁曙光这儿得到了这种她称之为"美感"的东西。她那给狂风暴雪磨炼得粗糙了的心田上又流进一股清凉芬芳的甘泉。她总是听得那样入神,有时微笑,有时沉思,但是渐渐地、渐渐地通过这些交谈,她寻找到一颗善良的心,诚挚的心……

月光从玻璃窗上慢慢向西斜下了。

她不知道在什么时候睡着了,她在天蒙蒙亮的时候醒来,她悄悄起床,把棉纸一样薄的小棉被和一个小包袱打成一个背包,用绿色布带井字形地绑得四方楞正,先在两肩头背上灰布挎包和水壶,然后把背包背到脊背上,再把一条长长的白布干粮袋搭在背包上,然后悄悄走出小车站,轻轻掩上了门。

小站房前有几棵泡桐树,密扎扎开满紫色花朵,散发着浓烈的甜香。

她走出几步回过头看了看,小站房毫无动静。

她迈着细碎脚步爬上一座小小山岗。

南方的清晨飘浮着一层乳白色的薄雾,朝阳像玫瑰花一样鲜明,想从这里那里穿透薄雾洒向人间。那弯弯曲曲的小路上,昨夜的雨水浇出潮湿的泥土香味和浓烈的野草气息。穿过小河边的一片竹林时,她听到第一阵鸟雀的噪音。天空明亮了,大地明亮了,把严素细长而又坚韧的身影,衬映在一片红彤彤阳光之中。她轻松地、矫健地,一面唱着歌,一面向前行走。

二

梁曙光很难忍受华中前线这一片沉寂。

这种沉寂对他来说简直是痛苦。那天晚上从兵团司令部回来,这种痛苦就像阴云一样一直笼罩在心头。

他一个人站在那被炸毁的桥头上。

他遥遥望着武汉那个方向,他的眼睛看不见武汉,他的心却听到武汉的呻吟。

如果说对于军事指挥员的梁曙光来说,武汉只是一个有待解放的目标;那么,对于在武汉诞生、在武汉长大的梁曙光来说,武汉是他最亲的亲人,何况他的老母亲现在在那里。

他不知道母亲是生?

他不知道母亲是死?

他只觉得母亲在等待、在呼喊。

当兵团司令伸出长长手臂在军用地图上一挥时,梁曙光的心就像破裂了一样流出一条涔涔血水。

在他心里,地图上那些无数标志不是凝然不动的线条,而是有血有肉有生命的东西,他看见长江浪头急速地翻滚,他听见码头上褴褛人群的哭号。

现在,他把一支烟蒂狠狠摔掉,又点燃另外一支香烟。

在紧皱的浓眉下,他的眼睛眯成一条细缝,眼光一刻比一刻严峻。

…………

梁曙光自幼失父,家境清贫,他只与母亲相依为命。母亲年轻时有一头丰满的黑发,面容清秀,心灵手巧,麻利敏捷,忍苦耐劳。她为了把梁曙光养大成人,不得不靠给人家当佣工度日。妈妈疼他,妈妈爱他,可是妈妈整天整夜都是洗不完的衣服,两手常常洗红磨破,鲜血淋漓。有一回妈妈洗着洗着靠在墙上睡着了,小曙光爬下床,光着两只小脚丫,把一件破棉袄给娘盖上,娘一下惊醒,紧紧把儿子抱在怀里失声痛哭。妈妈天天抱着浆好补好的衣服出去送活计,总是慌手慌脚赶回来,唯恐儿子有什么闪失。在黑暗无边的茫茫人海里呀,做女人难,做寡妇更难,需要多少眼泪?需要多大毅力?妈妈身子骨单薄,可性子刚强。等曙光长大,受了委屈,从外边回来,妈妈总押着袖口给他抹干泪水,千叮咛万嘱咐:"孩子,记住!咱们人穷志可不能短呀!……"从那以后,为了不让母亲伤心,他宁可在背地哭个痛快,再回家。梁曙光就是这样在苦水中长大的,当他长大成人以后,却走上一条充满风险的道路。有一天他回来很晚,妈妈静悄悄坐在一把破竹椅上等他,一灯如豆,身单影只,垂头不语。曙光慌了。可是妈妈很坦然,舒了口气说:

"人长大了,总要走自己的路。可是,你别瞒着妈,让妈操心操个明白。"

妈妈从后墙夹缝里发现了曙光藏的秘密文件。

妈妈拉着曙光的双手说:"妈的话在心里藏了多少年,到了该跟你说的时候了。你爹在这条道上舍弃了生命,现在你又走上这条道。妈不阻你,妈不能阻你,你有志气踩着爹的脚印走,妈高兴,可是你有难处跟妈说一声,妈多少替你分担一点。"

曙光两眼热泪。

妈妈两眼热泪。

"你爹爹当了半辈子小学教员,清寒贫苦,意志弥坚。那年,你爹眼看不行了,他说,孩子长大了,应该起个名字,我想就叫曙光吧!黑暗总要过去,曙光就在前头。曙光!不论走到哪里,你都得记着你为什么叫这个名字。"

从那以后,母子更亲了,妈妈又是母亲,又是同志,可是妈妈白发愈来愈多,身子骨愈来愈单薄,洗衣服,做针线,手在簌簌发抖呀!

一直到了抗日战争爆发前一年。

那是一个乌云低垂,风雪飘摇之夜,汉江江面上刮来的狂风猛扫着破铁皮屋顶,发出令人胆战心寒的怒吼,破板墙给汉江寒涛震撼得发颤。半夜里,梁曙光和妈妈同时从梦中惊醒,听到竹扉上有人拍门。梁曙光披衣起身拉门一看是黄菊香。她满身满脸是雪,一进来就踉踉跄跄靠在墙上大口喘气。黄菊香是曙光从小学到中学的同学,不过他们的关系早逾过那个分界线,是昵友、是战友。她上气不接下气地说:

"地下组织被破坏,街上警车到处抓人,黑名单上有你……省委命令你立刻离开武汉……"

梁曙光一股热潮涌上心头,他一把抓住黄菊香的手,在紧急的刹那间,这深情的一握、感激的一握、委托的一握,使黄菊香凝着大粒泪珠点了点头。

这时,灯影微迷,四壁凄凉。

妈妈没有眼泪,没有悲伤,妈妈果断地说:

"马上走,你的事我接着干,你的路我接着走!"

母亲一把把他推到外面就紧紧关闭了竹门……

三

陈文洪想劝慰一下自己的老战友,但他自己也心急如焚,恨不得一拳捣破这沉寂的天空和大地。他用德国作家雷马克的书名,揶揄地说道:"西线无战事!西线无战事啊!"

与此同时,却有一颗诡谲的心在窥伺、侦察着,这是秦震的心。秦震在掌握住这种沉寂,运用着这种沉寂,甚至可以说在玩弄着这种沉寂。

对于一个高级指挥员来说,这是全神贯注的时候,是最伤脑筋,也是全部智慧、思考、研究、审断最活跃的时刻,是最痛苦也是最欢乐的时刻,是智力与魄力急剧运动的时刻。这种时刻从军事用语上可以罗列一串:运筹帷幄,随机应变,欲擒故纵等等……

他的嘴唇时而微笑。

他的面容时而沉肃。

这种时候,他往往妙语横生,周围的人都觉得他潇洒自如,实际上他始终悬着一颗心:

他像一个猎人,

他像一个弈手,

他像一个铁匠,

他在捕捉那一刹那时机,他唯恐那时机稍纵即逝,悄然而去。他要及时地放出一枪,投下一颗棋子,打下最合火候的一锤。

整个司令部鸦雀无声,他身边所有的人员都轻手轻脚,保持肃静,而又时时向指挥员投去探询的一瞥。

这两天,秦震足不出户,饭量锐减,很多时间是站在挂满军用地图的墙壁下,背负双手,凝目沉思。但,一听到电话铃响,一听到脚步声音,就会急速地、警觉地转过身来。与那天傍晚陈文洪眼中的龙钟老态完全判若两人,他那多血质的脸上泛着红光,精力充沛,热情洋溢。不过,他仍是在小心地等待着,他在迫切地等待着。

阳光在宽敞走廊的铁纱窗上移动,把树影、花影落在上面,而后又消失了。

他看了看手表,他所等待的时刻就要到来了,他推开门,走下台阶,向作战室走去。

兵团首长们陆续到来,兵团司令史占春是最后一个到达的,他慢吞吞走向长桌正中间他的位子上坐下来。后勤部不知道从哪儿弄来一部小发电机,只能供作战室、机要科、译电员使用,首长们住处点的还是蜡烛。司令员一旁是说话很轻很慢的政治委员,一旁就是闷声不响的秦震。白发萧然,身材瘦削的司令员眯缝两眼,看着电灯,好像是第一次看到这玩意儿,觉得有点新奇。屋里静得使桌上的马蹄表均匀移动秒针的声音显得特别响。这时,所有在座的人的心都在跟随着秒针跳动。桌上放着几叠电报,还有一大把红蓝铅笔。围了长桌坐的人,有的翻阅电报,有的屏目静息。参谋们不断地从门口走入,送来新的电报,然后把经首长们批阅过的电报带走,这种穿梭般来往都是没有声音的。屋里笼罩着一种严肃的临战气氛,似乎谁也没有权力去打破它。兵团司令、政治委员、秦震都不时地向马蹄表投去一瞥,随同这电闪交加般的眼光,仿佛预示一个决定时刻已经到来。正在这时,作战处长迈着急速脚步走进来,干裂的地板一阵轧轧响。他亲自把一份电报送给兵团司令。兵团司令用手掌揉着给雪亮灯光刺痛的眼睛,就顺手把电报交给秦震:"你念!"秦震急速地看了一遍,又谨慎地再看一遍,牵动嘴唇笑了一下,随即用响亮的声音宣布:

"从东面切入武汉后方的我军已按预定时间突破天险长江。"

作战室里的气氛一变,突然活跃起来。一阵椅子脚移动碰撞的声响,人群来到正面墙壁地图下,兵团司令巍如泰山,稳坐不动,只从藤圈椅上转过上身。这倒不是因为他的座位紧挨着墙壁,而是他早已胸有成竹,他瞥视他们,只是为了分享一点快乐。

为了确保武汉重镇不致遭受重大破坏,我方制定了一项作战计划,命令已经下达,一切必然地按照时序进行。其中决定的一着,就是孝感正面按兵不动,而派遣一支部队在武汉下游黄石方向渡江,迂回武汉,直捌其背,向狡猾的白崇禧缩紧网罗,投下强大威胁;但西面却给他留个缺口,就像疏导洪水,让他有个出路,将计就计,借白崇禧想依靠湘鄂川黔实行"华中局部反攻计划"的心理,切断东方,迫敌西向。这样,避免他们在大武汉负隅顽抗,破釜沉舟;然后,再在西面进行决战,从鄂西到湘西一线消灭敌人。

按时渡江,这是实施计划的第一个信号。

可是,这有什么可惊奇的呢!

当大家回归座位以后,兵团司令却挽了秦震的胳膊,走向挂图面前,不无忧虑地用指头敲着武汉,压低声音:

"问题在这里,敌人肯不肯干干净净撒手?"

秦震考虑了一下,他没有作出任何反应,可是他那犹豫不定的眼光仿佛说:

——是呀,万一白崇禧硬让武汉烟消火灭,留给我们一片废墟,那损失可就太大了。过去我军大踏步后退,我们破坏过桥梁、工地,现在我们在逼近胜利,必须保证连一颗螺丝钉也不能丢掉呀!

当他的眼光还在地图上闪烁时,兵团司令却出其不意地慢悠悠说:

"不管他!大局已定,黄鹤一去不复返,此地空余黄鹤楼,白崇禧未必有那么大的诗兴吧!"

秦震紧紧压缩的心脏放松开来,噗哧一声笑了出来。而后郑重地说:

"同志们熬得受不住了,我看也到了正面撒手之时,给他个迅雷不及掩耳。"

"是的,让他们来不及点燃爆破!"

秦震:"我还是打先锋吧!"

史占春粲然一笑:"原来你意图在此……"

秦震心意一下被戳穿,只好默然承认,投出最后期望的目光。

史占春略一沉吟,坚决果断地说:"但等武汉地下党的信号一来,就野马游缰,任你奔跑吧!"

他们一直等到半夜。

一个加急电报飞来:"我军占领长江以南重镇樊口。"

这样一来,长江自黄冈到九江一带全部在握,华中与华东已经一刀斩断,分割完成,白崇禧陷于孤立境地了。不过他们还要等待一个信息,但是这信息迟迟不来,使秦震感到格外焦躁、忧虑……

秦震走出作战室,夜风拂面,夜气清凉,但此时此刻秦震却兀自忐忑不安,心头隐隐悬挂,愈发不能自已。

白崇禧的"华中局部反攻计划"就是白洁送出来的最后一个事关全局,至为重要的情报,白洁在这决定关头起了决定的作用,但从那以后,白洁就被捕入狱了。

是的,白洁已经锒铛入狱,饱受铁窗滋味了。

她受了拷打了吗?

她能够挺得住吗?

…………

秦震像落入急流漩涡,一时之间,他无法控制自己。

他走回自己住房,阴森森的别墅房间更使他感到不快。

他在窗下一只绿油漆已经剥落的长藤椅的一头坐了一会。

他又站起来,看了看表,就把美国军大衣往肩上一披,和衣倒在床上。

他静静地躺着。偏偏这时,他仿佛听到自己血管里的血液在缓缓流动,他感到疲乏,但他的脑子却静不下来。忽然间,一双明亮的眸子出现眼前,随后,一个景象全部显现。是的,那是一九四六年北京饭店东面那片树林里,是的,就是在这里发生了他永生不能忘怀的奇遇。当时,他正从林边走过,突然之间,一举眼,看见白洁。

——啊!白洁……

她穿着美军夹克、军裤和高勒的皮靴,斜戴着船形帽。

但,他一眼就看出她来了,她也一眼就辨认出他来了。

她情不自禁地要扑过来,可是,老练精到的秦震把一道锋利而严峻的目光投过去,他在制止她。她立刻冷静地抑制了自己。

她那样瘦削,

她那样伶仃,

她那样焦急,

她那样动情,

可是,这是什么地方,这里每棵树后都会有一双猎犬窥伺的阴冷的眼睛。

秦震没动声色。

他和她擦肩而过。

在那一刹那间,她的眉尖微蹙,那双眼里充满了爱慕、欢乐、悬念、忧愁,这是多么复杂而微妙的内心变化呀!

只能让一切都在不言中。

不过,他的眼光终于告诉她一切都好(当然包括陈文洪在内)。

可是,她的眼光在说什么?几年来他总回味着她的眼光,想那眼光在告诉他什么。

在东北医院里,秦震为陈文洪的伤势而忧虑,他只把周副主席亲手交的一封信给了他,为了避免给他带来刺激,没有告诉他曾和白洁骤然相遇。因为那样一来,陈文洪一定要问个究竟,可是他能告诉他什么?他和白洁连一句话也没说,他又能告诉他什么呢?难道把那可意会而不可言传的眼光告诉给他吗?他终于向陈文洪隐瞒了这一奇遇。从那以后,虽都在一个纵队里,投身急剧战争,从未再接触这一问题,而今天这个令人难耐的夜晚,白洁那活生生的形象又出现在他眼前:一下是那穿美军夹克的,一下是穿着囚衣的……

现在,当他发现自己在慢慢沉陷在感情漩涡之中,他决然地把手一挥,难道我竟不能自拔吗?不,不能在这捕捉战机时刻,受这种无谓的干扰。这时,他才发现蜡烛不知何时已经熄灭了。

他暗自苦笑了一下,翻身朝墙,闭上眼睛。

作为指挥员,秦震不属于那种类型,他们是大局部署既定,便无牵无挂,无忧无虑,脑袋一沾枕头就酣然进入梦乡。秦震很羡慕他们,但他做不到他们那样。他不无自谦地说:"他们是帅才,我顶多是个将才。"他焦思苦虑,不断设想各种微妙莫测的变化,又构思预防这种变化的方案。他可以纹丝不动地静卧几小时,然后一点声音就会使他惊起。这天下半夜,屋外石砌小径上有脚步声由远而近,响声极轻微,但立刻被他敏锐的听觉捕捉住,当门上有人轻轻叩了一响,他立刻问:

"是武汉电报吗?"

自从与武汉地下党秘密电台取得联络,现在他们就等候着那边的一个信号。

从兵团司令部到地下党,事实上发动了明暗两条战线斗争:

明的一条是从东面切断长江,迂回包围武汉。

暗的一条是发动保卫武汉三镇的群众斗争。

两相配合、力争保住一个完整的大武汉。

秦震坐起来。作战科参谋按亮手电筒,照在电报纸上。

秦震看完电报,霍地站了起来。就在这时,电话铃叮铃铃紧响起来,从里面传来兵团司令的声音:

"敌人慌了手脚了!"

秦震随即警觉地闪了闪两眼说:

"但不知是破坏了再撤退,还是来不及破坏就抱头鼠窜?"

"老哥!这就由不得他了!"

"是啊!地下党干得真不错,连社会名流,经济界巨子,都起来请愿不准白崇禧爆破武汉三镇,群众就更积极了。这条战线有力地配合了解放大武汉的任务……"

"看来这筐子鸡蛋他不好摔啰!"

他明白了兵团司令的意图,立即坚决支持兵团司令的决心:

"司令员!我们伸出刀子直插武汉吧?"

"好,你行动吧!"

摇曳的烛影把他整个身影拉长,落在墙壁上,这样一来,他那并不伟岸的身材显得十分魁梧。那影子给烛光摇得微微颤抖,好像一只山鹰即将展翅飞翔。

兵团司令一环紧扣一环地问:

"陈文洪、梁曙光这把刀磨得怎样呀?"

听到这个问题,脑子里立刻掠过下午在作战室里那个小小争议。现在在电话里兵团司令没明说,却仿佛确确实实在说:"你要全部负责啊!"

秦震立刻挺挺胸脯决然说道:

"我立刻到他们那里去,按照分工,我跟前头部队进入武汉。"

"好啊,好啊,咱们在江汉关会面,你不是老惦记着江汉关的钟声吗?老秦呀,江汉关那钟敲了多少年,现在可是新世纪的钟声了,让我们向全世界敲响这洪亮的钟声吧!"

秦震放下电话听筒,心中十分得意地叨念着:

"史占春这老头儿,雄风不减当年啊!"随即转过身来。

黄参谋、警卫员小陈都已披挂齐全地站在那里。他立刻命令:

"出发!"

他跨出屋门,黎明前的寒冷,使他打了一个冷战,一看,他那橄榄色小吉普已经停在台阶前面。对于黄参谋事事准备在先,他显然十分满意,他朝他投去嘉许的一瞥,欣然跨上吉普车。

司机立刻打亮车灯,这是一九四九年五月十五日早晨五点钟。黎明前的黑暗如此浓重,天上没有星、地上没有灯,一切都凝聚于庞大无边、充塞宇宙的寂静之中,这寂静笼罩了接近长江遍地湖沼的湖北北部。雾,黑色的雾,从水面上升腾而后弥漫原野。它们像预感到这是黑暗世界的最后一日,却不愿就此罢休,反而特别严密、特别沉重。但,在这茫茫黑夜中,一道雪亮的灯光,像闪电一样,随着丘陵起伏,一下照上天空,一下没入深谷。

秦震整整两天两夜没有睡了,现在,他很想靠在椅背上小憩片刻。

他在蒙蒙眬眬中看见陈文洪、梁曙光。

他的思路又回到作战室里那场小小的争议。

那是在研究派哪一个部队进入武汉的时候。秦震主张立刻派陈文洪、梁曙光这个师;另一位副司令员却认为武汉成败已成定局,入城这种事何须使用这张王牌。秦震比较坚决地坚持了自己的意见,他举出使用这个师的两个理由:第一,这个师是大革命失败后,从武汉出发去南昌参加起义的,现在叫他们首先回武汉,去和武汉亲人见面,有特殊政治影响;第二,这个师有进沈阳、入北京的经验,纪律严明,政策性强,他们会给武汉亲人带来温暖、体贴和友善。还有一个重要原因不便讲出,就是他对这个部队的信心、信任、信赖。

在这一小小争议中,兵团司令史占春支持了秦震的建议,于是兵团依此作了决定。

现在,当他要去下达立刻行动、进击武汉的任务时,他对他们,用心头上的天平又一次作了衡量。在长期战争中,他不知对他们衡量过多少次了,但每一新的衡量,他都认为十分必要的。

他从心里喜爱陈文洪,但他严谨地对待他,不让陈文洪感觉出来,实际上他是用一种父爱在引导他前进。正因如此,他对他格外严格,甚至到了苛刻的地步。长征过后,跨河东征,那时秦震是团长,陈文洪是他团里最年轻的排长,他品评着这个青年人:"是一块好材料啊!作战勇敢,考虑周密,只是有一股子傲气。唉!少年气盛,在所难免。不过,要杀一杀他的火气,就像对付一个倔犟的马驹子,你不鞭打它,驯服它,手软心慈,是摔打不出千里马的呀!"因此,在战争中每一失误,他都雷霆万钧地责罚他。但,当他发现,不论怎样敲打,陈文洪站在那里,说得对的他不做声,说得不对的他就反驳。每当这时,秦震表面上很粗暴,而心里却十分喜爱:"走吧!要好好吸取教训,不容再犯。"望着陈文洪纹丝不动,从容不迫,敬礼、转身、走去。秦震总被他那年轻英俊的神情所打动。他喃喃自语:"陈文洪,陈文洪,你可真是镇定呀!我们是最富于感情的人,可是我们无权滥用感情,在决定胜负的时候,镇定是最大的刚强啊!"

秦震对梁曙光是另一种理解。秦震是个喜欢接近知识分子的人,他常说:"没有文化,没有知识,革命是革不成功的。我们的老祖宗马克思不就是一个大知识分子么!"在这支由工农劳苦大众组成的军队里,一个小学生也称得上是知识分子,何况梁曙光这个高中的高材生呢!秦震偏爱甚至容忍知识分子的特殊习性,又明白知识分子的弱点,因为他自己就是一个知识分子呀!因而他无情地反对那种"无谓的知识分子自尊心"。有一回梁曙光错误地处分了一个指导员,以致影响情绪,贻误了战机。梁曙光明知做错,又忸怩地不肯承认。这时,秦震火爆的脾气一下爆炸了。可是,当他看到梁曙光刷地脸红了,一直红到脖颈上,他有点后悔。两种心理在辩论:"是不是过重了?""不,不能让步,这种无聊的自尊心不除掉要坏事。"要知道,秦震是要把梁曙光培养为一个优秀的政治委员呀!"没有心胸,不能克己,焉能秉公?"不过,每当严厉斥责之后,他总找机会主动和他交谈。在东北战场三下江南一个暴风雪之夜行军途中,在炕上炕下都挤满战士的小屋里,他俩在地下草铺上找了一小块地方。水雾濛濛,烟雾濛濛,人影濛濛,灯影濛濛。窗外大道上一片皮靰鞡磨擦冰雪地面的刷刷声。他俩一递一口地抽着一根烟。秦震说:"曙光,我是不是太严厉了?唉,要取出子弹皮能不碰伤口吗?忍住一时疼痛,免除多少隐患呀,你同意吗?"梁曙光热泪盈眶,十分感激,紧紧握住秦震双手。秦震后来不无深意地说:"对待知识分子同志,你敬他三分,他敬你一丈,就是这么回事。"

陈文洪、梁曙光从营到团到师,大半时间都是在秦震直接领导之下,他熟悉他们,最重要的是建立了感情。

"同志,感情是一种看不见的力量呀!"

从理解、熟悉,到建立感情,就转化为上下级之间的信赖。

在火热战争中,在生死存亡关头:

有下级对上级的信赖才有权威,

有上级对下级的信赖才有威力,

哪一个部队,它的秉性是什么,应该在什么火候上,在什么地方上使用,这就是领导的、指挥的艺术。

"同志,别小看呀,这种看不见的精神力量会转化为物质力量。"

他睡着了,在颠簸摇荡的吉普车上睡着了。

熹微的晨光静静地洒落在他的脸上,他脸上笼罩着一种蒙眬的笑意。

吉普车戛然停止,他随即惊醒,他和陈文洪、梁曙光紧紧握手。从那握手的劲头里,从他的目光里,从他那临阵的神态里,陈文洪、梁曙光知道,他们所盼望的时刻到来了。

第五章　追索

一

从北面向武汉排山倒海似的进军开始了。

爆破的声音像一声声闷雷,从武汉方向传来,声音并不特别响亮,但它震痛了秦震的心。

在那座被破坏的大桥旁边,河面上搭了浮桥,部队络绎不绝地走过去、走过去。

秦震站在大桥断裂的崖顶上,看着烟尘滚滚中的人群。浮桥上拥挤不堪,但秩序井然,战士们一个个容光焕发,神采奕奕。秦震很理解战士此刻的心情。只要战斗一开始,他们就跃跃欲试,恐后争先。河流给阳光照得像晶亮的铜片,看上去像似凝固,其实是在汩汩流动。浮桥在人们的脚步下,有点颤悠、有点摇晃。倒映在水面上的人影倏倏急动,光影朦胧。他想道:"这是多么可爱的一支部队呀!"他忍不住啧啧称赞,"他们就是这个样子,从松花江走到长江,就凭一步一步走出来的。这么远这么长的线路,就是战争中的一项丰功伟业啊!"突然间,几声比较猛烈的爆破声连续传来,他转身朝向武汉,举起望远镜仔细观察。但,除了一片静寂的晴空外,只有天际冒出几朵白烟,此外什么也看不见,这能说明什么呢?当为这不可测的情景而踌躇时,他忽然发觉浮桥上所有的人都朝他看,他们似乎根本没计较什么爆破声,而只为了在进入战斗之际,看到高级指挥员和他们在一起而高兴。秦震很理解战士们的心境,他立刻扬起一只手臂向他们挥动,有两三个战士也朝他挥手,多数人好像被他的挥手鼓起更大的勇气,于是加快脚步,像潮水一样,不停歇地一直涌过浮桥去。一刹那之前秦震看到陈文洪和梁曙光也在浮桥上,掺杂在进军行列里。有几个人牵着马,尾随在他们身后,而不知什么时候,他们都已无影无踪了。因为他们一过浮桥,就跃马扬鞭,急驰而去了。秦震本来准备跟在先头团后面前进,可是他来迟了一步。炮兵已经开上浮桥,一色披了伪装网的大炮,给马拉着,发出轧轧轰响,压得浮桥像要沉下水去。黄参谋想阻止炮兵,秦震一把抓着他的胳膊连忙制止了。黄参谋嘟嘟囔囔:

"不按行进序列……"

"哎呀,老兄,这是解放大武汉呀,谁不急着往前赶。"

等到炮兵部队渡河完毕,秦震走过浮桥,就跳上小吉普。

大路上到处都是部队,小吉普跑不起来。驾驶员把喇叭按得"呜呵呜呵"直响。这时秦震不再加以制止,因为他自己也心急如焚。

轰隆轰隆的爆炸声,在他心上压下不祥的阴影。

部队像海潮,吉普车像一艘快艇从人海里冲开波浪,留下一条航迹。黑压压的人群向两旁躲闪,就像波浪向两旁掀开而后又合起来。

吉普车超逾了人群,司机回头急看,显然是看装载警卫部队的大卡车有没有跟上来。这是上前线呀,应当等他们一起前进。秦震突然一跺脚,吉普车钢铁底盘"卡"地响了一声,斩钉截铁地吐出一个字:

"走!"

秦震估计最先头前哨部队该已进入武汉,他急于直接掌握情况,部署任务。于是吉普车旋卷起一股烟尘飞驰而去。

爆炸声愈来愈近,一种沉重的紧迫感窒息着人,人们已经不是在走而是在跑了。

当吉普奔向一座木桥,木桥正在燃烧,浓烈的黑烟已经卷起红红的火焰。吉普飞上木桥,火辣辣的热气扑到秦震脸上,秦震刚感到灼热难当,还没来得及想,吉普已经闪电一样从火焰中猛冲过去。车子刚过去,木桥就轰的一声整个倒塌了。秦震一惊,心中漾出对司机小赵的赞赏,向这年轻人脸上投去一瞥,司机通红的面孔上渗出一层汗水。

后续部队只有涉水渡河了,战士们背负着重荷,你拉我,我拉你,踢荡得水花飞溅,从他们中间爆发出一阵阵愉快的谈笑。

秦震受了战士的感染,脸上掠过朦胧的微笑,微笑一直凝挂在他的脸上,仿佛在说:

"是的,我们是从容的!"

"是的,我们是镇定的!"

事实上,时间在前进,时间在前进,他是在一分一秒地争夺呀!——他急于要知道:他将要拿到手的,是烟消灰灭的武汉、残破不堪的武汉,还是完整无缺的武汉……但,当汽车驰上一片漫长的高地,车却剧烈一震,猛然停住,不能动弹了。

秦震懊丧地站在高地上面,搓着两手说:

"怎么在这时候出事故?!"

可是,连他这个"特级驾驶员"参加进去,也检查不出出了什么毛病。

油门,线路……都没问题,驾驶员非常麻利地倒仰着身子,钻到车台底下去了。

过了一阵子,驾驶员从下面伸出涨红的面孔喊叫:

"掉了一个螺丝。"

这个粗壮的驾驶员呼哧呼哧地喘着气爬出来。

"有没有备件?"

"没有……"

"没有,没有,难道让我们抬着它进武汉吗?"秦震发怒了。

黄参谋提醒:"让我们找一找。"

一线希望之光忽地闪起在秦震心头,他立刻说:

"找着它,一定找着它,一颗小螺丝钉谅它也不能飞上天!"

公路是这样宽阔,两边又长着茂盛的青草,找一颗小螺丝钉谈何容易。可是如果不找到它,在茫茫原野上,能向天还是能向地要一颗螺丝钉呢?于是,所有的人分散开来寻找。

秦震就是这样一个人,当他做一件事,就仔细认真,精力集中,忘掉一切。

太阳光很强烈,公路路面晒得像白砂石一样反光,路面上细碎的沙屑干灼地在人们的脚步践踏下沙沙微响。

静,静得像一切都凝固起来了。

秦震有时蹲着,有时走几步又弯下腰来,他的眼光,冷静、敏锐,他要先自找到这颗螺丝钉,以显示他比背后管他叫"老头"的这般青年人还要强些。

当人们都在专心致志寻找时,忽然听到他惊喜地叫喊:

"啊,在这里……"

大家都纷纷往他那儿跑,见他站在公路边上,手指捏着一颗螺丝钉。

原来他从一开始,就不是茫无目的的而是从颜色的对衬下寻找,公路是黄的、青草是绿的、螺丝钉是灰的,这样他就很快地摸出一条门路。这颗螺丝钉刚好飞滚到公路边沿青草棵下,在那一片绿色衬映下,灰色的螺丝钉就特别显眼了。大家一下把他围起来,不禁发出一阵赞叹、欢呼的声音,人们撩起衣襟擦着满脸汗珠。秦震得意地大声说：

"就是一根针，我也要从海底捞上来。"

驾驶员小赵高兴得咧着嘴笑，伸手接过螺丝钉，立刻就钻到车底下去了。

秦震站在高地上，两手叉在腰间，向武汉方向瞭望，已经看见大武汉影影绰绰、灰暗蒙蒙的一片轮廓。这时，透过灼热的阳光，有一阵风习习而来，只有接近江流的地方，才会有这样的风，风里含着潮湿的水气，令人觉得特别清凉。他嗅到了这长江上吹来的风，他感奋异常，鼻翼微微翕动，心脏缓慢而舒畅地收缩，而后又缓缓松开。

吉普车又跑起来了。

湿度愈来愈大的风迎面扑来，秦震大敞开军衣，一任江风在胸膛上猛烈扑打。

吉普车风驰电掣般奔驶：

——草地变成了菜田。

——空旷的野地上出现了破旧的房屋。

——房屋跟房屋紧密相接。

他们驶入路旁有刺桐的大街，两边出现了楼房。密扎扎的楼房、门窗、闪光的玻璃。大街那样直那样长，似乎没有头，要一直延伸到天边上去。在一个十字路口，秦震示意向左拐弯，一直开到长江边。车还没停稳，他就跳下来，大踏步朝江岸走去。太阳把浩浩荡荡的大江照得一片白花花的，看不见波浪，听不见涛声，只见江上几处爆破的船只冒着浓浓的黑烟。

一只，两只，十只……

秦震望着燃烧的船，他的内心既是恼火又是轻松，随即有一种巨大的欢乐掠过全身。他大踏步扭转身，是的，他抱住了整个武汉，一个完整无缺的大武汉。

白崇禧部队终于没敢实行炸毁大武汉的计划,而在紧急较量之下狼狈撤退了。在这之前,有过多少担忧,多少顾虑,而今兵不血刃,给长江中游这个枢纽城市带来新的希望,新的生命,新的黎明。从司令部首脑们的预期中取得最理想的一个成果,秦震怎能不为此而高兴呢?

是的,是抱住……

是用火热的心抱住。

这在古老而又灾难深重的中国大地上,闪现过第一道阳光、第二道阳光,现在,又闪现出第三道阳光的地方呀!

一时之间,他的心里有多少激情,有多少悲戚,又有多少欢乐,都犹如江潮一样汹涌而起。

他慢慢走近吉普,命令报话员:

"与陈文洪师通话!"

报话员立刻拉长报话机的天线,大声呼喊:

"黄河!黄河!我是泰山、泰山,我要黄河!我要黄河!……"

秦震接过报话机,用他那洪亮的声音大声地说:

"你是陈文洪吗?你们部队进展如何?"

"按兵团作战部署,我们已经分头抢占张公堤、武泰闸、水厂和电厂……"

"好哇!现在,陈文洪,我命令你率领部队立即向监狱前进!打开监狱!解放囚犯!是,是,是监狱,我命令你!"

二

解放大军一到武汉就受到了热烈的欢迎,武汉从慌乱与惊恐中苏醒过来,它睁大两眼,展开双臂,迎接亲人。

当最先头部队进至江岸时,远远看到一小群人呵呵喊着,挥动手臂,朝他们跑来。于是,双方拥抱在一起了。

"我们是江岸机务段铁路工人。"

"你们受苦遭罪了!"

"你们炮火连天的,不比我们辛苦?"

跑在最前面的,是一个身粗体壮、膀大腰圆的人,连鬓胡子加上面色乌黑,显得眼白和牙齿特别白,一双大眼闪闪发亮。他挤进走得热汗淋漓的队伍中,一面寻找,一面询问:

"谁是首长?谁是首长?"

陈文洪抢上一步跟他握手,这来人自我介绍:

"我是铁路工人纠察队队长,哎呀,我们等你们等了多么久呐,我们合计好了,"由于过度兴奋,他的嘴巴像个壶嘴,满脑子谋虑,满肚子言语,都涌到壶嘴上,一齐向外冒,反而说不出来,也不知道他们究竟合计了什么。他为他的语无伦次,有点懊恼,直等到稍稍镇定下来才说出:"我们开辆机车送你们进汉口……"

"对,对,坐着火车进汉口!"

人群簇拥着陈文洪和他带的一个排往前走去。

纠察队长扭转上身,扬起右手在空中一挥喊道:

"把我们的旗子插在车头上!"

"让我们威风凛凛!"

"要不是白崇禧堵塞了武胜关,我们会开火车到信阳去接你们呢!"

分不清话是谁说的,分不清笑是谁笑的。不过,由这群人中间轰响出一片闹哄哄的声音,构成从心里迸发出来的欢乐。

太阳光照着江岸机车厂,闷热无风,好多条铁路线像人身上的筋络一样向四面八方伸展开去。除了钢轨照得闪闪发亮,枕木、铺在铁轨和枕木下面的石子,连同外面的土地,都像泼了焦油一样,一片乌黑。一个脸孔涨得通红,嘴唇上长着茸毛的小伙子,举着旗子跑过来,跑得气喘吁吁,断断续续喊道:"来了……我们的旗子来了……"铁路工人纠察队队长正肩并肩陪着陈文洪向一辆生火待发的机车走去,机车发出噗哧噗哧喘气一样的声音,从烟囱上冒出一缕白烟。

队长攀着扶手踏着梯阶登上高高车门,回过身,尖声叫喊:
"这是我们江岸工人的心意呀!"
陈文洪随在后面往上攀登,招一下手对战士们说:
"上车吧!上车吧!这是无产阶级的火车头呀!"
战士们纷纷爬上机车,有的在机车车厢里,多数站在后面堆积的煤炭顶上,有的抓紧随手能抓到的东西,两脚蹬在梯阶上,这机车两边都挂满了人。那个小伙子飞也似的蹿上车头,在那儿抖开一面鲜红的旗帜。机车轮子旋转起来,当它加快速度奔驰时,那面红旗就像一片燃烧的红霞在不停地飘荡,发出啵啵声响。陈文洪和护路队长站在司炉工人后面,炉膛里的火热辣辣扑在右脸上,车门口的凉风扑在左脸上,火光在他脸上投下的红火影一晃一晃的。他咬紧牙关,默默不语,他的心紧绷绷的,好像只要稍微一放松,心就会蹦跳起来。他只有一个念头:
"快一点!快一点!"
连续响了两声剧烈的爆破声响,由于距离逼近,声音不再是沉闷的,而是霹雳一样又响又脆了。陈文洪的脸颊随着爆破声颤动了一下。刚才在江岸会合的热闹场面非常感人,随着机车开动,大家都沉浸在紧张、严肃的气氛中。一个铁路工人赤裸着上身,两臂隆起的肌肉一紧一弛,挥着铁铲向炉膛里送煤,煤烟在飞旋,热汗在闪亮。部队以临战姿态前进,子弹上膛,把手指贴在枪扳机上。

机车还没停住,陈文洪就带着战士跳下来,占领了火车站,即向市中心前进。在市中心,和率领一队骑兵急速奔来的梁曙光会合。先头团陆续到达,他们马上派遣一支部队,火速抢占轮渡码头;又派遣两支部队,火速抢占了发电厂、电信局。这时,解放军进城的消息已经迅速传遍全城。当陈文洪、梁曙光率领先头部队沿着中山大道前进时,突然随着沸腾的喊声、歌声,迎面涌来了大队人群,以一批青年为先导,举着红色大横幅。横幅摇晃着,闪现出"天亮了"三个显眼醒目的大字。庆祝解放的游行行列浩浩荡荡,一下子和他们日夜盼望的解放大军汇合了。那真是催人泪下,感人肺腑的场面。两面的人跑起来,就像两股洪流一下冲到一起,溶成一片。人们握手拥抱,满脸泪花,只是"呵呵"叫着,不知说什么是好。顷刻之间,路面上已经拥挤得水泄不通了。整个大武汉都为这欢畅的时刻所激动了,十室九空,万人夹道,男女老少,振臂欢呼:"欢迎中国人民解放军!""共产党万岁!""打倒战犯蒋介石!""活捉武汉的敌人白崇禧!"……跟着口号声,大街两旁楼窗上也万头攒动,招手鼓掌。楼上垂下一挂挂鞭炮,一刹时间,炒豆一般脆响的爆竹声震天惊地地响起来。人的热情就像风起云涌,一下比长江的浪涛还要汹涌。一阵阵《团结就是力量》、《你是灯塔》、《解放区的天是明朗的天》的歌声,像海浪般回环激荡。连老人和小孩子也奔来了,老人喜得热泪滂沱,不能自已;小孩子一下扑到解放军战士怀中,有的就灵巧地爬上大炮炮筒,喜笑颜开,拍手欢呼。陈文洪和梁曙光走在队伍前面。陈文洪胸脯起伏,大口呼吸,胜利的欢悦笼罩全身,使他忘记了一切。可是当他偶然向梁曙光投去一瞥时,他发现梁曙光万分激动,面部在轻微颤悸着,脸颊上的每一条皱纹像刀子刻的一样更密、更深了。梁曙光两眼不停地向人群中搜寻,显然他期望着遇到什么人,是谁?是母亲。母亲会来吗?母亲要是见到儿子回来,她会一下扑过来。但是,没有,什么都没有。他摇了一下头:——不会,不会,母亲还在吗?还在吗?母亲在,也许走不来,跑不动了吧……尽管这样想,梁曙光的两眼还是在人群里急急搜寻,而一个意念从他心头上掠过:"生我养我的地方啊,我回来了!我终于回来了!"陈文洪觉得他的伙伴一刹那间心事重重,沉于梦幻了。他立刻用胳膊肘碰了梁曙光一下。梁曙光像惊醒过来,羞涩地笑了笑,和陈文洪一道迈着特别威武雄壮的步伐前进了。同时,他们向站在路边、趴在楼头、攀在电线杆上、爬到树上的人群不停地招手。

　　陈文洪心中想着那个护路队长。在刚才的接触之中,护路队长给他留下非常深刻的印象。这人精干、老练,而又那样朴实。也许出于铁路工人准时守刻,分秒必争的职业的习惯,他做事那样敏捷、准确、果断,这一切受着他内心热情的支配,使他显得神采飞扬,精力充沛。当火车从江岸向汉口驶进时,这个铁路工人一直目不旁瞬地注视着机车行进的方向,他的整个姿态就像一个舵手一样的威严。当时情况紧急,没有注意;现在陡然想起,这个队长的肩膀头包扎着,整个右臂兜在三角巾里,挂在胸前。他是一个受了伤的人呀!当机车驶入武汉车站,立刻就要率领部队抢入市区,他就和这群铁路工人告别了。陈文洪匆匆跟护路队长握了一下手,觉得这只手那样巨大、坚硬、有力,他笑得那样明亮,话音瓮声瓮气,他告诉陈文洪说:

　　"有事你找我,我叫梁天柱。"

三

　　梁天柱把解放军送入武汉,他提吊了几天几夜的一颗心才算落了地。

　　那是多么紧张,一忽日光闪烁,一忽惊雷闪电的几天几夜呀!

　　白崇禧五月十四日从广州乘飞机飞回武汉。十五日下午四点钟,从长江上传出第一声爆炸声响,炸药点燃了,毁灭开始了。这是整个武汉最艰难、最痛苦、最危险的一夜。火光闪闪不息,由谌家矶到龙王庙三十里宽阔的江面上笼罩着一片滚滚浓烟。整个武汉,喘息、心跳,恐怖感到处散播,各种消息、传言到处流传,就像吹得满天乱飞的碎纸。有的说:"敌人要炸开江堤,大江就会洪水猛兽般咆哮着把整个武汉吞没。"有的说:"敌人在武汉三镇埋下千百万吨炸药,导火线一点燃,这庞大而繁华的城市就化成一片灰烬。"就像可怕的瘟疫传遍人间,从孩子到大人,都不敢走路、不敢出声,一片沉寂。这似乎是这有着古老文明而又繁荣昌盛的城市奄奄垂危的前夜了。

夜,漫漫的长夜啊!

夜,漫漫的长夜啊!

一个傍晚,敌人命令所有火车头都集中在江岸。

入夜,一伙穿便衣的人开了一辆一辆的大卡车到来,卡车上的篷布盖得严严实实的,谁也不准接近。

在一间没有亮灯的宿舍房间里,梁天柱召集所有的护路队分队长,在悄悄地议论着。

"运来的肯定是炸药。"

"看情景,敌人要下毒手了。"

…………

梁天柱不住地用牙齿咬着手指甲,不知不觉间,咬得出了血,他连疼也没觉到疼。

在这个千钧一发的时刻,他坚定不移地说:

"炸毁大武汉这把火不能让他们从这儿点起!动员全体工友,马上行动,一辆机车,一个轮子,一根螺丝也不能损坏!"

正在这时,一道闪电从窗上打进来。

梁天柱猛站起身,大踏步走出去,一推门,就感到一股又闷热又潮湿的蒸气扑上脸来。仰头望,天空上不见一粒星光,乌云从长江面上弥漫过来,紧紧压低挨近地面。他正思量,又一道火红的闪电照亮天空,眼看一场暴雨就要降临。梁天柱心头倏地一亮,赶紧抽身跑回人堆里,不知说什么好,只讷讷地低声喊:

"好了!……好!……"

所有的人都拨转头朝向他。

第三道闪电又一下把整个屋子照得雪亮,紧跟着响起一声霹雳。在那雪亮的一闪中,人们看见梁天柱一只左手叉在腰间,用力一挥右手。好像整个天空、乌云、闪电、雷鸣都听他摆布,瓢泼大雨倾盆而下。

"这雨很暴,我们趁这工夫,按计划行动吧!"

一个一个人影从门口闪出投入漆黑的雨夜。

前头一个人在跑,后面一个、紧跟着又一个……

铁路工人早已做好了应变措施,煤装好、水灌满,只等时机一到,就把火车头一辆一辆,单个疏散,开向各处。

一辆火车头悄没声地开走了。

一辆火车头悄没声地开走了。

剩下最后一辆火车头还没开动,被敌人发觉了。梁天柱正朝这辆火车头跑,从闪电亮光里看到几个黑人影冲着暴雨向他们这里奔来。梁天柱机警地朝那个脸孔涨得通红、嘴唇上长着细细茸毛的小伙子猛推一把,急促地发出命令:

"开车!猛跑!"

小伙子会意,纵身跳上车头。

梁天柱举起二尺多长的大铁扳子朝最前面扑上来的人头上狠狠一敲,一股血腥味,那人就像软布口袋一样瘫倒下去了。然后,他挥开手臂和后面上来的几个人厮打在一起。他听到车轮子轧着钢轨响起来,就一跃跳上机车,猛力把车门关闭。窗玻璃清脆地响了一声,一颗子弹从车门上钻进来。梁天柱身子猛地一震,连忙捂着右膀,一股热血从手指缝里冒出来。小伙子吃惊地回过头想来扶他,他大喝一声:

"放手开车!"

暴雨不停地猛下。

枪声、嘶喊声,都远远扔在后面。机车急速地飞奔起来。

血,从梁天柱的臂上一滴一滴往下流……

四

陈文洪得到秦震的命令,立即率领部队向监狱前进。

他像每一次在战场上执行任务一样,果决、坚定,充满了必胜信念。

不过,当他拐过路口,走上监狱所在那条街道那一刹那,他耳边突然响起秦震的声音,他记得当时秦震用深沉的眼光注视着他。那是晨光熹微的黎明时刻,秦震的吉普车骤然从兵团司令部急驶而来,他跳下车,就和已经从军部得到通知而鹄立路旁焦急等待的陈文洪和梁曙光紧紧用力握手,向他们下达了"向武汉开进!"的命令之后,他留下陈文洪,他们两人面对面站着,秦震上下打量他,好像在估量这个人能不能承担得起他将要交给他的一项特殊的任务,然后就对陈文洪投出深沉的眼光,发出深沉的声音:

"白洁不是你一个人的白洁,白洁是一个十分重要的秘密工作者。她打入国民党要害部门,取得机密情报,对解放战争的胜利作出了卓越的贡献。我们一定要救出她!你看,这是周副主席的电报。"

他显然是为了强调这件事的重要性,特地把这份电报抄下来给陈文洪看的。他从军装上衣右面小口袋里取出一个小本,把夹在里面的一张折叠着的纸打开来递给陈文洪。

陈文洪一个字一个字地读了电报。

他就是那样笔直地站着、站着,好像在说:

"我不会辜负党的委托。"

秦震的眼光变得温顺、和善、潮润:

"是啊,我们一定要千方百计。陈文洪,你记住,一定要千方百计……"

陈文洪理解秦震未尽的语言,那意思就是要陈文洪一定把白洁找到。

当陈文洪按照兵团副司令的要求作了肯定的回答,秦震挥了挥手,转身走去。

现在,当他终于踏上这条街道,忽然,心头一阵滚烫,无法抑制激动之情。

他仿佛看见了白洁,她捧着水灵灵的白百合花的白洁向他走来……

(那天傍晚,他从秦震那里知道了白洁在武汉监狱里的消息。从秦震的住处出来以后,他在石块镶嵌的小径旁一眼看到一丛百合花,从暮色里现出朦胧的白色。他立刻就想起延安的那个月明之夜……)

陈文洪枪林弹雨,身经百战,素以沉着镇定著称。可是,当他一步步走近监狱大门时,他却抑制不住心跳了,他感觉到自己额头上全是汗水,是怯懦吗?是恐慌吗?是失望吗?不,不,陈文洪像在和谁争辩,从汹涌的心潮里鼓起一股勇气:

"我一定要亲自解救她!"

——白洁在朝他笑……

他信心百倍,一往直前。是的,他每走一步就离白洁愈近一分了,他立刻就和她见面了,他就要握住她的双手了,这种殷切的渴望凝成一股力量,他感到比勇敢还勇敢,比镇定还镇定,他加速脚步。

这时,有几个战士迅速地跑到他前面去了,而他又迅速地超过他们,他要亲手砸开这个地狱的大门,他要亲手接出受尽折磨,历尽苦难的亲骨肉、亲兄弟、亲姐妹。他大口喘着气朝监狱大门跑去。就在这时,监狱的大门忽然自行慢慢打开来。

陈文洪一下愣住了。

他来不及思索,立即被一种景象所感动了。

黑压压的人群从敞开的大门口出现,原来监狱长那伙万恶之徒,在紧急关头,已经逃得无影无踪。少数看守们见解放军来到,一方面讨好囚徒,一方面也算对解放军有个交代,就慢慢打开监狱大门,于是所有被监禁的人从里面奔涌而出。

这些人长期在黑地里禁闭着,一下来到阳光之下,禁不住灿烂阳光的照射,一时之间睁不开眼。

陈文洪想先说一句话,可是他举起手来,却没说出什么话。他在寻找,但又来不及寻找。

穿着褴褛的、像晒干了又发潮发霉的烂菜叶一样的囚衣,他们和她们的头发像野草一样乱蓬蓬的,给小风吹得微微颤抖。

那是几秒钟的骤然间意外的僵持。

突然一下,他们双方都明白过来了。是的,黑夜到了尽头,黎明已到面前,他们来不及欢笑,而是热泪倾注而下。

从监狱里涌出来的人潮里面,有人举着破烂的草席,草席上写着黑色的大字。他们似乎早已做好了庄严而隆重的会面的准备。陈文洪眼前出现的现象是杂乱的,模糊的,一时分辨不清的。他听见他们和她们那衰弱而又激动的喊声,他看到无数个激情的面孔,无数双发亮的眼睛。但他又无法单独分辨哪一个面孔是什么样,哪一双眼睛是什么样。就在这时,一个人突然朝他扑了过来,是一个蓬头垢面、瘦骨嶙峋的女人,她踉踉跄跄,眼看就要跌倒。陈文洪张开两臂抱住了她,她两手抓住他的膀臂,摇撼着。她是白洁吗?难道这就是苦苦寻找的白洁吗?!不过,这个女人用力地嚅动着嘴唇,吐出两个字:

"白洁……"

"你不是白洁?白洁现在在哪里?……"

他没得到回答。这个衰弱的女人,经不起兴奋与刺激,一下昏迷过去了。

人间有多少激动,仿佛都凝聚在这里了。

人间有多少悲恸,仿佛都凝聚在这里了。

陈文洪看出这不是白洁,但一下就明白这是自己的同志。他把这个妇女横抱起来,他觉得她的身子那样轻,就像抱住一堆晒干的柴禾一样,他把她交给战士们。

这时监狱门前挤得人山人海,有从监狱里出来的"犯人";有来寻找亲人的家属。有的骤然相见,立刻拥抱起来,发出哭声,有的觅人不见,空自张口在那儿呼喊。可这时还不断有人从监狱大门里继续往外涌,举着破席片做成的旗子,呼喊着欢迎的口号。阳光在人群中闪烁发亮,席片散下的草屑在半空里飘扬。这一切,激动中的肃穆,悲壮中的庄严,格外催人泪下,有些战士被没有亲人来接的人抱住,彼此都发出渗透人心的呜咽。

这是石破天惊的一刻。

这是晴空霹雳的一刻。

这是黑暗地狱终于被天堂阳光照亮的一刻。

陈文洪无法抑制自己,他挤入人群中,他在寻找,他在寻找。

五

陈文洪在寻找,寻找,寻找。

他一直走到向外走的人群后面,这里零零落落还有几个腿脚不灵便的老人家。不久,人都走光,这个阴森的院落就更加阴森了。阴森加上非人生活中才会有的那股霉臭气味,令人感到恐怖。

陈文洪带着几个战士奔进牢房。

牢房地上,有破破烂烂的碎席头、破鞋烂袜,滚得到处都是的黑釉破瓷碗,横七竖八的竹筷子,地面一片灰尘狼藉,灰尘上还有破竹席留下的印迹。监狱的高墙挡住阳光,屋里像山阴背后一样昏暗。这些破破烂烂的东西,好像就是它们销磨了、吞噬了、吸吮了人们的血、肉、生命而丢下的枯骨残渣。陈文洪站在这空洞无底的罪恶深渊之中,这深渊像张开的一只血盆大口,好像要把他的骨头也嚼烂咬碎,陈文洪感到一股阴森森的冷气向他扑来。他又看见,黑糊糊的墙壁上,许多肥大的臭虫慌慌张张四处奔爬,老鼠闪着贼亮的小眼睛探头探脑,一听见脚步声,又藏匿得无影无踪。这些鬼魅魍魉、无耻之辈!一股怒气冲上心头。他从这一间牢房冲到另一间牢房。

——白洁也许被严刑拷打动弹不得了吧?

——白洁也许被关押在谁也不知道的密室吧?

——也许,也许……

他愈来愈焦灼,像一股旋风,他砸开所有的门,捣烂所有的窗户。

他终于找到一间最狭小的牢房。

这里连牢房也不如,这是一片漆黑的岩窟洞穴,空空洞洞,一无所见。

陈文洪仿佛听到有微弱的呻吟……

这呻吟,这痛苦的呻吟,此时,却给他带来巨大的希望。

就像从黑茫茫的原野看到远处一点火亮,那样远,那样小,那样颤悸。但,现在这微弱的呻吟,对于陈文洪来讲却正是绝望中的一线生机。

他朝整个牢狱大声叫喊:

"白——洁——!"

空洞、阴森的整个监狱都发出回声:

"白……洁……"

警卫员拿了一只手电筒跑来。他打开电筒,照亮全屋。

他看到一副黑森森、冷冰冰的手铐脚镣丢在地中心。靠墙根下一片残席烂草上,抛着一堆囚衣,他肯定这就是关押白洁的密室。他一把抓起囚衣,那囚衣上仿佛还残存着体温。是白洁的,一定是白洁的!他把囚衣抱在胸前,在牢房里转了一圈,想跑出去,可是又动弹不得,一股热流像泉水一样在心房上潺潺流过,它颤人、它灼人。一种悔恨,一种煎熬,苦苦攫住他的灵魂。

突然,一阵寒栗从他脊梁上像电一样倏倏传遍全身,一时之间,他的整个心脏好像给什么拧得紧紧的,停止跳动、拧出鲜血,他整个地落入了万丈冰窟。

——为什么这副手铐脚镣丢在地中心?

——戴这副镣铐的人到哪里去了?

他问谁? 是呀,他问谁?

他凝望着微微透进一点灰暗光线、结满蜘蛛网、钉着木栅栏的小窗口。那窗口活活像一双目睹一切、了解一切,却不会发出声音,因而充满哀伤的眼睛。

陈文洪不能再想下去:

她在这儿受过多少熬煎？
她产生过多少希求、燃烧过多少热望？
她有过多少不眠之夜。
她等待着亲人的到来。
"而我——来迟了……"

第六章　两处茫茫皆不见

一

通过报话机联系,严素坐一辆救护车飞速赶来,蹲在那个昏厥过去的妇女身旁进行抢救。

半晌以后,听到她喉咙里轻轻响了一声,而后慢慢苏醒过来。

这时,陈文洪大踏步朝这儿走来,他推开围观的人群,挤到这像风中芦苇一样衰弱的人跟前。这个人全身冰冷,连胸口上也没有一丝暖气。严素见陈文洪到来就说:

"报告首长!得送医院。"

"好吧,我们一道到医院去。"

所以如此,因为陈文洪什么也没有寻找到。如果说找到唯一一条线索,那就是这个妇女口中说出"白洁"两个字。现在,这两个字成为寻找白洁仅有的一线希望。

他们到了野战医院。

经过细心诊断、检查,有条不紊地做了注射、输血、输氧等一系列抢救,病人那像要熄灭的蜡烛一样的眼睛,又缓缓地、缓缓地,有了一点生气。当她全部智能刚一恢复,她就涕泪横流地说道:

"白洁给他们押走了……"

死而复苏的人的感情是真挚的,这说明她对白洁至深至爱。

陈文洪抢上一步想说什么。

严素连忙摇摇手制止了他,那意思是说:

"等一下,她还很虚弱。"

但这极其虚弱的人却一刻也不能等待,她紧紧抓牢严素的手,好像只要她离开她一步,她就会马上回到那死亡的黑暗的深渊里去。虽然没有言传,严素也懂得她的心意。由于严素不但是医生而且是女人,她用自己暖热的身子紧紧偎住她,好像这样她的强韧的生命力就会传导到病人身上,使之复苏。而且,她把嘴凑到她耳边,说了很多劝慰的话。她说,万恶的强盗都逃跑了,大家都得到了解放,她现在最最需要的是安静。严素特别告诉她:

"这是我们师的陈师长来看你……"

话未住口,这个病人,眼睛霍然一下睁大,挣扎着要把整个身子抬起来,向前伸着两只手抖抖索索地说:

"陈……陈……在哪里?……"

陈文洪弯下身子按住了她,她趁势抓紧陈文洪两手:

"……白洁让我找一个姓陈的,莫非你就是……"

陈文洪点头:"……我就是……"

"我总算找到你了……"

苦涩的泪水顺着苦菜色面颊淌下来,她要大声陈述,但她说不出话来了。

陈文洪没有动,只觉得全身神经都绷得紧紧的,他的心中像有一块石头沉落下去、沉落下去。

她的整个身子在一阵剧烈痉挛之后,又猝然跌倒铺上,两眼紧锁,双唇紧闭,面色如土,昏厥过去。

又经过一阵紧急抢救,她缓过来了。她似乎从激动中醒转,她气喘吁吁,时断时续,说出了下面一段令人悲酸的话:

"我是一个纱厂工人……我是一个共产党员,我住囚房住了三年了……白洁一进监狱就上了手铐脚镣……白天拷打……夜晚拷打……只听那些狗强盗狂吼乱叫,只听得皮鞭子噼啪乱响……可她连喊叫都没喊叫过一声……她身子那样瘦小、单薄啊!……可是她每回过了堂,拖住磨盘一般重的脚镣'唑啷啷……唑啷啷',从我们牢房间过道走过,我们一听见这响动,就扒着牢门看,她却仰着头朝我们笑……"

她每讲一句,陈文洪心脏就紧缩一下,血液仿佛在渐渐凝固、僵化。

"……我们跟地下党取得了联系……发动难友准备迎接解放。……有一天,白洁走在路上回过头来,跟押解的看守说:'死了心吧!到时候他们会甩掉你们,你们还是给自己留条退路好!'从那往后,看牢的对我们也放松了点,放风时间,白洁也能跟我们会面了……白洁就利用放风时机,把全监牢的人都联络起来……在这样时候,白洁成了我们的领导人……她按照市委的指示,组织牢狱暴动……她一个人关在一处,可她通过各种暗号,跟各方面联系……她还利用提审的时机,对看守做了说服争取的工作……他们当中有几个人就倒向我们这方面来……有时也传递个口信,都是白小姐……白小姐怎么说,怎么说的……白洁成了我们斗争胜利的象征,……白洁把我们组织起来,建立了党支部,领导着若干个暴动小组积极做了准备工作,……白洁说:解放军的炮声就是我们暴动的信号,我们就砸碎牢房,活捉监狱长和那群狗特务跟解放军里应外合,配合作战……同志们!奴隶从来是自己解放自己的!……前天,白洁欢喜得满面泛红,跟我说:'这一天总算盼到了,市委传了消息进来了!……他们就要来了,他们就要来了!快告诉难友们,没纸用垫席,没墨用锅灰,写大标语欢迎他们……'昨天,等了一天,却没听到解放军的炮声。谁料想,昨天深更半夜,一阵阵'卡卡'皮鞋声,急急慌慌,往牢房里奔来……牢房门打开了,他们拿枪逼住我们几个共产党员往外走……我重病几月,实在挣扎不动,给他们一枪托打倒在地。白洁像要扶我起来,朝我弯下身,顺势告诉我:'你要是见到一个姓陈的,你告诉他,我一定要活,活着跟他见面……'"由于过分激动,这个患三期肺痨病的妇女,在一阵猛烈的咳嗽之后,脸颊上泛着焦灼的红潮,两眼霍霍闪亮,她又挣扎着说:"陈……师……长……我,我总算见到你了,可是她……她……"

陈文洪想说一句劝慰的话,但是他什么也说不出来。此时他万分激动,悲愤欲绝。他只觉得病人的手像火炭般烫人,病人的整个身子像树叶般发抖。他猛一怔,才发觉原来他自己的整个身子也在颤抖,像有一千把一万把尖刀刺向他的心脏。他强力地抑制了自己,决然挺立,转过身去。

二

夜晚,秦震一个人悄没声地走下楼梯,走出大门。

他要做一件重要的事,不过他要亲自去做,不愿意让旁人知道。

谁料想走了没多远,他正由于甩掉了左右从人而暗暗高兴,却听见从背后传来熟悉的脚步声。回头一看,黄参谋跟警卫员小陈又跟上来了。

他猛站下来,怀着原要瞒人而一下给人识破的懊恼心情,等他们走到跟前,就撵他们回去,他像急风暴雨般喝道:

"你们也不看看环境,进了大城市,屁股后头跟几个人,还带着盒子炮,这像什么样子?我们又不是北洋军阀的队伍!黄参谋、小陈都回去,给我看着电话机子,没什么大事就说我不在家,有紧急的事叫小陈来找我,去!去!"

黄参谋、小陈一看秦震那股子恼怒、严厉的神情,没敢吭声,只好往回走。不过,他们并没有真的退回去,两人躲避在路口拐角处商议了一下,黄参谋回去,小陈隔开一大段路远远地从后面尾随跟踪。

这一点当然逃不出秦震眼睛。他轻轻叹了口气,佯装不知,径自迈步走去了。

天气不知道从什么时候就变阴了,正像人们说的,就像小孩家面孔,一会儿哭,一会儿笑。从江汉一路拐向洞庭街,这块地方离长江很近,可以听见江涛怒潮澎湃。雾正从江上升起,黄色的雾,像大团大团云烟,给风吹得向市街上飞扬、弥漫,一转眼工夫,大雾如同棉絮塞满天地之间,阴凄凄的。已经亮起来的路灯只留下一圈淡淡黄影,江涛声似乎也变得低沉、喑哑了。秦震觉得脸上黏腻腻的,像挂上了蜘蛛网,又像是从大江上吹来的不知是雨还是水星。当他从法国梧桐下走过,才发现,雾是那样大,在梧桐叶上凝聚起来变成雨,一滴滴地落在地面上,把整个地面弄得一片精湿。

他沿马路走下去。

战士就一个挨一个蜷曲在人行道上睡觉。

他一阵心疼。

他一阵喜悦。

他们没一个人去敲人家的门窗。

他们没一个人躲在人家的门洞里。

——这就是我们的队伍呀!他们保护了广厦千万间,却露宿街头咫尺之地。

他站下来仔细察看:战士们连背包也没打开,就枕在头下,和衣抱枪而睡。他们睡得那样香甜舒适,有的打鼾,有的嚅动嘴巴,有的脸上牵出一丝笑意;可是,他们头发都太长了,身上穿的还是东北战场上发的老棉衣,经过烟熏火燎、风吹日晒,没有一个人的衣服再是完整的了,一个战士肩膀头撕破一大块,从里面露出来的棉絮,也发霉发黑了;他再看他们的脚,胶皮鞋底都磨光了,有的磨破,露出血淋淋的脚底板……他不觉之间一阵心酸,他兀自站了下来。

而后他低着头慢慢走:

——他们,都有父母,都有兄弟姊妹,家里不管是富裕还是贫寒,总有一块暖乎炕头呀!可是他们走,走,走到这里来,睡到冰凉的地上。

他盘算着补给的数字,运输的时间,……他下定决心:"我无论吵到哪里去,就是吵到中央,也要给战士改装,这是第一件大事,否则就对不起大家!"

但,他的眉毛皱了一下,眼光凌厉地一转:

——我们面前还有很遥远、很艰难、很困苦的路,前面还有多少人,水深火热,嗷嗷待哺……是的,我们还要忍辱负重呀!

一个战士梦中翻了个身,把棉衣撩在旁边。

秦震小心地把棉衣给他压好,棉衣湿得像从水里捞出来的。

他怔怔站了一小会。

是的,这不只是一个将军在士兵面前的思考,

更重要的是,这是一个将军在士兵面前的觉醒。

正在这时,他看见一个黑人影向他这边移动过来。

他仔细看,是一个战士,披着棉大衣,抱着冲锋枪,他走过来走过去在值班放哨。秦震朝他走去,那人也朝他走来,是一个短小粗壮的人,他仔细端详了一阵,敬礼,报告:

"六连一排二班班长牟春光。"

"你认识我是谁?"

"老司令!夏季攻势进公主岭,你甩着一根马鞭子,瞪着两颗大眼睛,骑马飞跑,我挡了你的路,你大喝一声:'闪开!'你带着一

群马队,就一阵风一样朝街里跑去。"

秦震噗哧笑出声来。

一个指挥员在不知不觉之间就在战士脑子里留下这么个印象。

牟春光这几句话唤起老熟人的亲切感,两人伸出手握住:

"老战友,这么说我得向你道个歉了。"

"咳,都是执行任务嘛!"

秦震终于吐露出他沉重的心情:

"你们太苦了!"

牟春光明白秦司令员指的是什么,他开怀一笑说:

"这有什么?就拿我说吧,当了十几年劳工,在兴安岭老黑林子里伐木,在鹤岗煤矿里挖炭,吃橡子面,披麻袋片。人嘛,就怕前思后想。将今比昔,兴旺多啦!再说,那时给人当牛做马,受苦,窝囊!现在是给穷人统一天下,遭点罪,痛快!"

战士的心就是这样豁亮,

浓雾遮不住,

冷雨浇不灭,

江风吹不透,

夜深人静,一盏明灯,

战士的心就是这样豁亮。

话说得投机,牟春光从衬衣口袋里掏出两支香烟,一支递给秦震,一支留给自己。秦震经医生劝告早已戒烟,可是,此时此地,可不能对不起这股热乎劲,那就非抽这一口不可。他就着牟春光手上点了火,猛吸一口,连连说:"好烟,够劲儿。""哈尔滨,老毛子牌的,舍不得抽呀!你查一查,哪一个没留着一根半根,都想留口到海南岛再抽……"

牟春光这人,一见就是个性格开朗,又挺有心计的人。他的话在秦震心里震起一阵阵波澜,他暗暗觉得有点羞愧,面孔一下发烧起来,为什么他刚才只想战士们的苦难,而没想到战士心里都揣着一颗太阳?

是的,这才真正不只是一个将军在士兵面前的思考,更重要的是一个将军在士兵面前的觉醒呀!

牟春光慢悠悠地说:

"首长,我有个要求!"

"你说吧!"

牟春光机密地压低声音说:

"你可别忘记我们六连,在节骨眼上,你要忘了,我们可记恨你一辈子!"

秦震咯咯笑了,笑得流出眼泪,连声说:

"在我面前,你可别摆老资格,我们六连我们六连的。老班长,我倒应该向你报个到,我就是这个连队里出身的战士。"

"你?"

"一九二七年。"

三

秦震回到住处已是深夜,他一连视察了几个连队,对于战士们严守入城纪律的自觉性,十分满意。

黄参谋报告:

"陈师长、梁政委来过。"

没等黄参谋说完,秦震内心突然一震,是的,他感到自己竟然忘掉一件大事,于是走向电话机亲自要通师部的电话。

电话接通,他听到的是梁曙光的声音。

"你是曙光,文洪不在吗?"

"一家电机厂起火,发现有人进行破坏,他赶到那里去掌握情况,抓紧处理。"

"可是我问你白洁在哪里?"

"……"

对方一阵沉默不语,使得一片不祥的预感笼上心头,但他旋即镇定下来说道:

"曙光!有话你自管说吧!"

梁曙光轻轻喘吁了一下说:

"白洁给他们绑架走了。"

猛然间像有一万堵陡峭的山崖向他身上压倒下来,他一松手,电话耳机跌落下去,给电话线吊着,垂在空中转了几转。是的,在进城这一天,虽然紧张劳碌,意绪纷然,但他有过多少期待、多少渴望呀。他想象白洁会一下出现在眼前,那将是多么大的欢乐。可是,现在,在这一刹那间,一切一切都泡影一般地破灭了,他心如刀绞,冷汗淋漓,他只感到自己的心向下沉,向下沉,即将沉落到黑暗的深渊。漫无边际的痛苦,一下浸渗了他的灵魂,一时之际心旌摇荡,几乎陷于不能自拔的地步了。但,一种鸣钟似的声音,突然响起:不,不能迷乱,不能沉沦!秦震经历过多少坎坷,经历过多少危难,而磨炼出来的坚强意志告诉他,你必须从茫茫心泉里挺拔而起,他立刻清醒过来,他冷静、甚至有点冷峻地把吊在空中的耳机又抓在手里,举到耳边,他说:

"对不起,有一点事情,耽搁了讲话。"

"我立刻来向你当面汇报。"

秦震略一沉思,坚定而果断地说:

"文洪不在,你们那里需要一个主帅掌握情况,刚才你不是说发生了破坏吗?是呀!这是一记警钟,公开的敌人容易对付,暗藏的敌人可不容易对付,不能光是欢天喜地,天下太平啊!不过,你们要警惕,可也不要大惊小怪,免得流传开去,扰乱人心。"

这是理智的声音。

一种博大而深沉的理智,

一种睿智而明慧的理智,

使他从命运的苦海中升起。

他说:

"曙光!现在你报告吧!"

梁曙光简括地向他报告了解放监狱的经过,并说,严医生亲自在场了解情况,他让她马上来向他汇报。

"好吧!我立刻派车来接她。"

秦震搁下电话,转过身来吩咐:

"派我的车去师里接严医生!"

当屋里只剩下他一人时,他突然感到一种孤寂的痛苦。他在地板上踱来踱去,走了几十个来回,他不得不面对白洁这个问题了,他心房再一次颤悸起来。是的,理智的浪潮隐退,情感的浪潮又袭来了。

一时之间,他觉得这屋子这样狭窄,这样堵塞,他胸口受到了很大压迫,呼吸也似乎困难起来。他刚刚伸手要推通向阳台的那两扇门,小陈托着那件叠折得平平整整的美军夹克走进来:

"你的衣服都湿透了,你换一件吧!"

"就换,就换,你别跟我瞎啰嗦了……"

可是他并没有心思换,而穿着湿衣走向阳台,并砰的一声把两扇门关起。

这时他什么也不想见,人影不想见,灯光不想见,他只想一个人在黑地里呆一下。

从阳台上依稀看见大江。

是的,"楚地阔无边,苍茫万顷连",他要向浩瀚的天穹、苍茫的大地,向天穹与大地之间浩浩荡荡的大江一诉衷曲,取得回答。长江从遥远遥远的唐古拉山发源,沿着几亿年前造山运动中形成的地形,从陡峭的西部向平坦的东方蜿蜒而下。她一路上汇集了千万莽荡的激流,凝聚了非常强大的威力,她把母亲芳香的乳汁淌流在大地上,她把母亲哀怨的哭声回荡在峡谷中。而后劈开巫山,切断三峡,在这儿,汇聚成为"千湖之地"的云梦泽,港汊交织,湖沼密布。今晚这大雾,就是从这一望无垠的泽国升腾而起。

难道这脉脉含情,回环弥漫的雾,就是对我的回答吗?

是的,为了这个天空,这个大地,这个民族的崛起,长江流了几百年几千年的血泪啊!

你听,江涛在呜咽,

你听,江涛在呐喊,

你听,江涛在呻吟,

秦震这一刻时间的心情是十分难以描摹的,他像原始人一样赤身露体站在大自然面前沐浴着阳光,披拂着风暴,这使他心神激荡,胸襟辽阔。他突然觉得历史长河带着忧患、带着愁苦漫漫流过,苍凉而又雄伟的中华民族凝聚的神魄决然迸发的时刻到来了。为了这一刻,难道悄然失去的只是一个白洁吗?……何况她并没失去,他终将寻找到她,于是像一点亮光一闪,这个想法凝成了他的新的信念。是的,白洁和亿万人们在寻找的那决然迸发的时刻凝结在一起了,历史啊!一只眼充满欢乐,一只眼充满哀伤,它需要震撼、推动,才能以空前未有的强大力量,翻身飞跃,腾空而起。秦震敞开湿漉漉的衣襟,拿炽热的胸膛承受着风的袭击、雾的袭击、浩浩荡荡大江的袭击。这样,他觉得舒坦了一些,松快了一些,可以一解心中的郁积。但当这大自然的莽荡激流,冲洗而过之后,一种人的莽荡激流,又在他灵魂中升起,现在白洁在哪里?现在白洁在哪里？……一生戎马，两鬓秋霜，但总一次又一次为那么多悬念所牵系。而后，经过浴血奋战，生死搏击，终于把悬念变为现实，而后，紧跟着一个新的悬念又蓦然出现，需要他做更大的进取。现在，在朦胧的夜色里，他跟敌人像两个角斗士在搏斗，他取得了胜利，却受到致命一击。白洁没有解救，白洁失去踪迹，他感到羞耻，"真正打了败仗的是我呀！"他决不甘心，就此罢休，但一时又心神疲惫，茫无所措。大自然的激流把他推上浪尖，而人的激流又把他旋入谷底，理智与感情在一个人身上是融洽和谐的。但，在一个巨大裂变时，理智与感情又发生了尖锐的矛盾，秦震现在就处在剧烈的矛盾之中，上下求索，激荡万千。不过，他那个新的信念，透过嘈杂，发出呜咽，是的，他必须寻求，必须搏取……

正在这时，一个清脆的女人的声音打断他的思路：

"秦副司令！"

他知道这是严素。

一刹那间，他想起在三等车厢里，她那挺着胸脯，纤细的手指攥成拳头，稍稍弯曲两臂，然后使劲往下一按，那个刚果决断的神态。不知为什么在这柔肠百转千回的时刻，这个青年人的神态却给了他以力量，困惑与彷徨悄悄隐退了，作为一个司令员，他要郑重地听取部下的报告。

不过，老首长从阳台上推门而入的神情使严素还是大吃一惊。

他头发蓬乱，衣襟敞开，全身淋湿，眼光凝滞。

就这样，他站在那里，听取了严素的报告。

她报告了他所想知道的关于白洁的一切。听得出来，在她的声音里：

她为受难的白洁而痛苦，

她为勇敢的白洁而骄傲，

…………

他缓缓走向一个沙发,坐了下来。

壁炉上有一只用豆青瓷瓶制的台灯,放射出柔和的光线,一下把他照亮。他很久很久沉默不语,然后,他那绷得很紧的颚骨渐渐松弛下来,他的沉着冷静、坚毅刚强的老军人的形态恢复正常,他问道:

"那个纱厂女工的病情危险吗?"

"很危险,三期肺病,大口咯血,刚才又休克了。"

他霍然站起,斩钉截铁地说:

"我们这样长时间离开了他们,抛下了他们,让他们受尽了熬煎……"上面这句话是对自己说的,下面这句话是对严素说的,"……全力抢救,必须从死神手里把她夺回来。从现在起,不能再让一个同志在我们手上……宣告无望!"

严素还年轻,她稚弱但坚毅,她急急忙忙地说:

"首长,我们才刚开始,会好起来,什么都会好起来的。"

她凭着她女性的敏感,女性的同情,女性的勇敢,说出这含意很广泛的话(当然里面包含着对老首长的安慰),然后立正受命,转身走去。

信念,这是从一个普通青年人身上产生出来的信念。

秦震目送这个年轻女医生走去。门关上了,消失的是她的背影,留下来的却是微微灼人的信念。

他决心抛开一切繁思杂虑。他需要超脱,他需要解放,他要把一切刺激忧虑全部推开,他需要进入一个忘我的境界。

他默默地巡视了一下他的住所。这一天匆遽之中,他竟然没有注意这是个什么所在,据说这是法国传教士的宿舍。这个大楼里有许多单元,秦震住的是朝长江这面的一个单元,其中有一间卧室和一个相当宽敞的客厅(刚才他就是穿着湿衣站在这里听取严素的谈话的了),另外临街一间分为两个小间,里面一间是浴室,外面一间只摆了一只坚实的榭木桌和一把榭木椅。整所房子,所有的门窗、墙壁、沙发、坐椅,都是白色的,就像森林里落了一场大雪。为什么都是洁白的?这使他想起白洁。他挥了一下手,打断这思路,他索性关了灯,让一切落在黑暗中。一种疲乏感侵袭了他,他打了个呵欠,觉得自己应该睡一下。他看看枕头、床单,都洗得雪白到令人觉得清爽、整洁。但是一爬上床,床那样松软,他就像一个不会泅水的人落在水里一样,突然陷在一大堆柔软的棉絮堆中间。后来才知道这叫"席梦思",钢丝弹簧软得像渔网,睡下去觉得浑身不舒服。他想睡去,谁知刚一睡着竟觉得自己像飘浮在茫茫白云中,一下惊醒,怎样也睡不着了。他失眠了,过了很长的时间,终于爬下床披衣走到阳台上去。

长空皓月,就像刚才根本没有起过雾,没有生过云。清凉的月光把长江的波浪照出粼粼闪动的细碎亮光。

他走进屋,神色诡秘,像想出了什么神妙的主意。他从软床上把被子、褥子、枕头都取下来铺在地板上。他按了按挺硬实,他睡下去,觉得心里特别踏实、豁亮。突然,他又回到从战士那里得到的思考和启发之中。他喃喃自语:"那些穿黑色长袍的传教士都跑到哪儿去了!……我要告诉他们,不是上帝,是人,人民是造物者!你看,我这硬板床不比你那钢丝床坚实牢靠?"于是他豁达了,他超越了,他闭上双眼,一注清凉的月光照在他脸上,他还在想:"是的,问题的实质就在这里……就在这里……"不过他实在太疲乏了,他微响着鼾声睡着了。

四

给叩门声惊醒,他一翻身坐起,一看表已经七点半。

他脑子还有点模糊（自从在那深邃、幽静的山谷里和衣在床，到现在，两天两夜没有合眼，他实在太疲乏了）。

他以为是黄参谋，便答应了一声："进来！"

谁知推开房门，走进来的却是梁曙光。

梁曙光一看司令员坐在地板上的情景，不免有些惊奇，想笑又不好笑。

秦震光着膀子，坐在那里，确实有点不好意思，就像瞒着老师做什么事而被老师发现了的小学生，羞涩地笑了一下说："我是刘姥姥进大观园，那洋玩意儿有点受不了，咱们在门板铺上睡惯了。"他突然想起梁曙光的到来，是昨天约好一道到军管会去汇报的。他站起身抡了几下胳臂："小陈！小陈！你怎么不叫我？"

"我进来几次，你睡得真死……"

秦震一清醒过来，所有的机智、敏捷又都恢复了。阳光透过白纱窗帘照射进来，他走过去，一掌推开窗门，一阵江风扑面而入。他贪婪地吸了两口，空气是如此清新、爽人，他脸颊红润，眼睛发亮。当他们面对面坐在桌前，津津有味吃着早饭时，他根本没问他所关切的梁曙光老母亲的事，也没提陈文洪和白洁的事，只就部队接收重要工业、军事设施的情况提了几个问题。他在仔细倾听，有时打断别人话头，寻根究底，有时满意地连连点头。

话已说完，秦震突然想起，连忙问道：

"那电机厂失火的事怎样了？"

"烧了几间厂房，放火的特务抓到了，是群众识破的。"

"是呀！这就叫大势所趋，人心所向呀！"

当秦震准备顺楼梯盘旋而下，黄参谋却把他引到电梯口上说：

"开电梯的今天一早就回来了。"

"怎么？没人去找他，他就回来了？"

"嗯。"

——意味深长！

显然,秦震对此很感兴趣。

电梯隆隆响着升上来,黑铁门栅打开来,站在电梯里面的是一位穿白布衣服的老人。

秦震满面春风,跟他紧紧握手：

"老同志！你这么早就来了？"

"咳,开了四十几年电梯,上上下下都是洋人。今天,该着咱们自己人坐了,我能不来？"

这老式的电梯像个黑铁笼子,四面都是铁栅栏,里外都看得清清楚楚。

秦震走出大门。小陈和司机小赵已经在门口等候。小赵是个精壮机灵的小伙子,他爱唱歌,一面开车一面哼着一支又一支唱不完的歌。秦震跟他开玩笑："你这不是汽车,是马车,你听你马项铃一样丁零当啷响得永远没个完！"这小伙子是个爱车如命,严守岗位的人。秦震一看拆除了车篷,橄榄色小吉普洗拭得锃光瓦亮。只隔一道街一拐就是鄱阳街。秦震和梁曙光一前一后走进一座大楼,被引到一间长方形的大厅堂里。秦震一进门,就见到前不久化装商人远道而来的武汉地下党的那位同志。当然,他身上穿的不是长袍马褂,而是一套阴丹士林布中山装,和他在一起的还有几位穿便服的人。秦震跟他握手招呼：

"老李,你们配合得好哇！"

那人仰天哈哈一笑说：

"我不叫老李,我叫丁吉相。"

他好像有话要跟秦震说,军管会姚锡铭副主任,却迈着匆匆忙忙的脚步走了进来。姚锡铭是野战军领导人,他出任的虽然是军管会副主任,但实际上是他全权负责。他见人都到齐了,就把手里的皮包往桌上一扔,两个肩膀一摆,把美国风衣甩到跟在后面的警卫员手上。他脸庞微瘦,浓眉下两只大眼却闪闪发亮,他笑吟吟地向大家招一下手:"来吧!大家都带来什么好消息?什么新问题?都说一说……"丁吉相说到白崇禧原要炸张公堤、武泰闸、水厂和电厂,毁灭大武汉。但在地下党"反破坏"口号下,广大群众纷纷动员起来,连上层人物也都一起行动起来了。当丁吉相谈到张难先、李书城等上层人士挺身而出,仗义执言,特别说到张难先壮怀激烈,拼出性命,直冲到白崇禧面前。白崇禧见来势不善极力缓和,张难先老先生愤怒地把手杖在地板上敲得嗵嗵紧响,飘洒着一部长髯,厉声喝问:

"你要炸掉武汉,我这一条老命就拼上了,你就把我绑在炸药包上,一起爆炸吧!……"

在这正义凛然面前迫使白崇禧不得不答应:"这些地方不炸毁,不破坏。"

说到这里,姚锡铭副主任不禁为之动容,称赞道:

"民族的气节是不可侮的。真理总要战胜邪恶,蒋介石站在他那反动阶级立场上,就是无法看清这一点。"

丁吉相最后说:只在匆忙逃退时炸毁了江面上的一些船只和趸船……

姚锡铭主任点了一下头:

"那就是说,武汉这个大动脉随时可以活跃起来了?"

秦震巡视了一下这敞亮、豪华的大厅,地板亮光光的,屋顶上垂下璎珞式的吊灯。

——他判断这就是那个舞厅!

关于这个舞厅,曾经喧闹一时,颇有传闻。据说有美国军人参加的舞会上,烟雾弥漫、丑态百出,电灯突然一下全部熄灭……丑闻!丑闻!他几乎不相信地摇了摇头,却从心中升起一股愤懑。尽管历史扫除了一切淫秽与污垢,可是,就像刚洗干净的被单上留下一堆老鼠屎……

等他控制了自己思路时,听见梁曙光正在汇报:

"今天一早,我打了十几个电话,工厂工人都上班了,连市政府的职员都坐在办公桌前,等候清点,交接,连一根铅笔也不少。只是电机厂给特务放了火,烧了四间厂房。"

姚锡铭很注意倾听最后这一点,点一下头说:

"是呀,百孔千疮,百废待兴,大意不得呀!昨天的历史虽然掀过去了,但今天的历史却还未全翻过来。"

汇报完毕,姚主任全身洋溢着喜气(不过,久经沙场,久历风霜的人,不会用一种简单的方式来表示喜悦的,他有适合于他的身份的神态、风度)。姚主任说:

"来,让我们到楼顶欣赏欣赏大武汉的风光吧!"

他健步在前,登上顶楼。大江的反光很刺眼,蓝天上缓缓飞着一朵一朵棉絮似的白云。整个大武汉一望无际,影影绰绰罩在一层阳光雾霭中,像一面大海。姚主任脸上绽开了笑容,笑得坦率、真诚。他一眼瞧见这里那里有一些烟囱冒着黑烟,他伸手一指,说:

"看!烟囱冒烟,武汉开航了!……"

从通衢大道上传来嘈杂的市声,这是无法分辨,庞杂混乱,而又充满生气的声音,这里面偶然响起一阵汽笛、车铃,像一曲交响乐中的吹奏乐器声一样美妙动听。

这时,秦震与丁吉相在小声交谈,说什么,谁也没听见。不过,梁曙光敏锐地感觉到,这谈话的结局是令人不顺畅,而且有些懊丧的。梁曙光想,他们必定说到营救白洁未成的事。

由于姚锡铭正患肩周炎这种讨厌的病症,一上楼头,秘书就赶上来给他披上风衣,他猛一转身,风衣随着铺散了半个圆圈,他已面朝长江。江上传来嘹亮的航笛声,但见江流浩荡,万樯如云,秦

震想说什么,但只叫了一声:

"姚主任……"

就停住了,因为他听到姚主任正在低声吟诵:

"……江山如画,一时多少豪杰……"

秦震刚把要说的话吞下去,姚主任双眸闪出一股英气:

"好呀!心脏跳动起来了,什么叫解放?就是给这大城输进新鲜血液,让它恢复元气。老秦!你记得进沈阳吧,陈云同志天天派人到街上去考察,计算着:今天有几家商店开了门?明天有几家商店开了门?有一天汇报有三十多家开门,陈云同志就拍了一下手心说:行了,沈阳老百姓相信我们了。"

"是呀,那时难呀!可是在这里连一天都不用。梁曙光,你们是昨天几点进城的?"

没等梁曙光回答,姚主任就旋转着风衣,又转回楼下去了。

走入大厅时,姚主任在前,秦震在后。

姚主任一回头,他那两道眼光和秦震的眼光相遇,好像说:

——武汉人民没有忘记大革命的失败者啊!

——不会,他们怎会忘记。

这两位在北伐战争中参加过汀泗桥作战的老军人,这种可意会而不可言传的心情,由于非别人所能理解,从而有种亲切之感。

会议讨论了煤炭、粮食、运输等问题。大家都认为沪汉之间的航运是水上交通大动脉,应该赶紧沟通,以便武汉工商业繁荣起来。可是,长江的航标统统都给破坏了,于是作出一项重要决定,先派一只轮船试航,并派一个武汉工商界代表团去与上海工商界取得联系。在会议快结束时,姚主任看了看秦震,又看了看梁曙光:

"我们部队还风餐露宿、夜卧街头啊!"

说着轻轻叹了口气。

梁曙光兴奋地说：

"昨天我走遍全城，没见一处占用民房的……"

丁吉相却压低声音打断他的话说：

"群众反映可大呢！"

姚锡铭两道鹰眉一扬，问：

"什么反映？"

秦震和梁曙光愕然相顾。

丁吉相沉吟一下说：

"说部队一去二十二年，回来连屋都不进，过意不去，不少人告市委的状呢！"

一阵洪亮的笑声，同时发自所有参加会议的人的胸膛。

散会时，秦震跟梁曙光说：

"你到我那儿去一趟！"

回到住处，秦震把军帽摘下来用力往桌上一摔，坐在一只漆成白色的藤椅上，跟前一个小圆桌也是白色的，他伸手示意梁曙光坐在他对面，他把一只手臂放在桌面上，沉默了半天，头也没抬，眼也没看地缓缓说：

"曙光！白洁一根，你老母亲一根，这两根线都断了！"

梁曙光没有流露出一丝感情的波动，此时此刻，彼此心境完全理解，他没做声。

秦震小声问：

"陈文洪情绪怎样？"

"日夜不停，一声不吭，投身工作。"

"来！"

秦震把梁曙光领到阳台上：

"你注意了吗？长江的水永远往东流，你看起来平平静静，其实，江上有风浪，有风险呀！可是，没有风浪，没有风险，那算什么生活!"

　　他在抑制自己,他明白,这沉重的打击,不仅是对陈文洪、对梁曙光,也是对他自己,打在他的心上。那么,刚才这段话是自己安慰自己了?想到这里,他立刻陡然回转身去。等他慢慢踱回屋内,他很快平静下来,他又恢复成为一个精力充沛,多谋善断的人,他非常亲切、非常郑重地看着梁曙光,而后问他说:

　　"你到江汉大桥,你家住处寻找过了?"

　　"去找过了,只看见一个聋子老头,什么也没个头绪。"

　　秦震低头不语,久久沉思,忽然扬起头说道:

　　"曙光,我们什么时候再去找一找,一定找一找。"他说出他习惯说的一句话:"曙光,就是针掉在大海里也要捞起来!"

五

　　像发现有人患了疑难病症,正在寻找解决这疑难病症的治疗方案的医生一样,病人能不能治好,他不能立刻回答,但出于医生的道义,他觉得找寻线索,目前就是最主要的责任。因此,秦震变得更冷静、更细心、更谨慎。他很少跟人说起这件事,他脑海中却时刻盘旋着这件事。在他确实有个难处,因为使秦震此行的动因不是责任,而是感情。对感情的冲击,他不能不强力压制,可是感情像一只弹簧,稍一放松,它就会重新弹跳而出。陈文洪、梁曙光知道这一点,却回避这一点。他们两个人各有各的痛苦,不过无论如何不能再拿这些事去扰乱秦震的心。因为兵团司令史占春是个甩得开,放得下的人,加上年纪大了几岁,完整地解放了大武汉,取得迫使白崇禧西向的胜利,他趁这短暂时机休息去了。这一来,整个兵团司令部的工作都压在秦震身上,何况秦震还参加军管会的工作呢。

部队在马路上露宿三夜,武汉人民奔走相告:

"真是我们的老红军回来了!"

出于疼爱之情,群众发起腾房活动。

这时,秦震就完全陷在城市设防、安置营房、筹划补给、策划支援西线决战等一系列繁重而复杂的工作中。

不停的电话,

不停的电话,

他一直守在兵团司令部里,没有回自己那一色白漆家具的洋房。素以注重军容风纪著称的副司令员却连自己的胡子也几天没刮了,眼球暗暗发红了。

这天夜晚,在司令部办公室里,处理完一切事务,突然闲静下来。他用指甲轻轻敲着桌子上的玻璃板,唇边掠过一丝微笑,陷于安详沉思之中,脊梁靠在转椅椅背上,有了蒙眬睡意。

参谋长推开门蹑手蹑脚走到他跟前,他立刻发觉,猛然惊醒,怔怔望着参谋长,意思是:

"出了什么事吗?"

参谋长说:

"史司令给我打了电话,要你马上回你的住处去休息。还说,这是死命令,没什么折扣好打……"

秦震两眼骨碌一转注定参谋长:

"那这摊子怎么办?"

"有大事我随时打电话向你请示。"

秦震无可奈何地站起来,幽默地说:

"好吧!军人以服从为天职。可是,参谋长同志!夏装,嗯,还有防蚊子的纱布,还有什么防蚊虫的涂剂,鬼知道这东西灵不灵,嗯,还有治疟疾的药……我们是南方暑季作战呀!对后勤部要咬紧不放松,要榨他们,像榨甘蔗一样榨出最后一滴水来,最后一滴,"他边走边说:"你听清楚没有? 最后一滴!"

吉普车载了他沿着江边行驶。

给江风一吹,他立刻清醒过来。

他忽然改变了主意,命令司机:

"到师部去!"

路两旁法国梧桐叶子在轻轻摇曳,窃窃私语。

他仰头看了看,江上空,月亮一下从乌云中挣扎出来,乌云一下又把月亮吞没。

师部设在往日一家日本商行堆栈里。他跳下车,径直往里走,皮鞋后跟在水泥地上敲出清脆响声。这个高大阴森的大房间里静得一点声音都没有,不禁使他的步履迟疑了一下,一看手表已转到十二时,他后悔自己来得太鲁莽了。可是,陈文洪、梁曙光已经出现在他面前。秦震考虑了一下问:

"没什么紧急情况吧?"

他得到肯定回答,立刻说:

"我们再去找一找,曙光! 到你家里再去仔细找一找!"

梁曙光正为秦震深夜到来而惊讶,一听这话,心中热血往上直涌。

出门时,秦震叫陈文洪把师里的报话机带上一部,以便随时联络,不至误事。

深夜,吉普车掠过路灯下没个人影的市中心区,直向汉江大桥飞扑而去。跑了很久,秦震一看快到桥头就命令停车。

天气变了,浓云低垂,夜雾凄迷。

下了车,秦震叫梁曙光带路,借手电筒那根光柱照耀,这一小队人,走下江岸坎坡,忽上忽下,忽左忽右,迂回蜿转,走到汉江引桥侧旁的那片棚户那儿去。他们脚下没有路,都是垃圾堆。这是这个繁华热闹、光怪陆离的大都会最黑暗、最荒凉的一角,这儿是老鼠、蟑螂、臭虫、虱子和被污辱与被损害的人们的世界。棚屋用高脚木架支撑在陡峭的高坡上。屋顶的破铁皮在"吱——咯""吱——咯"作响,竹篾编的墙壁的裂缝发出"唧——扭""唧——扭"怪声,一股浓重的霉烂腐臭的气味熏人欲呕。汉水上飘来的腥雾,更加重了这儿的阴森恐怖。贫苦的呻吟,疯狂的梦呓,不知是枭鸣,是猫叫,还是饥饿得奄奄一息的婴儿的啼哭,还是挤不出奶汁的慈母的哀泣。这一切都在震颤着秦震的心。他紧跟在梁曙光身后,终于攀上发出劈裂声响的木梯,走到一家棚户的屋檐下。梁曙光拍了好一阵竹扉,才听见一声咳嗽响,有人拉开门闩。一个白发白须、枯瘦如柴的老人,右手颤抖抖持着一盏小油灯,从黯淡光线中露出两只惊惶的眼睛。秦震抢上一步,握住老人的左手,连声说:

"老人家,深更半夜,打扰你,真过意不去呀!"

"……"

"我们是来探听一个人的下落的。"

老人咿咿呀呀,指了指自己耳朵,颤巍巍地摇头,他似乎在为自己的耳聋而感叹。

秦震凑到他耳边大声说道:

"让我们进屋说话吧!"

那衰颓的老翁,不甚乐意,而又无可奈何地转过身,摇颤着灯,把他们引过门坎。

他们跨进屋,立刻就受到一股寒潮的袭击。原来这片棚户紧傍汉江,篾片竹竿编的墙壁挡不住寒风,一条条大裂缝的木板地更掩不住江涛澎湃,在这种声势之中,这棚户更加显得摇摇欲坠。大家动手,胡乱凑了几个竹凳,横七竖八坐了下来。

"我们来跟您老人家打探个人。"

"说出名姓,也好记忆。"

"大家都管她叫梁妈妈……"

不料一提梁妈妈,这老人倒精神一振,耳朵仿佛也灵性起来。这一点秦震看在眼里,放在心中,却没声张,只听老人家说道:

"问别人不晓得,梁妈妈,能说上一二。"

秦震一喜,连忙敬上一支香烟,老人接过去,捏了捏,送到鼻子底下,然后把它夹在耳朵上。枯瘦的脸上露出一丝微笑,从此也就对答如流了。

"那是哪一年?"

他掐指算了半天,然后两手往膝盖上一拍,说道:

"咳!反正十年前的事了!这间屋住着一家给人家洗衣服、做针线的孤儿寡母,大小子上学堂出事,跑反走了,二小子长大开火车头,整日整夜在家落不下个脚,……梁妈妈是个善心人呀!走路也怕踩死个蚂蚁,可是,受儿子影响,接受了革命党那个理,大儿子走了,她就顶替了他,可干得起劲呢!没几年工夫,不要说这汉江桥头,就是武汉大街上,都知道有个梁妈妈!……有一日,梁妈妈出去就没再回来,二儿子赶回来把破衣烂衫卷巴卷巴走了。这不,从那往后呀,就我这孤寡老人搬住进这间屋来,也遭了不少罪啊!……巡捕、便衣探子,常常封锁这个地方,搜查这个地方,可是他们连个屁也没捞到。"其实老人不聋也不痴,他接着说,"可人家私下里都说,梁妈妈活得还挺硬朗,还在干革命,……那可是个苦水里熬出来的人呀!……"

秦震急迫地追问:

"梁妈妈现在在哪儿?"

"眼下嘛……"那老人想了一阵,没想出个所以然来,就说,"没个寻处哩!"

…………

在老人谈话过程中,梁曙光心急如焚,眼光凝滞。

看得出,经过秦震问寒问暖,细心关怀,老人完全变成另一个人,尽管自家晚景残年,可心中但有一丝热气,就还想用它来抚慰别人,他只嘟嘟囔囔说:"……可都说她活着!还活着……"

梁曙光两颊上深深的皱纹在哆嗦,在战栗,眼泪围着眼圈转了一阵,他极力抑制,但终于流了出来。

秦震突然用嘴对着老人的耳朵喊道:

"从这往东头数第七间是谁家?"

"那是个没人住的空房,连屋顶的烂铁皮都给风掀走了。"

秦震无可奈何地告别了老人,走了几步,回身对梁曙光说:

"我看这老人家,并不聋也不痴,怕是你们一身军衣,带着枪支,急火火的,把他吓得只好装聋作哑。现在虽然没有一下寻得下落,但只要你娘还在人间,还怕没个寻处吗?对群众切记要礼敬三分呀!"梁曙光、陈文洪都以老首长对群众的细心体贴而十分感动,特别梁曙光不觉一阵赧然,深感上次来得鲁莽了。于是他们一行人等踏着屋门前的颤悠悠的木头阁板走到那第七间破房。手电光一照,满屋尘垢狼藉,秦震走到屋中心站着,情不自禁地说道:

"就是这里!一九二七年我就是在这里接上关系,从汉江上坐船逃出武汉的!"

他这一说,陈文洪、梁曙光都愣住了。

但谁也来不及做声,秦震已迅速走了出去。天气在这一阵工夫里陡然大变,但秦震坚持一定要到汉江大桥上望一眼汉江。这时秦震旧地重临,勾起一腔往事,心裂肠断,血向上涌。恰在这时间狂风怒吼,江涛呜咽,猛烈地震天撼地,紧压人心。他们上了桥头,愈往前风愈大,走路愈困难,简直站不住脚。秦震用手紧紧攀着大桥的栅栏,还是摇摇欲坠。蒙蒙夜幕之下,大桥飞峙在上,汉江横扫而下,从万仞高空望下去,真是"如临深渊、如履薄冰"。秦震不像站在人间而是站在天上,浩浩苍天,茫茫江流,风像凝聚了整个宇宙的强力,迸发出亘古未见的狂暴,一道压将下来。秦震两手紧紧抓住栅栏,整个身子在狂风中摇曳。就在这时,他的心上一阵剧痛,他遽然失去了知觉……

第七章 天穹的回响

一

秦震被安置在师医疗队病房里,原来准备转院,被他谢绝了。

经过队长亲自主持检查诊断,认为他是由于神经过度刺激,引起血管收缩,从而心脏供血不足,还不是由于冠状动脉硬化引起的心绞痛。从病情来看,不算太严重,但也必须防止恶化。在这种时候,最忌激动、烦恼,队长深知老首长的脾气,于是他就依顺了他的第一条:留在这里不动;不过坚持第二条:必须严格服从护理,安心静养。秦震点头同意了这个决定,因为他需要睡眠,队长还没走,他就闭上两眼,昏昏沉沉睡着了。这一觉整整地睡了一天一夜,等他醒转过来以后,他立刻发觉他所接受的那条规定给自己套上了不易摆脱的枷锁,他有点后悔了。过惯了紧张生活的人,一旦让他闲下来,他会连手脚都不知往哪儿放。按照秦震的哲理:"人忙忙不出病,人闲才闲出病。"秦震所以坚持住师医疗队,实际上是因为这儿离他的住处近,只要设法回到住处,他就可以铺上摊子、摆开战场,那么他的病也就好了。

秦震自我感觉良好。

可是,想下地走走,不准。

想找本书看看,还是不准。

严素对他看管得很紧,有一次发现他在小本上记什么,就劈手

夺走了。不论他怎样说服,甚至央告,严素毫不让步,她牙齿轻轻咬住下唇,也不说话,只是摇头。他只好乖乖躺在床上,叹了口气:

"唉!我算个什么病人呢?我住了托儿所了,又赶上你这么个铁面无私的阿姨!"

说得严素也噗哧笑了,不过,她严守队长的吩咐,尽心看护,决不妥协。不过,看起来,司令员也已"乐天知命",就那么静静地躺着了。

其实,他心里在翻滚沸腾,那天夜访汉江桥,触景生情,血泪斑斑的往事一起涌上心头。于是一种思想,像一朵小小乌云,在他心里慢慢膨胀扩大,遮着生命的阳光,变成沉沉的重压,他要倾吐,他再也按捺不住……

严素自有严素的柔情,她在他床头桌上,插了一瓶红的和白的蔷薇,这两种颜色配在一起,十分鲜艳悦目,何况花还吐出甜蜜的芳香呢?

但,正是这种香味,惹恼了秦震。

他伸手把花瓶推远些,不行,还是香。他就翻过身用脊背对着花,谁知芳香又跟着弥漫过来。

他一赌气坐起身。

突然,窗玻璃上传来丁丁的雨声……

春意恼人,春雨连绵啊!

他看看屋中没人,就悄悄起来,穿起军衣。

去推推门,门虚掩着。

他把门拉开,伸出头看看没人,他就敏捷地冒雨走去。

他已经走了老远一段路,警卫员小陈突然急急追来,一把抓住他。

他用力一甩,甩掉小陈,绷住脸说:

"小陈!有紧急任务……"

小陈知道他怕严医生,就说:

"严医生跟我要人怎么办?"

秦震急得直跺脚:

"小陈！小陈！……你就说、你就说……"他讨好地笑了一下,拉住小陈:"走,跟我一道走……严医生要问,你就说你不知道,不就完了吗!"小陈执拗不过,只好一面嘟嘟囔囔,一面跟他冒雨走去。

一回到寓所,他就打电话给作战科要电报。

小陈硬是不肯,逼着他躺上床去。

他刚躺下,又要坐起。

正在这时,他听到门外走廊地板上一路急促的脚步声由远而近。

门砰的一声推开,门口站着严素,她面孔煞白,胸脯一起一伏,气喘吁吁,两条眉毛倒竖起来,一脸怒色:

"没见过你这样不听话的病人!"

秦震一时哭笑不得,只好怯怯地缩到雪白的羽绒被子里去。

严素细心地发现秦震还没来得及换湿衣服,心就软了。

她背过身去,让他换上衣服。可是她自己头发还湿淋淋掉水珠,她也没管,只叹了一口气,坐在床边上,把听诊器放在他胸口上,仔细听了一阵,才缓了一口气说:

"你在战场上指挥千军万马,可是在医院里你就是我的病人。我连一个病人都看不住,我还算什么医生……"

说着,她低垂脖颈,肩头一耸,哭了出来。

女同志的眼泪是秦震最怕的了,他不知怎样是好。

幸好这时,陈文洪、梁曙光破门而入,打开僵局,梁曙光首先笑呵呵地说:

"这不是,我说准在这里!……"

严素气呼呼地站起来,一扭腰,背过身去。

陈文洪连忙劝说:

"老首长这脾气,我们都知道,住院十回有九回溜号!"

秦震从枕头上看看大家,半晌没有做声。

他是心潮起伏呀!他是心潮起伏呀!……

然后,他缓缓说:

"严医生,原谅我吧!我请求你把我这屋里摆设个病房行不行呢?小陈,开车去,帮严医生把什么什么、医疗用的东西都搬来。黄参谋,你也去跟队长求个情,要惩罚就惩罚我,严医生尽到了责任。"

"哼,病人都跑了,还尽到责任呢!"

这句话说得大家都笑了,严素就带上小陈走了。

秦震从枕头上向梁曙光和陈文洪吐了吐舌头,羞惭地笑了一下。

雨悄悄不停地下着,窗玻璃上遮了一层濛濛雨雾。风吹时,有些大雨珠就像透明的蜂蜜一样悬挂在那儿簌簌颤动。

秦震艰苦地思虑着。

屋里三个人谁也没出声。

一片沉寂,万种心情。

最终还是秦震望望站在床两边的陈文洪、梁曙光说:

"我知道,你们这几天心里都压着块石头,都很不好受……"

他紧皱眉峰,好像身体里有什么不舒服。

"我想劝说几句——唉!语言这个东西有时是那样软弱无力啊!……"

陈文洪的脸绷得很紧,梁曙光却露出了激情的颤悸,但都不约而同地从两旁抓住秦震的手,他们觉得秦震两手冰凉,他们脸上一刹那间出现了疑惧神色。

秦震泰然一笑：

"没得关系……这几天，你们和我都用紧张的工作压制自己，可是，火……火是压不住的。文洪！给我垫两个枕头，靠一靠，好受一些。"

靠了枕垫，扶他坐起，他脸上微微泛出红晕，他开始了缓慢而清晰的陈述。他像下定决心，也许，他经过深思熟虑，他觉得只有把他那一段不平凡的经历告诉他们，才能是对他们精神上的支持与援助。他看了看陈文洪，又看了看梁曙光：

"命运，命运是什么？你可不能不承认这一点，说是什么唯心论哲学。我看没有命运就没有人生的经历，没有它，就没有世界、没有历史。"

他稍稍停顿了一下，又说下去：

"这几十年，我常常想父亲说过的那句话——那是我在汀泗桥之战左膀负伤后。到了武汉见到父亲，父亲很心疼，也很高兴，他跟我说：'好啊！你把血滴在中国这片土地上，你的生命就扎根在中国这片土地上，我们革命人的命运就是如此呀！命运，这说的不是命运吗？……'

"梁曙光，你想念母亲，陈文洪，你想念爱人——就是这么回事，通过这条线，把我们每个人的命运和祖国的命运结合在一起了，就像长江、黄河和这大地结合在一起一样……"他微微喘息了一下。"历史是无情的，已经发生的事，永远也不能磨灭了，历史也是多情的，不可磨灭的记忆会鼓起人的信念。就拿武汉这个地方来说吧！第一次是历史把我们推出去，这一次是我们把历史推进来……"

梁曙光明白，他所说的第一次是指陈独秀违背了历史，历史就抛弃了我们。

"……那天晚上，我看见我们的战士露宿街头，作为统帅，于心何忍！谁是只管付出不要索取的人？就是我们共产主义的战士。我们不是神仙,不是豪杰,是人。人民才是造物者呀！神的创世纪早已过去,人的创世纪已经来临。几千年拦截堵击、荼毒杀戮,任凭哪个帝王将相,也抗拒不了这个真理啊！"

他停顿了一下,像在整理头脑里一个思路：

"我父亲跟我说了那句话以后,没过多少时日啊,革命风云突变,北伐志士的血迹未干,屠夫的利剑已经举起。父亲和母亲都是老同盟会员,都是国民党中央委员,当然是国民党左派啰！可是,这个被蒋介石、汪精卫之流口口声声尊为'党国元老'的人,在大革命失败那一阵白色恐怖刚刚到来的时候,他……他,血洒武汉街……头……"

陈文洪、梁曙光跟随秦震一二十年,从来没听他讲过这些。

秦震有点气喘。他们劝阻他不要再讲下去,可是他们又多希望他讲下去。

——是的,一幕历史的怪影出现在眼前。

蒋介石在上海屠杀武装起义工农的消息传到武汉。

父亲气愤得胡子角都翘起来,倒背着两手在厅堂里走来走去,脸色苍白。他说：

"马克思说得多好,梯也尔,大拇指一样的小人物,血洗了巴黎公社。没想到,我秦宙亲眼看到,中国的梯也尔,蒋介石是一个,汪精卫是一个,让这些人掌握权柄,国无宁日啊！"

父亲严峻而锐利的眼光穿过高山大崖,看透一切。

有那么一天下午,国民党中央开会。父亲严厉质问蒋汪郑州会议内容,要求汪精卫一字不留,公之于众。汪精卫皮笑肉不笑地说：

"精卫跟随国父……"

父亲从来把邹容引为知己,他一直把《革命军》一书保存身边。

他一听汪精卫还在假借中山先生之名,实在怒不可遏,大声喝断:
"耻辱,背叛,有人要做娼妓,有人出卖灵魂!"
汪精卫白净的面皮有点发红,但还是皮笑肉不笑地诡辩:
"精卫一向遵循遗训,不敢稍有逾越……"
父亲怒不可遏,拍案而起,手戟口诛:
"我问你几时动手?联俄联共是中山先生的国策,谁也不能破坏……"
全场鸦雀无声,目瞪口呆。
父亲奋臂急呼:
"有血气的人站起来!你要动手,就从我这儿开始吧!"
汪精卫狡谲地装出一副可怜相,嗫嗫嚅嚅地说:
"革命人人有责,不能意气用事……"
"我意气用事?如果我今天不说,明天武汉街头就将陈尸百万……"
父亲拂袖走出会场。
那天,父亲穿一件春罗长衫,他连车也不坐,右手提起长衫,沿着长街,迈开大步,昂首直前。谁料得到,就在光天化日之下,突然响起一阵乱枪。父亲猝然倒在一片血泊之中,他举起手,想喊什么,只喊出一句:
"……救……中国呀!"
手软弱地垂下去,头一低扑倒在地。
在那白色恐怖急流之中,乌云压顶之日,有这样一个人,发出这样一声呐喊……
"想一想,今天的欢呼,不正是对那一声呐喊的回答吗?"
秦震想得很深,说出这一句话,停顿下来。他早衰的须发很长,两腮布满胡茬,显得苍老、憔悴。
可是谁也没有劝阻他。连刚刚进来的严素也蹑手蹑脚,不敢惊动他,屏住气息,挤在陈文洪、梁曙光旁边。再后面,是黄参谋、小陈。

二

　　春雨之夜,简直变成秋雨之夜,缠绵、悱恻、凄绝。
　　秦震倾听了一下雨声,好像那无边无际的雨声唤起更加沉重的回忆,他慢慢合上了眼睛。
　　严素连忙用听诊器仔细听了一阵,不无忧虑地说:
　　"首长!你休息一会儿吧!"
　　他听了反而张开眼,他觉得严医生经过几日夜不眠,倒真正倦容满面,他笑了笑说:
　　"难得半日闲呀!严素,你想想,对我们当兵的来说,生病就是休息呀!"
　　他像父亲对待女儿一样,轻轻抚着严素那纤细修长的手:
　　"你熬了几天几夜,倒是该休息一下。"
　　严素听了眼圈一红,连忙低下头,然后急急说:
　　"我不能,我没事,首长……"听了秦震讲的那一幕悲剧,她心里有多少话要说,但憋在肚子里,又不知从何说起。
　　秦震像从一个线团中找出了一根线头,既然找到了就往外抽,然后一点点缠成线球。
　　"母亲。"
　　提到母亲,他眼里漾出一种幸福的光彩,十分动人。
　　"我还记得母亲,她身子骨有点单薄,可是为人坚强、果断。在武汉,我和真吾一直带了小真真和父亲母亲住在一道。母亲和父亲一样,也是老同盟会员,孙中山流亡日本时,他们也在一道,大革命时期,她是出名的工会领袖,整个武汉哪一人不知道陈雪飞?

"父亲被暗杀,她收敛了尸体,没说一句话。可是,夜深人静时,她放声大哭,哭得那样痛苦,那样悲伤。

"许多工友听到噩耗来看望她,劝她歇息几天。可是,天一亮她就照往常一样出去奔走了。那段时间,她很少言谈,有时就那样呆呆坐着。只有小真真惹祖母喜爱,她爱真真,真真爱她,深更半夜,真真从睡梦中还叫:'奶奶——我要奶奶么!……'母亲每走进家门,必定先抱住真真,亲呀,笑呀,……我觉得母亲心上的伤疤也许就这样慢慢愈合了吧!可是,有一天,她突然跟我念起父亲的一首诗,可惜年长月久我只记得两句:

　　大江一任东流去,
　　笑把吴钩盟死生。

"那以后多少年,我每一想起,都深深后悔当时没有懂得母亲的心意,——她将不惜生命为父亲报仇雪恨,共死生啊!

"白色恐怖的乌云愈来愈浓重,愈来愈低垂。

"一天,母亲说:'震儿!真儿!你们要做点准备啊!'志士的坚强和母亲的温柔同时出现在母亲身上,'汪精卫要缴工人纠察队的枪了!'

"'那么说要下毒手了?'

"'看情形是这样。'

"'那怎么办?'

"母亲挺身站起,昂着头,攥着两拳:

"'不交——一根也不能交!我从来鄙视没有骨气的家伙,我不能对汪精卫唯唯诺诺,唯命是听。'母亲一阵冷笑,'头可断,血可流,枪不能交!'

"就在这一天,——也是下着雨(他望了望冷雨敲窗的窗玻璃),白刃相接,僵持不下了。

"总工会里里外外挤满人,一个个义愤填膺,摩拳擦掌,声言,要来缴,就自卫反抗。

"母亲给汪精卫打电话,她大声猛喝:

"'什么?他不接电话?我自己来见他!'

"她咔嚓一声把电话耳机甩在桌上,气昂昂往外走。

"工友们包围了她,不放她去,她拉着几个老工友的手说:

"'怕什么?留得青山,永埋忠骨,革命自有后来人!'

"她跳上汽车,径直闯到汪精卫的公馆。

"汪精卫从流亡国外时,就从心里惧怕陈雪飞,这时,就想方设法安抚她:

"'咱们都是同中山先生一道共过患难的……'

"'汪精卫!亏你还敢提孙先生,尸骨未寒呀!'

"'夫人息怒,事情总好商量……'

"'夫人!我是谁的夫人?我的先生在哪里?'

"汪精卫见说不服,就提出条款,并且写了字据,签名盖章:

"'决不收工会一枪一弹。'

"'好啊!你要食言,我就公布于天下。'

"汽车从濛濛雨雾中飞去,又从濛濛雨雾中飞回。就在母亲满怀胜利信心向工友们奔来时,从汽车后面射来一枪,这一枪打得那样准——它穿过玻璃窗,正打在母亲的头上。司机开车狂奔,奔到工会,跳下车就喊,工人们噙地一声冲上来,将汽车团团围起,——母亲像靠在车座背上安安静静睡着了,只从额头上沁出一股殷殷鲜血,她已停止了呼吸。

"几天以内,连遭两次打击,我……"

秦震合上眼,脸色煞白。

严素要给他输氧,他轻轻把她推开了。

"一个大拇指般的小人物呀!……

"为了进行最后反击,工人们决定举行大规模追悼会。追悼会在工会召开,人到得很多,哀乐声声,泪雨纷纷。工友们捏住枪杆子一行行从母亲遗体前走过,大厅里外一片悲恸的哭声,我和真吾侍立在遗体旁边,还有小真真,我的小真真……当一个老同志一把抱住她时,这个孩子没有一滴眼泪,她的小脸白里泛青,瞪着两颗大眼睛,捏住两个小拳头,只说:

"'我要报仇!我要报仇!'

"……"

至此,秦震紧闭双目,咽下一腔苦涩。

三

严医生连忙驱赶掉床周围的人。

陈文洪背过脸朝墙站住。梁曙光走了几步,又停下来,拉上陈文洪一起,走到阳台上去。

严素给秦震输氧、注射,她抚着他的脉搏。

等到缓过来,已下半夜一时。

雨还在潇潇不停地落着。

秦震歉然地看了严素一眼。

严素腮帮上还沾着泪渍。

他小声说:

"医生!……在心里闷了几十年,我决心不回武汉,不再提这些事。现在,回来了,我们回来了……我要把这一切告诉陈文洪、梁曙光,告诉你,严素,告诉你!……"

通阳台的门轻轻打开,他们又进来了。

严素哽咽着:"你可不能再激动!"

秦震连忙说:"激动的事没了。"

他用目光示意陈文洪、梁曙光走近些。

"给母亲送葬那天晚上,我的一位老世伯——国民党里很有地位的一位元老走进家门,气喘吁吁地说:'秦震!局势急转直下了,蒋介石、汪精卫联名通令:清党、清共……街上到处在抓人……'

"一阵阵撕裂夜空的枪声响得愈来愈紧。

"'你们只有一条路——武装起义!'

"'组织上已经做了安排,通知我和真吾立刻从这儿转移出去,参加起义,只是着急真真这个孩子还没个着落……'

"那老人一把把真真搂在怀里。'事急矣!你们快快走吧,我还没有第三代,从此,真真就是我的亲孙女,我扶持她长大成人,你们再团圆相聚。'

"我和真吾,又感激、又悲恸,真不知说什么好!

"老人家气得颤抖地说:

"'这是生长过屈原的土地啊!这是生长过屈原的土地啊!不论付出多少鲜血,多少尸骨,有一天你们会回来的,走吧,我在这儿他们不敢动手,你们快从后门逃走吧!'……

"那是多么漆黑的夜,血雨腥风未有涯的夜啊!

"我和真吾踉踉跄跄,泥一脚,水一脚,按照党指定的秘密联络点,就到咱们那天晚上去过的汉江引桥旁第七家棚户,接上联络暗号。没有灯光,没有人声,漆黑的夜幕下看那人模样是一个踏遍长江万里浪的老手。他带领我们两人,到汉水岸边,跳上一只木船,用篙一点,就划过江面,在江心搭上一只小火轮,顺流东下,到了九江,赶往南昌……"

秦震像把一切要说的都说完了。

他就着严素手上喝了一玻璃杯水,严素在水里调了小量的镇静剂,他躺了一会,像自己对自己说:

"分手的时候,小真真哭得厉害呀,那真是撕裂人心的哭声,撕裂人心的哭声啊!我心上这一条伤口,几十年也没有愈合过。这就是一个人的命运。"

他忽然瞥了严素一眼:

"这不科学是不是?——可是,人的生活经历中有些事就是不科学呀!……唉!"

他完全沉入自我思索:

——屈原!屈原!——九嶷山的风,汨罗江的泪,洞庭湖的波涛,云梦泽的水……

秦震的病确实好了,他又潇洒自如,谈笑风生了。

可是,陈文洪满面通红,无限怅惘。梁曙光从心里更加敬重自己的老首长,他明了梁曙光、陈文洪各有各的痛苦,他是用自己的亲身经历在引导他们、鼓舞他们。严素的泪水一直不干,她钦佩秦震、同情陈文洪、敬爱梁曙光。

严素在想:

——白洁能找到吗?

——老母亲能找到吗?

凭着女性的聪慧和机敏,她从很偶然一句话里,知道在梁曙光的故乡,他有一个女朋友。她不知为什么想到这里,有些惴惴不安。她极力驱逐这些杂念。她认为,自己,作为晚一代的人,她应该用全部精力、全部柔情,抚慰他们心灵上的创痛。她受了这些品德高尚人的感染,她立志使自己成为高尚品德的继承者,——这是一颗多么年轻的而又充满巨大母爱的心啊!但,也许正因为这个缘故,这时,她无论如何不能不为他们(不,也为自己)而激情战栗呀!

秦震微微一笑,打破宁静的空气:

"哎呀!天已经亮了,小陈!快打开门,让长江上的风吹进来吧!哪怕带着风、带着雨。长江的风吹了几万年,几亿年,今天,终于吹出了今天。"

小陈一打开通阳台的门就叫了一声:

"呀,雨不知道什么时候过去了,现在,真好看,蓝色的晨光,还有朵红色的云!"

"诗人!你别作诗了,让我看看。"

他们扶着他走到阳台上。

江风那样温柔,

晨光那样温柔,

红霞那样温柔。

四

阳光灼灼,晴空万里。雨水把一切都洗得那样清洁,连天上一朵朵白云,长江上闪闪摇荡的波涛,来来往往的航船。就像曾经刮过一场巨风,从这儿卷走了污秽、耻辱、沉疴、巨痛,一切一切都显得更加鲜亮,更加洁白。正如人们所说的那样:"在清水里泡三次,在血水里洗三次,在碱水里煮三次,我们就会干净得不能再干净了。"一个污秽的城市获得了圣洁,一个古老的民族获得了光辉。好像历史从这儿开始的,又回到这儿来歇一下脚,好迈上新的途程。满街都飘扬着红旗,就像南方的夏天鲜花遍野,这是每个人怒放的心花呀!从解放之日起,这种热潮就在酝酿,升发,于是在六月中的一天,武汉市整个投入一场大狂欢中。

秦震坐吉普车到庆祝大会的会场上来。可是在离会场还有相当一段距离的路上,已经拥挤得水泄不通。秦震在病中得到了休息,就像这雨后初晴、阳光四射的天空一样,现在是通体光辉,神采奕奕。他衣着整洁，军衣和军帽都是新近洗烫过的，格外地整洁合体，一颗红帽徽，使他显得如此年轻。他不准警卫员给他开路，他就在人群中挤来拥去，就像扬子江中的一叶扁舟，一任风吹浪打，潇洒自如。他进入会场，会议已经开始了，人们把他领到木板搭的讲台上去，坐在竹椅上。他先听到一个洪亮的声音在讲话，后来，又给一位参加过"二七"大罢工的老工人所吸引。这老人高高举起双手，像是要让苍天听到，他声嘶力竭、痛哭失声。会议主持人宣布解放军代表讲话，秦震立刻站起来，他的皮鞋后跟踏得木板咔咔响，径直走到台口，会场上立刻响起热烈的掌声，他的两腮绷得紧紧的，他的两道目光像闪烁的电火一样扫向会场，他把两只袖子都撸到胳臂肘上，他的全部炽旺的生命力从他胸中迸射而出：

"武汉的乡亲们！二十二年前，蒋介石、汪精卫，想把我们一脚踩死地下，我们共产党人，在这儿！就在这儿！"他手指向地面一指："宣了誓，我们一定要回来的，现在我们回来了，武汉的父老兄弟姊妹们！你的亲骨肉亲儿女，你们的子弟兵，红色的子弟兵回来了！……"

他无法说下去，因为他的话给沸腾的轰声所压倒，全场的红旗都在摇动，全场的人声都在呐喊。这时，从人群中挤出一个黑脸盘的高大汉子，一个箭步跳上台，秦震刚转身，还没来得及走开，这人用蒲扇般大手推开秦震，他说："让我讲几句话，我憋了几十年了——死了成千上万，才活下了我一个——我不替那些不能再站到这里来的人讲几句心里的话，谁来讲？……"可是，他的话噎住了，他用右手重重捶了一下胸膛。"我们武汉工人是宁肯站着死，不肯跪着活，我们站啊、站啊、站住了！……江岸的工友们让我说一句话：我们没有忘记江岸的历史，'二七'的英勇搏斗！白崇禧要炸毁所有机车，我们把机器、零件都秘密埋藏起来。我们三天三夜没合眼，直到冒险穿过警戒线，把一辆一辆机车疏散到远远、远远的地方去。我们的工友实在支持不住了,机车一停,一扑就趴下动不了了……就因为、就因为我们是江岸的工人,我们烈士的鲜血没有白流,迎来了今天,我们下定决心要大干快干,给活着的人干一份!还要为死了的人干一份!……"

如果说,秦震点了一把火,这个江岸工人就把火扇得燃烧起来。这个沉着、精干、讲话鼓动性很强的人,使得整个会场都像大海漩涡一样回环激荡,从人群中发出一声声呐喊,一个点地喊这个人的名字:

"梁天柱说得好!"

"梁天柱说得好!"

"梁天柱说得好!"

坐在部队前头的陈文洪一听这名字,立刻想这就是开着第一辆机车送他跟前哨部队进武汉的那个人。他正想告诉政委,政委却猛地站起来,不知怎么一刹那间站立不稳,摇晃了一下,随即冲到木板台上,猛扑过去,一把抱住梁天柱,叫了一声:"天柱兄弟,是你,是你,是你呀!……"梁天柱一下愣怔住了。梁曙光喊道:"我是你的曙光哥哥呀!"梁天柱一头栽在梁曙光怀里。两人就在台上紧紧抱在一起,泪流满面,泣不成声。这震撼人心,催人泪下的一幕,把会场的气氛推向高潮。全场的人都哭了,一个跟一个抢上台去,表白心意。一直到太阳已经失去了逼人的暑气,江风带来傍晚的清凉,庆祝游行的队伍才开始活动。为了梁曙光和梁天柱骤然相聚,秦震、陈文洪、严素都激动万分。他们大踏步走在这队伍前头。像是被旋风吹出来那么多人,奔跑着,呐喊着,游行的人愈聚愈多,队伍愈来愈大,像是冲破堤坝滔滔而下的漩卷洪流,随着它的是红旗飞舞,喊声震天。顺着中山大道走到江汉路一带,天已黑了下来,不知什么时候,从谁的手里传递过来一只竹篾火把。秦震捋起袖口,高举着劈啪作响、火光熊熊的火把。于是,一转眼间,成千上万把火把都亮了起来,把整个武汉一下照得如同白昼,天空染得鲜红鲜红。大街小巷,人如潮涌。地面上都是人,都是火把;楼窗上、屋顶上都是人,都是火把。火把是太阳,千千万万只火把是千千万万个太阳,火焰的呼啸声、歌声、笑声旋卷成一团,在红色海洋上激流回荡,发射出万丈光芒。秦震乐得不知怎样好,笑得不知怎样好,看看这边,看看那边,他一会儿向楼上挥手,一会儿跟着人群歌唱。他像一株给太阳照得鲜红通明的大树,在这广大无垠的森林中,它和所有的树联合起来,枝叶扶疏,迎风摇荡。他什么也没有想,什么也不能想,他的心和整个大武汉千百万人的心溶合在一起了。他不知道梁曙光到哪儿去了,他不知道陈文洪到哪儿去了,只有警卫员小陈紧紧跟在他身边。他的脸上忽悠忽悠地闪着火把的火光。他又回到忘我的年轻时代,听到北伐军齐刷刷的脚步,高唱着:

> 打倒列强,打倒列强,
> 除军阀,除军阀,
> 国民革命成功,国民革命成功,
> 齐奋斗!齐奋斗!
> …………

喉咙喊哑了,喉咙真的喊哑了。难道历史的时针拨转回去?不,不可能,秦震心里另外响着一个声音,像有什么人用力地掀动一页书,而这书页发出清脆动听的声音。是的,历史掀到了崭新的一页,黑暗沉沉的东方破晓了,一颗灿烂的太阳从乌云缭绕中脱颖而出,飞升而起了。火把!火把!火把!太阳!太阳!太阳!

秦震只顾向前走,小陈突然附耳说道:

"史司令在招呼你……"

秦震掠过万人攒动的人海,看到史占春司令员站在一处高台阶上朝他招手。

他挤出人群,人们拥挤着,冲撞着他,他好不容易挤出人群。

他走到史占春跟前,已经衣衫湿透,大汗淋漓,但,他在笑,还不断转过身来向狂呼的人们挥手。

史占春一把拉住他:

"心绞痛,可经不住这样激动呀!"

"不是激动,是欢喜……"

秦震没说完,史占春就拉他:

"走!"

"到哪儿去?"

"我给你找个好地方去!"

几辆吉普好不容易穿过人群,开到江汉关大楼下。

他们跳下车,这时江汉关钟楼上一阵嘹亮悦耳的钟声,正好敲了十一下。他们攀上楼顶一看,沿着长江两岸全是火把,像两条火龙、宛转、燃烧。近处,火光熊熊,像一片飘摇飞荡的红霞,火把一直迤逦向远方,愈远愈细小,像两条弯弯曲曲的串珠,闪着金黄色亮点。这一切火的光影都倒映江中,在急速漂流的江涛之上,有如随波起伏、群星飞舞,一时之间,天上地下,仿佛都变成一片火的飞腾、火的旋卷。将重重夜幕照得雪亮,把扬子江水照得通红。这壮丽的景色,真是夺人神魄呀!

"老秦!你记得泸定桥吧!"

经史占春一提,往事立刻涌上秦震心头。

"那可是个难忘的夜晚,大渡河像亿万沸腾旋转的漩涡,直泻而下,泸定桥要给敌人卡住,红军就会全军覆没。"

"敌人想让我们重演石达开的悲剧。"

"做不到,那只是痴人说梦而已。你记得,急袭刚开始,天不作美,就下起大雨,满地泥泞,寸步难行;你记得,朱德同志指挥河西一路,刘伯承同志指挥河东一路,都点起火把!"

"对,我在河西这路先头部队里,大雨倾盆,伸手不见五指,正无可奈何,看见河东那面点起火把,一支,又一支……"

"对呀!你说得对,我在河东,是我们先点起来,你们紧跟着也点起来了。"

"好欢腾哟!夹河两岸,火光烛天,齐声呐喊,互相呼应,硬是抢下了泸定桥……"

"那是我们工农红军生死存亡的决定性的一战呀!"

"那是我们整个民族生死存亡的决定性的一战呀!"

两个老战友,你一言,我一语,使得这眼前熊熊不息的火龙,具有了历史的内涵和无穷的深意。

这是一道滚滚而下的火的巨流,

这是一道滚滚而下的历史的巨流。

史占春不无感慨地说了一句:

"龙腾虎跃,天上人间啊!"

他们一直立到夜气袭人,江风拂面。

火把似乎稀少了,不过,这儿一堆,那儿一堆,还在闪闪发光。

他们饱含深情地向那些火把依依不舍看了几眼,然后下了楼。

黄参谋招呼秦震登上吉普车,黄参谋问:

"回家?"

"好,回家。"

可是,车行驶一阵,他那昂奋的心情,似依然不能自已,他又命令:

"到梁曙光那里去!"

吉普车又调转头朝另一方向驶去。

这大江之滨气候变化真大,黎明之前,江风峭劲,带来阵阵凉意,几个人都不觉打了哈欠。

秦震又一挥手:

"不去了,回家!"

五

这一夜,秦震、陈文洪、梁曙光都没有睡着。

秦震从沸腾人海里一回到悄无声音的住处,特别是这一片白色的墙壁、家具,使他感到像落雪的森林一样寂寞难堪。小陈关闭了所有电灯,只留下床头台灯,他退出去了。秦震坐在那里,却连一点睡意都没有:

唉!这也是一种老态吧!神经一兴奋,就安静不下来!

他像要驱赶什么,挥了一下手。

可,这是什么日子,又怎么能睡得着呢!……

他渐渐陷入沉思,每一家人回到自己家,难道就能睡得着吗?就是小孩子,小孩子也会吵着还要一支火把呀!

火把!

火把!

南昌起义后,跟随朱总司令上闽西打游击,他和丁真吾不就两个人举着一支火把吗?

这时候,她在哈尔滨干什么呢?

松花江解冻的日子过去了,融雪的黑色泥泞大地该已晒干了,柳树飞了花,紫丁香飘散着浓香,高大的俄罗斯马拉着黑色双轮马车在石头砌的马路上,发出清脆、响亮的声音,布谷鸟的啼鸣多么惹人愁思啊!

他想起在北京分手前,两人握着手说过:

"我们应该一道回瑞金去。"

他们俩都是浏阳人,而不是瑞金人,可是,"瑞金"——一提起它就想起那个年华似锦的时代呀,瑞金是他们真正的家!

现在,她在做什么?下半夜了,她也许在酣眠?也许在思念?

也许,她戴着老花眼镜,披着毛线衣,坐在书桌前,从报纸上剪下有关华中前线的新闻吧?

这已成为他们共同生活的一种习惯,爱情的标记,凡是登载有关秦震正在那儿战斗的战地新闻,她都仔细剪下来。她已经贴了几十大本,装满一大木箱。她说这是为了他老了不能动了,写回忆录用。其实,做这件事本身,对于她来说,就是爱情,就是幸福。

也许她坐在柔软的皮沙发上在凝眸沉思?

想到这里,他心里突然漫起一阵热潮。

他知道她珍藏着一张早已变黄了的照片,他、她和小真真。

从一九二七年到现在,漫长的二十多年过去了。在最困苦的时候,她把什么都扔了,只留下这一张发黄了的照片,很少拿出来,只背着他,一个人,才仔细端详,而后仰头张望,而后泪水涟涟,一个母亲的心呀,这心里容纳了多少泪水?多少辛酸?

在学生面前,她是一个矫健而又严厉的女院长,短发塞在军帽里,腰间扎根皮带,她的风度、她的神姿,经常引起女同学议论、倾慕。她年纪不小了,但声音还十分清脆,目光还十分锐利。只要她一声口令,学员们就站得像一根线一样整齐。可就是这样一个"女军人"、"女革命家"、"大姐"——也有着似水的柔情啊!

想起丁真吾,这是很自然的事,正如人们所说,无论远在天涯海角,无论遇到最悲伤还是最幸福的时刻,都会首先想起最亲的亲人。

秦震从藤沙发里缓缓站起来,走向浴室外边那个小屋。他实在不大喜欢那豪华而高雅的客厅,豆青瓷瓶台灯从淡黄色丝绢罩下衬出金黄的光亮,粉红色花岗石砌的壁炉,水晶般垂下来的吊灯……在那儿,会客、开会都行,可是一个人认真做点自己想做的事就不行,就得到这半间小屋里来,这儿非常简朴,一张笨重的槲木桌子,一把笨重的槲木椅子。他坐下来,慢慢戴上老花镜,嘴唇边掀出一丝微笑,心里说:这样的日子,这样的时刻,咱也该叙一叙心情了吧?……他要给丁真吾写封信,可是写了半天,写不出来。写什么?从哪写?写欢腾?写火把?……突然"啪"的一声响,他把那支在太行山作战时从战场拾得的又粗又大的橙红色派克自来水笔放在桌上,——他知道,她最关心的是小真真的事,话虽然没说出口,但她满怀希望打到国民党地区能找到她。可是,现在怎么办?提还是不提?……他又变成一个"老人"了,他搔了搔灰白的鬓发,缓缓站起来。通阳台的门开着,一阵阵潮湿的凉风吹得白纱窗帘微微拂动……他又走向客厅,在铺了地毯(竟然也是白色的!)的地板上走过来走过去,他的颀长的身影,一下投在墙壁上,一下投在地毯上,来回地移动……

陈文洪躺在美国钢丝行军床上,背靠着高高一摞棉被、大衣、风衣,他两手垫在脖子后面,拧住双眉,像个石雕,纹丝不动。

但是,他的灵魂像云雾一样在翻腾拂荡。

自从在监狱里没有找到白洁,陈文洪的内心充满了痛苦,但是他没流一滴泪水,他不是那样的人。当他在延安和白洁分手时,没流泪,在东北收到她那封充满柔情蜜意的信时,没流泪,当秦震告诉他白洁在监狱里时,没流泪,他有的只是无边的惆怅、苦恼、愤恨。这样,就在他心里憋了一股闷火,这火,仿佛时时刻刻都在炙烤他,烤干了他的血液,烤焦了他的肌肤,烤疼了他的肺腑。他做过各种各样的梦,梦到一下和白洁骤然相遇,他笑着醒来;更多的时候梦到可怖可怕的事,他一把掀开被子,起床走来走去。他宁愿把苦痛深埋胸中,也不愿把苦痛宣泄人前,他尽力在回避着人——包括梁曙光。不,不是这样,他像一只搏伤的猛兽,他要默默舔干心上的伤痕血渍,他时刻准备再驰骋原野,猛烈出击,可一时之间又找不到搏击的对手。

今天下午庆祝大会会场上那激动人心的一幕使他难忘。

他为梁曙光寻到了弟弟梁天柱而高兴。

可是,当他把部队从狂欢的激流里带回营房,他检查了值星官,检查了岗哨,自己一个人走回住舍时,他却被一种异样的孤独感攫住。每次出营房、进营房,陈文洪、梁曙光都是形影不离,而今天剩下他一个人了。是的,他确实为梁曙光高兴,不过这高兴转回头又刺痛了他的内心。梁曙光总算找到了弟弟,白洁可一点线索也没有。他有一桩不敢想、也十分不愿想的事,思路只要一转近它,他的头发根就炸起来,心就进了冰窟。

他不能自己沉落。

他知道自己必须挺住。

他想问一问梁曙光,老母亲到底怎么样了,可是他又不能在这时闯到梁曙光房里去,因为两个兄弟正在亲密倾谈,虽然只是一壁之隔,他只好熬受住黎明前的寂寞,凝然不动,想着,想着……

梁曙光和梁天柱是亲兄弟,可是相处时间很少。由于妈妈日夜不停地浆浆洗洗、缝缝补补,还养不活一个曙光,天柱从小就送到鄂西老家姨母家里,任由他风里雨里生长。到曙光出走,天柱才回到母亲身边,当路工,当司炉,当司机。十几年,三千几百个日夜的事从哪儿谈起?曙光急切地问母亲,天柱跟他讲了下面一段事。

那是曙光走了不太久的时候。

母亲在街上和常来家里找曙光的地下党同志相遇,她找到了组织,她平静地说:

"曙光走了,他的事让我接着干吧!"

她利用经常出入富户、洋人家,取衣物、送衣物的方便,担任了地下交通,特务一旦盯紧,她便找个洋人家躲过去,从而避开特务的跟踪。

有一回,轮着天柱上早班,天还没亮就翻身起来。

一看,母亲头枕在手臂上,在桌上睡着了。

蜡烛化成一片溶液,一小根短短灯芯奄奄欲熄。

一本书,

一张纸,

母亲手上还捏着一寸长的小铅笔头。

她觉得当交通不识字不方便,她悄悄学书识字了。

天柱没惊动老人,吹熄灯,悄悄掩门走了。

后来谈起这事,母亲还羞得脸红呢,拉着天柱的胳膊问:

"你说,望七十的人了,还能识得字吗?"

"怎么不行,我不识字,往后还要娘教我呢!"

母亲笑着打了他手背一下。

风声一天比一天紧了,便衣特务经常来搜查,一时之间,谣言四起。有的说:"梁曙光当了共产党的大官,怕梁家母子俩光景不好过呢!"是的,在江汉引桥棚户那儿呆不下去了,不久,组织上通知转移。母亲还舍不得那个破家——走一步回过头看一眼,说:"怕曙光回来找不着……"到了反饥饿、反迫害斗争的烈火燃烧,风声鹤唳情景下,有一天,组织上让她送一包传单到江汉路一家商号,交给一个人。可是,到了那家商号门前,那里正挤满军警进行搜查。她心里咯噔一声:糟了,关系接不上了,怎么办?她很镇定、很机警,那一带正好是闹市区,她就往人群稠密的地方挤。谁料因为她向内张望了一眼,已被埋伏在路边的便衣特务发现,几个人贼头贼脑,紧紧盯牢她。转来转去,摆脱不掉。那特务打了暗号,从那商号里奔出一批军警向她扑来,她知道她已入罗网,魔掌难逃,她,这个望七十的、又瘦又小的妇女,一下解开衣襟,把藏在那里的一大包传单,敏捷地解开,猛一下往人堆里扔去,她拼着性命大声嘶喊:

"乡亲们！好人们！你们看看吧！乡亲们！好人们！"

她指着蜂拥而来的那些狐群狗党：

"你们的日子不长了，天快亮了，我就是梁曙光他娘，你们抓我吧！杀我吧！我儿子会回来给我报仇的……"

梁曙光听到这里，焦急地抓住天柱两手问：

"娘怎样了？"

"娘被捕了。"

梁大娘，梁大娘，武汉谁不知道有个梁大娘。

她年轻时有一头乌黑油亮的好头发呀，

她年轻时有一张俊秀红润的脸膛呀，

她年轻时有纤纤十指，由于不断地浆洗补缀，每个手指头都磨破了呀。

可是，现在她老了，不过，在那一刹那间，她又突然变得年轻起来了。

梁大娘被关押起来，群众中展开了规模浩大的声援运动。连武汉最出名的大律师都亲自出庭为她申辩，她终于获得释放。

"释放了怎样？"

"她还继续斗争。"

"我是问你现在她在哪里？"

正在这时，房门上起了敲门声音。

梁曙光看看表，离吹起床号还有半个钟头，他寻思陈文洪也许有紧急事要跟他商议。

谁知还没来得及动，门已"呀"的一声自动推开了，站在门口的是秦震。

秦震通宵未眠，从阳台上看看，蒙蒙黑暗的东方已绽出一片胭脂红的曙色，云雾笼罩，时隐时现，他就走下楼来。长江好像慵懒沉眠不作声响。梧桐树发出潮湿的青气，从叶子上落下夜雾凝成的水珠。他在前边,警卫员在后边,一直走到梁曙光门前。

当他听梁曙光、梁天柱从头数说一遍完了,他一手拍着梁曙光,一手拍着梁天柱说:

"你们有一个好母亲,她是中华民族的脊梁骨啊!"

当他们在这里这样谈着时,母亲正隐蔽在鄂西乡间,那儿暂时还是黑暗沉沉,有待光明泻入。

第八章 钟声送走多少欢乐，多少哀愁

一

从岸上看，长江已经够神奇、雄伟的了。当你乘船一到江心，你就觉得江天辽阔，波涛汹涌，好像整个长空和江流都在不停地涌动。这不是江流，这是大海，浪尖像浮动的冰山，时而露出山巅，时而闪出峡谷。船，特别是木船，就像许多漂浮的断枝碎叶。墨绿色的江涛，有如无数蛟龙缠抱在一起，奔腾、翻滚，搅得猎猎江风里夹杂着浪花飞雨。陈文洪为了到驻武昌的两个营视察工作，他站在一只黑色小火轮船前甲板上，这是一只老旧的船，烟熏火燎，斑痕累累，一仰一俯，颠簸前进。他看着船头像一只利刃劈开江水，把雪白的浪花，从两面船舷向后飞掠，而后在船尾拉着一条长长的雪白的浪迹。几个战士牵着马站在后甲板上。长江上的天气就像大海上的天空一样，千姿百态反复无常，原来一轮红日，晴空万里，忽然，一阵乌云掠过江面，带来一阵骤雨。不管是风是雨陈文洪都兀自不动。老轮机长吴丙丁，深知长江上的风险，怕万一出了差错，从舵舱窗口伸出头对陈文洪拐弯抹角地说："官家，进来搭个话，也免撇得我一个人冷清……"陈文洪看看满江烟笼雾罩，连近处的船帆都像个影儿在雾里无声地悠荡，知道一时没个晴处，就一弯腰钻进了舵舱。舱里一股鱼腥味、柴油味、烟草味，又浓又重，呛人鼻子，可是拗不过船老板的情面，还是进去了。

吴丙丁穿了一身破烂黑衣服,戴着一副眼镜,右面的眼镜腿掉了,用根黑线拴个圈套在耳朵上。两只眼有时瞪得圆圆的,有时眯成一条缝,察看着风情水势。手把着舵轮,一下搬转,一下放滑,从那操纵自如的情景看,人虽又窄又瘦,可是手劲还是十分强健。他从白崇禧毁灭大武汉,讲到他在护船斗争那夜晚的遭遇。生活中就有着那么多偶然因素,也许没有偶然因素就没有历史的波澜。吴丙丁言之无意,陈文洪听之有心,从言谈里就像黑沉沉窟穴里漏进一线光亮一样,他一下找到了白洁。陈文洪一把抓住吴丙丁的手,眉头一拧:

"你说得可真?"

"没半点掺假。"

那是五月十五日半夜,吴丙丁正要悄悄驶船开往鲇鱼套躲避,冷不防,几把长篙把钩子牢牢钩住船帮,一眨眼间,"嗖嗖"跳上几个黑衣人,船上的工友见势头不对,跳江逃跑了,吴丙丁被堵在舵舱门口,冷冰冰枪口一下顶住心窝。几道手电筒光像打闪,跟着船紧晃。吴丙丁借着光影,看见他们把一小群人连推带搡,其中就有几个妇女,押进舵舱。他们逼住吴丙丁往武昌开船。吴丙丁就伸手去开灯,却给一只大手抓住,吴丙丁赔笑说:

"兵爷吔!这黑夜长江可凶险,车有车道,船有船道,我这条命不值几个大钱,误了你家大事可不好担当呀!"

说好说歹,只准开了船舱顶上直射江面的大灯,可是灯一开,舱里影影绰绰也就看清几个人影。

正在大江中流,忽然间一个年轻妇女从人们手爪中挣脱出来,一个黑衣人立刻举枪对准她。

她昂然一下扬起头轻蔑地冷笑了一声,猛然喝道:

"打吧!你朝我开枪吧!"

在她的威力面前,那人吓得跟跟跄跄退了几步。她一扬手,沉着有力、义正词严地说：

"我告诉你,你们这群狐群狗党,共产党是杀不尽、斩不绝的,你们倒要想想你们的下场,天亮了！……"

她转身向一小群妇女喊道：

"同志们！我们生得光明,死得磊落。同志们跳江呀！……我们用我们的生命迎接天亮吧！"

那是撕裂肝胆的、惊天动地的声音。

经这一喊,船上就乱了,妇女们一股劲往船舱外冲,跟官兵们就扯着对儿扭打吆喝,乱作一团。

陈文洪急着问：

"她个儿不高,白净脸,是不是？"

"你同志！我哪还分得清青红皂白,你同志！"

陈文洪像刚要爬上岸,一个浪头又铺天盖地把他砸将下来。

吴丙丁说："我看这些人都是好人,要不白崇禧为什么逼住押她们走,我心生一计,想把船开到鲇鱼套再说……"

当时,吴丙丁一看,整个大江空空荡荡,连个灯影都不见,拉了两声汽笛也没回声,这正是好时机。

谁知,他们中间有个懂得使船的,见吴丙丁偏离方位,就拿枪口朝吴丙丁背上一捅：

"老实点！往轮渡码头开！"

到了码头,他们把那几个妇女押上岸,还不放吴丙丁,说："放你走,好去通风报信！"逼吴丙丁跟他们上了武昌一路往西走。

吴丙丁骇怕了,想,他们对我是要杀人灭口,死无对证呀！到了路边一户人家,他们走得气喘吁吁,疲劳不堪,就让大家坐下来歇息,敲门打板,讨水烧火。趁这一阵忙乱,吴丙丁一闪就闪到那人家屋背后,从那儿憋足一口劲往江边跑。他还是想把船开上鲇鱼套。天蒙蒙亮赶到江边,谁知这些断子绝孙的在船上安了定时炸弹,只见火光一闪,一声猛响……

陈文洪仔细盘问了那晚歇脚的那户人家的地形模样,掏出小本,在上面画了图,经吴丙丁看了认可。这时这只古旧的小火轮已经气喘吁吁,到了武昌轮渡码头。大雨刚过,一片青天。陈文洪赶紧告别了吴丙丁,耸身上马,打了一鞭,就朝西奔去了。

二

陈文洪率领几个战士策马飞奔。

好像只要他跑到那个地方,他要寻找的就寻找到了。

他的那匹黑骏马刚才在船上淋了一阵雨,现在给阳光一晒,鬃毛闪闪发亮。它好像很理解主人的心意,四蹄不点地地狂奔,剪过的尾巴像一把小扫帚在大风中波荡。黑骏马远远跑在前头,另外几匹马在后面紧跟,像一条线一样拉开。

他们穿过武昌城,继续向西。

六月,长江岸上一片碧绿葱葱,无论是树、稻田,还是湖泊,都像油画一样在深浅不一的绿的层次上涂上层亮油,油菜花一片片嫩黄、鹅黄、奶油黄,像是在一块绿台布上摆着几块黄澄澄的蒸糕。

不过,陈文洪既没有想大自然的色彩多么鲜明,也没有想黑骏马有多么英俊,他只觉得心如火燎,舌敝唇焦,他的心里,就像阳光一下穿透阴霾,一下又被阴霾吞没。不知不觉间,汗水从帽子底下淌流满脸,脸红得像红布。

是的,只要抓住一条线索,就是抓住一线希望。

现在,他就带着这种强烈渴求的愿望,纵马飞驰。

——只要到那里!

——只要到那里!

是的,只要有一个方位,一个老练的军人,在无边无际的荒野上,也能迅速地寻找到目的地。

那不是么!

在大道边有一座独立家屋,三面环绕着丰密茂盛的大竹林,门前有一株又高又大的老梅树。

他勒住缰绳,黑马又跑了几步,才低低嘶叫了一声,收住脚,听任背上的骑手飘然而落。它不是由于减轻负担而产生快感,它却伸出嘴巴在陈文洪身上嗅了嗅,两只眼睛驯顺地、同情地看着陈文洪。

陈文洪敲开了那人家的门。

门缝里露出一个破衣烂衫的大嫂。见是一群军人,忙不迭地把两扇门又紧紧关上了。

敲了半晌,也不肯开,末了还是一个湖北战士,用乡音打动了她,她才又开开半扇门。却又说:她刚才弹过棉花,满屋都是灰尘,不如搬几只竹凳在树底下坐。这大嫂显然心有余悸,还留下一丝恐慌。

陈文洪急忙拦住她,请她不要张罗,单刀直入地问道:

"白崇禧队伍逃跑那天晚上,有没有一队人押住几个妇女从这儿走?"

"你家别提,那可吓死人呀!"

陈文洪圆圆的脸膛一下变得煞白,急切地问:

"他们杀……"

"打哟,打得好凶哟,那几个弱女子也够倔强哟!"

"那么她们还活着?"

"她们坐在地下不起来,说什么也不走了,皮鞭冰雹般猛搐,她们硬是不肯走。有一个小女子大声地喊:我死也死在这儿,不走了!……"

血一下涌上心头,陈文洪整个脖颈都红了,他知道这是谁。

"那时光,天快亮了,汉口那个方向,又是炮响,又是火光。一路一路队伍拥到这儿,他们依仗人多势众,两人一个架起走。可怜那些女子,蓬头垢面,打着赤脚,脚底板都磨烂了,一步一个血脚印,还遭那些凶神恶煞毒打——老天爷睁睁眼吧! 我都不敢看,就在这块青石板铺的地面上,留下一个一个血脚印……"

——这就是陈文洪要寻的。

——要寻的终于寻到了。

——寻到的是她还活着。

陈文洪半晌没做声,那大嫂要张罗茶水,他道谢制止了。他兀自插着两手,站在那青石板大道中间,朝西瞭望,眉峰紧皱,嘴巴紧闭。

给日光晒得尘雾狼藉的大道呀! 人生中有多少这样艰难的道路? 道路上又有多少血的脚印? 风吹雨淋,那血脚印消失了……

"不!"

陈文洪坚定不移地想道:

"它没有消失,我要循着脚印寻去,只要她还活着,就一定寻到她……"

三

陈文洪晚上回到汉口,默默想着是当面谈还是打电话,把有关白洁的消息报告给秦震呢? 最后决定用电话。

秦震举着电话耳机,半晌没有做声,然后缓缓说:

"文洪! 只要她还活着,我们就能救出她。"

陈文洪听到秦震嗓音虽然低沉,但又充满信心,他很受感动。

熄灯号吹过了,他到各部队走了走,看了看,踏着从梧桐叶上漏下来的月影,独自走回师部。

他应该睡,但是他不能睡,悄悄关闭了电灯,又走了出去。

屋后,就是一大片水田,还有池塘、竹林。月亮像水一样清凉,把白天的热气涤荡一净。他站下来,仰起头,看着月亮,月光如水。这夜是何等的幽静呀!这夜是何等惆怅呀!远处传来蛙鸣声,不知什么树上有惊醒的小鸟啾啁一啭,又寂然无声了。

他想起白洁的一切:

她的轻盈的身影,

她的柔曼的语声,

她那深邃小湖一样的眼睛,

还有,她的百合花。

她像他一样,他也像她一样。在延安,以及以后两地相隔那无边无际的思念中,从来是只有笑,没有泪呀!

可这一刻,是什么,是竹叶上江雾凝成的水珠,只一闪,似乎是在眼睫毛上,又像是在心窝里,滚下去了。

他不是没有感情的人呀!

谁说我们军人是没有感情的人,谁就不懂得什么是真正的感情。

不过,陈文洪在个人生活问题上,他确实没流过一滴眼泪。

——今天是怎么回事呢?

他站了很久,又转回屋里,从皮挂包里取出一个纸包。他打开来,里面有几样东西,一件是他们俩在延安临别时,她塞在他手里,要他回去再看的两根发辫。他记得最后一次见面,他发现她梳的两根辫子不见了,而变成齐耳的短发!他问过:"怎么把辫子剪掉了?"她说:"我留给一个人……"这个人就是他。这柔软的青丝,此时此地,特别唤醒藏在他心中的深情蜜意,他不禁喟然轻叹了一

声,展开第二件东西,那就是周副主席通过秦震带到东北来的白洁的那封信:

文洪:

你想不到会收到我的信吧!想一想,我们从延安分手已经八年。在这样漫长的日子里,我人离你很远,可心跟你在一起,因为我的生命和你生命早已溶合,不论天涯海角,心灵上的相通是永远不变的。你还记得那晚会的琴音,月夜的百合,想到这些,我就深深地想念你啊!是的,这都是永远永远不能忘记的。因为留在延河边上的脚印,就是我们用心灵写下的誓言,只要延河水潺潺不息,脚步声就会在我们血液中回响。在你出发那天,我一个人悄悄到飞机场上给征人送行。可是,我不能让别人发现,我的工作不允许我公开露面。你看可笑吧!我躲在人背后流泪,我又希望你哪怕看我一眼,我总觉得那时间你看到我了,这心理你了解吗?你跟我说过一句话:"我们是大时代的儿女。"离你愈久,理解愈深,如果时代还是悲怆的时代,又哪里有个人幸福?现在我不知道你在哪里,是行军?是作战?是宿营?是歌唱?不过,不论你做什么,我觉得都同我密切相关。你说要不是民族生死存亡搏斗的大时代,我们怎能相会在一起?又为什么偏偏是你从山洪中把我救起?又为什么偏偏是我必须隐姓埋名远走他方?为了什么?为了什么?文洪!为了阳光普照的一天到来。我告诉你,你一定要相信我的话,我很结实、我很平安,只是在这个雾城里,我黑夜白天,看见的都是多么密,多么浓的雾呀,这是吞噬人的毒雾啊,这是连石头也能沤烂的毒雾啊,不过我不怕,因为我知道远远的地方有你为我而战,我们的爱情就像火种一样闪闪发光,任我走到哪里,都能看见你的眼睛。文洪,自从我们相爱以后,就打破了一个陈旧的观念,那就是说工农分子没有感情。我愈接近你,愈了解你,你是火石,表面看是石头,一撞击就冒火花。哪一个大思想家好像说过这样的话:只要石在,火种是不会灭绝的,你就是心里埋着火种的人啊。我在冷雾中常常感到你身上的温暖。春天夜晚,我常常一个人坐在枇杷山顶上看嘉陵江,一星灯火在缓缓移动,我想了半天,才明白过来,那是顺流而下,向你战斗的那个方向漂流而去的船上的灯火啊,你会看见吗?你会梦见吗?一星灯火,万转柔肠,这从延安圣地点燃的火,我相信他将照亮我们终生。人会死吗?你看我多傻,文洪,如果活不能一道活,死让我们一道死吧!因为物质不灭,在这儿消失,就会在那儿生长,如果我们今天不能活在一起,盼我们将来一个什么时候再在一起生长。我有多少话要跟你说呀,但给我写信的时间如此之短。我知道你是在战场上冲锋陷阵的人,但为了革命,为了时代,当然也为了我,你千万要保重自己,哪怕只是为了我……好了,我写不下去了,你要想到你的白洁在奋斗,和你一样在凿通堵塞在我们之间不可逾越的大山,我觉得我们凿呀凿呀,一天比一天更接近了。文洪!我一千次握你的手。

白　洁

他从纸包里又取出一张照片。是白洁在延河之滨照的。她没有女性的娇美,也没有女性的装扮,穿着一件棉大衣,大衣的袖口挽起一大截,裤脚也挽起一大截,头上戴着一顶八角帽,看上去,像个小男孩。这位摄影家的技术很不高明,照片暗淡无光,脸庞模糊,连眉眼都看不大清楚,不过,这一切在陈文洪心里是那样清晰,永远那样清晰呀!

这时,在陈文洪面前有两个影像在交替出现:

一个是抱着满怀百合花的她,用温柔的眼睛望着他;

一个是满身血污,昂首阔步的她,宁死不屈地蹒跚前行。

就是这个纤细、稚弱,像个小男孩的人,在监牢里被拷打得遍体鳞伤;就是这个纤细、稚弱,像个小男孩的人,忍饥忍痛,走一步留下一个血脚印……

陈文洪慢慢攥拢两拳搁在桌面上。

四

秦震从野战军司令部出来,按照约定的时间到姚锡铭那儿去。
"白崇禧!看来你是死棋,死棋要走活,看你怎么走吧!"
他从司令部出来,心里冷笑了一下,得意地坐上吉普。
目前,国民党是败棋残局,一片混乱。我们在华东战线拿下南京、上海,他们一窝蜂往广东跑;华中战线白崇禧从武汉撤退,为了确保有生力量,在湘鄂西进行决战,以实现"华中局部反攻计划",实际是依托湘、鄂、赣,以确保广西老巢。
秦震一个念头像电光一闪:
"在长江一线被分割的敌军,会不会集结广东、广西?"
他心中自问自答:
"覆巢之下焉有完卵!他就是孤注一掷,也不过苟延残喘而已!"
秦震完全沉浸在临阵的快感之中。
因为在今天的军事会议上,宣布了派秦震去参加西线决战。
国民党湘鄂绥区司令集结四个军、一个保安旅,妄图进占当阳、远安,窥视襄、樊,以求在长江以北再做一次挣扎。妄图拖延时间,祈求第三次世界大战爆发,再借帝国主义之手把他们从绝境中挽救出来。
吉普车从街上驶过,但他什么也没看见,看见的只是装在心里的那幅军用地图,只觉得几个蓝色箭头向他袭来。
当军事会议上宣布:
"调秦震同志到西线兵团担任副司令,率×××军前去参加鄂西会战。"

他很想像一个少壮军官那样,昂首挺胸,接受命令。

但,这一个高级军事会议,参加者都是中年以上的人,如果那样行动会与整个气氛不合,他只立起来,应了一声,就坐下来。

不过,他的心情是万分激动的。

从在北京饭店听周副主席讲话,看到他那炯炯有神的眼光,他心下就说:"大局已定,摧枯拉朽的时候到来了。"

然而,他毕竟是一个老将,他知道困兽犹斗,不可低估。

等到在南下列车上得到解放南京的消息之后,——那时,想在最后决战里一显神威之心又是如何急切。他怕打不上最后一仗。他,一个深谋远虑的老指挥员的心境,竟被一个青年女医生一语道破,这不是很好笑吗?

这一段时间以来,好胜心,荣誉感,是多么痛苦地煎熬他啊!大武汉的解放,他根本不把它记在功劳簿上,因为敌人狼狈逃窜,称得上什么作战?他渴求的是千军万马,痛快淋漓地决战,他要由他亲手取得最后胜利。"作为一个军人,不战死沙场,就要直捣黄龙,犁庭扫穴,杀个干净。"如果最后一仗没他的份,他觉得简直无法向子孙交代。而现在,白崇禧进攻了,这就找到了较量的对手了,他好像在想:"憋了这么久,要在这一锤子上出气……"他哑笑了一下:"什么第三次世界大战、第四次世界大战,梦想!全是梦想!!!"

当他在脑子里盘算的工夫,吉普车已开到姚锡铭住所门前。门岗认得他,立即把两扇大铁门拉开,让吉普车轻快无声地开进院去,停了下来。

这是一座花园洋房,满墙遮满绿油油的藤蔓,像一道绿色瀑布一样迤逦而下,映着鲜红、嫩黄、雪白的颜色纷繁的月季花,还有十几株不知名的又高又大的树耸立高空,在草地上笼罩出一片碧绿浓荫。微风过处,卷起一股浓郁的花香和一阵啾啁的鸟语,而后又宁静得一点声音都没有了。

很奇怪,一个人都没有。

他是很想看看姚锡铭的:一则因为作为野战军政治工作领导人约他来必有所交代;二则姚锡铭吐了几口血,卧病在床,他出发前很想来看望一下。

也许是医生下了禁令吧?

那我是个特殊的来客了。

他一面想,一面轻轻走上台阶,走进有镶花地板的豪华的大厅,还是没有人。

姚锡铭从来不愿单独住,尤其是这样阔大而空洞的住宅。他常请一些同志跟他住在一起,他特别喜欢和文化人、知识分子一道住,一道吃饭,一道谈天。他在工作中严肃、果断,有时甚至很严厉,但每一回到家中来,回到他所喜爱的人群中来,他就变得那样自如、随便、兴高采烈、谈笑风生。

可是,现下,这大厅显得如此空落落的,不但没有一个人影,也听不到一点声音。

秦震唯恐惊动病人,就蹑手蹑脚,一级一级登上楼梯。

一上楼又是一个大过厅,也很华丽,地上铺着色彩斑斓的地毯,屋顶上垂下吊灯,一大圈白布套的沙发,但还是空荡荡没一个人。旁边有一小房间,敞着门,望进去,里面陈设简单、朴素。

他一看,姚锡铭躺在背门墙壁下床上,高高垫了几个枕头,半靠着身子,凝眉聚目在读书呢!

秦震走进去,姚锡铭埋头书中,没有抬头看他。

他站了一会儿,姚锡铭沉醉在书中,还是没看他。

对于姚锡铭在病中还如此聚精会神专心致志地读书,他很不以为然,但又深受感动。于是轻轻唤了一声。

姚锡铭闻声才从书上仰起脸,旋即一笑,指着紧靠床边一个西式高背雕花木椅说:"来!坐下……"

他看姚锡铭看的是《鲁迅全集》。

大概姚锡铭发现了他那惊异的目光,就用指尖敲敲书本说:

"老秦!应该好好读一读呀!"

秦震赧然:"在延安,毛主席提倡读读鲁迅,可我读不懂。"

"鲁迅是一百年,也许是几百年都出不了一个的大思想家呀,他拿着一把解剖刀在剖析整个人生。这是一部百科全书,他何等深刻、复杂地绘画了中国社会万象,他鞭辟入里地鞭挞着奴性,颂扬着耿耿的民族精魂。他最恨那些混进革命队伍里,喊喊喳喳,从背后放冷箭的人。他说得多好呵,革命并不都是那样圣洁的事,要劳动者给我们诗人、作家捧上牛奶、面包,说:'请用吧!'不,不是那么回事。一个左派可以变成一个右派呀!他说得多好啊!难道不值得我们同志三思吗?!他给那些鬼魅魍魉的小丑画下脸谱,因此,他们怕他、恨他、诬陷他、否定他,可是,鲁迅是伟大的,他的话,就像摩崖石刻一样是经历了千古风霜,谁也涂抹不掉……"

秦震突然觉得姚锡铭的相貌就长得颇像鲁迅。

不过他觉得姚锡铭太激动了。

连忙问道:"病好些吗?"

姚锡铭爽朗地一笑:"这就是治病的良药。"

他终于合上书本,轻轻拍着,感慨地说:

"现在,我们胜利了,我们要时刻警惕不要让那些肮脏的灵魂淹没呀!"

秦震听了心中一震,他感到这句话的含义、分量。

"可惜他死得太早了,活着到现在也不过六十多岁,不幸呀!不是他个人,是我们民族太不幸了……"

沉默。

两个人都在凝思。

秦震想,姚锡铭难道找他来就为了谈鲁迅吗?可是他说的又同人生实际丝丝入扣,他的眼光多么雪亮,看透世事人心呀!

一个卫生员进来给姚锡铭服药。

他在倚枕小憩之后,才问秦震:

"你要到西线去了?"

"是的,主任有什么交代?"

"西线问题在宜昌、荆门、沙市。宜昌古称'川鄂咽喉',是兵家必争之地。"他的精神又振奋起来,津津有味,意趣盎然,"那里又是个富庶的经济区。前天,我特别向从美国回来的一位棉花专家请教过,据说那儿棉絮纤维长得特别长,质量特别好。军事攻城,政治攻心,你们无论如何不能让敌人破坏,要抢在他们前面,搞好军管工作,特别沙市有纺织工业,应该派专门小组,先期进入,控制局势。这个问题,到襄樊,在兵团党委会上认真讨论一下。"

夕阳从窗上射入,把屋子照成一片玫瑰红色。

姚锡铭先伸出手来,秦震握住他的手,觉得枯干、发烫。

秦震心下有点戚然,想劝说,但是没有说什么。

这整个大楼房,还是不见人影,还是那么平静。

他退出来,不禁回头又看了一眼。

姚锡铭又埋头在那册《鲁迅全集》中了。

五

江汉关的钟声今天特别嘹亮、特别动听。

经过春雨的冲洗,春风的揩拭,一进入夏季,武汉显得到处发光、闪亮。从这儿一路到上海的航标修复,因此,东方的航运已经畅通,北方的资源也通过铁路源源运来,于是大武汉又恢复元气,生机勃勃,长江中流这一个重镇又活跃起来了。墨蓝色的长江温柔而又畅朗,江上大船小船,穿梭往来,发出各自不同或高或低,或高亢或轻微的汽笛声。街上行人车马稠密如云,人们脸上笑逐颜开。商店的玻璃橱窗,明光锃亮。街道的梧桐树碧绿浓荫。过去只有洋人趾高气扬、昂首阔步的沿江几条大街上,许多洋行虽然开了门,橱窗里也还摆得珠光宝气,不过没有人再去理睬那些外国名字,连写着外国名字的招牌自己也好像在说:我已经不属于他们了。原属法租界的每一栋楼房那橙红、翠绿的屋顶,好像也兀自在发出微笑。水果摊上鹅黄的枇杷,鱼市场上银鳞的鲜鱼,无不色彩一新,喜气洋洋,太阳就像神话书上画的太阳神,从滚圆的脸上放射出无数辐线,伸向四面八方,颤抖着把火和热洒向人间。这时,你如能从空中俯瞰,这个大城市,该是多有气魄,多么雄伟啊!

陈文洪,梁曙光心中特别舒畅。

因为,昨天晚上就由军部传来消息。

部队有行动,

秦副司令要来检阅,

向哪儿行动?

伙计!向西……

向西?!

就是白洁走去的方向,

就是母亲藏身的方向,

但是使他们意气风发,精神一振的是检阅。

检阅,对每一个军官、每一个战士来说都是隆重的节日。部队经常操训,夏练三伏,冬练三九,天天练、日日练,就为了把成千上万的脚步练成一个脚步,成千上万的拳头练成一个拳头,成千上万的心练成一个心,结成一个严密而精壮的整体,才能在一个号令下

（过去是号声,现在是信号弹,不论什么,都是前线指挥官的决心、意志、胆魄的化身呀!）翻江倒海,压向敌人。不过,火线上作战是硝烟弥漫,血肉狼藉,那时,震人的只是一个压倒一切的气势;而检阅则不同,就像奏一支华丽的乐曲,它既庄严又愉快,每一个动作都要一展身手,显示于人,从受检阅的人到检阅的人都沉浸在一种英雄气氛之中。不过,检阅也还是令人心情紧张的,一个师长,一个政委,甚至一个战士的一个闪失,就影响一个师。何况他们对于秦震副司令的锐利眼光,又是敬畏三分的。

于是,陈文洪、梁曙光都全身投入检阅的准备工作,因为这事来得突兀,谁也没有想到,从而造成慌乱。不过,是秦副司令检阅,他们又非常兴奋。

今天,秦震分三个地点,检阅全军。当他在军长何昌、政委侯德耀及另外两个师的一干将领簇拥下,分乘几辆吉普驶来,整个阅兵场精神立刻一下振奋起来。他心里有许多想法:

他想看一看部队的新装怎么样,由此他一下又联想到他亲眼目睹战士露宿街头的那个夜晚。

但更重要的,更重要的,他要检阅部队的精神状态,看他们在即将投入一场决战的时候,他们有没有压倒强敌的旺盛士气。

秦震素来整洁的服装,今天更整洁了,他的脸、眼睛、全身上下,一直到每一个钮扣,好像都在闪耀着光辉。他缓缓地看着,从整齐的队列前走过。

当他看到陈文洪全身振奋,意气昂然地跑步前来,于是他停了下来。陈文洪啪地并起脚跟,一个立正,而后,举手敬礼,两道严肃的目光一直注视着秦震:

"师长陈文洪报告,全师准备完毕,请求首长检阅!"

偌大一个操场,肃静得一丝声音都没有,只震响着陈文洪响亮、干脆、果决的报告声。秦震举手回了礼,只轻轻说了声:

"那就开始吧!"

陈文洪、梁曙光跟在秦震后面,秦震走到哪里,哪里的指挥官就发出"立正!——"的声音,那拖长的尾音还未消失,就听到一片整齐划一的立正的声音。

秦震从一排排队列前走过。

他心里笑了。

这一段时间里,他为了部队的装备,从兵团到野战军司令部、后勤部不停地奔跑,不断地争辩。现在,从战士的着装上得到了满意的回答。战士们一色地换了夏季南方作战的服装,不是灰色的,而是草黄色的了。他知道每人还有新的绿色水壶,每人背包里还有一块防蚊虫的纱布,还有橡胶雨衣。在新的装备下,部队显得格外整齐,精神焕发,意气昂然,每一个战士都行着肃穆的注目礼,目光明亮得像闪闪发光的火花。秦震用温暖的眼光回答他们,他心里显然十分满意。

当检阅完毕,秦震顺着部队序列向回走时,他就向他走过去,牟春光立刻全身绷紧,那立正的威武神态,一下感染了秦震,秦震向他点头微笑。牟春光像得到嘉奖那样高兴,但他是一个老兵了,没有一点轻率表情,转着头颈一直目送秦副司令远去。不过,他心中却十分得意:秦副司令曾经称他为"老战友"。他从来没拿这话对别人吹嘘,但是,他想到第一次是公主岭入城,第二次是进武汉那天晚上,这是第三次了,……也算得上"老战友"了。他下意识地感到他和老司令员之间有一种特别亲密的关系,从而自豪。

秦震走到卫生部队行列跟前又看见了严素。严素是医生,她和战士一样全身披挂,接受检阅,但她并不像战士那样想炫耀自己,她十分自如地和两旁的同志一样微笑着表示敬意,秦震却径直走过去跟她握手:

"医生也来接受检阅了。"

"医生也是战士啊!"

"是啊,要在医院里,我就归你指挥了。"

"现在我归你指挥。"

两人都想起秦震心绞痛发作后曾经有过的谈话,于是会心地笑了起来。

秦震随即同严素身旁的几位军医、护士一一握了手。

秦震在炮兵那儿留的时间最多,他围着每一门炮慢慢绕了一圈,好像在从炮身上寻找污渍或斑点,其实不然,是有一种深情从心中涌出,他想到在东北,开始的时候受着美械部队炮火猛烈轰击,只见弹下如雨,血肉横飞,我们的近战武器,对那种狂暴和凶残无以答对。那时从指挥员到战士都想:有一天,我们要有远射程的大炮,也轰他一阵该是何等痛快淋漓呀!正因为这个缘故,当我们从深山老林里搜集了几十门日本关东军遗弃下来的残缺不全的大炮,破破烂烂呀,可是一上前线,就引起步兵战士热烈欢呼。"看啊!我们的大家伙头来了!""看啊!我们的大家伙头来了!"现在,你看,一色是崭新锃亮的美国大炮,长长的炮口森然齐列,橄榄绿色是那样喜人,秦震心下想:"说美国人支援了国民党,其实到头来,支援了我们,我们现在就是装备精良的美械部队呀!历史总是这样公平地作出结论呀!"于是脸上闪出幽默的微笑。他又走到那些拉炮的马匹跟前,一匹匹都膘肥劲足,好像意识到接受检阅而神采奕奕。素有爱马之心的秦震看了真是欢喜。

"人们说炮兵是战争之神,现在,到了战争之神张开尊口的时候了……"可是炮兵能否发挥威力关键在人,于是他的眼光转向炮兵。他从队列中看到一个膀大腰圆,身材魁梧,浑身是劲的战士,他歪了头品评着:"真称得上是典型的炮手。"看看他那粗壮的大手和臂膀,你就相信,在血战方酣时,他一个人一口气填装上百发炮弹不成问题。秦震问他:

"你叫什么名字?"

"岳大壮。"

他的声音很轻,轻得秦震不得不再问一遍。

真有意思,这个人的外形、姓名和他的性格多么不一致呀,他像个大姑娘那样腼腆,一讲话,脸就红了。

"听口音,你是南方人,是什么时候……"

"我是辽沈战役过来的。"

他的脸更红了。

"好哇,我们现在可非常需要南方战士,你们适应南方环境,便于南方作战。"

秦震看见绿色弹药箱上 U.S.A. 几个字母,轻轻一笑说:

"不要涂掉,留下做个纪念吧!"

岳大壮笑了,笑得朴实而又聪颖。

秦震想道:"有的战士勇敢挂在脸上,有的战士勇敢埋在心里。"他很欣赏这个战士,他觉得他属于后一种。他又望了望那双手,他不由得跟他握了一下手,他觉得对方的手,那样坚实、巨大,自己的手在那一握中简直像棉花,这惹起他那不肯示弱的性格,他使尽全身之力,紧紧握了一下,又握了一下,他从此把这一个炮兵记在心上。

太阳渐渐升起,红艳艳的阳光照得地面发热。

最后的阅兵式开始了,当秦震站在大坪场当中,由陈文洪带头,部队按照序列一排一排列队从他面前行进时,秦震深为陈文洪治军严厉的成果而满意。走步时,向前伸出的腿齐刷刷的,从这头看到那头像刀裁的一样整齐,这条腿落下去,另一条腿抬起来,裤线像浪纹一样匀称好看。

检阅完毕,在军部里召开了师以上的军事会议,作了出发、行军、后勤供应及作战的具体部署。

从军部出来,军长何昌、军政委侯德耀和各师的领导干部一直把秦震送出门外,秦震开上吉普车在整个汉口市兜了一个大圈子,才回到自己的住所。是对于即将西下参与决战感到兴奋?是检阅部队使他深感满意?他心里一直是乐滋滋的。电梯隆隆地把他送上去,他从暴日下一回到屋里,清凉舒爽,分外宜人。他擦了擦额头的汗水,把军衣甩掉,环顾了一下。他在藤沙发上坐下,把右胳膊搁在桌上。屋内已经整装就绪了,原来挂在吉普车里那些东西,回头又要挂到吉普车里去了,只是多了一件东西,那是丁真吾特地捎来的美军蚊帐。这是一九四七年夏季作战时缴获的战利品。他很喜欢这个东西,一直带在身边,不但夜里睡觉时遮挡蚊虫,白天遇到苍蝇众多的地方,他就坐在帐子里办公,此番南下作战,当更用得上了。丁真吾想得多么细致,这东西来得多么及时,一刹那间对自己亲爱的人确实发出感激之情。他对这个洋房本来没有什么好感,不过,几十年戎马生涯,在秦震身上养成了一种特殊的习惯,这是那些平平稳稳在自家度过一生的人所无法领会的,——在这家人马棚里度个雨夜,在另一家灶房下听一夕西风……征战的人没有固定的家,而千千万万的驻地又都是他的家,哪怕住上半夜,临别之际总浮起一种惜别之情,总是低回环顾,不忍离去。他常常说:"在这儿留下我的呼吸,留下我的体温,也就是留下了我的生命……"现在,他到阳台上站了一阵,然后,缓缓走到浴室外小屋,在槲木桌旁坐下,他轻轻喟叹了一声,打开皮包,取出纸笔给丁真吾写了一封信:"你收到信时,我已不在武汉,在哪里?你从报纸上看到华中前线哪里战斗激烈我就在哪里,老丁呀!仗没多大打头了,我的军人生涯也该告一段落了,我们也老了。我希望将来种几亩果园,盖一间瓦房,就算享受和平的幸福了。"听一听,这就是一个将军的巨大的奢望呀!在他对革命的给予与索取之间,是存在着多么大多么大的差距呀!

小陈打来一饭盒饭菜。

日本饭盒、美国蚊帐,这两件东西联系在一起,他不禁哈哈大笑说道:

"这也是美日联盟啊!"

小陈给他说的也噗哧笑了。

夜幕降临,华灯初上。

一辆小吉普和一辆中型吉普悄然开到一处僻静的码头。

为了不惊动人们,为了不让人们相迎相送,当千家万户陶醉在幸福的灯光中,他们这支为了解放这个城市而爬山涉水,露宿街头的军队悄然而来又悄然而去了。江边靠近码头,飘荡不定地泊着几只火轮。秦震借着昏黄的灯光,看到战士们正在鱼贯登船,保持着肃静,只听到鞋底声和挂包、水壶偶尔的磕碰声。何昌、侯德耀和几个师的干部在码头上等候秦震,他们聚会一起之后,等部队登船完毕,两辆吉普车开了上去。秦震上船之后,转过身来,站在船舷边扶着栏杆瞭望。这时整个汉口一片灯火通明,他突然听到江汉关上响起钟声,洪亮的钟声仿佛擦江面刮过的微风一样送了过来。滔滔长江给岸上灯光照得波影粼粼,极远极远的西天上有一小片晚霞,像将要熄灭的火焰,还闪着一片鲜亮动人的红色。

第九章　汉江月

一

沿汉江航行一段以后，陈、梁师就舍舟登陆向西趱进了。梁曙光为了同兄弟部队取得联系，带了三辆卡车组成一支车队前行。陈文洪率领全师在湖汊密布、河流纵横的沼泽地里跋涉行进。

一旦行动起来，陈文洪就精力充沛，全神贯注。如果说平时他自己属于自己，而现在他是属于这个战斗肌体的一个细胞了。这正是他在骄阳之下，不断兴高采烈，拿自己的信念与意志鼓舞部队士气的旺盛力量的来源。他最怕在大城市里和平驻军：一则，这里是高楼，那里是大厦，觉得堵得慌；二则，无所事事，一些个人杂念就像野草一样应运而生了。本来么，他就是在大原野上生成长大的，现在，一到这一眼望不尽的绿色原野上，他觉得全身上下无比地舒展自如，无拘无束。不过，行军一天之后，又有一种新的思想在心里蠕动：就像当年从南方到北方，觉得北方什么都不习惯一样，现在从北方到南方，对于南方的一切又得从头熟悉了。比如，这里就不像在东北茫茫大地上，只要对准指北针，你就放开双脚走路吧。这里，河流密如蛛网，道路弯弯曲曲，一天要过十几次河，浅处涉水而渡，还算容易，遇到大河，就得船只摆渡，实在费事。渡前渡后，部队拥挤在渡口上，人叫马嘶，一片嘈杂，你想保持个行军秩序，委实不易。陈文洪有点伤心，怎么连诞生自己的土地都成了生疏的土地呢？水气、空气，经太阳蒸发，空中像罩住一层薄雾。云梦泽古称泽国，真是永远走不到边的泽国呀！河流绿得湿漉漉的，草地绿得湿漉漉的，既没有树林，也没有竹林，偶尔有一株树歪歪扭扭长在水洼里，也显得格外孤独。寂寞呀，荒凉呀，天空上无声地飞翔着几只水鸟，草丛里惊起的群蛙，跳进池塘，这声音也实在很单调呢！他们行军头一天，就开始尝到潮湿闷热的滋味了。可是，这并没有压倒大多数东北出身的战士，这绿雾，这湖沼，还有远方水蒸气里闪烁的霓虹，使他们孩子一样闪着好奇的眼光，处处觉得新鲜有趣，津津有味。于是他们有的笑起来，有的兴高采烈地呼喊，有的还唱起歌……陈文洪为战士们这种良好反应而感到愉快。每当这时，他就想起在延安唱的那支苏联歌曲："……在火里不怕燃烧，在水里也不会下沉……"从那时起，他就立志要造就这样一支队伍，由他做这队伍的带头人。他专心致志，刻苦训练的精神，以及他的英俊、勇敢、开朗、威力，在战士们心中确实留下深刻印象。他当团长的时候，在一次阵地战里，敌人集中优势火力猛攻，我军一下像潮水般退下来，他把红旗猛往地下一插，任凭子弹嗖嗖乱飞，他铁定不动。所有退下来的官兵一见他这模样，立刻清醒过来，呐喊一声，打了一个十分漂亮的反冲锋，在这一出名的战役中起了决定性作用。在他当师长的时候，有一回，两个美械团包围了他一个营，他拔出关东军的马刀，在头顶上呼地一挥，银光一闪，满脸通红，猛喊一声："跟我来！"立刻飞马急奔，直冲敌阵，战士们随着一声呐喊，杀开一条血路，使敌人闻风丧胆，狼狈逃窜。他带兵有一条神圣的法则，就是细心缜密地观察一个班、一个排、一个连，看那里有没有这样一种人，在险要关头能挺身而起，以个人行动带动全局。只要发现了，他就把这个人的姓名记在小本子上。然后根据他的了解，在不同情况下，使用不同的部队，用他的话来说就是："取得这把尖刀的预期的效果。"

现在,他看看南方作战的特点,又一次想到这问题,他的眼光落在牟春光身上。

牟春光这个短小粗壮,黑红圆脸,带有东北人特有的热情、豪爽、侠义气质的人,还站在渡口,等候渡船。他把两只胳膊搭在晾干草的破烂木栅栏上,眯缝两眼望着远处出神。

陈文洪走过去,看到牟春光脚下长着一丛长长的金针菜,绿茎上开着黄花,迎风招展,牟春光折了一根,把花瓣含在嘴里嚼着。陈文洪问道:

"怎么?黄花木耳不如你们黑龙江的吧?"

牟春光吐出嚼碎的残渣说:

"没嚼头!"

"离家愈来愈远了,有什么想法?"

牟春光淡淡一笑:

"从前在松花江打转悠,我们脑袋瓜子想的就是东北那一疙瘩。"

"现在呢?"

"现在,这世面可大了,怪不得当年岳鹏举说'八千里路云和月'呢,自古以来当军人的就是眼界大。"

"可不想家?"

"家这个东西,就像别在裤腰带上,走到哪里哪里就是家,看你怎么个琢磨法了。"

"你现下怎么琢磨?"

"咳,有家就有国,有国就有家,没家就没国,没国就没家。"

陈文洪暗暗为牟春光的心胸气度感到高兴,就说:

"秦副司令夸奖你呢!"

"那老头儿……"他噗哧笑了,"进公主岭看他那凶神恶煞的样子,我背后还骂了他一句呢!"

两个人都哈哈大笑起来。

牟春光一喜,又从口袋里掏出两根"老毛子牌"香烟,陈文洪用手推回去:"留一根到海南岛抽吧!"

"秦司令告诉你的?这正是个好老头呀!战士的普通话能往耳朵里去,我看不要说宋希濂,连白崇禧也不是他的对手。"

"你这样想?"

牟春光很神秘地悄悄说:

"有工夫你问问岳大壮就明白了,不过这人一语千金,怕不容易逗得出话,……"

"我就说你叫我问的……"

"那绝对不行,我们哥俩热乎,这娄子你可别给我捅!"

他突然把手一摇:

"喂!喂!二班的上船了!"

二班的人听到班长口令,立刻排列整齐,背上背着方正的背包,肩上扛着锃亮的步枪,虽然由于太阳晒得衣裳都湿乎乎的了,但给这傍晚的小风一吹,一个个都精神抖擞。

陈文洪十分振奋:

——这头开得好!

他自身像一只木片投入激流一样,立刻投入士兵行列。只要他的心一投入战士感情的漩涡,他就忘掉一切。渡船在河里荡漾,船上人的身子也跟着摇晃。陈文洪卷在战士们的汗气和烟草气味中,他感到温暖,感到舒适,感到明亮。

二

梁曙光和梁天柱并肩站在头一辆卡车上。经过日头的一天暴晒,卡车过处,大路上旋卷起的黄尘高高飞扬,而后抛洒在战士们脸上、身上。烟尘已经洒满路边的树林和禾田,弄得像烧过了一样,焦黄焦黄的。这是大军压境的景象,前面白崇禧的队伍刚过去,后面解放军部队又来了。远处稀稀落落的很少见到几个村子,行人几乎没有,路边偶然有个卖茶水的小棚子,你要真喝一口,一股子土腥味。

梁天柱这次来,组织上给他两重任务,一则是找梁大娘,引曙光母子会面;一则是和江南游击队联系,探听黛娜的下落,设法营救。

现在,他站在车上,就跟站在火车头上一样,显出个舵手和车长的威严,精干的两眼不断转动,唯恐错过了这个村,那个店,扑个空。因为母亲疏散,不是他亲自送来的,再说他离开这生长的故乡也有八九年,人世还有个变迁,何况野甸荒村?在解放大武汉这场暴风雨里,他不但救护了机车,保卫了江岸,还亲自开了火车头送解放军进城,又在庆祝大会上见到哥哥,这一路顺风,使他心花怒放,喜上眉梢。梁曙光出走,天柱还是个娃儿家,那天哥哥跑上台来一报姓名,他就一激灵,愈回味愈像,赶紧认下了。那一夕之谈使他更加心明眼亮,是呀!母亲入了党,又发展天柱入了党,现在哥哥又回来了,一家共产党员,眼看就要团聚,想着兀自开心。想一想几天前,听说白崇禧要毁灭大武汉,又不知母亲是生是死,只觉得母亲在望眼欲穿,默默流泪,他恨不得一脚踩个地窟窿,像"土行孙"钻去劝慰母亲。而今,随着汽车的奔驶,离母亲愈来愈近,他的心倒瘫软了。想母亲这样年高体弱,可又斗志刚强,慈母爱儿,他多想一下投到母亲怀里,哭上一场呀!梁曙光和梁天柱,虽是各有各的经历,各有各的想法,但偶然交换一瞥,那目光里充满共同的忧虑、焦灼、期待。特别当暮霭从田野里袭来,天上最后一抹红云,像溶在水中的一片红颜色,慢慢冲淡,黯然失去,他们两人心事就愈加沉重了。天完全黑下来的时候,尽管卡车的头灯照亮前方,天柱唯恐错过找处,曙光更不知家在何方。夏天的黑夜,就像一下闯入茫无边际的古老森林,天上地下,一片漆黑。露水渐渐淋下来,车上人觉得一阵阵清冷。正在这时,梁天柱突然把车篷顶拍得"砰砰"一阵紧响,梁曙光随即命令停车。

他们跳下车来,只见路边上黑魆魆的像有一垛山,这时像有一股热流从梁曙光心底涌上喉头,他一想到马上要见到母亲,抑制不住要流眼泪,可是一片黑夜,妈妈在哪里?

到底是天柱心里有点谱,他打亮手电筒朝前走去,近前一看,原来不是什么山,是一片蓊郁的丛林,布满公路旁的阪坡。他们急不择路,就踏着草丛前行,闻着一股清香的潮湿气息,从一株大树绕一株大树盘旋而下。

梁曙光见不像有人烟的地方,就问:

"你记得准吗?"

梁天柱说:

"你听,那不是田蛙叫,咱家屋后有片水塘。"

树林黑森森的,梁曙光蓦地流下泪水:

家乡呀!

母亲呀!

多少年眷恋?多少年悬念?

而现在,他回来了,他就要投拜在母亲膝前!

——在那灾难年月,有什么法子,不得不舍下母亲,一路投奔了延安……

母亲啊,母亲,你的孩子现在回来了。

他朝前走进一步,胸脯就噗咚跳一声。

等他们从密林走出,刚好月上东方。一轮明亮的圆月,把家屋、竹丛、树林,都笼罩在淡幽幽的绿色里,映现眼前。梁曙光跟在梁天柱后面朝一家门口走去,他的心跳得更紧,多少久别重逢的感情蜂拥而上,看,那黄泥小屋,茅草房顶上长满黑糊糊一蓬野草,那像是秋霜打过腊叶,衰草泣过秋风,是故园的家门呀!门就在屋墙上。梁曙光这时再也无法抑制自己,他多想破门而入,抱住亲娘,可是当梁天柱举起拳要擂门,曙光怕夜静更深冷不丁地惊吓了老人,连忙制止,自己轻轻拍了拍门环,他的手是抖颤的,门环声是轻微的……

在这深沉的夜晚,门环声尽管轻微,这敲击声可像一块石头投入湖心,砰然震响。

会惊得塘里鱼儿跳出水面,

会惊得巢里睡着的鸟儿掀动翅膀,

梁曙光但等门咿呀一声打开,他就要脱口而出唤一声"娘!"但屋中没有反响,一切都寂然无声。

梁天柱耐不住叫了声"娘!"

这才听到里面一阵窸窸窣窣的声响,梁曙光听到这种声音,他等待"呀"地打开房门。

门确是打开了,梁曙光刚要抢步上前。

可是水汪汪,冷清清,月光下一看,出来的是个中年妇道人家。淡幽幽的绿色落在她脸上,她满面惊慌问:

"你们寻哪一个呀?"

"我是梁大娘的儿子梁天柱,武汉解放了,我来寻老人家。"

那妇道人家有点犯疑:

"这样没灯瞎火的……"

"路不好赶呀,车挤车,赶晚了些个。"

尽管月光如此明亮,这妇道也不敢贸然应承,何况后面还有七八个扛枪的,这年景闹得清谁是红的谁是白的,只一个劲叫人心发慌呀!

梁天柱一看没法,只好说:
"找三七老汉说话吧!"
这三七老汉是临来时,武汉党组织交的一个关系,梁天柱望家心切没顾上先寻找到他。

这时间,失望、焦虑,一下打击了梁曙光,几千个几万个日夜,好容易盼到这儿,寻不到母亲,他肝肠寸断,悲痛欲绝,恍惚间觉得自己身子悠悠晃晃。他连忙伸手撑住泥墙,而后紧紧靠上泥墙,像一个电闪在心头一亮,难道母亲没了吗?

其实三七老汉正在隔壁一间仓房门缝上窥听。

一听说是天柱回来,他就推开门,出来相见了。

从他口中才道出个究竟,原来前几天,白崇禧队伍从武汉撤下来,兵败如山倒,一片抓人拉夫,闹得鸡犬不宁。三七老汉怕出事,就派人驾一叶扁舟,把梁大娘送进湖荡安置了,至于哪个湖荡,送的人还没回来,一时也不好讲了。

由于人声惊动,田蛙不鸣了,似乎在测听个究竟。

梁曙光怔怔站在淡幽幽绿色月光下,站在淡幽幽绿色月光照亮的自己家屋门前,但他还没有找到母亲,他是多么失望,多么悲苦呀!两兄弟一合计,看情况只好先完成与兄弟部队取得联系的任务,再来慢慢寻找母亲了。梁曙光无可奈何,他回到家乡,又离开家乡,于是拜别三七老汉,经三七老汉说道那个妇人:"怪她认不出你们俩,你们离家门,她还是头上梳个角的小丫头呢!"兄弟二人说声:"深更半夜,多有打搅。"表白了谢意,就上卡车,开车西行了。

三

秦震不知道西线兵团司令董天年为什么约他在樊城见面。

他原想开足马力,一鼓作气赶到汉江以南的前线指挥部,立刻投入战争,但现在看来只有在江北这个地方停滞一天了。

他和董天年的见面是非常鼓舞人、非常感动人的。

董天年派出一个参谋在樊城以外一个路口上专诚等候。参谋见一辆小吉普带着滚滚烟尘而来,立即扬手召唤。吉普停下,秦震从座位上探出身子,那个参谋敬礼报告:

"是董司令派来专门迎候秦副司令的。"

秦震立刻感到这是老司令给予他的一种特殊的优遇,特殊的温暖。

说话间,后面那辆中型吉普也相继赶到。

那个年轻伶俐的小参谋登上他坐来的吉普在前边引路。

几十年不见面,不知老司令变成什么样子了?

秦震为了和董天年见面,感到格外急不可耐。

因为,在党里面,在红军里面,董天年是最熟知秦震全部情况的一个。董天年在武汉见过秦震的父母,而后他们共同经历了大革命失败的痛苦,共同经历了长征的艰难,两个人一见面就拥抱在一起了。董天年只有一只右胳膊,他还是伸出拳头重重地擂着秦震的脊梁,两个人抱住转了一圈,然后,董天年把住他肩膀头推开来,仔细端详了一阵,喃喃自语:"没变!没变!""不行了,老了!""在我面前你可装不得老资格,我还敢叫你一声小秦!你那时不会扎草鞋上的红缨子,我还给你动了针线,你说呢?我的秦副司令员!"

最后一声称呼,使秦震感到一阵惶然,他满脸通红,忙说:

"老首长别这样……"

"什么手掌脚掌,来,来,让咱们好好算一下。"说着屈指计算起来说道:"你看,从草地上一别十三个年头了!"

秦震看着董天年那只断臂。他听到说过,董天年在西路军负了伤截了肢,到了苏联,上了苏联最高的红军学校,受了严格的正规的军事教育,现在已是一位学识渊博、满腹经纶的老将军了。解放战争初期回国,他们不在一个地区,没见过面。

"小伙子!在莫斯科啃黑面包时,我还想到你呢!不过,你干得不错,真不错呀!"两个人又紧紧拥抱了一下,好像谁也来不及坐下,就这么站着。

秦震一心想着要展开的大决战。

董天年却意不在此,只说着不相干的事。

秦震心下嘀咕:"怪不得说人老了,容易动感情……"

不是,董天年绝无冲动,他热情,但冷静,把手一挥:

"今天不谈什么打仗,今天只谈咱们之间的私事……"

这一语点破了秦震的疑虑,现下他理解董天年这樊口之约,是他不愿在司令部里,以司令员和副司令员的关系相见,老首长是多么体贴人微呀!想到这里,秦震感到热乎乎的。于是他也就全部揭开自己心底说道:

"老首长,我可心事重重呀!"

"怎么,小丁身体不好吗?"

"还小丁,都老丁了。不过,说实在话,她那股子干劲还蛮不差呢!"

"她从来都是那样,严于律己,也严于待人。"

秦震对于董天年给予丁真吾的评价,是高兴的。不过,他满腔心事,一时不知从何说起,红润的脸颊上只是笑。

他们两人并坐在一只从小学堂搬来的长木椅上。董天年点起一支雪茄烟来吸,同时,也丢了一根给秦震。秦震只是送到鼻尖上闻了闻,然后用两只手摆弄着没有吸。

董天年眼光沉定下来:

"你心事重重,我就不心事重重?你说旧地重游,不动心行吗?"

"是啊,进沈阳、进北京,都是那一个心意,打败蒋介石,建立新中国。不知怎么往南一走,——想起很多人,很多事……"

"我们是幸存者,幸存者担子重呀,你想过没有?"

秦震没有做声,他不能说没想过。不过,他觉得,此时董司令说这话另有深意。

董天年这个胖胖圆脸上有一双笑眼的军人,头发灰白了,左肩下垂着一只空空的袖筒,他弹弹雪茄烟灰,好一阵没出声,他在想什么。然后,正襟危坐,严肃地看了秦震一眼:

"秦震,仗没多大打头啰!"

"可敌人还要实行华中局部反攻,还要建立大西南抵抗阵地。"

"是啊!这最后一口饭,也还要一口一口嚼呀,不过……"

——不过什么?

秦震静静聆听。

"作为历史,你懂吗?历史,整个历史中间那一页已经掀过去了。"

董天年站起来,一只手放在桌面上,用手指甲敲着桌面:

"如果我们只是打仗,那还不算完全的共产主义者,因为那只是事情的一半……"

"这一半代价很大呀!"

"下一步代价也许还要大哟!"

秦震不理解,他只带着问询的眼光看着。

董天年在屋里走了几个来回,然后站在秦震对面,从桌面上俯身过来:

"中国!中国!可爱的中国!可怜的中国!我说我们中华民族从来就是伟大的,它的光辉曾经照耀全世界。可是,几千年封建压迫,百十年帝国侵略,你到西方资本主义世界去听一听!看一看,他们怎样看待我们?——鸦片烟鬼、奴才! 废物、白痴、东亚病夫、中国人与狗不得入内。"他猛然在桌上捶了一拳,几个搪瓷茶缸跳起老高,碰得一阵乒乓响,水泼满桌面。然后,他把手横着一扫:"我就不信那个邪!……在这块土地上,他们打,我们也打,不打不行,你从北方到南方一路看到什么?"

"残破不堪……"

"哎,老兄,不错,到处稀巴烂,就拿这个樊城来说,我转了转,怎么棺材铺最多? 是老天爷收人的年成? 见他妈的鬼去吧!"

他像把一件机密大事告给秦震,声音压低,但很有分量:

"伙计,我们的好日子在后一半,打完仗怎办,你想过没有?"

"我跟老丁商量好了,找块地方种果园子。"

"哈哈……'归去来兮,田园将芜,胡不归',你想得好清闲、好自在呀! 我说你是幻想,你是胡思乱想。我们打了这么多年仗,南征北战,马不停蹄,我问你为什么?"

秦震知道董天年有话要讲,就只笑吟吟望着他不作回答。

董天年说:

"胜利逼人呀! 不过,战争取得胜利,不是结尾,而是开头,我们破坏是为了建设。你想一想,就这汉江两岸,现在一眼望去,到处是乱石滩、撂荒地,将来盖起成千上万、上万成千个工厂,老鼠拉木锨,大头还在后边呢! 再说,封建主义的昏庸腐朽,还有半殖民地的奴颜婢膝,这些幽灵,难道一下就打扫得干干净净了? 它还要鬼鬼祟祟,惹是生非。我看,你打扫卫生还够格!"

他痛苦地皱起眉毛,咽了一口唾沫,深思地说:

"一个人肉体的伤口愈合了,还不等于精神上的伤口就愈合了。建立一个理想的社会对我们来说,还是任重而道远呢! 党的二中全会不已经明白指出:'我们所熟悉的将被搁置起来,而我们不熟悉的将迫使我们去熟悉。这意味着什么? 夺取全国胜利,这只是万里长征走完了第一步。在过了几十年之后来看中国人民民主革命的胜利,就会使人们感觉那好像是一出长剧的一个短小的序幕。剧是必须从序幕开始的,但序幕还不是高潮。中国革命是伟大的,但革命的以后路程更长,工作更伟大、更艰苦。'这意味着什么?

"是的,'我们能够学会我们原来不懂的东西。我们不但善于破坏一个旧世界,我们还将善于建设一个新世界。'这意味着什么?

"这是党对我们每一个人发出的新的进军的命令!"

他说到此处,眼霍地一亮:

"秦震,清闲日子没你的份,要享清福,我比你有资格。"他拍拍口袋,"我还揣着个二级残废证呢!可是我不干,我还要跟这个大自然摆个跤。你想想,你想想,我们现在该怎么打?把他的什么华中局部反攻、建立大西南抵抗阵地的陈谷子烂芝麻,全都给他一扫而光……"

秦震听说至此,笑了笑说:

"看来,我那朴素的愿望起点太低了……不过,那倒也不是胡思乱想。我实在不想一旦胜利,就论功行赏,封官受禄。"

董天年深以为然地点了点头:

"你为党为革命牺牲了父母,现在还在继续作着牺牲。当你已经走上高级干部道路时,你能这样想是你谦逊的美德,不过抛开你说的话不讲,一旦我们担起国家重任,我可知道你是在艰巨任务面前从不手软的角色呀!"

这一番话,把他们之间推心置腹的交谈引向一个更高的思想境界。他们看到远方,远方。

——那诱人的远方,

——那神奇的远方,

——那点燃熊熊火炬的远方。

秦震那机敏、智慧的眼光一下亮了,他觉得从进武汉以来,他被痛苦、哀伤牵扯得太多了。现在,他望着老司令那萧萧白发,他感到一阵羞惭、一阵喜悦。

他们谈了一个下午,吃罢晚饭,两个人都想到外面走走。走过一条狭窄的街道,一拐弯,到了汉江边。

他们在江边且谈且走,一看,一轮皓月已经升起。月光,江水,凉风,好不舒爽。他们不由得在汉江堤岸上坐下,董天年挨着秦震,先伸手撩水洗洗脸,觉得汉江水如此清凉滑腻,索性脱掉鞋袜,把两脚伸到江水里浸泡起来。同样一轮明月,在梁曙光夜访的村落里淡绿幽幽,在汉江长空上却金光闪闪。在浩浩荡荡的江水上,月影像无数条金黄的小蛇在摇晃、在攒动、在飞翔。此时此刻,秦震的心境像这长空一样辽阔,坦荡。月亮把所有的东西都照得如此清晰,今天这个黑夜不像黑夜,但也不像白天,一切都显得辉煌、明媚,由于这种光彩的映射,整个天空蓝幽幽地无限深邃,无限庄严。汉江一点声息也没有地流着,柔情似水,水似柔情,没有波浪,没有涛涌,好像东流的一江春水,渗透秦震的心。

董天年仰首看了半天月色,突然对秦震说:

"你的心情我完全理解。"

"……"

"从北京来时,恩来同志跟我谈过,是他建议你到西线兵团来的。"

秦震激动了一下,随即又安静平定下来。

"要忘掉,小秦! 我也有过痛苦,有过悲伤。忘掉! 暂时忘掉!"

董天年说着看了秦震一眼,很意外,月光明晃晃照在他脸上,照出来的是喜悦的光彩。

四

战争的钟声就要敲响了。

秦震来到了西线兵团司令部,他完全变成了另外一个人。他的脸上、身上,整个人都发生了巨大的变化,他全神凝注、目光锋利,从他的动作、神态,处处感到一种驾驭着战争的巨大力量和无比威严。武汉遭遇到那些磨难、困苦,好像都一下掀过去了,他以饱满热情投入战争。战争,何况这是南下以来第一场决战呢!

毫无疑问,这钟声是要由我们来敲响的。不可能让敌人,绝不可能让敌人,他们有什么资格敲响钟声。对他们来说,有的只是丧钟而已。

如果钟声一响,那就像险峻的峰巅吹起骇人的飓风,就像苍茫的大地上狂流奔泻,就像大海上掀起奔腾叫啸的浪涛。但,在那一刻以前,一切绝对隐秘,就如同静得连一点声音也没有,一点光亮也没有,白天黑夜,一如往常。不过,指挥首脑部的气氛是紧张、频繁、机智、敏捷的。秦震一到前方就是这样,好像两只眼连睡着时也是张开的,何况他根本就睡得很少,他的全部器官都在活动,他精密地捕捉着各种信息,进行着思考与判断。

在最后决定作战方案的会议上。

董天年胖胖的圆脸上,两只眼,好像睡意蒙眬似的眯缝着,轻缓地向秦震转过脸来:

"秦副司令!你的意思呢?"董天年好像由于多年没有跟秦震一道作战,而想测验一下他有什么新的变化。

司令部设置在一所中学校里,作战室是一个教室。长江中游形势图正好挂在黑板上,七八张课桌拼凑了一条长桌,桌上展开从襄阳到宜昌、江陵、沙市的十五万分之一的地图。秦震一直举着一个放大镜,俯身桌面之上,仿佛要从那上面寻找什么破绽或答案。作战的任务以及具体部署,野战军虽有电报,但电报中有一句"详情由秦震面陈"。因此,在军事会议一开始时,秦震就具体扼要、措辞谨慎、态度谦虚地转述了一下西线决战的部署。那以后,在会议进行过程中,他除了偶然插一句话,就没有发表什么意见。这是因为他刚从东线调到西线,情况还不够熟悉;更主要的是由于新来乍到,不便立刻滔滔不绝。董天年一直稳如泰山地坐在板凳上,由于听觉有点迟钝,把手拢在耳朵后面,一下转向这个,一下转向那个。他也暗暗观察秦震,他觉得秦震不像从前那样火烧眉毛似的,而是一个练达、成熟的指挥员了。他为此而感到由衷的高兴,但因此更想听听他的意见,就那样刺探了一句。

秦震从桌上抬起身来,看了看董天年。

这时,他们俩完全不是汉江月夜濯足的密友,而是一锤定音、决定战争命运的将帅关系。他已经过深思熟虑,也就立刻作出回答:

"从敌我条件来考虑,我看七月六日开进,十分准确。"

"你看敌人万一……"

司令员比较吃力地站起肥胖的身躯,伸出一根粗大手指,在襄阳到沙市的路上点了点。

"有可能被他们拦腰切断……姚主任特别提出确保沙市这一点。"

大家都警觉地一起俯下身来,几道眼光都凌厉地集中在这条路线上。

长江从三峡奔出,蔓延开来,在沙市以东形成北有洪湖、南有洞庭的湖沼地带。敌人在长江以北,背依宜昌、荆州、沙市,构成背水之势。如果我军从襄阳直插长江,敌人云集的大军会做出何种反应,这是值得斟酌的一着。

"老秦!你有没有考虑,万一敌人在襄阳、沙市之间阻滞我们?"

秦震嘴角微微翕动,淡然一笑:

"从敌方士气看来,大的阻挠不太可能……"

"好吧!"老司令用手掌拍了一下桌子:

"六日开动的方案就定了!这一盘棋,现在就看我们这一颗棋子下得怎么样了!你有你的路数,我有我的打算。棋,还是要一步一步地杀呀,要随机应变。不过,我看大局已定,一切按预定方案行事吧!参谋长,通知到团以上,何时再下达,等候命令。"

参谋长随即带上几个参加会议的参谋走了出去。

董天年又看了看大家:

"我们要有必胜的信念,不过困兽犹斗,问题在我们能不能做好充分的精神准备。"

五

是的,问题是我们能不能做好充分的精神准备。

在战争第一枪打响之前这一微妙的阶段,秦震和往常一样,食不甘味,睡不安枕。董天年却属于部署一定,就吃得下,睡得着的那一类型的人。就是在别人都紧张地窥伺各种变幻时,他总比往常还要潇洒自如,手上捏着根雪茄烟,在读他的线装书。秦震以为他读的是《孙子兵法》,待他看时,却是一部唐人李长吉诗集。电报从电台那儿像雪片般飞来,他只掠一眼,签个字,就放过了。

第二天,野战军总部来了一个加急电:

"敌依托沙、宜江北根据地,有重占沙、襄公路,阻挡我军过江模样。"

秦震看完这份电报,拿了到原是学校教职员宿舍的楼上去找董天年,当他一步步登上楼梯时,他深感老司令确实深谋远虑。不过,他从各方面考虑,认为这种可能是有的,但不一定是必有的。

因此,当董天年看完电报,抬头看他时,他说:

"只要我们不暴露,不让敌人摸清我们的意图,出其不意。"

"你的意思是说,就算敌人出动,也正好碰在我们的硬钉子上。"

秦震谨慎地未作回答,但他的神态说明他是这样想的。

董天年拉着秦震一只手说:

"小秦!(秦震觉得老司令凡是叫他"小秦"时,是怀有一种特殊亲昵之感的)坐下,来一根?"

秦震接过雪茄点燃吸了一口,一下呛得又是咳嗽,又是眼泪,连忙捻熄了。

"这玩意儿真……"

"这是真正古巴雪茄,扔在战场上没人要,还有战士说是新型机枪子弹,你看!你看!这样两大箱雪茄都抬给我了,你看!你看!"

两人都哈哈大笑起来。

司令员止了笑声,噙住笑出来的一汪泪水,指了指电报说:

"不怕一万,就怕万一,你说呢?"

"老司令昨天就指出这一点,昨天夜里我一直在想……"

"想什么?"司令员两眼霍地一亮。

"要不要提前行动?"

"不管它,不能打草惊蛇,不能让敌人牵住鼻子走,这是兵家最忌!兵家最忌!"

"那么……"

"依我看,让他一着棋,你忘了林教头比武的故事?"

这一天夜里,秦震依旧和衣而卧,在摇曳的灯影里,看一本苏联小说。不知怎么,今天,那些字看到眼里,却不往脑子里去。他叹了一口气,吹熄了蜡烛,翻身朝墙,想睡一下。谁知这一回却果然睡着了,不过,一片脚步声使他立刻惊醒过来,连忙问:

"有电报吗?"

"总部来电。"

秦震就着参谋的手电筒看了电报,只八个字:

"重要消息,注意收听。"

他沉吟了一下:

——要不要叫醒董司令员?

看了表,已经下半夜两点零五分。

——是什么重要新闻呢?

他拧着眉头猜测了一阵,吩咐参谋:

"注意收听,一字不漏抄了送我。"

从这以后,他再也没有睡着,有时蒙蒙眬眬,似睡非睡,有时就睁着两只眼睛。等到晨曦初上,微微放明,他就披了上衣,准备到作战科去。恰好,在门口,见到手电光一闪,走来一人,正是值班参谋。两人站在院落中间一株参天老树下面,秦震来不及戴眼镜,就让参谋念给他听。

这是第四野战军发言人重申五月三十日对敌人发出的警告:如敢破坏沙市江堤,定予严惩不贷。

沙市为长江要冲,如炸毁堤坝,长江洪水就会奔泻而下,就会使江汉平原包括大武汉在内尽入泽国,通通淹没,其后果不堪设想,其险状不堪设想。现在,当白崇禧部队云集宜、沙一带,我军挥戈南下,犁庭扫穴,直捣长江的时候,再一次发出警告,显然是非常重要的举动,同时,不也意味着我们处境有一种潜在的危机吗?!

秦震考虑了一下,就上楼去向董天年报告,董天年从酣睡中醒来,侧着头听取报告后,只说了六个字:

"按原计划不变。"

说得简洁、明了、果断。

秦震复述了一遍。

董天年清醒地点了点头。

这是董天年指挥上的特点,当事情还未决定时,他再三强调慎重考虑,但经过反复推敲一旦决定,他就轻易不变了。

谁知没过半小时,突然间由前线部队传来通过各种侦察手段汇集的报告。

这一回,正在漱洗的董天年,却急忙揩了把脸,把毛巾一扔,说:"请兵团首长们到会议室议事!"就"咚咚咚"大踏步走下楼梯来。还是那个在黑板上钉着地图的大教室里,一早起就是一股燠闷,有的只穿件衬衣,有的披着外衣,只有秦震从来就没解衣,穿着十分整齐,腰间还扎了三寸宽的皮带;手里却拿着军帽当扇子扇。参谋长读了电报:

敌人集结四个军、一个保安旅,出犯当阳、远安,有重占当、远,进伺襄樊之势。

"吓!胃口不小,要端我们的家底呀!"

司令员命令:"查一查前沿部队有没有暴露行动?"

一个参谋应声出去了。

司令员站起身来,目光在桌面地图上凝视不动。

窗上已露出一片红色阳光。秦震敞开衣领,正俯身桌上,在鄂西荆门与长江之间这片平地上睃巡。现在,他明显地看出了敌人以荆门为目标截断襄沙公路的企图。

当前线急电报告敌人进占远安,那是一九四九年七月六日。

第十章 山洪暴发

一

秦震要求组织一个精干的前线指挥部,亲临战场,直接掌握部队。他这人一打仗就喜欢往前跑。董天年熟知这一特点,就说:"还是老脾气呀!"秦震笑了,董天年也就答允了他。秦震组织的指挥所,也就是一辆小吉普和两辆中吉普(一辆是电台,一辆是警卫战士),离开襄阳附近的兵团司令部,沿着汉江边上蜿蜒的公路,飞速前进。秦震看到他所经之处,路边全是灰秃秃的山坡地,荒瘠的土地里露出无数棱厉的灰色石块,不要说没有树,就连草也不生长:"啊!这鄂西真是个荒凉的地方呀!"就连道路上也经常凸露出石头,因此,汽车就在这坎坷嶙峋的路上颠簸蹦跳着行驶,观望了一阵,他就两眼收拢到按着展在膝头上的军用地图上。

强烈的阳光宣告炎天酷暑的季节开始了。飞行的吉普旋卷起白色的灰尘,风不但没有一丝凉意,而是一股热气。三辆车掀起三股灰尘,有如旋风一直腾上高空,白色的飞尘急速地旋转着,车辆裹在尘雾之中,火速向前飞驶。由早至午,愈来愈热。秦震从红润的两颊一直漫展到脖颈上都赤红赤红的了。中午停下车用饭,他一扬脖就喝了一军用水壶凉水,立刻觉得清凉、痛快,于是他又变得兴致勃勃了。他目光犀利一下看到不远处一块石岩上站立着一只小鸟,这小鸟不断转动脖颈唧溜鸣啭,立刻引起了秦震打猎的兴趣,他就手从警卫员小陈手里抢过一支卡宾枪,把两肘支撑在吉普车水箱盖上举起枪来,闭上左眼,眯起右眼,一声清脆的枪响,那鸟儿只扑拉了一阵翅膀就不动弹了,他跑过去,拎起那只小鸟跑回来,高兴得跳起来:

"小陈!我这枪法怎样?"

小陈调皮地回了一句:

"我看,你是大纪律不犯,小纪律不断!"

说得秦震和周围的人都哄堂大笑起来。

秦震拍拍脑门说:

"我就怕在司令部里坐板凳。"

他挥起双臂向天空和大地抡了一圈。

"这里自由自在……"

突然圆睁两眼:"有报吗?"

一边吃饭一边收报的通讯战士,脊背上湿得黑乎乎的,围坐在中型吉普竖起来的天线周围,有的收电、有的译电,十分忙碌。

秦震把阳光下蓝幽幽闪光的卡宾枪向警卫员抛去,自己大踏步向电台车走去。

电台的电键在轻快地响着,像一支乐曲一样动听。

兵团司令部电报:

"秦岭(×××军代号)已到达指定地点。"

秦震自言自语:"好啊,陈文洪、梁曙光他们及时赶到了。"

他口授:

"请示司令部对我的行动有什么指示没有?"

"立即到秦岭传达作战命令,准备投入主攻任务。"

"好,报告司令员,我立即执行。"

他随即召集几个作战处的科长、参谋们在吉普车水箱盖上展开军用地图,大家团团围在一起,所有的眼睛都盯住地图。秦震拳起右手,握着一根红蓝铅笔,在地图上仔细寻找。

"在这里!"

"湖边上!"

找到了,这是湖荡边一个小镇。他皱着眉,用红铅笔在那儿画了一个圆圈,而后轻轻敲着水箱盖。他一瞬间想到:

——梁曙光的母亲怎么样?

——白洁有没有新的踪迹?

他立刻在脸面前挥了一下手,重复着董天年那意味深长的话:"要忘掉,小秦,要忘掉!……"这一瞬间,他突然发觉樊城一日,原来是司令员做他的政治工作呢!"这老头,真聪明机智呀!"想着,他噗哧一声笑了出来。是的,在作战时机,只有把全副精力集中在作战这一点上,军情如火,岂能分心。他的夙愿就是打胜这南下第一仗,他心里忽地一亮,像从万千思绪中抓得准确、明亮的一点,对!"打胜南下第一仗"这是一个多么好的动员口号。他立刻决定:在前线作战部队里提出这个响亮的口号,它既反映了领导上指挥意图,又反映了千万战士的意愿。是的,让这个口号响遍火线,率领冲锋吧!

三辆吉普车改变方向朝东面插下去。

这样,就离开了突露着灰白色棱形石岩的贫瘠的丘陵,而渐渐走入竹木浓荫的水网地带。当秦震从风中闻到湖水的清凉气息,夕阳已从大地上把红光收敛起来,而从天空上撒下雾霭一般的黄昏。他们来到一个古老的镇上。这种南方的古老村镇是迷人的,它们大都建筑在湖泊岸上,曲曲弯弯的小街是用青石板铺成的。夹路两旁人家,黑色或黄色的门框和窗棂上雕着花纹,青砖砌墙。屋顶不像北方,由于风大,得用泥浆固定,这里只是一块瓦片压住一块瓦片单摆浮搁着,哪里漏雨,从屋里拿竹竿捅捅整齐就行了。从远处看街上两排屋脊就像两条蜿蜒的青龙,那些瓦片真像鳞甲,好像只要用刀一刮就能刮掉。由于村镇紧靠湖边,又十分古老,所以是阴沉的、潮湿的、泥污的、寂寞的。不过一接近镇口,就觉得热闹非凡,以致秦震不得不下来步行。哈,一进镇,他就为一种奇异景象所震惊。原来,沿曲曲弯弯长街两旁低矮的屋檐底下,熙熙攘攘,满满当当全是战士,都在包饺子。战士们喜笑颜开,语声喧哗,同时又细心地包饺子,这简直像是一场包饺子的比赛会,使得秦震忍俊不止。突然之间,牟春光不知从哪儿蹦出来,他个头粗矮,声音可很洪亮,朝着秦震喊:

"首长!——吃饺子啰!"

"好家伙,把你们的宝贝饺子都带到南方来了,我看着流口水呢!"

由牟春光带头,他那整个班都争先恐后,纷纷邀请:

"司令员!回头到我们这儿来吃饺子!"

"我肚皮大,回头你们行军勒裤腰带可别怪我。"

一阵哄笑声中,牟春光跳着脚欢叫:

"君子一言,驷马难追,来不来,一言为定吧!"

不要说饺子,战士手上一杯开水,也含着无限深情呀!秦震从人群中挤出来,一面答允:

"你们的饺子我吃定了。"

牟春光诡秘地从口袋里一掏,可不知掏出什么东西,小声说:

"还有从东北带来的大蒜瓣呢!"

一个战士从旁捅捅牟春光,悄悄说:"首长吃小灶……"

牟春光有意大声喊出:"吃饺子还不是小灶……"

秦震一面说着一面往师部里走,这里距离军部所在位置最近,当他通过电台和军里取得联系之后,何昌和侯德耀建议在这个镇上开会。军部通知各师长都到这儿来参加军事会议。军、师长一干人等迎了出来,何昌矮墩墩,但肥头大耳,两只大眼睛灼灼发亮,一看就给人一块花岗岩的印象;侯德耀却像个文弱书生,瘦削的脸庞上,眼睛和嘴总显出和蔼的微笑。他们两人一见秦震,作出各自不同的反应。何昌立即火急地问询:"主攻任务定了吧?"侯德耀一见兵团司令此刻亲自赶来,便已明白了个究竟,自顾笑而不言。秦震望了何昌一眼,也未答话,却伸出手来一一握手,而后大伙儿把秦震簇拥了进去。这是一处有两进院落的大院,风火墙高高遮着,更显得阴气森森,尽管是白天,在大过厅里还不得不点上马灯。现在虽然悬挂了两盏马灯,也不过黄濛濛一片的光景。秦震进来一看,房屋高大,十分气派,窗棂精雕细刻,玲珑剔透,更是不凡,经问原来是卖盐的大字号。屋中地下摆了一只红油漆八仙桌,上面放着水壶和十来个搪瓷茶缸。秦震被让到桌上方,一只太师椅上坐下,立刻一摆手,叫把桌面上的东西撤去,然后从黄参谋手中接过军用地图,只一抖,就铺在桌面。秦震机智、威严的目光扫了大家一眼,第一句话就是:

"你们可赶上热闹戏了!"

大家心里本来悬着七上八下的问号,经秦震一开口就变得鸦雀无声。他随即扼要而又具体地交代了任务,当即声言,敌人向我攻来了,你们怕没什么休息了。军长何昌喝着洪亮的声音:"兵来将挡,水来土掩……"侯德耀说:"在行军路上,就做了思想动员工作了。"经过一番议论,决定了若干作战方案,秦震说:

"情况尽管紧些,你们长途跋涉,抓紧时间,第一桩事是让战士们睡好、吃好,精力饱满地投入战斗。"

会议结束,军的领导带领其他师干部纷纷离去了。

天黑下来的时候,警卫员小陈进来向秦震报告:

"二班请首长去吃饺子!"

陈文洪、梁曙光连忙说:

"饭准备好了,刚刚从湖里捞了几尾鲜鱼……"

"你们大伙儿吃,人家有言在先,我可不能爽约啊!"

他说着走了出去。

二

回师部的路上,他一面走路一面低头沉吟。一见陈文洪、梁曙光就说:

"马上和兵团司令部电台联系!"

陈文洪立刻跑了出去。

秦震背负两手在过厅里踱来踱去,等陈文洪报告已经联系上了,他立刻跟上陈文洪到电台那儿去。

电台这里,总是格外严肃、紧张。

他走到报务员身旁,口授了一份电报:

"兵团党委决定的由梁曙光带一组人从水路迂回、抢进沙市一事,是否立即执行?"

他站在那里没动。看着报务员娴熟地跳动着手指把电报发出去,他还是站在那里没动。这时,他全部注意力都集中这一点上,他急切地等待着答复,如果这一着棋下定,沙市这边作了部署,他就可以从正面大放手脚,挥师南下,轰轰烈烈打他一仗了。

不久,电报来了:

"望即部署施行。"

秦震转身走向大厅。

他在那只红漆八仙桌前站定,陈文洪、梁曙光站在他的对面。这时,正在这时,他才仔仔细细打量了一下这两个人。一刹那间,他很满意,他很感激他们,谁也没提个人的问题。

"是的,忘掉它……"

可是,能忘掉吗?他一直回避陈文洪的眼光,却用眼扫了一下梁曙光。

"老母亲找到了?"

"还没有,转移到湖荡里去了。"

"湖荡!哪个湖荡?"

这儿遍地都是绿色的湖沼,上哪儿去找?

梁曙光却镇定地说:

"打完仗再说吧!"那意思很明显:"个人的事暂时搁置一边吧!"

秦震嘉许地点了点头。一下扭转过身来,甚至有点严厉地对陈文洪说:

"要军部电话!"

陈文洪走到挂在墙壁上的皮包电话机,急速地摇了几下:

"秦岭!秦岭,你是秦岭吗?兵团秦副司令找政委听话。"

秦震接过电话耳机:

"我是秦震,你们正在部署,好,好,这次行动要提出一个响亮的口号,……嗯,嗯,你说什么?"

他把肩头一耸又一放,爽朗地高声大喊:

"咱们想到一块去了,对,打胜南下第一仗,——这口号好,反映了千千万万群众的愿望,哪一个不憋足了劲想猛干一下子。刚才二班请我吃饺子,我中了他们的计,原来他们是为了请战:眼看着华东前线节节胜利,眼红呀,好胜呀,战士的心千金难买呀,他们要求一定打上这一仗。好,打胜南下第一仗,哈哈!你真是个诸葛亮,你既有锦囊妙计,这口号的发明权归你,你就按你的主意办,祝你胜利呀!"

陈文洪、梁曙光昂首挺胸,全身是劲,笔直地站在那里,仿佛说:"不打好南下这一仗,死不瞑目。"秦震笑了,拉他两人坐下,连忙说:"咱们合计一件事。"陈文洪刚才在电台那儿已知究竟,便未做声。秦震看了他一眼,那意思是"你有你的任务"。而后把脸转向梁曙光,把一项单独行动的任务告诉给他。梁曙光脸刷地一下红了,没想到这个文文雅雅的人变得如此执拗,他梗住脖子:

"首长!让我进湖荡,这是照顾我个人……"

他几乎要流出眼泪。

"你想到哪里去了!这是从武汉出发时野战军领导给的任务,由兵团党委讨论决定的,那时还当你已经找到了母亲。你看:第一,你们从湖上轻舟急进,千方百计,防止敌人炸毁沙市大堤,只要保住堤坝,我们就没有后顾之忧了;第二,沙市是个纺织工业城市,为了不让敌人破坏经济建设,你们抢先进入,抓好军管,你看这任务够分量吧?老梁呀!你怎么糊涂起来了,难道我就想着你个人的事?再说,那也不是你个人的事,你只想到她是你的妈妈,不,不,她是中国人民的好妈妈。这事,我不跟你啰嗦,回头再讲。你知道,长江从三峡喷射而出,势如千钧,万一敌人真铤而走险,连武汉三镇都不保,你怎么眼睛就看到那么一点点?你还是政治委员呢!"

秦震好像真正要发火似的,陈文洪赶紧向梁曙光递了眼色,梁曙光两脚一并:

"我明白,坚决执行,万难不辞。"

这一转变,才使秦震放下一颗心,他走过去,一手抚在梁曙光肩头:

"说老实话,老梁!下这个决心时,没想到你老母亲的事,不过现在经你这一提,我倒想到了。"

梁曙光这时不想谈母亲的事,可是秦震却缠住不放,只见他眼光一亮又说了:

"你从湖荡里穿过,也可能见到老母亲。"

"未必如此。"

秦震想了一下,对陈文洪说:

"叫严素来!"

不久,门外响起一阵急促而又细碎的脚步声,随着门一推开,一个女战士扬手敬了个礼,站在厅堂中央。她那细高挑的身子和面部表情都显得那样精干而又飒爽。她的衣服,由于在水网地带行军,已经沾满污泥浊水,但不知怎么,她还使人觉得她那样清爽整洁,她用微微有点沙哑的声音说:

"严素奉命来到。"

秦震想打破刚才的严肃气氛,就笑着跟她握手。

"哈哈,我们的女科学家,怎么样,用你们黑龙江话说'够呛'吧?"

"我不是科学家,我是野战军医生。"

"我说严素,医学是最重要的科学,我看现在全世界的科学就还没攀上顶峰。你想一想,人对自己的生老病死还处于无知状态,却造了那么些害人杀人的东西,什么原子弹、细菌战,那不能叫科学,那叫愚蠢!不过,现在我不跟你争论这些,你要跟梁政委去湖荡执行一项任务。他那风烛残年的老母亲现在在湖荡里,母亲多么盼望见到儿子呀,不过,梁政委去执行的是危险的任务。敌人扬言,在长江以北的湖泊地留下十万游击队,哈哈……他们要在咱们贺老总的革命根据地,跟咱们搞游击战,你看魄力不小吧!你们这支小小的突击队准备较量,需要你去担任救护。再说,我想,如若能在湖荡里见到老母亲,她为革命历尽风霜,你去给老人家检查检查,我们这些做晚辈的也算尽了点心意呀!"

严素两眼转向梁曙光。

梁曙光讷讷说:"还是野战部队更需要……"

她的脸蓦地红了起来。不过,这个性格明朗的姑娘很敏捷地克制了自己,双目盯住秦震没有做声,那意思像是说:"我一切听从组织吩咐。"

秦震说:"野战医院不少她一个,再说你们到湖荡里也可能要作战,我看就这样定了。陈师长,你说呢?"

秦震每句话都说到陈文洪心坎上,他立刻答应:"我完全同意。"

"你拍板我定案。不过,师长同志!明天我的公馆就在我那小吉普车上了,今天,你可要给我准备个床位,让我美美地睡上一觉呀!"

说着他就迈着急促的小步,跟警卫员小陈走出去了。

三

陈文洪和梁曙光立刻找作战科长要来从这儿到沙市的军用地图,铺展在桌上。陈文洪伸手取下马灯,举在手上照着看。图上面布满弯弯曲曲的河汊、密密麻麻的湖泊。他抈开大拇指和食指,在图上大致量了一下,暗自皱了眉头,自言自语:

"这个水路不简单呀!"

梁曙光倒笑了:

"我就是这湖荡边长大的,难道还怕湖荡不成?"

"我看请天柱来,一路商量不好吗?"

梁曙光点了点头。

陈文洪立即派人去找,不久,门外就响起一阵"咕咚咕咚"的脚步声,进来的正是梁天柱。经曙光一说,天柱先笑了,说:"这可想到一道去了!我原想曙光跟部队行动,我就先自个儿进荡闯一闯,好跟这里党组织取得联系,这不正在谋算这件事情呢。现在曙光要去就更好了……"他这一说,使得陈文洪、梁曙光都为之一喜,连忙说:"我们来一道商量吧!"据梁天柱讲,到沙市一路湖沼相连,曲曲折折,很是难行,最大的是长湖。白崇禧部队撤出武汉,在东自鄂城,南至洪湖,北至长江埠,西至长湖这一片沼泽地带确实布置了大批游击队,其实,多是湖匪乘机而起,打个旗号,取个官衔,没多大实力。

梁曙光一手慢慢摸着下巴上的胡茬说:

"也不可小看,我们鄂西攻势一开始,他们水上也会策应。"

陈文洪说:

"派一个加强排,带两门迫击炮!"

"你可不要削弱正面决战力量。"

"可是……"

可是什么?陈文洪没说,不过,他心里暗自盘算:"这个任务派谁好?"经过一阵思虑,决计派全师最干练、最机智、最勇敢的战斗英雄史保林连长去。他话刚一出口,立即遭到梁曙光反对:

"无论如何不能影响作战,我看我带一个排长足够应付了。"

"不行,这是个军事任务,也是个政治任务,你看!"

他扳着手指:"第一,不准炸毁江堤,第二,防止破坏城市,第三,搞好接管工作,第四,你们过湖荡可能受敌人袭击。老梁,史保林这个人不但勇敢,而且很有头脑,你指挥全局,可也要有个得力帮手。这四个方面,史保林都拿得下来,别争了,就这样定了!"

陈文洪不再听梁曙光说话,兀自命令作战科长调史保林去了。梁天柱说他再和党组织合计合计,也拔脚出去了。

这是一个空当,陈文洪心里有话要讲,就和梁曙光肩挨肩坐在一道亲切地说:

"你有你的心事,我有我的心事,一打仗什么事都忘掉了。不过,你这次入荡要好好寻一寻母亲,见了面也帮我带个好……"

"怕顾不上寻找呢！"

"我看,这任务交给梁天柱。"

梁曙光点头,他有话犹豫不决,不好出口。

陈文洪说:"家里的事你放心,秦副司令督战,管保你有漂亮仗打……"

"不是这,"梁曙光低下头用手指沾了茶叶水在桌面上划来划去,最后才一仰头说:

"老陈！你是下决心的人,我不应该搅乱你。"

"什么？还有什么不放心吗？"

梁曙光急了,说:

"不是那事,我说白洁这条线抓住就不要放手呀！"

陈文洪痛苦地皱紧眉头,两眼闪出决然的一瞥:

"打不了胜仗,什么也说不上啊！"

陈文洪站起来,梁曙光跟着也站起来,两人还是靠得很近,梁曙光显然经过深思熟虑,就把要说的话说出来:

"老陈！你派史保林的事我不推了,不过我也有一事要你答应。"

陈文洪一愣:"你说吧！"

"我仔细考虑了,天柱跟你去。武汉党组织派他秘密送过军火弹药,他跟江南的游击队有过联系,要是那边来人,他可接头,再说鄂西这地段熟,他带个路也方便。"

陈文洪本想不同意,但为梁曙光那种诚挚动人、坚定不移、只有兄长才会有的体贴神情所阻止了。

不过,他还是说了:

"不让天柱见到母亲,这好吗？"

"他在湖北见面的机会还多,同时,进荡也不一定……"

"不一定什么？"

"党组织送老人家的人没见回来,显然,湖里很乱,八九成见不上。"

"根据这情况,你要谨慎行事。"

"我一定注意,天柱的事就这么办了。"

他们两人的手握在一起,心情都有点激动。

正在这时,一个人影一晃从门口进来,一看是严素。她已装备停当,手里拎着一个背包,背着一个绿帆布挂包和一个标有红十字的药箱,匆匆走进来,像吹进一阵清风,满身光洁、喜悦。

陈文洪一笑说:

"到底是东北姑娘,麻利快!"

她把头一摆,乌黑的头发跟着一甩:

"秦副司令员又亲自给我打了电话,叮嘱多带几种药,这不是!"

她拍了拍药箱,由于有高级首长的指示,她显得得意洋洋。忽然她又转着身子寻找什么:

"怎么,小宋这懒虫还没来?"

小宋是政委的警卫员,他睡意蒙眬地在黑暗角落里嘟哝:

"严医生!你这嘴真厉害!"

"嘻!刀子嘴,豆腐心。"她自己噗哧先笑了。

说话间,梁天柱也带一位党组织的同志匆匆走了进来,他介绍说这同志叫"老陆"。

梁曙光却把梁天柱拉在一旁谈了一阵,只听梁天柱瓮声瓮气地说:"就这么办,从武汉出发,组织上就让我带长江以北到长江以南这段路程,就这么办!我跟陈师长,老陆跟你!"梁天柱这人就是这么敞亮、爽快。把话说完,梁天柱和老陆又出去重新安排去了。

作战科长带了史保林进来,史保林是个沉默寡言的人,敬了个礼就坐在旁边。灯光照亮了他,他那清瘦的脸膛上有一双大眼,眼光也是沉默的,膀宽、腰细,长长两只大手搁在冲锋枪上,全身上下精壮有力。于是,陈文洪、梁曙光、作战科长、史保林就围拢方桌,研究起行军作战方案。史保林一直没做声,只在讨论出发时间时,他斩钉截铁地说了话:"我看离开镇子愈快愈好,这镇子人多手杂,说不定有湖匪的探子,夜间容易保密,先找个河汊隐蔽起来,等天亮再进湖荡,也不怕荡里地形复杂了。"

梁曙光连连点头说:"这是两全之计。不要人马未动,风声漏出。不如乘其不备,突然出现,主动权就在我了。"

陈文洪掉头问史保林:"队伍集合了吗?"

"已经登船待命。"

陈文洪深感用人得当,朝史保林点了点头,然后和梁曙光互看了一眼,说道:"马上行动!"

于是在浓重水雾、漆黑夜幕掩盖下,一个船队就悄悄离了岸。

陈文洪静悄悄站在湖边,听到汩汩划船声渐渐消失净尽,他还在屏心静气地望着、听着。

四

黎明。

这是一个预示着无比炎热的黎明,

这是一个召唤着狂风暴雨的黎明,

这是一个震天撼地的黎明。

秦震一行三辆吉普行驶到一座小山脚下停了下来。

电台忙碌地和兵团司令部及各前线部队来往通报。秦震和围在他身旁的几个人都在看表。这时原野上一片静寂,连一点声音都没有。每个人只听到表针微微跳动的声音——这声音其实是没有的,不过在人们意识中确实有这样一种感觉。电台已经和前线各部队取得联系,在那边,山坳里、竹林里、湖岸边、村舍里,都有报务员坐在电台前边,平心静气地等待着那一个决定时刻的到来。秦震和兵团作了最后一次联系,知道决心铁定不动,于是,什么也不想,什么也不问,他的心仿佛要凝固起来了,但又微微战颤了一下,这是怎么回事?他指挥过无数次大规模作战,不知为什么觉得这一次特别庄严,因而有点紧张,但他终于使自己在激动中巍然挺立,他像一个神奇的勇士,张开弓,搭上箭,凭其无穷的臂力,锋利的目光和神武的威势,把一只响箭猛力射出。随着这一信号,一场翻江倒海的战争即将骤然而起。当他看到秒针的最后一下跳跃,他谁也没看,又确实对每个人说:

"前进!开始战斗!"

而后,他就若无其事地沿着倾斜度不大的山坡走向山顶。草深没膝,草上的露水那样浓重,他大口吸了一口气,蹚过草丛,他的裤子很快湿到膝盖头上,他从这水淋淋的清凉感才对衬出黎明竟如此燠闷。他十分悠闲自在,走到山顶上站下来,像在饱览这南方清晨的风光,而且不禁为之陶醉。从山上望下去,到处是碧绿葱葱,有的是稻田,有的是草地,有的是湖沼。当黎明的晨光倏地把这一切都照亮时,这第一线光明,像是从天穹深处,颤悸着、颤悸着,好似一个从憩梦中闪现出来的少女的笑容。空中有时完全没风,偶尔又吹来一阵风,不过,这风一点也不清爽,倒是有点黏腻。而后,在那少女笑容掠过的一刹那,由峡谷,由湖面,由竹木丛中,蒸发出白雾,向上升腾,这就出现了大自然的一种巧妙的交织变幻,黎明想给人间带来一个发亮的清晨,而雾又想掩盖这一个发亮的清晨。秦震站在山头上,闻到青蒿、露水、大雾混合的气息,好像是浓重的烟灰气味。转瞬间,大雾弥天而起,他从雾中看到急速移动的人影,部队正从山下经过。

先是牟春光和全班战友发现了他,他们一看到他,就更加加快了脚步,向前急急奔去。

不久,一阵马蹄声,陈文洪带着一小队骑兵,大概是从后面赶上来,想超逾部队赶到前面去。陈文洪一看见三辆吉普车就知道秦震在这里。他立刻加上一鞭,几匹马就一阵风一般,一下从雾中闪现,一下又在雾中隐没。

过了一阵之后,炮兵部队上来了,刚好这一阵雾特别浓,先没看见什么,只听到一种沉重的隆隆声,然后,马匹拉着绿色的大炮从雾中出现了。车轮在坎坷不平的道路上颠簸着,炮筒随之在空中颤动。在一辆装载弹药的车厢上,一闪之间有一个人头顶钢盔,十分威严,飞掠而过,这是岳大壮。这个强壮而又腼腆的战士,他好像也一眼瞥见山顶上的秦震。

秦震既没有看见牟春光、陈文洪,更没有看见岳大壮,但所有从山脚下汹涌向前的部队里的人都看到兵团秦副司令,看见他挺着身子站在山顶上举着望远镜,凝神注目地在观察。风偶然把披在肩头的风衣下摆一下吹起,一下吹落。

阳光穿透浓雾,雾慢慢稀薄。秦震的视线愈来愈辽阔、愈清晰。透过望远镜,他看到大地之上,这里,那里,无数条行进的行列,像弯弯曲曲辗转飘动的游龙。他从辽沈战役以来,很长久的时间,没有领受亲临战场目睹大军开进的快感了。他的眼睛发亮,嘴角微笑,他觉得在这里没有欢呼,没有呐喊,但默默的移动之中,凝聚着一种比一切都强大的看不见、摸不到的神奇的力量。就如同整个大海,形成一种巨大无边的浪涌,它没有呼啸,没有跳荡,没有奔腾,只是慢慢向前蜂拥而进,显得特别庄严凝重。秦震的心在为此而欢悦,他觉得整个部队像一个人一样,怀着激奋心情勇猛扑向前方。

从山脚三辆吉普车到山顶这一段坡路上,不断有人上去,有人下来。有的送来电报,有的送来报话机上的记录,有的带下一个什么指示,有的带下什么指令。太空中无声的信息,无数道看不到听不着的电波在颤动、颤动,飞逝、飞逝,传递、传递。这景象表面上看起来平静而且秀丽,以至美到使你无法把它与战争这样残酷的屠戮行为联系在一起。一个突变就要迸然爆炸开来,而这个战争的命运就紧紧掌握在秦震这并不巨大,并不坚硬,而是柔软的不大的手心里。

当秦震抬头观察了一晌那燠热的雾霭濛濛的景象,感到不同寻常,他立刻吩咐黄参谋:

"问气象预报!"

黄参谋刚刚走到山坡中间,就逢到作战科长跑上山来。

秦震接电报一看:"今天有大雨。"

他命令立即通报全军,准备雨中作战。

这时前面遥远的地方突然响起一排枪声,那样响亮、刺耳。

他立刻扭转身说道:

"收摊子!"

他身边的人一听,就如同石头沿着陡坡滚转而纷纷跑下。

等秦震下来,一切继续前进的准备都已停当。他跳上吉普,吉普开足马力奔驶。贴近地面还有些残雾,三辆吉普也就一下闪现一下隐没。枪炮声愈来愈炽烈,吉普车向那火热战斗的地方飞进。

五

当夜暴风雨果然来临。

南方夏季的这种暴风雨真是声势吓人!它不但不能给人带来一点清凉,而是更加闷气,更加燠热。因而雨水从外面,汗水从里面,把战士们的衣服湿透,特别是贴皮肤的地方,黏腻得变成糨糊。热汗蒸腾不出来,在人们身上汗和雨、雨和汗一起流淌。

今天,早晨的大雾,近午时一度疏散,不过空中凝结着濛濛水气,太阳不是红的而是白的,仿佛很哀伤,很惨淡。大自然酝酿着一场奥变,一转眼间,乌云弥漫了整个天空,云和雾凝然不动,只是下沉,下沉,好像天穹要和大地挤压起来,要把一切生物都砸个粉碎,夹在地层中间,等亿万年后,变成化石。就在乌云将要垂到地面时,一道闪电,急如龙蛇,倏然飞逝。紧接着,和霹雳的巨响一道,大雨倾盆而降。正在这时,一阵狂风席卷地面,像一座大山倾倒下来,雨点,不像液体,而像固体,如同坚硬的铅弹和石块,合着云、雾、风向下猛打,使得人张不开眼,马仰不起头,而且给旋风推得歪歪斜斜,向后倒退。这种雨只要一下,稻田、河床、田坎、道路,立刻泛滥成一片汪洋。一九四九年七月十一日,大军从襄樊一线南下,十二日就遇上了这样狂风暴雨。

黑夜如墨,风雨侵凌。陈文洪走在前卫团的最前头。自从兵团司令部那个"前进"的命令下达后,他是多么心潮澎湃,热血沸腾啊!从身上发出任凭什么也阻挡不了他的那么一股热望和热力。这种时候,他嘴巴闭得紧紧的,在必要时刻,发出命令,句子也是很短促,很果决。风雨和黑夜绞在一起,黑夜和风雨绞在一起。上午,曾经响起的那一阵枪声,是我方前哨部队与敌人发生了接触,军里电令频传,催促部队火速前进,但四野却又沉浸在静寂之中,这暴风雨,这黑夜,这寂静,在陈文洪心头笼下不祥的阴影。"难道敌人在暴风雨掩蔽下滑脱、逃遁了吗?"天神好像有意跟他为难,当他想到这里,风雨雷电更加凶狂。正在这时,秦震传来令人心惊的消息:军指率领两个团已经渡河,抓住敌人。命令陈文洪顶风冒雨跟踪涉渡,投入战斗!——这是十万火急的命令。陈文洪立刻挥师前进。不过,这当儿,雨太狂风太大,本来就跋涉不前,雨衣又缠裹住双腿。他一把把雨衣甩在地下,他一心一意就是要掌握住部队,使他们有秩序地前进、作战、追击、歼敌。可是夜如此漆黑,只觉得周围山崩地裂,天翻地覆,只听见隆隆的雨声和呜呜的风声。大地变成了急流,一脚拔上来,一脚又陷下去。这时,从各处传来"寻不到路了!"的报告。

陈文洪忽的一声喊道:

"路靠人脚踩出来!哪个天老爷子会给你设桥铺路,准备齐全?"

不过,他立刻冷静下来,因为他自己眼前也找不到路了。他马上命令:"停止待令!"警卫员找到一个小山坡,把他拽了上去。这儿有大片竹林,竹竿给风雨打得倒伏到地面,竹叶在风雨中刷刷一片紧响。

陈文洪伸手取地图,几个参谋就把雨衣撑起来在他头上搭了个防雨棚,可是风撕裂着雨衣,雨水还是往下流淌。陈文洪蹲在地上,在膝头展开地图,几只电筒同时打出雪亮的蓝光,光圈随着陈文洪的手指和眼光在图纸上移动。原来这条古老的大河,已经形成一片平坦辽阔的乱石滩,只有一条流水曲折宛转萦绕其间。大雨一下,河水就漫溢出来,淹没两旁各约一里之遥的河床,于是汪洋一片,你就分不清哪里是河哪里是滩了。陈文洪传令找来的前头部队团、营、连的干部们都站在他旁边,围了一个圆圈,等待命令。

"咔——啦啦……"一声暴雷在陈文洪头顶上爆炸开来,不知是什么缘故,电灯光刷地一下都熄灭了。"咔——啦啦……""咔——啦啦……"接连几声成千上百万吨钢铁一齐砸断的声响。然后,等雷电过去,手电筒又发出束束亮光,但也有几只灯泡的钨丝却震断了。

陈文洪大声吼叫:"不管是路不是路,对准指北针,向南!

向南!"

正在这时,一科长陈葵从前面骑马跑来。这匹马在泥水里面,东奔西突,已经精疲力竭,在泥泞中一面大声喘气,一面焦躁地打旋。陈葵不顾一切,将缰绳一撂,就飞身下来,一脚扑通跌倒在水洼里,他爬起身,连泥带水,跑上山坡向陈文洪报告:

"师长!山洪暴发!"

陈文洪哗地一声折起地图站立起来。忽然透过闪电雷鸣,他听到河那面枪炮声大作,看情形战斗十分激烈,倏地一阵冷汗渗透他的全身:"军部只带了两个团,后面山洪一截断,孤军作战,岂不危急万分!"

从报话机上果然传来告急的声音:

"九江!九江!我是秦岭,我是秦岭……"狂风骤雨,山洪暴发,如火的军情,这一切一切都像山崩、雪崩、天崩,一起压上陈文洪心头。

在急风骤雨中,陈文洪摇晃了一下,小陈伸手想扶他,他发怒地一把甩开小陈的手。

他仰头南望,透过迷雾一般的风雨夜空,几颗红色信号弹在遥远地方一闪一闪发亮。

他的心隐隐地刺疼了一下。

这红色信号在河南面升起,好像敌人有意对他嘲弄、挑衅。

他的颚骨像钢铁一般咬着,发出坚定、镇静的声音:

"走!去看看大河,看看洪水。"

他意识到,在这时,一个指挥员应有的位置和在这位置上所应起的作用。

陈文洪率领一小批人蹚着没到小腿肚的水流来到大河边上。

他忽然影影绰绰看见一个黑人影站在那里。

陈文洪喝问:"哪一个?"

那人站在那里兀自不动,仿佛根本没有听见,只在那儿寻思什么。

小陈举起冲锋枪要冲过去。

陈文洪一把抓住小陈的胳膊。他蹚着泥水艰难地跑上去。

这时,那沉默的人好像才发现这茫茫大野里,还有人在旁边,就慢慢转过身来。刺眼的电光忽地一闪,把这人和停在附近的一辆小吉普还有警卫战士都一起照亮。陈文洪又是心疼,又是喜悦地喊:

"秦副司令,你怎么一个人站在这里?……"

他心里一阵滚烫,喊了一句再也说不下去。

雨水从秦震的头上冲到脸上,然后顺着袖口往下滴,他缓缓说道:

"果然,山洪暴发了!"

山洪,山洪,陈文洪在延安曾经以大无畏的精神战胜过它。不过,那时是他一个人,现在是千军万马呀!那回想倏然一下涌上心头,又倏然一下从心头滑过。

第十一章 夜露

一

陈文洪从警卫员手中拿过雨衣,想给秦震披上。

秦震轻轻推开说:

"大家都一样么!"

这时,原来在河边待命的队伍里,有几个人踩着泥浆扑哧扑哧地走了过来,从秦震、陈文洪身旁走过去。他们好像在察看河床,找寻渡口,根本没留心,在这样风天雨夜,也委实看不清楚这里站的是谁。秦震和陈文洪却同时听到一个熟悉的声音,在笑呵呵地说:

"好老天爷,让我们跟敌人来场游泳比赛呀!"

这是牟春光,人们可以想见这个矮小粗壮的人摇晃着膀子边走边说的模样。

在这种焦灼紧急时刻,一个普通战士发出这样一种泰然的声调,对于指挥员来说,真是一种无以形容的安慰、支持和鼓励。

几个战士带着笑语,没入黑暗,没入风雨。

秦震捅了捅陈文洪的胁部,小声说:

"听见没有?师长同志!"

"战士是乐观的……"

"对呀,有乐观的战士,就会有乐观的师长。"

在秦震从容、镇定的神态之下,陈文洪说:

"首长!我想下水探一探……"

"莫忙,我先问你,河那面情况怎样?"

"军部带两个团已渡河,山洪切断了后路……"

"这天王老子硬是要发道洪水,给他们找个空隙……我怕他们避实就虚,乘机溜之乎也。"

"我也这样想。"

秦震决然转过头,对黄参谋吩咐:"发报给军部,叫他们狠狠咬住不放,我们后续部队急速涉渡!"

话没说完,河彼岸又升起几颗红色信号弹,不过愈来愈远了,陈文洪见此情况,一股怒气直冲而上,两眼霍然一亮。

秦震一挥手,用压倒风雷雨电的洪亮声音吼道:

"莫管闲事,莫管闲事,你刚才说什么来着?"

"我想探一探河水深浅,看能不能寻路涉渡。"

秦震点点头说:"这倒是要紧的一步棋,我去!"

"那不行,你坐到车上去,先避一避雨吧!"

秦震伸手往黑茫茫对岸一指说:

"我的坐处在那里!"

陈文洪一听这话,心如火燎。可秦震还有点迟疑:

"要不让一科长陈葵去……"

话未说完便被陈文洪截断:

"我是一师之长,我必须向军部告急,急如星火,把一师人带过河去。再说,怕陈葵也没有我这样水性呢!"

经这一提,秦震蓦地想起陈文洪在延安从暴发的山洪中抢救白洁的事来,就点点头说:

"好吧,你去吧!"

陈文洪立即组织了十个人的一支小队伍。为了便于联络,每

人颈上扎了一块白毛巾,手里拿一支手电筒。参谋和警卫员都想抢在前面,却给师长一声喝住,他决然说:

"听我的!我打头……"

秦震站在河岸上,借着闪电的光亮,见那黑压压的怒涛,阵势实在不小,便说:

"还是听我决定:侦察科长理所当然走在前面,师长在中间掌握全局,一科长陈葵留在我这里跟我组织队伍。你们探路探成功了,把十支手电筒打亮,划圆圈,给我们个信号,我们就放队伍,走吧!"

陈文洪一行十人,一个跟一个下河去了。

风雨紧逼,山洪猛泻,洪水溢出河床,白茫茫好像无边无际的大海,浪涛旋转,水势汹涌,一个漩涡跟着一个漩涡奔腾。陈文洪蹚水前行的时候,虽然两只赤脚直打滑,却并不觉得阻力强大,原来这还是洪水漫溢的河滩。向前又跋涉了十几分钟才真正进入河身,立刻就觉得水声喧腾、山洪凶猛异常了。水一下淹到胸部,水的浮力把他浮得两脚悬空,雨的压力又把他往水里按压,他立刻觉得头重脚轻,眼看就要随流而去。他刚想趁势凫游,不知谁从背后推了他一把,他才猛一挣扎,闯进急流。

这段时间里,秦震在风雨中巍然不动,目不旁瞬地盯住黑暗中那些手电筒的光影。远了,远了,变成一些黄点子,像萤火虫一样,而忽然间这些萤火虫都不见了。

秦震忽地出了一身冷汗。

他伸手向眉峰上揩了一把,不知是雨水还是汗水,又揉了揉眼睛,水流到眼内,刺得煞是疼痛。

还是一片漆黑,这时间,电闪不明了,雷声不响了,天地之间凝然一片沉闷,只听得山洪狂鸣怒吼。风把雨吹得刷刷直响,就像整个天空和地下都在打着旋转飞腾。他突然大叫:

"灯光,灯光,一科长!那是不是灯光?"

一科长陈葵望了一阵说:"是,是灯光……"

原来灯光在秦震眼中失去那一刻间,正是十个人陷入汹涌激流,在水里奋力挣扎的时候。好在,河心的急流并不太宽。陈文洪他们紧紧拉住手,你牵我,我牵你,一下登上彼岸,在漫漫泥水里,脚踏着了实地。

这是何等的喜悦啊!

这是何等的欢畅啊!

他们十个人紧紧靠在一起,高高举起十支手电筒,一起在空中画着圆圈,发出胜利的信号。

陈文洪觉得这山洪声势虽大,强渡并不太难。

谁知,冥冥之中好像天公知道了他的藐视,从而故意作难,一股更凶更猛的山洪一刹那间倾泻而下,水位猛增,他们站脚的河滩,一时浪涛汹涌,一下淹没到他们的腿根。

"糟了!——不好过了!"

他们连忙撤出一段路,找到一个陡坡站了上去,陈文洪摇晃着手电筒,他心里却疑虑地想道:"这路怕不行了。"

秦震第一眼看到灯光信号,就立刻吼道:

"给我一匹马!"

一科长说:"是不是从报话机上先联系一下?"

"联系,联系,"他指指彼岸的灯光,"这不是在联系吗?"

给秦震牵来的是陈文洪的那匹黑骏马,它好像在为它的主人的命运担心、着急,仰起脖颈来悲怆地嘶鸣,不肯让这个陌生人骑到背上。秦震却紧紧抓住马辔头,霍地翻身上了马,回过头来命令一科长:"组织后续部队按照序列迅速从这儿涉渡前进!"

紧跟着秦震,三五个骑兵也策马跃入河中,一时踏得水沫飞溅,浪花四起,有一个骑兵拼命打着马,好容易跑到秦震前面去,回

过头向秦震猛喝一声:

"跟我来……"

手电筒的光圈,透过风雨,透过黑夜,在转动着,转动着。

二

天地间一时形成两股洪流:

一条是风云雷雨、山洪暴发的大自然的洪流。

一条是与汹涌的大自然奋勇搏斗的人的洪流。

如果说前者是横暴的,那么后者是无畏的。

正是这两股洪流,冲激出人生中那种最可珍贵的品德、精神、力量。

秦震纵马投入河心横冲狂泻的急流,竟不如他所想象那样容易,那是由于更大的山洪到来了,这里已不像刚才陈文洪蹚过时那么容易。于是,他把缰绳紧紧提住,凭借着马的浮游,冲到大河彼岸。

他拍马跑到陈文洪跟前,立刻喊道:

"中间那段流量大,流速急,有危险!"

说罢掉转马头,又往河心里跑。

这时,陈文洪急了,他一步蹿上去,紧紧扭着马嚼口不放。秦震刚下马,陈文洪已经跃上马背。

秦震在风雨中喊叫:

"等一下,两边渡口组织渡河指挥部,我在这边,你把你的报话机留给我么!"

陈文洪脑袋嗡的一声爆炸了一样,猛想到刚才慌忙中竟忘记了带报话机,是多么大的错误,马上喊道:"我立刻调来……"话未说完，拨马便走。

马对它的主人那样亲热，它转过脖颈用柔软的嘴唇灵敏地触动他的膝盖头。他抚慰地伸手拍了拍马颈项，黑骏马一甩尾巴又跑下河床。跑了一段路，陈文洪忽然觉得马像失了前蹄，两只前腿猛地向下一屈，陈文洪连忙握紧缰绳往上一提，马头浮出水面。这时，又一道利闪闪烁而下，陈文洪乘这亮光一看，只见一片黑色的浊流恶浪紧紧翻滚，陈文洪觉得自己在马背上轻轻摇晃起来。他知道这是进入了水深流急的河心险区。马鼻孔紧张地一张一翕，扑哧扑哧，喘气喷水，前后四蹄扒水。原来，马已经在水里浮游起来。陈文洪整个身躯俯在马背上，紧握住缰绳。他脑子一闪，想到秦副司令刚才是从激流中浮过去的，不禁出了一身冷汗。但他知道这不是想这些杂思悬念的时候，立即咬紧牙关，在激流中奋进。

风在呼啸，雨在旋转，随着雷电的照耀，雨水像无数条发亮的银龙在倏倏闪烁。

正在这时，渡口上发生了剧烈的争执。

一科长陈葵由于未得到大河彼岸的确实情况，对于此时此地究竟使用哪个连队闯关产生了顾虑。因为每一个指挥员对于不同的连会有各自不同的理解和偏爱。陈葵几次在火线上跟七连一道作战，眼见七连那股子火辣辣的勇猛劲儿，在他心中留下了深刻印象。六连虽已拥挤在河边，待命已久，由于陈葵了解这是一个十分过硬的任务，这个责任落在了他一人肩头，他便毅然下定决心命令：“七连在前，六连续进。”谁知这一来就引起了纠纷。本来这两个连队是师里两把尖刀，不过七连更擅长主攻碰硬。本来使用七连，是万全之计，可是六连已先到河边，硬让他给七连让路，这一点刺痛了六连人的心，立刻引起群情哗然，议论纷纷。风雨暴乱，人声嘈杂，六连长对一科长的喊叫装作未听见，反正六连已经开始涉水了，他就满怀着一腔耻辱感，猛力跑到前面，把手一招，自顾喊：

"快！快！……"继续蹚水前进。这就形成两个连队,在南方暴风雨泽国之夜,彼此展开一场剧烈拼斗。六连想抢在前面,七连又想超过六连,就这样,他们通过水漫地进入了大河激流。一时之间,怒涛声、风雨声、呐喊声,响成一片,蓝色电光哗地一闪,眼看白浪滔天而起。七连准备泅渡。可是,一个战士身上背负着几十斤重的枪支弹药,泅渡谈何容易？六连也不示弱,决心涉渡。这时,牟春光突然站出来大声猛喊：

"抱一根竹筒凫水前进！"

原来牟春光这人人粗心细,他们刚才沿着河岸观察时,他灵机一动就想出一个主意,在竹林里砍伐了许多长竹筒扛在肩上。

牟春光喊："我打头,跟我来！"

于是,他们整个队伍,投入急流。竹筒浮力很大,人们凭借着它的浮力,在狂涛乱卷中破浪前进。

陈文洪骑马浮过急流,迎头正遇到泅渡部队,他立刻询问：

"哪个连的？"

"六连的。"

是笑吟吟的声音,——在这大自然狂暴可以吞噬一切、消灭一切,一个人的肉体一刹那间可以压成齑粉的时刻,透过暴风雨却传出这样笑吟吟的声音。

陈文洪连忙问：

"是牟春光吗？"

"是我,师长！没什么闯不过的鬼门关！"

原来牟春光涉渡到中心急流深处,洪流一下把人浮起来。大家慌张中有的就喝了几口水。但见牟春光这个小个子忽然借着竹筒的浮力,一手把牢竹筒,一手划水,就凫进了激流。于是他身后战士们一个跟一个横断恶浪,战胜洪峰。

一个普通战士的智慧有时成为决定一场战斗胜负的关键,就像一点闪光立即燃出一片光明。陈文洪从牟春光得到启发,当他勒着马,想回过头再看一眼时,他突然听到从涛鸣雨吼中送来一片呐喊声:

"六连过河了!"

"六连胜利了!"

他暗暗欣赏,自言自语:

"战士面前,不论山洪风暴、天崩地裂,只有一个心意,就是冲过去!"

他赶紧拍马跑到一科长陈葵那儿,知道谨慎的一科长还没撒手让全团过河。他连忙命令战士们砍伐竹筒。在南方作战时,往常不就是靠这些东西扎成竹排,运人载物、漂江渡水的吗?怎么他这个南方人忘了这一着,倒由一个北方战士想起呢?

于是他低声对陈葵说:"记住牟春光,头一个是牟春光……"

一科长不明白师长为什么在这紧急时刻要说牟春光,可是陈文洪没等他发问。借着电闪,陈文洪看到茫茫水面上到处都有部队准备涉渡,陈文洪恐怕部队不按探明的道路走,陷入不可测的陷坑。刚好这时天空上爆炸了一连串响雷,雨势更狂,水势更猛了。他就连忙从马鞍上弯下身,俯在一科长耳边说:"后续部队暂停前进,我就回来。"说罢,他抹转马身就跳入大水。哪儿有人涉渡,他就往哪儿跑,在雷声隆隆,电光闪闪之下,他那匹骁勇的黑骏马,昂扬地、振奋地,一会在这里、一会在那里,奔跑、跳跃、浮游、嘶叫。陈文洪挽起两只袖口,两条裤腿,敞开衣襟,露出赤裸的双臂和双腿,紧紧挽着缰绳,一任暴风雨猛搠着胸膛。他就这样在洪流里往来奔跑浮游,不停地在马背上大喊:

"跟我来!"

"跟我来!"

当到了秦震跟前,一看手表,他花了近一个小时,才把一个团带过暴发的山洪。秦震立刻指挥这一个团跑步前进,赶上军部,支援战斗。

尽管大雨倾盆,陈文洪却全身发烧,像个火人,口中干渴如焚。他还得把两个团和炮兵引渡过河,便策马折身返去。这时,他觉得有一只发烫的手心抚住他的膝盖头,他听到秦震的声音:

"文洪,要冷静点!"

他心中一阵感动,但更加深了内疚、悔恨与懊恼,是自己对山洪暴发缺乏预见,没有组织及时抢渡。他只颤抖着声音说出了两个字:

"首……长……"

就又跑进风天雨地,狂水洪流。

他寻着灯光跑到一科长陈葵那儿,两边渡河指挥部已经组织起来,部队都准备了竹筒,一科长说:"砍掉了整个一片竹林!""以后再来按价偿还吧!"陈文洪说。这时,两岸渡口报话机已经畅通,他跳下马,听到通过报话机传来秦震嘹亮舒畅的声音:

"好了,师首长!放手涉渡吧!"

"我们还要在那条水路插上灯标。"

"你想得周到,这样,我们还怕什么狂风暴雨,黑暗无边!"

他在痛楚中受到表扬,这可并未使他稍感轻松,倒是促使他更加细心地把涉渡工作亲手安排好。他带领设置灯标的小队,在洪水中又跑了一个来回,回到一科长陈葵身边跳下马来。他两手叉腰,转身一望,只见洪水汪洋之上,一根根竹竿上挂着马灯,远远看去就像一条大街立上了路灯,煞是好看。这时报话机里响起秦震严肃的声音:

"师长同志!人定胜天啊!现在下达我的命令,后续部队给我全部涉渡!"

"秦副司令,我有一个建议!"

"你说吧!"

"炮兵暂不过渡,等候山洪稍减,再行续进。"

"我同意,就这样办!"

后续部队大军云集,在统一指挥之下,有秩序、有步骤地行进了。陈文洪没有站在渡口上指挥,他把这任务交给一科长。他依旧跨上黑骏马,现场指挥部队,检查部队,在汪洋大水中来回奔走不停。不知不觉之间,黎明晨光从风雨中降临了。

晨光是清冷的。战士们借着晨光看到陈文洪骑在马上,就一阵呐喊,声势倍增。黑骏马不知是由于黎明到来,还是由于战胜洪暴,它激昂、兴奋,伸起脖颈,仰天长啸。陈文洪迎来了晨光,忙着指挥,他的声音嘶哑了,嘶哑声中充满了喜悦。

三

这一场暴风雨把气候推向炎天流火、赤日铄金的酷暑季节。

火线上稍一接触之后,敌人知道他们进攻计划已被识破,就连忙纷纷撤退。我军挥师前进,奋勇追击,在这一段时间里,战士承受了南下以来最苦难的熬煎。强渡洪水之役,六连受到传令嘉奖,牟春光原是神采焕发、意气昂然的,但在这一段艰苦跋涉中,他的精神内部发生着极其微妙、难以识辨的崩裂和变化。

强暴的日光把牟春光背的枪支、弹药都晒得像一条条火蛇,紧紧箍缠着他的身子。可是,身上穿的衣服并没有给暴日晒干,反而更加湿漉漉、黏渍渍的了,这固然由于汗水淋漓所致,但更主要的是暴雨山洪之后,经太阳光猛烈照射,大谷、深壑、田畴、激流,都蒸发出一股令人窒息的潮湿闷气。它不像雾,雾还看得见个影儿,它却看不见摸不着;它又像雾,铺天匝地,升腾弥漫。使得牟春光觉得全身上下每一个汗毛孔都给堵塞了,整个身子都感到憋闷,肿胀难熬。他一步一步,慢腾腾挪移着脚步——像有一片灰蒙蒙的阴影一下漫过眼前。跟着一阵头晕目眩……他不觉一下悚然心惊。一个战士的灵魂自有它奥妙复杂之处,它有时昂扬,有时低沉。

当火红的太阳慢慢沉入大地的边沿,牟春光想:

"熬过白天,夜晚该好受一点了吧!"

为此,他的眼神曾经雪亮了一阵。谁知,夜对他展开另外一种痛苦煎熬。

在一个村庄里,牟春光安排过宿营事宜,一个人挑了扁担晃悠着两只空水桶,向村边大池塘走去。他原来寻思,这里也许风凉一点,可是风在哪里?凉在哪里?……看一看,连凤尾竹那样纤细的羽梢都凝然不动。他手伸进池水,池水竟也热乎乎的。脚底下有一只田蛙低哑地叫了两声,也不敢向池中跳去,而向草棵里逃跑了。牟春光胡乱洗了洗手脚,挑上担水,转了回去。他就着缸沿喝了半瓢冷水,但还是满口生烟,干渴难止。他见同志们都已睡倒,自己也躺下,无奈汗水流个不止,他就悄悄起来,踅到门前那片禾场上坐下。

房东老板是个清瘦的老人,早已看出牟春光热得难以忍受,就端出一碗热茶捧给他:

"我们这个地方,愈喝冷水愈发烧,你喝杯热茶倒能生津止渴!"

牟春光道了谢,一面饮着茶,一面就和老板搭讪起来:

"你们这里的夏天老是这么热吗?"

他指望从老板口中得到宽慰人心的语言,岂知那老人实话实说:

"这还没入伏呢!要讲热,还在后头呢!"

"那岂不要热死人?"

"暴晒发痧的人是有的。"

"……"

说不出一种什么滋味暗暗侵袭着牟春光。

牟春光回想,解放平津后,部队动员南下作战,他虽然争先恐后,表决心,发誓言,但心底下还有点不踏贴,就暗自扯了从辽西战役以后就相熟起来的岳大壮问:"听说你们南方热起来,墙头上能贴饼子,生水里能煮鸡蛋?"岳大壮笑起来说:"你别听人瞎咋唬了,世上哪里有那样事!"两人一搭一合,说得兴起,岳大壮就跟牟春光讲了一番南方多么美,多么好的话,而谈论南方竟构成他们之间的缘分,愈往南走,离家乡愈近,岳大壮说不出有那么一股子喜气,一路之上便唠唠叨叨对牟春光夸奖南方。牟春光听在耳里放在心上,可是,经过几天的磨难,一层阴影暗暗升上心头。

在他跟老板说话间,突然觉得大腿上刺得猛疼。

老板见他又拍又打,就笑将起来:

"你看,这里遍地稻田,哪能没有蚊虫!"

"这哪里是蚊虫,简直比马蜂还厉害,隔一层布都刺透了。"

不过慢慢饮下一杯热茶,心里到底凉爽了些。

一时之间,疲劳困倦袭上身来,他便走回屋里,就在全班战友之旁摊铺在地下的稻草秸上找得一席之地,躺了下来,摇着老板给的破芭蕉扇,也就睡熟了。

下半夜,他迷迷糊糊,好像回到黑龙江老家,穿过白杨林子,来到辽阔无边的大草原上。一阵阵小风吹来,那样清凉,那样潇洒;一下又看到成群雪白的鸭子,掀动着红蹼掌,在清澈见底的河水里游荡;一下仿佛自己也在河里浮游,而且抓到一只活蹦乱跳的金色鲤鱼,他欢喜得不得了,就抱在怀里;不知怎么,鲤鱼竟一下变成马蜂,而且泼刺一声从怀里猛跳出去……

于是他一下惊醒转来。

他揉揉两眼,心下想:

"老人说,人心里想什么就会梦见什么,我是怀念家乡大草原了。"

他满怀惆怅,看看门洞外已经泛白,他不想再睡,爬起来走出去。

他站在禾场上,向东方瞭望,一片污浊混沌的曙光又红又暗,一看就将带来更加炎热的一天。

牟春光这个勇敢的人,心头有些发怵了。

他对自己心境十分恼火,仔细分辨,他此刻不知为什么暗暗埋怨起岳大壮来,他觉得那些甜言蜜语,全是欺骗。

不过,清晨上路以后,牟春光作为一班之长,心下还暗暗鼓励自己:"不是火里不怕燃烧,水里不会下沉吗?我难道就真的被烧光、沉没?"他为了鼓舞士气,大声喊叫:

"二班同志!咱们唱个歌好不好?"

"好!"战士们见班长兴头很高,也跟着嗷嗷叫,"唱什么好?"

牟春光立刻喊道:

"就唱火里不怕燃烧,水里不会下沉!"

说着,他举手一挥。于是,一只从东北唱到华北、又唱到南方来的这支苏联《骑兵歌》,就飘扬飞荡起来。

是的,

牟春光不肯示弱,

牟春光挺拔而起。

不过,这一天跟头一天不一样,那股子潮湿闷热似乎已经蒸发净尽,赤日之下,灰尘滚滚,蔽日遮天。走到快晌午,火热的太阳光,就像一千座、一万座火山同时爆发,把火山口里喷射出来的熔岩和热灰一起扑向人间。熔岩流像通红的钢水,带着热,带着火。热灰像雨一样稠密地落在人们身上,在灼伤、在侵蚀,在吞噬人的肉体。于是整个地球都燃起熊熊大火,火一直烧到牟春光心里,早晨一度昂奋起来的心绪又渐次黯淡下来。

是枪林弹雨,他敢冲敢拼,

是血光火影,他能打能杀,

可是,这大自然的暴虐,他跟谁去搏去斗!

当他低了头,蹚着火热的灰尘走着的时候,突然间,一阵嘶喊声一下把他惊醒过来。

他抬头看时,大吃一惊。

原来是走在二班排头一个战士,扑嗵一下跌倒地下。一股火焰倏然传遍牟春光全身,他立刻跑过去。只见那战士满脸涨得紫茄子一样,牙关紧闭,嘴唇煞白,人已昏迷不醒。这一见,牟春光不觉肝肠痛断,猛扑下身,摸了摸他的心脏,心脏跳动已非常微弱。他想给他解开衣襟松松气,可那只能让暴日炙烤他的胸膛。他听见大伙喊:

"水!"

"水!"

…………

可是,水壶在火热炎天之下,早已干涸了。

大家拍着水壶,空自焦急,无计可施。

牟春光仰头左右环顾,突然站起身往稻田地那边跑去。

他窜到田边,两膝跪倒,趴下身子,从稻棵底下舀起半茶缸污浊的泥水,水是那样混,发出腥味,可这是水呀!

他端着这缸水就往回跑。

一个排长见这情景一把拦住他:

"上级严禁饮用污水……"

牟春光满面通红,两眼圆睁,只一把,把那个排长推得踉踉跄跄,几乎跌倒。

他径直朝那个垂危的战士跑去,撬开紧闭的牙关,把那缸水向他的口中倒去,战士喉咙间哽地响了一声,紧闭的嘴眼却都没有张开。牟春光一眼瞧见,战士身上都发青了,就像一记闷棍朝他头上猛打,他脑子里"轰"的一声。

　　正在这当儿,牟春光听到有人连声朝他喊叫:

　　"牟春光！牟春光！"

　　抬头看时,原来是随队的军医,带着一副担架,飞奔而来。

　　军医见牟春光往人口里倒泥水,勃然大怒,正待发作,但见牟春光太阳穴上暴涨的血管像蜿蜒的青蚯蚓在微微蠕动,便耐住了性子,只是把牟春光推开了。

　　军医施行了紧急抢救措施之后,立即把那战士抬上担架往后走去。

　　牟春光失神落魄地站在那里,望着那担架忽悠忽悠荡着愈走愈远。

　　他突然抱着头顶,哭了出来。

　　那夜暴雨山洪,没有镇住牟春光。

　　今天这要扼杀人性命的暴日,却强烈地震撼了他的灵魂。

　　他把一股恼火气都发泄在岳大壮身上:这南方,

　　有什么美?！

　　有什么好?！

　　这是火的炼狱呀！……

　　谁料一转眼间,片云如墨,大雨倾盆,云雾低垂在地面上,雨点狠擂在人身上。全军人等,像一下跌过火山,又一下闯入火海。由于前面情况紧急,他们竟在这暴雨中急行军一天一夜。天亮一看,遍地尽成泽国,人们在泥泞中跋涉而前。

　　偏偏在这时,连长命令:

　　"二班长,带领全班人去帮助推炮！"

原来,炮兵隔在山洪那边,耽误了不少时间,现在从后面急慌慌赶上来,谁知在洇得稀烂的烂泥塘里却遭遇了南下作战以来的一场厄运。几辆炮车一起陷在泥泞中,轮子只在原地一个劲打滑,泥水飞溅,寸步难移。炮兵战士们顶风冒雨,拼着全力用肩膀、胸脯顶住推车。刷刷转动的车轮,把大量的泥水飞旋起来,泼洒得战士们一个个像泥人一样,谁也认不出谁了。

步兵和炮兵从来亲如兄弟。可是步兵和炮兵也有矛盾,特别在行军途上。马匹嗷嗷叫,把步兵队伍往路边上挤,挤得队形不成其为队形了,然后,炮车一摇一颠,扬起大阵灰尘,让步兵在后面吃土。每当这时,步兵就没个好气,难免说几句怪话。等到火线上,万炮齐鸣,大显神威,仗打完,两家兄弟又互相挑大拇指,谈谈笑笑了。

现在,大炮陷在烂泥塘里,任凭怎样推搡,这些钢铁的尊神,稳如泰山,纹丝不动。牟春光本来心里不顺,情绪不高,无意中说了一句:

"南方好,南方好,咱们战争之神都变成废物了。"

这话偏偏给岳大壮听到了。

牟春光和岳大壮,各有各的秉性,有一点却相同,牟春光开朗,欢喜说说笑笑,可一认真起来,不免火暴。岳大壮腼腆,可是犟劲一上来,几条牲口也扳不动。岳大壮爱护炮兵的荣誉有如生命,本来一肚子闷气,给牟春光这俏皮话一挑就动了火。他把脖子一梗,一声霹雳:

"炮兵造罪炮兵受,你们给我滚开!"

牟春光的处世哲学是"人护脸,树护皮"。本来一场好心,倒落得扫了面子。两股劲扭在一起,就顶撞起来,愈吵嚷愈厉害。一大堆人围上来,看这两个人红头涨脸的,像斗鸡一样,而双方各护各的人。一下形成对立的两个阵垒,一时之间,道路都给堵塞了。

陈文洪带领着几个参谋和警卫员从后边上来,刚好走到这里,便连忙抢上几步,分开众人。他一看,一个是牟春光,一个是岳大壮,都是在心里挂了号的优秀战士,偏偏他们两人吵红了眼,见师首长来,也不肯平息,高声咒骂,你推我搡。

"给我住口!"一股怒火从陈文洪胸膛里腾地迸发而起,他大吼一声,把两手往腰里一叉,他的衣襟敞开,里面胸脯上那件背心,又是雨水,又是汗水,泥污污,湿漉漉,发了黑。他的两眼瞪得圆彪彪的,看看牟春光——多么好的班长,看看岳大壮——多么好的炮手。心里暗想:"偏偏是你们两个,在这儿演得一出好戏!"他把已经冲上脑门的火气硬压下去,冷峻地喝问:

"牟春光,你跑到这儿来干什么?"

牟春光如实报告,是六连长命令他来帮助推炮的,陈文洪立刻喝道:

"执行命令,你给我带上你一班人立刻追赶部队,归还建制。这是打仗,不是哄孩子闹把戏!"

牟春光听罢,悻悻然横了岳大壮一眼,岳大壮立刻懂得,那眼色是说:"走着瞧吧!"岳大壮整个脖子涨得通红,还要冲过去,给陈文洪一把拉住。于是,牟春光带上一班人,很快就隐没在急急前行的队伍中不见了。

这里陈文洪通过报话机调来一个步兵连一起推车运炮。

四

暴雨过后,又是响晴的天,秦震坐在吉普上前行。

如果说南方夏季的暴风雨可怕,那么,暴雨之后的猛热才真真是可怕呢!太阳在下火,整个天空在燃烧。雨水蒸发出来的热气,像毒烟恶瘴,憋闷得人喘不过气,出不来汗。

秦震望了望这天气,叹一口气,自言自语:

"炎天流火,这才叫炎天流火呢!"

秦震在路边停下来,通过电台与各方面取得联系。从报告上看,由于洪水暴发,敌人没有上钩而滑脱掉了,这使秦震不觉一阵懊恼,不过随即淡然一笑,心下说:"躲得了初一,躲不了十五……"他把情况报告之兵团司令部,得到八个字回答:"克服万难,猛追不舍!"再上路时,他叫司机把车开得慢些,因为路上部队正潮涌般向南推进。他仔细地观察部队,战士们一下给大雨淋湿,一下给太阳烤焦,在秦震眼中,一个个虽然还是争先恐后,士气高昂,但是脸色黄里透白,眼睛显得又黑又大,通身上下仿佛缺少了一点什么光彩。他望着他们,他们也望着他,他突然感到一阵心酸。连秦震这个南方土生土长的老兵,一下投入这暴热之下,也感到实在难熬。北方夏季作战,走在太阳底下也热,但大汗淋漓;这南方的酷暑,却烤得你连汗粒也渗不出一颗。他觉得自己身上的汗水都干枯了,马上就要燃烧起来,而阳光、火、热,还一个劲一起向他心里渗透。他放眼四望,大野里一切都在蔫萎、枯焦,他想寻一只飞鸟,天上连鸟影都没有;他想觅一声蛙鸣,池塘里发出一股闷湿的热气。战士从路边上拔一把青草搭在头顶,没有多久,晒得枝叶都纷纷碎成粉末了。

——不易呀!从零下四十度严寒,一下到零上四十度酷暑,从冰窟窿进了炼钢炉,孙悟空烧炼个火眼金睛,也不过如此吧!

但是,当吉普车从他们身旁掠过,他突然发现战士脸上有一种欣喜之色。是不是吉普兜起一点微风,给他们一些些凉意?当坐在车上的秦震,发觉一点风也没有时,战士中间那一阵欢腾,他们的笑语,他们的呼唤,却使秦震两眼渐渐濡湿,心里漾出一种对战士们的感激的心情。

一个傍晚,秦震和陈文洪师部会合。

所谓师部,不过是在旷野土坝子上用几根竹竿撑起一张油布。布棚下,一堆弹药箱摞成桌子,上面摆着几部电话机子,还有望远镜、水壶、马灯,在最中间的箱面上铺着军用地图。这小棚旁边就是电台,正在发出嘀嘀哒哒的声响。

秦震跳下吉普,大踏步朝那儿走去。一面乐呵呵地说:

"文洪啊!你这师部还满有个气派么!"

"还什么气派,这两天,老天爷才真气派呢!"

陈文洪话虽这么说,却精神抖擞,毫无疲惫之情。

秦震可是瞪了他一眼说:"不要怨天尤人呀!"

这是一片平草坝子,牟春光所在的那个营在这里露营。天断黑时,好容易盼来一股清风,给露营的人们带来一点轻松愉快。从十一日开始南进,已经四天四夜,到了这儿,实在精疲力竭,寸步难行,陈文洪命令就地露营了。干粮袋里的炒面给大雨泡湿,又给暴日晒干,结成一块一块硬疙瘩,发出馊味。战士们咬得牙巴骨咯崩咯崩响,还是狼吞虎咽,一阵饱餐,然后摊开手脚在软茵茵草地上睡下。炙晒过后,闻到草香,就不觉欣然睡了过去。

不过,有一个人没有睡,这人是牟春光。就像心上割得碎裂,同岳大壮顶撞之后,他心里一直堵得慌。

谁知,刚才那阵清风,像一个句号一样,在白天与黑夜之间划了一个分界线,好似告诉人们:火热的白天结束了,现在黑夜已经降临,只不过给人以短暂的喘息,你们要准备继之而来的这一个更加燠闷难当的黑夜。这种热力是从哪儿来的?从天上来的?不像,天上的群星,兀自水灵灵地,那样惬意地闪闪烁烁;从地里来的?不像,地心饱饮了大量雨水,又何必拿热火来熬煎这个黑夜。这郁积的闷热罩着长江两岸这一片辽阔而低洼的盆地,凝固密结成一个热气层,像重云,像浓雾,却又看不见,只是一种黏腻得令人喘不过气来的热。战士们酣睡不醒,身上的热汗却渗透衣衫,露水和汗水搅混起来,像在人身上脸上涂了一层油脂。大群蚊虫像乌云一样飞来,落在这个人身上、那个人身上,吮吸鲜血,而且嗡嗡叫着,真是蚊阵如雷,在这一片草坪上旋来荡去,逞威肆虐,任意横行。

牟春光翻来覆去睡不着。

战友们的鼾声雷响,可是他怎样也睡不着。

蚊虫好像特别憎恨这个醒着的人,恶狠狠地向他扑来。

他用帽子遮住脸,不行,燠热难当。

他挥着两手驱赶蚊虫,不行,愈撵来得愈猛。

因为,这儿的蚊子很藐视人,根本不知道天地间竟有这样一种被称为"万物之灵"的东西要把蚊虫杀死,于是蚊虫们就和这种东西展开殊死搏斗。在蚊虫眼里,这些东西只不过是供它们饱餐的血肉。

毫无疑问,这有点伤害牟春光的自尊心,南方的蚊子也这样欺生,岂不恼人!

南方,又是南方!他刚一翻身,一只大蚊子就猛叮了他一口,他气得蹦起来,那蚊虫又嗡的一声乘胜而去了。

牟春光伸出两手一摸,半个脸都肿了。

他一股无名火起,无处发泄,就又落到岳大壮头上。

那天在路上,为了好心好意帮助炮兵兄弟,却闹了一肚子闷气。这会,他又和蚊子狠狠干了一仗,竟然败下阵来,就嘟嘟囔囔咒骂:

"你岳大壮吹牛!"

"你岳大壮欺骗!"

"这就是你那天堂美景!"

刚好,炮兵部队由于陷在泥坑里,落在后面,现在,好不容易才跋山涉水,一路赶到这里。

先是地面上传来震天动地的隆隆轰响,牟春光当又打雷,仰天一看,星斗灿烂。当听到马嘶人吼,才知道炮兵来了,无数只马蹄把大地敲得鼓一样响。当马匹拉着炮一驶进草坪,牟春光一股火腾地从心中跳起,他一下蹦起来,跑到第一辆炮车前,一把揪着马嚼口。这个矮小粗壮的人儿,站在炮兵打亮的电灯光里。他把两手举起往下一劈猛喝:

"这是宿营地,给我关灯,闭嘴!"

说也巧,从第一辆炮车上嗖的一声跳下来的正是岳大壮,真是冤家路窄,脚一点地就喊:

"这天这地是你牟家买下的?"

两人立刻就争吵起来。

炮兵确实不知有一营之众在此宿营,牟春光为了保证宿营地肃静,让同志们甜甜地睡一夜,好投入战斗;岳大壮不准牟春光大喝大闹,以维护炮兵的威严,各有各的理,不过表皮下面憋着一股怨气,两股电往起一碰就爆出了刺眼的火花。牟春光得理不让人:

"我们是来解放你这美好天堂的,你口口声声南方好,南方好,你不看看同志们遭的什么罪!"

岳大壮没有牟春光口舌伶俐,气打嗓子眼里往外冒,半天挣出一句骂人的话:

"你这塞满高粱花的脑袋瓜子,怕遭罪别来,回你家热炕头上抱孙子去吧!"

"你骂人,你这国民党脑袋,没我们俘虏你,有你今天洋洋得意的份?"

五

秦震没有睡。

他坐在小吉普上,手里拿着一根红蓝铅笔,就着一盏马灯光亮在看新闻稿。

全世界的舆论都沸腾了,有的为蒋家王朝的覆灭而哀泣,埋怨蒋介石不争气,有的断言国民党统治的时代已属过去,有的对解放大军势如破竹的浩大声势而惊讶,有的竟然出谋献策,劝国民党不要灰心,凭据西南,顽抗到底。

一条新闻突然跳到秦震眼中,使他心神为之一爽。

新闻上写道:"整个中国要变成红色……"

对于前面几条新闻,秦震看了,有的点头,有的摇头,心中并发出不同的评语:"望洋兴叹"、"语似中肯",唯独对这一条,他久久注视:"是红色的中国,不过不是你们说的洪水猛兽,而是共产主义黎明的曙光。"他握了红蓝铅笔的拳头支撑住下颌,陷入深思。他仿佛在这沉沉黑夜、茫茫大地之上,看到一线颤悸的红光,从马克思、恩格斯的《共产党宣言》中,从巴黎公社的白骨与热血上升起。一阵壮烈而苍凉的音乐旋律在记忆海洋中缓缓回响:

　　…………
　　曙光在前呀!同志们奋斗,
　　用我们的刺刀枪炮和头颅,
　　…………

这是他最爱唱的歌,这是揭开苏联十月革命黎明的歌,而此时此刻似乎又在中国揭开一个新的黎明的帷幕。

正在这时,传来了步兵和炮兵的争吵。他两手抚着搁在膝头上的一堆抄报纸,仔细倾听了一阵,没有去管他们。但从这一刻起,精力怎么也集中不起来,一直到后来他不想再看新闻了,把它们一起交给黄参谋。黄参谋应声而来,一走入马灯光影,骤然使秦震一惊:"他怎么了?"这个从来精神抖擞,服装整洁的人,变得如此狼狈,白刷刷的瘦脸上凸出两只充血的红眼珠……秦震没有用镜子照自己,不过从黄参谋的眼光中也见到相应的反应。黄参谋只淡淡说了一句:"首长!你还是睡一会吧!哪怕靠一下闭闭眼也好。"

秦震感情很深地说:

"谢谢你!黄参谋,我们没什么事了吧?你和小陈都睡吧!"

秦震能睡吗?他脑子里反复响着牟春光刚才争吵中的一句话:

"你口口声声说南方好!南方好!你看看同志们遭的什么罪?!"

这一句话,像敲一记钟那样响,一下震动得秦震整个身心不能不为之颤抖。这时,一种思想,像从暗影中投出一线微光,拢聚在他的心头。

"啪!"

他一看手心上全是血。给他打死的那只蚊子,是黑色的,大得像马蝇,它的口喙像注射器的针头那样长。这种蚊子,最讨人厌烦的是隔着粗布衣服,也能叮人。于是,几天来的一幕幕场景再次出现了:

狂风暴雨,电闪雷鸣,山洪暴发,泛滥原野;

炎炎赤日,如炙如焚,破布烂衫,衣不蔽体;

炮车陷在泥坑里拔不出来;

给养运不上来,弹药运不上来,四天四夜没吃一口热乎饭,整日挥汗如雨,喝不上一口开水;

夜晚露宿在草坪之上;

蚊子比蝎子还厉害;

牟春光和岳大壮的争吵……

"南方!南方!……你这令多少年轻人心驰神往的南方啊!……"

这一切场景,像一支支箭射向他,蓦地凝成一个问题:

"战士都是好战士,问题在领导,我们对得起战士吗?"

秦震为一种深沉的负疚之心所抓住。什么疲劳、瞌睡,一下都向黑夜中隐去。

他在吉普上坐不住了。

他悄悄跨下车,没有惊动黄参谋和小陈,他慢慢走去,两只脚不知不觉向露营的战士走去。

从露营的人群中发出的鼾声,在秦震耳中竟像海涛一样在轰鸣回荡。

他走到战士跟前,一个一个巡视着。

他们在睡梦中还不断挥手跟蚊虫拼打。他们实在太疲乏了,有的喃喃说几句呓语,然后,翻一个身又发出鼾声。

秦震倒剪双手,仰天一看,半圆的月亮已经升上天空。可是,不知为什么,这月亮不是绿幽幽,而是红蒙蒙的。

他忽然想起汉江之夜,那月光是何等洁净、明亮。他于是又联想到董天年关于中国远景的谈话,又联想到在兵团司令部的谈话。他突然升起一种自责之感。他这个老军人,久经锻炼的老军人,不知为什么,当他在战士身边慢慢坐下来,他看着黯红色的月光洒落战士们脸上、身上,他的眼眶竟然湿润了。想分担一些战士们在草地上的燠闷?想分担一下蚊虫的袭扰?想分担战士们的一丝疲劳?想分担一下战士梦中的苦恼?他就这样静静地坐了好一阵。

自从在北京听到渡江的命令,从列车上得到攻下南京的消息,他一直被一种感情所左右着,好胜心强,求胜心切。当然,对于敌人负隅顽抗的顽固性,对于大自然所给予的强暴的压力,他不能说没有准备(他在北京就已经为了给战士争几尺防蚊纱布而亲自跑了三次后勤部)。但是,严酷的现实证明,估计不足!估计不足!问题不完全在物质准备,而更重要的是精神准备,一个军人应有的好胜心、求胜心,变成了轻视困难的急躁情绪。

——这是什么问题?

忽然,一点亮光在他脑子里一闪。

他站起,缓缓地围着宿营的战士走了一圈。

草上的露水打湿了他的裤脚,使他感到一点点凉意。

他觉得他只看到历史,没有看到现实:

历史——是必然的胜利,它确确实实压倒一切。

现实——像一盘棋,哪怕是残局也还要一步一步地厮杀呀!

——是的,现实可以一时之间被胜利或失败所掩盖。但,历史这个衡量真理的尺子,却永远是无情的,严酷的。

——我是亲临前线的指挥员,我争取到这个任务,我得到了这个任务,可是,我是一个不及格的指挥员呀!

——战士可以克服困难,但,作为一个高级指挥员,我没有充分地足够地估计困难。

"唉!我给胜利冲昏头脑,我想一步迈到海南岛,毛病就出在这上面。战士不论遭到什么困难,还是那样雄赳赳、气昂昂的战士,可是,战士不是木头,不是竹板,不是钢钉,而是血肉之躯啊!"

这是秦震发自心灵深处的自省。

永远不要忘记这草坝子之夜吧!

他没有睡,他也不想再睡了,他为了明天而振奋,不过已经是清醒的振奋了。清醒是一种力量,一种连自己也看不见感不到的力量。

秦震找到了牟春光。看看,这个"好勇斗狠"的人睡得多香甜呀!

秦震又走到炮兵那儿,找到了岳大壮。看看,他睡着了,脸色和和平平,仿佛说:我毫无怨尤。

秦震微微一笑。

红色的朦胧的月光,正在融化成为一种青苍色,晨曦就要从天穹投射而下了。

他迈着急促的脚步走向自己的指挥车,不无怜惜地叫醒了黄参谋,小声吩咐:"通过报话机了解一下各部队宿营情况,一定、一定让战士们睡好。"略微停顿后又说:"命令后勤部长,限他明天,千方百计克服困难,把给养、炮弹送到作战部队手里。送不到,我算他玩忽职守!"

他走向陈文洪那里。陈文洪不知什么时候伏在弹药箱上睡着了。睡得那样沉、那样死。秦震突然发现陈文洪那赤裸裸地布满汗珠的膀臂上有一只大蚊子,正跷着两只后腿,在狠命地吮吸。他用两根手指捏着蚊虫翅膀,谁料蚊虫的口喙像针一样扎紧不动,拔不出来,他只好用手掌把它拍死。陈文洪在睡梦中喃喃两声,把脸翻到另一面,又发出深沉的鼾声。

第十二章　永生之门

一

黎明，一个庄严的黎明，西线兵团向全军发出号召：
"拿下荆门、沙市，打开渡江门户！"
一支部队渡河向西锐进，
一支部队渡河向东猛进，
前面远处响起了隆隆的炮声，长江以北决战的战幕拉开了！
秦震通过电台和各方面进行了联系，对整个前线作了最后的检查，应急的部署。现在，他急于渡河，亲临前线指挥作战。这时，一连收到前面部队几个加急电报：
催弹药，
催给养，
………
秦震把电报一按，"这是怎么回事？"是路途拥塞，后续供应上不去？是后勤部门没掌握时机运到？突然一个紧急信号在他脑际升起：河！——这条河不像那条河那样漫滩平川，而是险峻急流，……万一这里出事，摊子刚刚铺开，就卡住了脖子了。原来他依附行动的整个军已过了河，这时身边再无什么机构依靠。他站在那里侧耳倾听，炮战确实激烈，脚下大地都震得颤抖。军情如火，万分紧急。秦震一把把司机小赵推向一旁，自己跨上司机座位,一踏油门,吉普就冲击而出了。赤日炎炎,黄尘滚滚,吉普如离弦之箭,时速超过九十迈,两耳一片呼呼风声。在紧急关头,秦震亲自开车,这是他的老习惯,这种时候,他目不旁瞬,绝不是为了集中精力以减轻心理负荷,正好相反,他一旦把住了舵盘就如同掌握住了局势,这也是一种微妙的心理学吧?经过几日几夜艰苦跋涉,他的脸黑了、瘦了,但目光闪烁,手脚敏捷。在这场意志的较量中,他头脑清晰,内心坚定,像一只鹰一样疾速飞掠而前。可是,还没到渡口,他的吉普就给卡住了,他感到情况不妙!无数满载弹药的卡车,横七竖八、摆满遍野,秩序虽不能说一片混乱,但确实堵塞得水泄不通。

秦震心里一惊:

"这不是在这儿摆了一个露天弹药库?敌人飞机一梭子子弹,就会火光冲天,天崩地裂啊!"

秦震略一思索就跳下吉普。

问附近的司机,也没问出个所以然来。

他在前,黄参谋、小陈在后,急忙穿插汽车空当直奔渡口而去。还没到近前,就听得急湍飞瀑,一片喧响,果然是一条险渡!

他抢到桥头抓住一个哨兵喝问:

"出了什么事?"

"桥炸断了。"

他感到一阵头晕,马上冷静地克制了自己。

"那就要赶紧抢修呀!"

"那不是在修吗?"

那哨兵不关痛痒地说着,把下巴颏向河上一翘,那意思是"你没眼睛?"他便径自抱着枪支摇晃着走开去了。这种冷漠的态度,一下激怒了秦震,他立刻喝了一声:

"你给我回来!"

声调并不高,但有那么一股威严,一股气势。

这种看不见的力量,使得那哨兵连忙跑回,立正站在那里。

"叫你们指挥员到我这儿来!"

"他在掩蔽部里接电话。"

"你带我去!"

二

几分钟后,秦震被那个哨兵引到大河陡岸下,这千万年冲刷成的陡岸像山崖壁立。哨兵掀开一个草帘,秦震立刻闻到一股强烈的人、烟、酒、泥土、干草的气味扑鼻而来,原来是一个坑洞。他弯下身子走了进去,心下暗暗一惊:这里的指挥官还满有心机呢!……进洞,拐了个弯,眼前一亮,灯火通明。一摞弹药箱上摆着一只皮包式电话机。一个人正弓着腰背在那儿打电话,这个人头发蓬乱,热气腾腾,体粗气壮,瓮声瓮气对着电话听筒大喊大叫,像在吵架。秦震上前一看,不免心中一喜。那人一撂下电话,秦震就在他那厚墩墩的脊梁上重重擂了一拳:

"老张,你在这里!"

那人回头,双眼一明说:

"哎呀,老首长!你来了,我可有主心骨了。"

话犹未完,电话铃又叮铃铃响了起来。

此人姓张名凯。秦震跟他是有好几年不见了。那是一九四七年夏季四平攻坚战的一处突破口上,张凯鲜血染红胸膛,还在喊叫冲锋,恰在此时,一块流弹片把秦震打昏过去;再往前想,是秦震在纵队当副司令时,到他们那个连处理过一个问题,那时,他还是一个战士。秦震一面想,一面品评着:"好样的,独当一面挑重担子了。"

张凯声音变了,十分惊诧地问:

"什么?副司令,我这里有个兵团副司令?"

秦震立刻把电话听筒接过来:

"是呀!我就是秦震……你找我找不到,我也是刚刚赶到这里……是的,桥炸断了,情况严重。不过,后勤部长同志!你放手往上送吧!弹药给养都得立刻过河……凭它天塌地陷,没有通不过的道路。好,好吧!"

张凯不好意思地说:

"你是我们兵团副司令?我还没有见到过你。"

"我刚刚从东线调来,这不就见到了。"

张凯立正:"我是工程兵渡河指挥部的指挥,向首长报告:昨天下午,大桥给敌机拦腰炸断……"

秦震两眼威严地一闪:

"哼,昨天下午,亏你说得出……这是什么时候?前方打得这样激烈,急着要炮弹、要给养……你倒在这里卡住,一夜还没修通……你耽误了大事,你卡住了我们的脖子……"

"这河岸陡流急……"

"不这样要你工程兵干什么?"

秦震随即转身吩咐黄参谋:"把电台调上来!"

张凯:"这是个火山口,你的位置还是靠后一点好。"

"怎么?老战友,你还要打个佛龛把我供起不成?对你不起,这位置我占定了。"

一转眼工夫,黄参谋就兴冲冲跑进来说:"没等我找,三辆车都开上来了。"秦震连发三道命令:

第一,所有运输车辆严密伪装,注意隐蔽。

第二,不论哪个部队,集中全部高射武器、平射武器,都准备对空射击。

第三,动员全力抢修桥梁,一切人等都要开绿灯。

然后,从后脖颈上擦了一把汗水,笑眯眯对黄参谋说:

"小伙子们挺机灵,万马营中还把我找出来了。"

"有咱们司机小赵,就顶半个参谋,他的鼻子比狗还灵呢!"

秦震敞开衣襟,一把拉着张凯:

"走!咱们去看看,是个什么鬼门关。"

"别,别,我去,我随时向你报告,副司令督率全军,还是呆在这坑洞里隐蔽为好!你要是出了差错,我可担当不起。"

张凯一边说一边还向黄参谋投出求助的眼光。黄参谋深知秦震事必躬亲的特点,只是笑一笑,没有做声。

秦震吩咐:"黄参谋!你组织一下,电台上有报都送到这儿来,你再通过这台电话,"他指一指那个皮包式电话机,"把各方面都联络上……"

秦震从阴凉的坑洞里一出到外面,觉得一片骄阳灼灼,照得人眼花。待到了桥头一看,果然,两岸之间,像个峡谷,漩涡急速漂流,一泻而下。桥是拦腰炸断的,现在水上水下都有人在忙忙乱乱,进行抢修,但看来成效不大。秦震把鞋甩掉,就挽裤腿要下河。这一回张凯死死拽住不放,想不到这大个汉子竟要急出眼泪来。正在争执,黄参谋气喘吁吁跑来:

"首长,兵团急电!"

秦震没奈何,拎住两只鞋,光着脚就往回跑。

马灯光下,一份电报。

秦震看完电报,想一想目前处境,一种焦躁心情突然冲起,但他立刻抑制自己,左右一顾:"啊!这里很静……"一刹时间,他想起露营之夜的深刻剖析:"好胜心急,求战心切,我陷入急躁情绪。这回我决不再犯。"他立刻冷静下来,是的,要冷静,坚毅是从冷静中诞生的。他身子未动,头也没回,只说:"黄参谋,去请渡河指挥部张指挥来议事。"不久,张凯下半身水湿漉漉,上半身大汗淋漓,跑了进来。他一听这道命令,不觉倒吸了一口气:"这……这……这……"

秦震毅然说道:

"这什么?……命令限三小时内把弹药送到前线!"

张凯挠着头,没有做声。

"老张啊!河流猛暴,峡谷峻陡,你们工程兵难道就学会架桥一手本事吗?!"张凯急中生智连忙说:"把我们工兵连长找来……看样子得出点点子。""遇事和群众商议,这就对头,他们是亲临第一线的啊!"最后一句无异是对张凯的沉重批评,张凯感到了这一点,就连忙转身跑出去了,不久跑转来连声说:"马上就来。"秦震看着张凯心下暗地里盘算:"这个人有魄力,有决断,但是战争不但需要勇敢,在一定意义上说来,更需要智谋呀!见他满脸热汗流淌,无疑是个忠于职守,脚勤手快的人,这时,我应该给他一点什么呢?镇定,是的,镇定。"于是从口袋里掏出骆驼牌香烟(秦震虽经丁真吾严嘱戒烟,但在焦思苦虑时,也悄悄抽两口,仅仅两口),抽出两支,一支递给张凯,一支自己点燃吸着,这一来就缓和了一下似乎要爆炸的气氛。

这时,从洞口传来一声:

"报告!"

听声音不是年轻人,而且缺乏作为战士的那种火辣劲。

张凯应声:"请进。"

张凯回答的声音,跟刚才的吼叫嘶喊截然不同,秦震隐隐感到他对来人深怀敬重之感。

这是怎么回事?

秦震随即听到一阵轻柔的脚步声,一个人走到灯光中来。显然是刚从水里爬上来的,水顺着裤脚滴嗒不停。此人身材瘦削,脸庞也瘦削,浑身上下涂满泥污,还有血红的伤痕。可是,他的眼光那样柔和,动作那样沉稳,秦震悚然一惊。他觉得此人,软绵绵的,不甚果断,有点失望。但脑子一转:"也未必。人不可貌相啊!张凯在这节骨眼上,搬请他来,必有缘由。"但见这人毕恭毕敬,一丝不苟,信守着一个老兵的规范,甚至比一般下级在上级面前还要拘谨,并拢两脚,举手敬礼。而张凯也突然发生了变化,一下失去作为指挥员的威严架势,甚至还有点手足失措,不知如何是好。待仔细看时,秦震不禁大吃一惊:

啊!原来是他……

三

事情发生在挥戈南下的一个夜晚。秦震坐吉普车翻过一道山岭,忽然看见漆黑的山谷里一派火光,看样子是敌人丢了燃烧弹。秦震十分气愤:

——惨无人道的兽性毁灭!

汽车盘旋而下降到谷底,来到那片火海之前。

秦震一眼望见,一个孤零零的小女孩站在火海前头。

血一下涌上脑袋,猛喝一声:

"停车!"

他大踏步朝前走去,风吹火旺,一股焦辣辣的热气扑上脸来。

无边暗夜,孤苦无依,就这么一个小女孩,披着妈妈的一件白布褂子,光着两只小脚丫。她没有哭,只是一动不动地睁着两只大眼睛,盯着忽悠忽悠的火光。

秦震心如刀绞。

在这一瞬间,从黑地里忽地窜出一个人影,从秦震身旁急掠而过,猛扑上去,一把把小女孩搂在怀里。

秦震过去一看,是一个老兵,他一抱紧那孩子,小女孩便伸出两只小手,一下搂住老兵的脖颈,忽然哇地放声大哭。老兵脸上的泪水也给火影照得一晃一晃发亮。

"你的家呢?"

她用小手指指火场。

"你妈妈呢?"

她用小手指指火场。

"你一家人呢?"

她用小手指指火场。

"你叫什么?"

"我叫圆圆。"

那老兵抱上这孤儿,一扭头就飞快地跑走了。等秦震转过身来,但听见黑地里一片脚步声,而后就一切悄然了。

四

秦震倏然间由回忆一下转到现实。

这是怎么回事?

张凯——吴连长,吴连长——张凯,他们到底是什么关系?

秦震一时捉摸不透。他立即对吴连长说:

"你是老工程兵,请你来出点主意!"

"不,不,半路出家,不过总算从黑龙江到了湖北省。"

"你看,三个小时要把炮弹送到前线,咱们还能照老章程办事吗?"

吴连长未作任何反应。

秦震知道,有个张凯指挥在座,他必有话不便直说。于是回顾张凯:

"张凯,这事得大家出谋划策,你看是不是?"

张凯就额头上揩了一把汗,近似央求地说:

"我的老排长!说吧!……"

怎么,张凯管吴连长叫"老排长"?

吴连长这才慢吞吞说了一句:"首长,……辽沈战役进沈阳,我们是怎么过新民河的?"

秦震脑子霍然一亮,把手往弹药箱上一拍:

"对。你的意思是修个简易桥,减载放空车?我看就这么办!张凯,你去组织人扎筏子运弹药,吴连长你负责修简易桥。老张!这回我得在这儿呆一会了。"

等张凯和吴连长去后,秦震站在那里,一连打了十几个电话:他动员了沿河一带所有部队,一律投入抢渡工作。最后一个电话打完,端起一个大搪瓷缸,一仰脖"咕嘟、咕嘟"喝得干干净净,然后长长吁了口气,他惬意、他舒坦。但一下又若有所思,想起那个吴连长走去的背影,玩味着留下来的深刻印象。心思一转,忽然抓到一个线索——他想到一九四六年冬季,他到张凯所在的那个部队处理过一个人的问题。从张凯对吴连长的反应,并且管他叫"老排长"来看,莫非这个吴连长就是当年受处分的那个排长?怎么,现在张凯成了渡河指挥,他还是张凯指挥下的一个连长?

张凯兴冲冲跑进来:

"副司令,你搬兵求将,调来这样多人马,这就好办了。"

"我又不会撒豆成兵,还不是一方有难,八方支援,人家一个个都奋勇当先……"

"我代表工程兵感谢首长、感谢大家。现在,我得给河那边打个电话。"

现在看来,张凯平顺得多了。

他又瓮声瓮气吼叫起来,不过不是那样急火火,而是乐吟吟的了:

"什么?……什么?……防空,告诉你,兵团副司令在这儿坐镇,这就不用你操心了……你的任务就是组织人手,抢运弹药……一个半小时过几辆空车?……什么?……五辆?伙计!……咱们不能让前线战友拿炮筒子当刺刀捅人呀!……不是五辆,十辆,是五十辆!"他又恢复了他那慷慨激昂的豪言壮语。秦震虽然觉得他在用话压人,但确实有一种不平凡的魄力,在这种时候,这倒是很重要的。因为秦震想到:命令下达了,方案实施了,但一切并不等于百依百顺,万事大吉,还要做最坏的准备。他想到阵地上去,刚跨脚往外走,忽见张凯走到门口又转回来。张凯从顶梁柱上取下马灯,一下变得轻手轻脚,向坑洞一个黑暗的角落走去,好像那儿有个什么秘密。秦震不觉惊奇地跟他走去,他看见马灯照处,在一堆弹药箱摞成的床铺上,睡着一个小女孩,洞内外闹得如此翻江倒海,她却睡得十分香甜,苹果红的小脸上漾着微笑,细小的眉毛动了一下,小嘴巴咂了咂,两个小酒窝跟着蠕动了两下。秦震立刻问道:"怎么圆圆还在这里?""跟地方上联系过,她们那个村子都炸尽烧光,……可怜这个孤儿,给谁供养?"张凯只顾说话,也没注意秦震怎么知道这孩子叫圆圆。秦震心思却一下沉重起来:"天下还有多少孤儿,我们不养活谁来养活?"待还要说话,只见张凯旋风一般转过身连声喊:

"通信员!通信员!"

从黑地里走出一个胖墩墩小战士,答应着:

"有……走吧!"

"你走,走哪儿?"

"跟你去执行紧急任务。"

张凯在他胸口上戳了一下：

"我叫你留在这儿,寸步不移。"

小战士茫然。

张凯向那角落一指：

"你留在这里,好好给我们看好中华民族的后代。"

秦震对于这个看起来鲁莽的人,竟说出如此哲理高深的话,不觉为之惊喜。但从中也领略到,张凯此去,他有破釜沉舟,一决生死之概。秦震大踏步走出洞口,向电台车走去,一看,小吉普、中吉普上只剩下一个服务员,一个译电员,在忙碌工作。他不禁诧异："人呢？……人都到哪儿去了？……"译电员抬头回答："不是你命令一干人等都投入抢渡,难道我们袖手旁观？这是小赵带的头,你可莫怪别人。""怪？我还要传令嘉奖呢！"秦震于是喜洋洋、急匆匆朝河边走去。他眼前展现了热火朝天的场面：桥梁上传来嘶叫声,敲打声,杂沓奔跑的脚步声。待他定睛一看,周围在火热阳光下,到处都是憧憧人影悠忽荡动,有的背弹药箱,有的扛木料。大河边已经堆起小山一样一堆弹药箱,河面上有人撑筏子向对岸运弹药,一时之间,大河之滨已成为工地、战场、火药库了。人们谁也没考虑这儿有多么大的危险,只是紧张、热烈地展开一场大搏斗。

秦震看到自己点燃的热潮如此动人,而热潮一下反过来又推动了秦震。他走到桥头,向一个战士大声喊道：

"叫你们连长来！"

不一刻时间吴连长来了。

秦震屏声问道：

"能不能通车？"

"不能。"

这个少言寡语的人,如此实打实回答问题,秦震立刻感觉到这

人表面看来没有吓唬人的声势,但内心如此沉着坚韧,显然是个忠实可靠的人物,不禁从心里暗暗佩服,就忙说道:

"好吧,我相信你会按照命令规定完成任务的。"

吴连长刚走不远。

张凯突然猛赶上来,扯开喉咙猛喊:

"老排长!老排长!你负伤了……"

吴连长回头答了声:"没事……"就急速跑走了。

秦震一把抓住张凯:

"张凯,这吴连长是不是就是当年受处分的那个排长呀?"

五

在秦震询问之下,张凯讲了一段往事。

那是风雪凄迷的东北战场作战中,当时整个形势还是敌强我弱,我们部队踏过冰冻的松花江奇袭营子街。就是这个排长吴廷英率领一排人,从密集炮火中杀出一条血路,一包炸药炸毁敌军指挥部,决定了这一战的胜利。他突然听到一处熊熊燃烧的屋子里有婴儿嘶哭声,一下冲入将孩子抢救出来,那草屋随着也就轰然坍塌了。婴儿饥饿呀,可是这火场上没有奶水、没有米汤,吴廷英把高粱米饭一口一口嚼成面糊糊喂养婴儿。全屯烧得精光,寻不出一个人影,他只好把这孩子先带在身边。正在这时,他们这个连队接受了押送俘虏的任务,他就把孩子缚在背上走去。半路上休息的时候,他到人家里去拢柴烧水给大家喝,就把酣睡的婴儿搁置在磨盘上面。谁知一个伪装大兵混在俘虏群中的敌军官,心生毒计,拾起一把斧头,朝婴儿劈去,想借此嫁祸大家,煽惑哗变。哪里晓得,在那紧急刹那,吴廷英刚好从屋门里出来,一耸身跳上去护住了婴儿,然后一个箭步猛窜过去,一刺刀把那个恶魔捅死在地。当场亲眼目睹者莫不认为:吴廷英这样做是救了一条性命。谁知在战后评功时,却引起了不小的风波。

连指导员在发起攻击时就负重伤抬下去了,职务由副指导员白天明代理。这白天明是当着众人面讲大道理,而暗地里鼓捣小算盘的人。原来跟吴廷英同班,两人之间发生过计较,因为他偷装了老乡一袋子烟叶,在党小组会上遭到吴廷英揭发,他就把这笔账暗暗记在心里。这回评功前,全排出名炮仗脾气的张凯给白天明叫去作了一次谈话。指导员代表党,张凯对党是说一不二的。一时懵懂,在评功会上就朝吴廷英开了一炮,说他违反了俘虏政策,其理由是:计未得逞,不应处死。可是在举手表决时,除刚补充进来的几个新兵外,老兵中就张凯一人举手。白天明连忙站起来,晃悠着小脑袋,矫揉造作,拿腔拉调地说:

"嗯,嗯,……吴排长是个好同志么,可是,政策是党的命根子呀!……就这样吧!"

散会后,谁也不理张凯。张凯一口气跑进树林子,找个木墩子一坐下就痛苦地抱着头,哗地流下泪来,感到莫大的耻辱。他从来敬爱排长,排长也从来敬重他。可是现在,正是他张凯站出来揭发了他,这不是昧良心么!良心,良心,有时价值千金,有时不值一文啊!但正哭着,却听到地上干树叶子刷拉刷拉响,有个人缓缓走到他跟前,站了一会,而后,一只滚烫的热手抚在张凯脑袋上,张凯抬头一看,正是排长。吴廷英还是那样轻言轻语:

"张凯!党是公平的,一个党员,一切听从党处理吧!"

"可是,排长,你没错,你没错呀!……"

张凯抱住他的两腿失声痛哭。

这遥远历史对秦震简直是突然袭来的锥心之疼,心中如乱云沸腾,一下站立不稳。张凯大惊失色,连忙扶着秦震,秦震却摆一

摆手说:

"不要说了,往后的事我都明白了……"

原来那次会后,白天明就写了个报告,抄写了张凯揭发的言词,对全连无声的反抗却只字不提。报告就这样一级一级送到纵队党委。党委看了当然十分重视,可是,政治部的人都撒下部队了解情况,一时抽不出人手,既然秦震来到那个师作战后总结,纵队党委就委托他就便处理一下。谁知到连队,秦震没见到吴廷英。一问,说带一个班,到深山老林里给伙房砍柴去了,不过坦然留下一张纸条,写道:"人是我杀的,请组织调查处理。"秦震不明其中蹊跷,又突然发生紧急情况,马上要有行动,纵队一连打了几个电话催秦震立刻回去。这样,秦震没顾上跟吴廷英核对,他知道全连护着他,可是他又承认自己杀人,他却没做到吴廷英条子上所希望的那样"调查",只来了个"处理"。当然,是个从轻处理,给吴廷英一个记过处分,立功当然告吹了。

据张凯说,从那以后,张凯与吴廷英的关系就非常微妙了。

张凯这人凭着他那股子闯劲,受到上级赏识,很快就提拔起来,而吴廷英背着那个处分,从此走上一条坎坷的道路。张凯成了上级,他能带着队伍猛打猛冲,可是遇上真正挠头的事,还得请吴廷英指点。

张凯说完匆匆走开了,剩下秦震一个人站在那里,浑身冷汗,陷入深思。

历史,有时是多么宽容,而有时又多么残忍呀!

这是多么深沉的内疚?

这是多么严厉的惩罚?

怎能想到在万里之外的南方,抢桥紧张的时刻,历史中发生过的一个偶然事件,竟如此地深深刺疼了秦震。使秦震无地自容。

吴廷英的厄运是我加给他的。如果我当时细心一些,或者把事情稍微搁置一下,也不致如此呀!

为什么?为什么?在人生的道路上,总有那么些真正老老实实的人受糟害、受损伤呢?——难道这公平吗?而这个不公平正是我所加给的呀!……

六

一种巨大的震动冲激着秦震的胸膛。

一种巨大的悲痛冲激着秦震的胸膛。

秦震一步一步走到木料堆那儿,扛起一根杉木,立刻投入抢险的洪流。本来,作为一个统帅,他用不着做这样具体的事情,但经过刚才心灵上巨大冲击之后,他觉得默默地做点什么心情会舒畅些。桥上铺设简易桥的人们敲锤、拉锯、绑扎钢筋,一片喧哗;桥下加固桥基的人们在凫游,在搬运,爆发出一阵嘶喊。秦震来往跑了几次,突然听到司机小赵喊他,他扭头一看,小赵在搬运弹药的行列里,正背着两个弹药箱,累得低着头,弯着腰,向前蹒跚跋涉。可是,他还咧着嘴笑呢!秦震理解,小赵此时全身浸透了作为一个真正军人的自豪感,于是秦震喊道:

"注意安全呀,小赵!"

"首长别走远,桥一修通,咱们头一个过河!"

正在这时,突然响起三声报警的枪声。

秦震连忙丢下肩头的枕木,用手搭个凉棚,向那灼热渺远的天空望去,果然,看到一架机翼上闪着银光的飞机出现了。他蓦地站立下来,静听前线的炮声。他倏然一惊,怎么?炮声低沉,难道是弹药告罄了吗?!他再一看手表,距离规定的时间已经过去一半了……他想起在襄樊兵团司令部里研究情况时,他跟董天年说过:

"大的阻挠不太可能。就算敌人出动,也正好碰在我们的硬钉子上。"他看看这河,这桥,这一切一切,难道这就是我们的硬钉子吗?另一个回想几乎同时出现,那个露营之夜的思考。于是他冷静下来,"哼!我要是慌手乱脚,那岂不等于甘拜下风吗?做不到!做不到!"他不知不觉竟笑了一下,于是清醒变成了毅力。他十分从容又十分坚定,像跟飞机争夺时间,他向桥头工地上走去。他很奇怪飞机并未俯冲,他就抢先到了工地,他走上桥头,高扬手臂,大声喊道:

"同志们!坚守岗位,决不后退,加紧抢修……"

发自丹田的声音,那样嘹亮,那样震撼人心。是的,立刻把一种大无畏的精神一下传达到每一个人。于是这抢修、抢运的机器照样运转。

张凯风风火火跑来,他倒真是一个哪里危险到哪里去的好领导。不过,张凯刚要指挥所有武器一道开火,秦震却非常威严地喝住了他:

"不要理它,它不俯冲,我不开火,你莫把我的弹药都给我抛光!"

好像这场面一下把敌机镇住了,它没有俯冲,没有投弹,没有扫射,只在头顶天空上一圈一圈兜着圈转。秦震心中一喜,火线上,争得一分一秒,也是可贵的时间呀!他站得更高一些,连声喊道:"莫理睬它,是个不会下蛋的侦察机,莫理睬它!"但他心里想的是,这侦察机会召来轰炸机,我要握紧武器,在最必要的时候,给它个猛轰;现在最重要的是抢速度,争时间,赶到大轰炸之前抢渡。

张凯从秦震的刚果决断中感到,刚才自己过于慌张了,就拔步向桥上跑去,谁料迎面跑上一个人来,和他正撞个满怀,这人是吴廷英。随同他的出现,桥上桥下响起一片欢呼声。吴廷英跑到秦震面前报告:

"抢修完毕。"

秦震又惊又喜地抓住吴廷英的手,回转头对张凯说:

"下命令!——通车!"

这是何等愉快的时间呀!这是何等幸福的时间呀!

张凯向坑洞那儿跑去,吴廷英转回桥上照料通车。

秦震掉转身向张凯追去一句:

"你给我把电话机子搬到这里来,我的阵地在这里!我在这里指挥通车!"

他轻蔑地朝天空瞥了一眼,一看那架侦察机一下飘然逝去了。"你给这场面吓破了胆,你去通报吧!……你们来吧!你们来吧!……这最后一个小时我不会让你们……"

张凯搬来电话机,黄参谋却抢先一步背来报话机。

秦震立刻走下桥头,对准报话机,命令所有火力准备随时对空射击,保护车队过桥,分秒必争,绝不让敌机再炸断我们的桥梁!他那冷峻而严厉的声音,迅速传遍大河两岸所有部队,部队立刻进入临战状态。

秦震从刚才那热烈的欢声中,体味到无边的快乐,他满身大汗淋漓,却感到无比的轻松。经过这一阵紧张忙碌,似乎压制了内心谴责的痛苦,不过,每见一次,吴廷英的形象就更鲜明、印象就更深刻,秦震又一次想起刚才想过的事,暗暗下定决心:我一定要赎回我的过错,我一定要向他赔礼道歉,应该是吴廷英指挥张凯,而不是张凯指挥吴廷英!他想得那样虔诚,想得那样严肃。

一切安排就绪。

弹药已经由木筏运过岸去,只要空车一放过去,弹药就可以运往前方了。

第一辆,

第二辆,

第三辆,

秦震巍然峙立,毫不放松。他忽然看到桥上有个人影,由于近午的阳光异常强烈,有如白色火焰,一下笼罩一切,看不清桥上是谁。秦震擦了擦两眼,看出是吴廷英。

吴廷英在桥上打着手势,一步步倒退,他正在把汽车引过渡桥。

不料,第五辆车刚开上桥头。

"啪!啪!"两声锐利枪响。

这回轰炸机结队而来,从远处天空上传来沉重的、威胁的隆隆声。那架侦察机一下又出现在渡头当空,转着圆圈哼哼叫,好像说:"目标在这里!""目标在这里!"轰炸机一到渡头,就凶狠地向下俯冲。

就在此时,秦震对着报话机:

"立刻迎头痛击!"

炸弹带着怪啸排空而下,与此同时,地面上火网倏然腾空而起,弹火在灼热阳光中闪出千百万点白银一样刺目的闪光,炸弹爆炸开来,河面上一片黑烟滚滚,火光冲天。

秦震身子没有动一下,眼睛没有眨一下,黑烟一下把他遮罩。

突然送来一个惊人的消息:

"一根桥梁炸断,大桥就要坍塌!"

秦震心中一震,随即平静下来,看了一下手表。

张凯喘吁吁地说:"停车——抢修……"

没等他说完,秦震立刻坚决地说:

"不能停车!"

他听到炮声愈来愈低沉,他心中隐隐作痛。

在这一刹那,吴廷英突然从桥上跑下来,他既不报告也不请示,只扬手一挥,一群战士便跟上他冲下大河狂流。

真是千钧一发啊!

炸弹在河里炸起白花花水柱,冲天而起,然后又瀑布一般跌落下来。

在这情况下,这桥能保得住吗?桥保不住又怎能通车?

秦震稳如泰山,根本不考虑这种可能。他只知道他的手必须攥紧,如若稍微松一下,就意味着功亏一篑,全盘皆输。

吴廷英他们一钻到桥下去就不见了。

不过,原来颤动、摇晃的桥梁稳定住了。

从河面上传来吴廷英大声喊叫的声音。奔腾的激流与呼啸的弹火,要把他的声音压倒,但这发自内心的生命的呐喊,终于冲破一切,嘹亮、震响,他喊的是:

"通……车……"

秦震下令继续通车,张凯跑上桥去亲自指挥通车了。

第五辆,

第十辆,

第十五辆,

……

敌机飞逝,一片沉寂。

这沉寂加在秦震心上的压力,比刚才激战时还要强烈,秦震听到前方零星的炮声好像在向他呼唤。

七

一个战士急遑遑奔跑而来。

"报告首长……我们连长,他,他……"

"他什么?"

秦震猛一步扑上去,抓住这战士两个肩头紧紧摇撼。

……………

原来吴廷英扑下洪流,就全力抱住断裂的木桩,拿自己的脊梁顶住桥梁。战士们都跟他一道抱住桥桩,顶住桥梁。卡车通过时,桥梁喀嚓喀嚓地响,就如同几十万斤的山岩,压得人骨头缝都在咯吱咯吱作响。

漩流一直淹到颈部,大家抱成团,形成一股巨大力量。你们,背负着大地和天空的勇士啊!你们在用你们的脊梁顶住了整个民族、国家和革命的命运……最后一颗炸弹火光一闪,吴廷英身子沉重地抖擞了一下,血从额头上涔涔而下。

一个战士拉着他:

"连长!你负伤了,我顶你……"

吴廷英突然凶得像一头狮子,猛力把那战士甩开。

他一动不动地用脊梁死死顶住桥梁,一直到汽车的突突声都消失了,有人觉得他在说话,但已听不到声音,把耳贴到口边,听见他问:

"车……都……过去了吗?"

这个战士失声痛哭:

"我的好连长啊,车统统过去了,你就放心吧!"

吴廷英听罢,身子一软就扑倒在洪流里了。

……………

一小群人从河边走来,他们拽着一件橡胶雨衣当担架,抬来吴廷英。

这太意外,太突然了!秦震心里禁不住一阵绞疼,他跑上去,伏下身喊:

"吴廷英同志!吴廷英同志!"

他望见吴廷英紧闭双眼,石头样灰白的脸上留下一条细细的血痕。秦震心灵深处,像有一把利刃刺透进去,——是的,刺透了……现实难道就这样残酷无情吗?……但他还存在着一线希望,也许吴廷英还在挣扎?也许能抢救过来?……隔一小会,他听见吴廷英微弱的声音:

"首……长!抬我……到……到……到指挥所……"

秦震和战士们一起扯起雨衣,轻轻地、轻轻地把吴廷英抬进坑洞,放在一只竹床上,灯光照亮处,但见,他伤痕累累,血渍斑斑,两眼紧闭,唇如银纸。

突然"哇"的一声嚎叫。

正由于这声音那样娇嫩,那样稚弱,因此特别撕裂人心。小圆圆从床铺上跳下来,一扑扑到吴廷英身上,一种可怕的预感抓住小小的心灵,她哭着喊着:

"叔叔!……叔叔!……"

秦震热泪泫然而下了。

吴廷英的灵魂好像已徘徊于地狱之门,一下又给这小小孤儿的声音唤转回来。他无力地张了一下眼,嘴唇哆嗦了一下,闪出一丝微微笑容——但笑容随即冷却、凝固、消失了,消失了,他的脸上失去了生命的光泽。

像有一阵凄苦的风从秦震的心上卷过去。

像有一阵哀愁的雨从秦震的心上卷过去。

人间——有多少这样的悲剧呀!!!这对于死去的吴廷英是悲剧,但对活着的秦震是更大更大的悲剧呀!

张凯见秦震悲痛不能自已,便连忙抓住秦震的手,他觉得他的手战抖得那样厉害,他们两人相互扶持走出坑洞。

从大河彼岸传来焦灼的喇叭声。

秦震知道这是小赵在催他登程。

谁也没说话,秦震和张凯肩并肩慢慢走到河边。

到了桥头,秦震和张凯紧紧握手,他发觉灼亮的阳光在张凯脸上照出两道湿汪汪的泪水。

秦震说:"我对不起吴廷英!"

"老首长,走吧!"

秦震往桥上走了两步,一个念头忽然升上心际,转过身叫住张凯:

"你知道白天明在哪里?"

"还提他干什么?为了逃避南下作战,他开枪自伤了。"

张凯伸手挥了一下,好像要把什么可厌恶的东西从这个世界上抹去,随即头也不回急急忙忙走了。

秦震独立桥头,茫然回顾。

——人生,漫长的人生道路上,有多少遗憾,是永远永远也无法补偿的呀!为什么让他在这儿见到吴廷英,而又为什么连个补偿的机会也不留给他呀?

他缓缓走过桥,走下桥头,坐上吉普,示意开车。

吉普又颠簸着前行了。秦震不知为什么觉得小赵有点异样,他转过眼来凝视这青年人,小赵再没有那样轻快,再没有那样唱歌,他变得庄严、凝重。

秦震突然听小赵说:

"吴连长从松花江到长江,这是他抢救的第五个孩子了。"

是的,吴廷英的灵魂是圣洁的、是光辉的。秦震突然觉得他没有死去,好像这个渡口不是炼狱,而是永生之门。吴廷英正穿过这道门,大踏步向远方走去,他高大的身影顷刻充塞于天地之间……

第十三章　湖上风云

一

在狂风暴雨的两天两夜里,梁曙光他们奋战在大湖荡中。

那天夜晚离开湖边村镇以后,梁曙光、史保林和老陆都在第一船上。由老陆带路,一只船跟着一只船,弯弯曲曲,静静悄悄地划行着,既没声音,也没光亮,一切湮没在夜的寂静之中。空中弥漫着芦苇和莲藕的清香,天上的繁星像镶嵌在黑天鹅绒上无数闪闪发亮的钻石,船渐渐划入芦荡丛中。两边密匝匝地耸立着芦苇的丛林,水道像一条曲曲折折的小巷子,偶然有一只小飞虫营营叫着从面前飞过,像飘忽的梦一样,一下飘然而来,一下飘然而去,芦苇叶子偶尔打在身上刷刷地响一下。划行两个多小时,在芦苇深处小河汊里隐蔽下来。

湖北这一带,湖套着湖,荡连着荡,无边无际,现在虽然已经进了湖,但还算在边际,离真正湖心还很远很远。

船一泊定,梁曙光就说:

"咱们合计合计过湖的事吧!"

史保林却没马上应声议论大事。

史保林原不是梁曙光所熟知的人。这次师长亲自把这一任务交给他,他就用双肩承担起保证政委安全完成任务的使命。梁曙光头一回和史保林一道行动,立刻感到这人精心细密,处事周详,先就对他含了几分敬意。

这时,史保林心中揣摩的是:能不能战胜湖匪,冲过湖荡,关键就看能不能封锁消息,严格保密,然后大举进湖,给湖匪来个措手不及。于是,他问老陆:

"捕鱼捉虾的会不会到这里来?"

"我选的是个死巷子,没人来。"

可史保林还放心不下,怕万一有人来了怎么办?

梁曙光要马上议论大事,他连忙打断梁曙光说:

"政委!我先布置布置再谈吧!"

梁曙光欣然答应:

"好,你去吧,我们等你。"

史保林身子非常柔韧灵活,像只猫一样一耸即起,一点声响都没有,他一点脚从这只船跳到那只船上走了。史保林果然发现战士们都拥挤在船头船尾,乘风纳凉。史保林旋即召集几个战斗组长计议了一番,做出几条规定:第一,所有战士都下到舱里边,不准讲话,不得吸烟;第二,每只船头放一个隐蔽哨,规定了发现情况后的联络信号。最后,他用严肃的口气说:"隐蔽好是完成任务的第一步,也是决定的一步,万万不得大意!"顷刻之间,他巡视各船,悄没人影,最后才耸身跳回到梁曙光跟前,报告一切已经安排妥当了。

梁曙光深为嘉许地点了点头,随即跟史保林、老陆走下船舱,盘膝坐在船板上,商议起过湖作战的计划。商议完毕,史保林又缓缓提出一条建议,这显然是经过他精心谋虑的:"我和老陆同志在第一船上观察情况,政委在第二船掌握全局。"梁曙光立刻答允:"这样好。"终于他们三人弓着腰身走出闷热的船舱。

梁曙光目送两个黑人影不见了,他一个人站在船头上没有动,只穿一件背心,披着军衣,多么想吸口烟呀,但他摸了摸布袋里的烟斗,想起史保林的禁令,还是忍住了。一旦静下来,就发现这黑漆漆的湖荡夜幕下,还是充满了各种活跃的、骚动的生机。田蛙远远近近的鼓噪有如急雨,大团大团的蚊声有如隐隐雷鸣,不过,尽管如此,湖上还是凝聚着一片静寂,不知什么地方,有一条鱼跃出水面后泼剌一声响,随后又一点动静都没有了。

梁曙光不想睡,连一丝睡意也没有。

他焦思苦虑,忧心忡忡。

他最大的担心是,敌人万一炸毁沙市堤坝怎么办?

他又顾虑在湖荡里和湖匪纠缠,就会丧失时机。

他仰头四下张望,忽见许多萤火虫在飞舞,它们一点声响都没有,却像无数蓝色的小雨点,这里亮一下,那里亮一下,真像个奇异的梦幻世界,一时给他心上带来一阵轻松快感。可是隔了一阵,焦虑仍然从心里往上涌……他仔细想了一下,他的心又驰向陈文洪身边。他掐指计算时间,部队该正以临战姿态行进,而他,却静静站在大湖荡里,等待着天明。这时他真有与世隔绝之感,在今后几天里,将得不到信息,看不见战报,这样,他发现自己已经浸沉在孤独困苦之中了。

…………

一种声音使他一下惊醒过来。原来是芦苇丛中飞起一群水禽。他仰起头来,先听见吱喳的鸟鸣,又看见一片黑影掠过,而后落向远处芦塘里去了。月亮已经升起,照得周围一片绿森森的。正在这时,忽然听到远处有人在吆喝,声音不大,但顺着水皮子滑过来,就像在平静的湖面上投下一颗石子,震荡开来一圈一圈涟漪,愈远愈轻,愈远愈淡。梁曙光立刻警觉地屏息静气、凝眸观察。原来从远方荡来一只小船,船上有一星灯火,在水面上摇曳着长长一条红影。梁曙光心情不禁紧张起来。"莫非在镇上已经暴露了风声,招来湖匪的探子?……"偏偏那灯火随船荡漾愈来愈近。这时从史保林那儿传来轻轻三记掌声,一时间,几只船上的人都急切地进入临战状态。那船却径自咿呀——咿呀地笔直划来。莫非已发现目标?莫非跟踪而至?……那灯影照出木船和划船人的朦胧的轮廓,在这紧急时刻,忽听老陆用朗朗乡音喊道:

"你么事?赶来撞烂了我的虾笼?"

"莫急嘛,你老哥占了宝座,我不来。"

那船带了一个人哼唱小调的声音,拐个弯慢悠悠地划开去了,歌声愈远愈细愈小,终于杳然无声了。

这时,梁曙光才发觉自己出了一身冷汗,他突然感到船身荡漾了一下,是史保林燕子一般轻巧,飘然而来,站在跟前,梁曙光问:

"你们看清楚是捕鱼捉虾的?"

"湖匪哪敢这样明灯亮烛的。"

史保林劝梁曙光下舱歇一下。

梁曙光回到舱里,才发觉两肩已给露水淋湿了。

他躺下来,从舱口照射进来的月光,正好落在他脸上。

他翻了个身,他感觉到有一种苦恼深深渗透他的心,但,这苦恼是什么?只是远离部队的孤单吗?好像还有什么,但一下又理不清。这种年轻时曾经笼罩他心灵的惆怅多少年没有了,而现在却油然而生,无法抑制,难道是因为急于要看到亲人吗?不,他从接受任务以来,还没想过这件事,因为他不相信,在这茫无边际的大湖荡里,会那么巧,遇到母亲。难道是因为所有的人都酣睡而自己孤零零醒着吗?可是,史保林、老陆在第一船上放哨也没有睡呀!于是他无可奈何地又爬起来,到了船头,坐在船板上。露水浇湿的芦苇发出浓烈的青气。

忽然有人把他撂在身旁的军衣给他披在身上,他回过头问:

"谁?"

"严素。"

他一发现严素在身边,突然感到一阵喜悦,可是脸一下红起来,心中立刻自己责备自己,他觉得这是不应该的,甚至是不允许的。

可是,严素却坦然自若,蓦地一笑朝他说:

"我在查房,专查像你这样贪凉爱冷的,这湖水可闪人呢!"

月已西斜,她说完就轻手轻脚又向另一只船上走去了。

二

按照过湖作战部署,他们白天行动。现在出其不意进入湖荡,他们可要大张旗鼓,虚张声势,迷惑敌人了。因为湖网交错,港汊密布,夜间无疑只有对摸熟了地形的湖匪有利。到了白天,他们拉开间隙排成长长船队,全体战士却手持精良武器站在船头,并一路扬言:"解放大军进湖,后续部队即到。"他们以此示形之法,迫使敌人不敢轻易动手。

谁知暴风雨就在这时降临了。

开始乌云从四面八方聚拢一起降落湖心。湖像原来是一个假装笑脸的人,现在突然露出它那狰狞的凶相。暴雨一下把碧绿的湖变成褐黄的湖,远远望去,不像是水波在汹涌起伏,倒像是大片苇塘在上下浮动。前一阵,水面上还有一群一群黑色野鸭在随波荡漾,后来,风卷雨,雨绞风,在黯然失色的空中,电闪像狂舞的龙蛇,带着红赤赤亮光,倏然带来霹雳,那些黑色的野鸭,还有白色的水鸟都无影无踪了。湖面仿佛是一个滚沸了的大锅,湖水凝成一种浓雾向上蒸腾,云雨凝成一种浓雾向下倾压,波涛像经受不住这压力而奔腾咆哮起来。木船在浪尖上颠簸,仿佛随时可给狂风恶浪砸入湖心。

他们在风浪中行驶半日,就在一个小岛上宿营,第二天还是一样险恶天气,他们就在另一岛屿上停泊。

这个岛屿比昨天的要大,距离湖荡中心不太远了。

史保林立刻采取了警戒部署:分派三分之一的人登陆,三分之二的人留在船上策应。在岛中心,他选择了一个广阔的坪场,坪场没有围墙,正面三间房正中一间,敞开门窗,摆上几只竹床,天还没黑,就点燃了两盏明亮的马灯,作为梁曙光的宿营地也就是指挥所。一路上,吆吆喝喝,人声鼎沸。岛上居民不明来历,开始门窗紧闭,无人露面,慢慢就有几个头戴斗笠,身披蓑衣的人趔近前来。一看军人身上背的蓝光瓦亮的冲锋枪,有的忙着在全村布岗放哨,更多的人在坪场与船队之间穿梭般往来,那阵势煞是威风,于是就点头相信了一半。果不然,顷刻之间,风传四方,一传十,十传百,都说:"确确实实是解放大军进湖了。""听说这是打前站的,大部队要从后面跟着脚来呢!"……其实这话都不是乡亲臆测,全都是史保林指使老陆和几个湖北战士放出的风声。

这一夜,是史保林双肩感到最沉重、心下感到最焦虑的一夜,因为他们已经闯进湖匪控制地区。

他相信,来听言语的人,大都善心善意,一面传扬,喜笑颜开,但也有湖匪派来的探子或同湖匪有勾联的人杂混其间。他们一时不知虚实,就当作重要情报暗自传递回去。梁曙光也亲自找了几个人谈话,他们一看是个大官,听口音还是乡亲,实乃喜出望外,于是更加坚信是解放军进湖了。史保林外松内紧,在整个岛上,荷枪实弹,准备万一湖匪动手,就是一场恶战。他一息息也没停过脚,全身雨水淋漓,趁暴风雨掩护,不断在各处巡察叮嘱。

天落黑的时候,老陆急遑遑一脚踏进屋来,拉了梁曙光就走,只激动得说不出话来。

梁曙光兀自一怔,稳坐不动。

老陆连连说：

"找到了！找到了！"

"你说找到了什么嘛！"

"哎呀呀,梁妈妈在这里。"

梁曙光一听就从竹椅上猛站起来。这时雨稀疏了些,电光不断闪烁,他望着那亮光,心中也有光亮倏倏闪耀。他一时说不出话,只觉得心头在突突跳。他嗫嚅地问：

"在哪里？"

"跟我来。"

梁曙光没有动。他立刻派警卫员找来史保林紧急磋商,当即决定,由参谋在堂屋里坐镇,由史保林前去掩护。史保林选择了坪场后头一处密密丛丛长满竹林的高地作为联络哨所,还带了部报话机,以备万一发生情况,好调遣人马进行策应。为了不惊人耳目,老陆只领了梁曙光、严素和一个警卫员前去。四人都披了蓑衣,戴了斗笠,悄悄没入黑夜。

他们走过一些泥泞的田埂,穿过风雨飘摇的树林,来到一个小小院落,走进一间漆黑无光的过堂屋,警卫员就掩身在屋门那儿守着。

一路之上,梁曙光心情万分复杂。一下欢欣,这么多年,风里雨里,黑夜白天,盼望想念的妈妈就要见面了,可一下又顾虑起来,怎么,真的马上就要见到母亲了吗？

忽然发出强烈的渴望：

母亲、母亲,孩儿回到你跟前来了！母亲是什么样,衰老不堪了吗？老人家一定会痛哭失声,我一定镇定,不惹老人伤心……

当老陆附耳说声："到了。"他的心陡然跳到嗓子眼上来,心脏剧烈缩紧、疼痛……

暗地里听到老陆敲了几记门响,原来这堂屋还套着一个房间,先走入堂屋门,然后咿呀一声打开里间屋的小门,梁曙光三人走入小屋,随即掩上门。这屋里黑沉沉的,只黄豆粒那么大一朵桐油灯花,本来十分暗淡,可由于长时间从黑地里走来,觉得那点亮光还十分耀眼,但梁曙光已经掀掉斗笠,甩去蓑衣,急急朝母亲奔去。

三

这是人生最大欢乐与最大悲哀交结的时刻。

对于这一突然时刻的到来,在场所有人中,有一个比梁曙光还要激动的人,是严素。由于女性的敏感和同情,在母子相会的一刹那,她无法抑制,流出眼泪,她简直手足失措,不知道什么时候做一个医生应该做的事,事实上她已经忘记了作为医生的职责,而只漫然渗透在爱的河流泛滥之中。

她看见梁妈妈,竟不像她想象的那么心慌手乱,老人家平静、安详地坐在竹床边。

当梁曙光扑到母亲跟前、跪下,她才一把把他揽在怀中,一头雪白的头发在微微颤悸,还是老人家先开口:"曙光,整整十三个年头啊!""您老人家受苦了!……"一颗泪珠在她眼角上一亮,随即忍住。"不说这个,今天见到就好。"

她颤巍巍站起来,她是衰老了,但瘦骨嶙峋的身子还是挺拔坚韧的。从第一眼一瞥里,严素就感觉到这是一个善良、仁慈的老母亲,不,还不只如此,从老人家那清秀的眉宇之间露出一种庄严神态。是这样一个人,一生一世都承受着苦难,而她又用至深至大的母爱融化了苦难。风霜雨雪,人海沧桑,她过的苦日子,比地狱还黑呀!她流下的泪水,比河流还深呀,而正是这一切的磨炼,使她已不是一般的女性,而是世事练达,人情通透的老人。梁曙光也兀自觉得母亲还是从前的母亲,可是母亲又不是从前的母亲,因为正是他出走以后,母亲走上了一个共产党员的革命道路,如果说她的泪珠里含着母爱,而在她的神态上,却闪耀着革命者的坚毅。

梁妈妈展开眼角的鱼尾纹,仔细地端详着儿子,她轻轻问:

"孩子,你都好吗?"

她那样深情地哆嗦着双手,抚摸着儿子的脸、肩膀,她的动作那样细心、柔和。

儿子终于忍不住,把头埋在妈妈怀里哭了。

梁妈妈说:

"孩子,就是有一件事,我对不住你!"

"娘!"

"我这个老年人活到今天,可没有把菊香养活到今天呀!"

"娘,这话慢慢说吧。"

"不,这是我的一块心病呀,我日思夜想掂量见面时该怎么告诉你。菊香是个好孩子,她是你的朋友,也没定终身,可是你走后她就顶替了你。她比亲生的女儿待我还亲,每天不看我一眼就不放心。有一天下着大雪,白天教了一天学,晚上还可怜巴巴,顶风冒雪跑十几里地来看我,冻得两手发紫。我把她的手捂在我胸口上,这哪里是手,是冰块呀!……她为了我,省吃俭用,积劳成疾。她末后一次到我这儿来,脸像蜡渣子一样白,肿得一按一个坑,她上气不接下气,还鼓着劲劝我:'曙光有一天总归会回来,那时光什么都好了。'她还笑,盼望着有这一天。可是,她没有等到这一天……她临走还在笑……"

梁妈妈没有向儿子倾诉一句自己的酸甜苦辣,当她说到菊香时,却失声痛哭了。

本来由于老妈妈的庄严神态,而控制住了的严素,这时忍不住呜咽一声,一扭身悄悄走出门去了。

暴风雨在屋顶上飞旋扑打。屋里却异常的静,静得连灯芯燃烧爆裂声都听得清清楚楚。

梁妈妈将积压在心中最深处的痛楚都倾泻出来,似乎平静了些。经过梁曙光一阵劝慰,妈妈脸上漾出幸福的笑容。是的,幸福,没有悲伤怎能知道欢乐的可贵?没有痛苦怎能知道幸福的甜蜜?母子俩谈到天将启明,梁曙光忽然想起秦震派严素来检查病情的事,就说:

"兵团秦副司令很关心娘的身体,特意派了军医来了。"

"有贵客,你怎么不早说,快请!"

梁曙光推开门走出外屋,只见严素就那么一个人痴呆呆坐在黑地里一动不动。梁曙光觉得让她一人等这么久,十分过意不去,不禁一怔:

"你没休息?"

"现在给老人家检查吗?要是明天不走,明天再做?"

"我们的任务火急火燎,岂能耽搁,现在就做吧。"

他们进到屋内。这时,梁妈妈在严素眼里完全是另外一个人了,她的两眼是那样温柔明净。她殷勤地握住严素两手。严素觉得那两只手虽是老年人的手,瘦弱、颤抖,但那颤抖仿佛在说:"你看我是多么高兴、多么硬朗!"只有妇女与妇女之间,不论年龄差距多大,一见面就会有一种亲昵之感油然而生。梁妈妈布满皱纹的脸上,闪发出一种光辉。严素从她的眉眼,她的模样,看得出,她年轻时,曾经多么俊秀,这种俊秀现在又像阳光一样映在严素眼里。在老人家用目光从上到下,从下到上的睃巡下,严素这个性格泼辣的姑娘,脸上蓦地泛起一片红晕。是的,她高兴,不知为什么?是为了政委终于寻到了母亲?还是为这位风烛残年而又熠熠闪光的革命老母亲的幸福所感染?

梁妈妈问:"这同志是……"

"我们师的严军医。"

"这叫着拗口,我还是叫孩子,你愿意吗?"

严素把手贴到老妈妈手上说:"我就是梁妈妈的孩子……"

梁妈妈豪爽地把手往严素手背上一拍说:

"见到你,我从心里爱呀,像一朵鲜花一样呵!"

严素羞得俯在梁妈妈肩头,只顾吃吃地笑,而后又连忙收敛笑容,赶紧取出听诊器,量了血压,又听心音。当她小心翼翼地解开衣襟,严素像幼年时摸着妈妈奶头,闻到妈妈身上的温馨似的,一下有点眩晕。她先屈起手指,在老人胸前背后轻轻叩击了一遍,又用听诊器在胸前背后仔细听了一阵,然后,做了全身各部位检查,最后严素站直了身子,她下了诊断:

"心音正常,血压偏低,您头晕吗?还有,就是气管有点发炎。"

"可不,一入冬,就没完没了地咳嗽,人老了就经不住个秋冬了。"

严素打开药箱取药。这里,梁妈妈却向梁曙光打探了几句。等严素转回身,把几包药搁在小木桌上。梁妈妈眼神总是默默随着严素一举一动而转动,这时,突然她脸上流露出一副凄凉神色,抓住严素的手,拉她并排坐下,她说:

"这些年,日里夜里,风里雨里,折腾惯了,就怕一个人没个伴儿。"

她的眼睛又湿润了。是的,她过了多么长久孤孤单单的生活呀!

"开头,我一心一意只想念着曙光,后来菊香又没了。我入了党,可是做娘的这颗心总是空落落的呀!"

"梁妈妈,打完仗我跟你搭伴。"

话一出口觉得失言了,一下羞红了脸。

梁妈妈却说:

"好好,我让你陪我一辈子。"

老人家敞开了心扉,她的灵魂是那样透明、纯净……

这时,屋外的狂暴的风声雨声好像都听不见了,好像这个小屋里是一个幽静而安宁的世界,这世界里只容纳着三个人心跳的声音。

老人说:"我有时想,我老了,怕看不见新的国家了。"

严素:"不,你老人家能活一百岁。"

"能活,能活,孩子你说得对。"

老人慈祥地笑着。

梁曙光看看表,天近黎明了,他欲言又止,心下为难。

十几年的隔绝,一个钟头的相见,而现在又要告别了。

这话怎么说出口,他心里一阵热,眼圈禁不住又红起来,倒是母亲叫了一声:"曙光……"梁曙光就跟母亲说道:

"天一亮,我们要走了,你老人家先在这里委屈一时,我就派人来接你。"

"不,曙光,我是组织上的人,组织会管我,倒是你离家在外的……"说着不免有些凄楚。"说也是,你是队伍上的人,有了灾呀病的,就求医生多照管吧!"

梁曙光笑了。

梁妈妈笑了。

严素笑在最后,她的声音像银铃样响动:

"梁妈妈,我们政委可结实呐,连一天医院也没住过。"

严素和梁曙光互相交换了一瞥,由于她瞒过了辽沈战场上负伤,哈尔滨住院的事,他非常满意,非常感谢。

苦难往往是漫长的,

幸福却总是短暂的。

又是大风大雨,梁曙光心中蓦地出现了当年汉江大桥风雪之夜的往事。而当严素脚踏着泥泞走进暴风雨,她心头升起一丝暖意,一丝暖意。

梁曙光走进坪场大屋,史保林、老陆正等着他。史保林走上一步低声说:

"政委,有情况!"

梁曙光沉静地听着。

"湖匪已经集合了几千人马,要消灭我们。"

梁曙光思虑了一下慢慢说:

"他们没有马上来袭击我们,说明他们心虚胆怯。"

史保林说:

"我也这样想,不过……"

"不过,明天要有一场恶战!"

四

暴风雨过去了。太阳鲜红鲜红的,预示着一个晴明日子的到来。早晨的清风吹过一望无际的芦荡,芦苇随了风势轻轻拂荡,像云影一样这里、那里,一明、一暗,飘浮不定。船从芦苇旁边经过,苇叶还淋湿人们的肩头呢。天空、湖面和苇塘一片碧绿,绿得那样浓、那样酽、那样闪光。船荡着轻柔的湖水,在湖面上拖出一条长长的黑带波波颤动。苇塘里,这时,是一个生机勃勃、充满热闹和喜悦的世界。许多白羽毛的小鸟在唧唧喳喳地鸣叫、追逐、翻飞,无数红色的蜻蜓停在苇叶上,微微颤悸着翅膀,而后突然一起飞去,像一片红霞随风消逝。每一片苇叶上都洒满雨珠,给阳光照耀得熠熠发亮。

史保林站在第一船船头上。

梁曙光站在第二船船头上。

梁曙光为这清亮的湖光天色而喜悦。不过,两个人这时却沉浸在同一思虑里面。因为今天对他们来说是最危险的一天,他们必须经过一个最大的岛屿,才能进一步冲过长湖。从昨晚得到的情报看,湖匪很可能在这岛边进行卡脖子袭击。因此,船队上每个人都做好随时投入战斗的准备。梁曙光两眼盯紧史保林,注意他随时发出的信号。湖上的清凉,在船队缓缓行驶中消逝了,阳光开始灼人,不久就突然暴热起来。湖面的绿色给强烈的反光照得朦朦胧胧,像雾一样发白、发热。芦苇的青气、湖水的清凉,好像也都干枯了;而相反,恰恰从苇塘里蒸发出特别燠闷的热气。

船队来到大片赤裸裸的陆地跟前。史保林一招手带着一组战士纵身跳上陆地,史保林拎着一支驳壳枪走在最前头,其他人在后面拉开距离,他们形成一个屏障,从堤坎高处护着船队前进。

梁曙光从船头举着望远镜瞭望。这片陆地确实十分辽阔,远处有一座灰白色小山,从湖边到小山脚下都是平坦的绿色田野,一切都非常宁静,就像这上面没有任何生物,更不会发生什么意外的狙击。

苇塘渐次退去,湖面变得开阔起来。

忽然,前边湖面上出现了一只小木船,像一支箭头一样飞快地驶来。

它火速向船队驶来,但在距离船队约两箭之遥处停了一会儿,突然又扭转船身,急速驶走了。

小船飞来飞去的速度非常惊人,简直像一只飞鸟。

这显然是湖匪派来探看动静的。

梁曙光向史保林发出准备迎战的命令。

就在这时,梁曙光发现小山上出现了一些人影。人影在猛烈阳光照映下十分清晰,不过,由于距离远,都像一些活动的小黑点子,如同在白色桌面上撒下一把黑豆粒,他们在跳跃、在奔跑。而后,大批人从山上奔下来。人相当多,一下展开宽阵面向湖边跑来。从望远镜里看得清跑在最前面的人,一个个敞开白布褂,露着赤红色胸膛,在摇枪,在吆喝。后面,从那小山上还有人在滚滚而下。

船在加紧速度向前划行,史保林一行人,虽然步履从容,却已严阵以待。那些湖匪既无队形,也没阵势,就是那么乱糟糟一大群,带着嗡嗡的叫喊声,却听不清喊的是什么,只是向湖边愈逼愈近。

空气骤然紧张起来了,就像阳光忽地变成烈火,空气里面充满火药味,只要把引线点燃,整个天空就会忽地爆裂开来。

梁曙光看到史保林一行在此时变成散兵线,史保林一把从战士手里抢过机枪,他伏倒在堤坎上就发射起来,只见那火舌扇面形地猛扫出去。那些跑在最前边的湖匪,突然受了袭击,停了一下。在一刹那间歇之后,他们好像吓呆了又猛醒过来,不过向下弯了身子,也开起枪来。双方的枪声在湖上、陆地上、小山上都震出回音,湖面上的回音是迟钝的,陆地上的回音是清脆的,小山上的回音是空洞的。当双方枪声在火热的空中愈来愈炽烈的时候,梁曙光从望远镜里看到小山顶上出现了几个骑马的人,在那儿站了一小会儿,指划着、瞭望着,好像在商议什么,随后,这几个骑马的人就一溜烟跑下山,赶到人群中来。他们在吆喝,在喊叫,驱赶人们向湖边逼近。

梁曙光根据这情况判断:"他们认定我们是小部队,看模样是要撒大网抓大鱼了!"

史保林很沉着,他不让船上的人参加战斗,他把散兵线拉得很疏散,从各处不同的地方发出枪声,使敌人不知虚实,莫测高深。史保林这个老射手,前进一步,抢占了一块长满蓬蒿的高地,凭着锐利的眼光瞄准敌人,老练地发出点射,弹不虚发,一枪撂倒一个敌人,一枪撂倒一个敌人。只见一个个敌人原来跑着、跑着,突然就像一捆稻草一样栽倒在地下不动了。

天真热。

史保林的帽子不知何时打飞了,他一手把领口撕裂,整个胸脯上全是热汗。

机枪声忽地一声不响了。

梁曙光不觉吓了一跳,

这是多么可怕的宁静呀!

这宁静压碎人的心脏!

原来史保林有意迷惑敌人,等那一个赤着臂膀的人,骑马在前,带领部队发起冲锋时,机枪又格外猛烈迸射起来。在这关键时刻,史保林觉得身子猛烈一震,随后左膀子一阵麻木,血水沿着绽破了的袖筒淌了下来。他十分恼怒,没理这事,只管瞪着两只闪光的大眼睛盯着前方,子弹带像蛇一样急速地转动,黄铜子弹壳像无数黄亮的甲壳虫一蹦一蹦地落下来,在阳光下发亮。肩头的血水一直湿透左面衣襟,然后淌流地下,把草棵染得鲜红鲜红的了。

严素一直背了药箱注视着一切,她的心怦怦跳跃,她的眼光急速睃巡,一发现史保林挂了花,她一纵身猛跳下船,一下没站稳跌倒地下,连忙爬起来,从弹火中穿过去,扑到史保林身旁,伸手制止他射击。谁知平时沉默寡言、性情温和的史保林,突然凶狠地一把把她推开,怒喝道:

"你也不看这是什么时候?!"

他依然不间断地发射,机枪每一震动,伤口就涌出一股鲜血。

严素也发火了:

"我是军医,负了伤要听我的。"

也许是女性特有的威严一下镇住了史保林。他默不作声地把左臂伸给她,脸还紧紧贴在机枪上面,单手紧紧扣住扳机,机枪震得地面尘土飞扬,连蓬蒿都变成枯萎的灰色。

严素一检查,是一颗子弹钻进臂膀,她连忙取出一个救急包,用牙齿撕开,给史保林包扎起来。不料就在这一瞬间,敌方机枪也叫起来了,一股火舌热辣辣封锁住火线,严素见史保林左臂受伤,动作不灵便,就靠着史保林紧紧伏倒地下,由她装子弹带,由他发射。

梁曙光正目不旁瞬地注视着战场,忽然听到有人喊叫他,回头一看,两眼立刻雪亮,原来有意留在后面支援的几只船咿咿呀呀摇将上来了。

那个小山上有个穿白褂子的人,似乎瞭望到后续船只到来,连忙挥了一下手,敌人阵脚立刻乱了起来,而后很快又稳住了。显然是敌人不相信这就是大军进湖了。尽管这几天一路上,史保林、老陆不断放出风声,故作迷阵,然而这时宜昌、沙市还在敌手,这些湖匪还做着江北局部反攻的美梦。因此,他们反而攻击得更加猛烈,妄图火速歼灭船队。

梁曙光见火候已到,立刻果决下令:

"迫击炮登陆作战!"

船还在向前浮动,几个战士扛了炮身、炮座、炮弹,纷纷跳进水里,涉水登陆。

火光一闪,炮弹落到敌阵中爆炸了,一股黄色夹杂黑色的浓烟滚滚升上天空,旋转着像个火球。

湖匪们给炮声吓得乱成一团。

紧接着第二发炮弹,正好打中那几个骑马的人,只见一个人从马背上突然飞起来,不像人,像是崩裂的土块,那匹马高高蹦起,又重重跌下。

梁曙光脸上浮出微笑,仿佛说道:"这一下尝到解放大军的滋味了吧!"

又是几发炮弹发出爆响。硝烟像云朵一样悬在半空,闪着银灰色亮光。敌人整个阵营一片混乱,像回潮的涌浪一样向小山那儿退去。这些人在梁曙光的望远镜里,像乱了营的马蜂群或是蚂蚁窝,退到小山上,然后很快消失在山背后不见了。

这时,严素和史保林发生了剧烈争执。梁曙光跳下船来朝他们那儿跑去。

原来严素坚持要史保林到船上去养伤,史保林却无论如何不肯。他的左衣襟和裤腿染成大片殷红颜色,脸有点苍白,还沾满黑色的硝烟,蒸腾着热汗。他坚持要带着他那个战斗小组,继续在陆地护卫着船队前进。

严素火辣辣地倒竖双眉:

"我要执行战地军医的任务!"

史保林气哼哼地说:

"这点伤算什么?过了湖再说。"

梁曙光从这几天的接触中,对史保林愈来愈加敬爱。他理解,此时此刻,这个表面沉默寡言、性情温顺的人,是怎样也执拗他不过的。于是,就向严素使了个眼色,便顺着史保林的性子说:"好,一言为定,过了湖就休息。同志! 在伤员面前最高的首长是军医呀!"也就给严素圆了场。

中午过后,他们离开岛屿,进入长湖。

离陆地远了,茫无边际的苇塘也消失不见了。大湖茫茫荡荡,由于太阳西斜,已没那么强烈的反光,湖面变成深蓝色,柔和、轻缓,在小风里微微抖动,像刚从染缸里取出的蓝色丝绸,这丝绸一直迤逦向远方,与看不清楚的淡蓝天空连接一片。

湖匪挨了炮击,以为后续大军来到,没敢再轻举妄动,进行骚扰,只在湖上放几只船,时出时没,不急不缓地从远处追随着、监视着。

　　所有战士一齐动手，奋力划船，船像一条条大鱼在一俯一仰，急速浮游。湖上发现白色的长翅膀的鸥鸟，在上下翻飞了，一阵阵喜悦掠过每人心头。再向前，又看见一群张着白帆的小船，在悠荡着捕鱼。

　　当晚霞把湖面照成一片紫色，他们来到一个水上集市，湖中有些高脚竹屋，很多很多木船、舢板拥挤在竹屋下面，有卖米的，有卖布的，有卖烟油杂货的，卖鱼虾、卖菱藕、卖竹笋、卖青菜的。雪白的嫩藕摆在碧绿的大荷叶上，真是好看。一阵阵喧哗迎面而来，一阵阵清香迎面而来，好一片热闹的水上集市。梁曙光率领着满载欢乐的船队一直划进木船、舢板阵中。狂风暴雨从他的心头上飞掠过去了，最大喜悦与最大悲恸从他的灵魂中消失了。史保林、严素都是北方人，那些小贩手上举着的扭摆身子的活鱼使他们感到新奇可喜。梁曙光只默默微笑着，从南下以来一直瞭望着而一直没有见到的故土的水乡，一下见到了。何等的甜蜜！何等的温馨！落日余晖在他的脸上像涂了一层淡淡的红色，他的两只笑眼里闪耀着获得了至高无上的幸福的光辉。

第十四章 启示

一

陈文洪心里像燃烧着一把火。他率领部队渡过大河后,以一日一夜急行一百八十里的速度,向长江方向猛进。他的位置在尖兵连后面,便于直接掌握情况,亲自布置战斗。这个尖兵连就是牟春光所在的那个连队。

可是,他们与迅速退却的敌人之间总差半日距离。陈文洪像从苍空中俯冲而下的鹰隼,他这时有一种强烈的欲望,决不能让它的捕获物逃脱,可是狡兔闪避逃窜,鹰隼一时之间不能得逞。几天来他很少说话,他和大家一样徒步在火热的地面上奔驰,在污秽的河流里跋涉,个人的忧愁,战友的苦难,都排除在九霄云外,他全部神经、器官、血、肉和生命都集中在一点上:一定要抓牢敌人,一定要消灭敌人。

一百八十里地,日夜兼程,没有停歇,没有喘息。

他们为了走直线,抄近路,蹚过了四十八条河流。

这是什么速度?

是箭的速度,

是风的速度,

是光的速度。

陈文洪没有骑过一次黑骏马。黑骏马如解人意,在严酷火热中,偶尔喷一下响鼻,只顾奋迈四蹄。天愈热马虻愈猖狂,叮在马身上就如同一根铁钉牢牢钉在墙上。马激怒起来,一下猛转回脖颈咬着胸脯,一下紧甩尾巴打扫着腹背。人们忘记炎热,忘记灰尘,一任汗水黑糊糊湿透全身上下,一路走过,在浮土上滴下一条条汗水的印迹。陈文洪看见这些水渍,不无心疼,但还是咬紧牙关,穷追不舍。这是战争中最精微奥妙的时刻,稍纵即逝的时刻。只有一回,前面队伍正在下河,他站在路边等待,万里无云,赤日当空。他忽然发现路边小草棵下有一点阴凉,就这点阴凉使他如饮甘泉,一阵凉爽,于是他把脚伸到草棵底下去,可是小草太小了,又能容纳下什么?他突然恼怒起来,好像为了这一刹那间的感觉而羞惭。他把两只松散下来的裤筒重新挽过膝头,扑通扑通冲进河水。由于过河人多,河水早已荡成污浊的泥浆,它既没有了清凉,也就没有了快感。他紧紧掌握着先头连,他要用这一个连首先咬住敌人,扭住敌人,死死不放,只要这一点做到,他就可以撒网打鱼。求战的渴望确实像火,他全身每一个细胞都为此而焚烧。

  牟春光一头扎在急行军行列中。

  不过,牟春光他心中不敞亮,窝着火,他一面走一面问自己:

  "难道是这南方的苦热把我熬煎坏了?"

  他坚决地摇摇头。

  可是仰望了一下太阳,赤日铄金,光线那样咄咄逼人。

  "难道是我怕这进军的艰苦了吗?"

  他更坚决地摇摇头。

  牟春光无意中从脖颈底下撸了一把汗水,愤怒地摔在地上。

  但,在他心中确有隐隐的疼痛。

  他跟岳大壮怄的气还在灵魂里升腾!

  然而,他想自己还不是那种心胸狭窄的人,于是他捐弃一切他称之为"个人恩怨"的东西。他带着尖刀班走在前头,他默默计算着他们行进的里程和涉渡的河流,他觉得前面有一点灼灼闪光的亮点,每走一步,就近一点,那是什么?那是希望。

有一回,一个侦察参谋骑马跑回向师长作报告,然后又骑着马往前方跑去。当他沿着部队行列跑时,突然一眼看到牟春光,就连忙勒住马;马跑欢了不甘心停脚,只在那儿扭着身子打转。那参谋也没下来,只从口袋里取出一件什么,弯下身递到牟春光手上,年轻的参谋说:

"牟春光,这是严医生下湖荡前让我交给你的。"

牟春光一看是封信,这哪里是看信的时候,就把信装在上衣小口袋里。再看那侦察参谋,已经扬鞭飞马而去,不久就没在一团飘浮的热气里不见了。

前面,突然响起枪声。

一听见枪声,人们精神立刻振奋起来。陈文洪一阵风一样跑到最前面来,牟春光喊道:

"泥鳅到底抓到了!"

陈文洪大声吆喊:

"跑步!你们连的任务是紧紧咬住敌人,不能让它脱钩!"

他们在宜昌和当阳之间抓住了敌人。

二

电台上来了。陈文洪选择了一处竹木浓荫的山顶,设立了指挥所,除正面少数部队钳制住敌人,他派出两个团的兵力进行迂回包围。从俘虏那里知道,被包围的是两个团和一个保安营。他立刻把这一情报报到兵团前指,很快收到兵团前指的复电。如果说在追击途中陈文洪像个火人,现在在阵地上他像一个冰人,他那样冷峻地注视着瞬息万变的战场。他不断通过电话，向前面作战部队了解情况，随即发出新的指令。无需用望远镜，整个战场就展列在他的眼前。敌人被围困在一片大的洼地里，那里有稻田、树林、竹丛、田舍，但终究是洼地，一切都暴露眼前。马匹拉着炮在急速移动，荡起滚滚尘烟，他们似乎一直没有寻到合适的阵地，一会往这面跑，一会往那儿跑。在前沿对峙的双方，展开火力狙击。尖锐的枪声，像撕裂一块一块布帛，清脆、响亮。我们的炮兵开炮了，敌人接着也开炮，阵地上立刻飞起大团大团的黑烟。恰在此时，天气骤变，可能是从长江上吹来浓雾。雾一刹时间，遮天盖地，笼罩一切。陈文洪心脏猛地一缩，他用望远镜观察，镜片模糊了，洼地消失，雾漫的天地像蒙了一层黑玻璃，在这上面除了一闪一闪的爆炸火光，连声音仿佛都给厚厚重重的铁壁包裹起来了，低沉、喑哑。

对方会利用大雾的掩盖而逃脱吧？

陈文洪火急地打电话命令各部队加紧包围、分割、歼灭。

他严厉地叮咛：

"看不见射击目标，就近战肉搏！"

不料就在他打电话时间，一阵急促的枪声就在他所站的小山脚下爆发了。我们的部队忽地像退潮一样一下退了下来。战局危急！！！敌人利用大雾的掩蔽，出其不意地发起一个反冲锋，搅乱我方阵脚，以掩护他们的大部队逃脱。

雾愈来愈浓愈重，光线骤然昏黑。

正面退却下来的部队中有牟春光，他懵懵懂懂，给人群簇拥，脚不点地，也急速奔退了下来。他忽然一抬头看见了陈文洪。陈文洪从小山上一步一步走下来，本来沿着山坡有一片杂木林可以掩蔽身体，但陈文洪不是从那儿，而是从石块嶙峋的正面走下来，迎着敌人走下来。枪弹在这里开花，发出各种各样奇特瘆人的呼啸，而后崩裂开来，横飞的弹片冰雹般纷纷坠落，密集的子弹如同蝗虫一样营营飞鸣。牟春光一下清醒过来,忽地出了一头冷汗,他一眼盯住师长,一阵浓烟飞起,师长不见了,待到烟雾飞散,师长依然一步一步向山下走,向他近跟前走。牟春光感到无限羞耻,几乎流出眼泪。陈文洪看见了牟春光,不但对他毫无责备之意,好像还迅速地朝牟春光看了一下,他那冷冷的目光,紧闭的嘴巴,使他全身上下充满一种压倒一切的威力。

陈文洪透过迷雾,看见从洼地里不断向这儿冲过来的人影,他不无赞赏地品评着他的对手。

他们巧妙地选择了时机,做出了极其正确的决断……

陈文洪只那样一步一步向敌人冲锋部队那里走去。

他无意让战士们看到他,不过,他们都看见他了,看见他正在一步一步向冲锋的敌人前进。

这时,他听到矮小而精壮的牟春光发自丹田的呐喊。

一霎时,他看见很多白闪闪的刺刀,笔挺向前。

雾大团大团像乌云样飞着。

这些白闪闪的刺刀发出铿锵击响。

退潮一下又升腾为一阵更高的浪潮,涌起来,砸过去,浪花飞溅,浪涛汹涌。

这像是正义与邪恶两种威力的格斗,而正义的威力终于战胜了邪恶的逞强。

三

陈文洪师干净彻底地歼灭了敌人两个团一个营。

捷报飞到兵团前线指挥部,秦震立即发出号召:

"抓紧时机,打开过江的门户!"

陈文洪率领部队立即急速前进,把打扫战场的事撂给后续部队。他们猛插荆门、沙市之间,一举切断了敌人向沙市退却的道路,从而割断了江北两大堡垒沙市、宜昌之间的联系和策应。

牟春光一直陷在深深的耻辱与苦痛中,他为在大雾中没有狠咬着敌人而且退却下来的事而无颜见人。一个战士,当他由于自己失误而造成战场过失的时候,他严峻地责罚自己的心情是比别人的斥责鞭挞还要厉害百倍、千倍的。特别是陈文洪在那决定生死的关头,那一步一步向前跨进的脚步,就像一下一下都踏在牟春光心上,他的心不能不隐隐作痛。因为陈文洪没有斥骂他,从他身边过时,只稍稍看了他一眼,那是震撼他心灵的一瞥,好像在质问他:

"牟春光!你怎么没有咬住?我让你狠狠咬住,你没有狠狠地咬着呀!"

当他们一班人看到长江时,全都欢呼起来,牟春光没有欢呼,没有笑意。

长江白哗哗的,在阳光下闪出耀眼的亮光。它刚刚穿过三峡,奔腾呼啸,喷涌而出,那钢铁一样灰蓝色的江流,以惊人的速度在飞旋,在狂泻,这是多么神情激荡、气势浩瀚的江流啊!中国的母亲的江流。可是,此时此刻,母亲的情感是多么错综复杂,思绪万千呀!自从盘古开天辟地以来,它流过多少乳汁,又流过多少血泪?她好像来不及改换心境,她一刻钟以前在上游还冲击着人间的苦难、熬煎、饥馑、死亡,而现在陡然一眼看到辽阔的楚天楚地,换了人间。她似乎在喘息,想平静一下,甚至想泰然微笑,但不能够,上游苦难的激流又推涌而来,于是,她来不及向远方来的亲人打个招呼,就浪涛旋卷,波光闪烁,漂流而下了,像在焦灼地颤悸,又像在欢乐地颤悸。

牟春光看见敌人的飞机在高空盘旋,炮舰在江面游弋,一股怒火从心底涌起。他不允许！这些东西虽已失魂丧魄，却还大模大样，好像还在藐视我们，蔑视我们，认为我们对他们无可奈何。

这是挑战！

牟春光心里说："长江不再是你们的,是我们的,是我们的了。"

他把一腔怒火,千般恼恨,都凝聚在一点上:杀过长江！可是,长江像大海一样,茫无涯际。他仰天一望,只见几只雪白鸥鸟在悠悠蹁跹。此时此刻,他多么羡慕它们呀,要是自己能插上两只翅膀飞翔过江,该有多好！

他猛然听到一阵说话声，一下转过脸来，但见陈文洪和一个白髯飘拂的老人家，边走边说，后面跟着一个戴斗笠，穿着肩膀头有块白补丁的粗蓝布衣的年轻妇女。陈文洪远远看见牟春光就招手喊叫起来:

"你们看看谁来了？"

大家一下拥过去围拢了他们。

陈文洪按捺不住心头高兴,向大家喊叫:

"送我们过江的来了！"

老人家手上举着根斑竹杆的小烟袋，黄铜烟袋锅下垂吊着一只青布绣花的烟口袋。他把长长的白胡须一抹说:

"这远近几百里都管我叫老长江,早些年在江上送过红军。这几天,国民党兵败如山倒,山倒了还要造孽,为了不让你们过江,把沿江一带船只,烧的烧,沉的沉,白天黑夜,鸣枪喊叫,搜船抓人。亏得我这闺女有心计,跟我谋算,船都遭毁了,谁个送大军渡江,我们约会了几家船户,在江汉苇塘里偷偷藏了几只船,在等你们这些红军的后代。"

江风瑟瑟,吹得老长江的白发白须拂拂飘动,他那赭红色的脸膛上洋溢着旺盛的精力,闪烁着青春的光辉。女儿在一旁没有言语,听到父亲对她的夸奖,斗笠下簌簌颤动着细长的眉眼在笑。

牟春光心上的冰块一下溶解了,他满怀激情一步跳过去,抓住老人家两手说:

"我们立马过江!"

"小伙子,有心胸,有志气,过!你们瞧,不都来了。"

牟春光顺着老长江的手一看,一排大木船已沿着江边划了过来。

陈文洪发出命令:"六连立刻过渡,抢占滩头阵地,掩护大军过江!"

六连长果决、嘹亮地回答:"六连坚决完成渡江第一船的战斗任务!"连长的声音好像发自牟春光的肺腑,他感到振奋、激动,心想:"将功补过的机会来了。"他甚至对师长投去感谢的眼光,因为他所希望的终于得到了。他随即集合全班,在连长指挥下,一条线一样向江边奔去。

战士们一踏上船,就猛觉得船在剧烈晃荡。长江的浩瀚的声势和强大的浮力似乎在警告着、吓唬着这群北方人。使牟春光高兴的是,他们班排在第二船上,第二船掌舵的是老长江。他看见这位鹤发童颜的老人精细而机敏地察看了风向和流速,解开纽扣敞开怀,露出赤铜般红的胸膛,他那久历风霜的身子骨坚实、硬朗。他从容地从裤腰带上取下一个被摩挲成血红色的小葫芦,拔出塞子,一仰脖连着喝了四五口酒,满面春风地对战士们睐了睐笑眼,见他们都抱着枪安稳地顺序坐下,他一纵身,像蜻蜓点水一样跳到船尾,掌着舵把,船立刻投入江涛,随着波涛起伏荡漾起来。

很怪,第一次渡江的牟春光只听到水流拍着木船发出空洞的声响,却不见船向前移动,他很久很久辨不出这是怎么回事,后来他猛然回头一看,原来离岸已数里之遥,连堤岸也已消失不见了。

江面上,太阳火焰一样炙人,从水浪中卷出潮湿的热气。

敌人已经发现渡江的船队。一架飞机猖狂地仗恃着大江上漫无遮拦,竟呼地一声从船上面低低掠空而过,像一只被寒风抖落的叶子,还没着地又给旋上天空。牟春光屏住气,紧紧盯牢第二架飞机,他组织好战士,但等飞机俯冲,就一起开火,谁想时间太急促了,枪声未响,飞机已经带着一串火闪闪的弹光飞下来,打在江面上,如同在绿纸上画下的一条白色虚线,随即跟着虚线的每一点跳起很高很高的浪花。与此同时,所有枪支一齐开火,在炽烈的阳光下,就像炸开来的焰火,只见无数银点、金点在高空里急急闪烁。

飞机刚像一阵飓风一样旋卷过去,原来隐蔽在江面朦胧反光中的三只炮舰,也一起向船队驶来。不过,这时我们的船队已经抢入江心,风吹浪大,波涛汹涌,一下把船推向高高的浪尖,一下把船旋入深深谷底。六只升起风帆的船,从远处看就像六只斜着翅膀在水上飞掠的白鸥,满帆风把船帆吹得鼓胀胀的,船在闯过江心呢!飞机在盘旋哀鸣,炮舰上先露出几朵银灰色的烟团,而后,炮弹带着奇怪的啸声在船队周围爆炸开来,炸起来的水柱像喷泉一样发出雪白颜色向上冲起。猝然间,一块弹片正正打在老长江胸膛上,牟春光见他身子陡然一震,暗自叫了一声:"不好!"牟春光猛扑上去,抱住老人。血像唧筒里喷出的水一下溅满牟春光胸襟。船只失去了控制,可怕地倾斜起来,眼看浪涛要拥上船,把船淹没。浪更急,风更大,炮弹在四周不停地爆炸,在这千钧一发的时刻,老长江忽然把白髯一泼洒,猛然从牟春光怀抱中挣脱,把整个身子扑在舵把上,两眼闪着严厉的目光,江浪顽强地要把船覆没激流,把人葬身鱼腹。老长江用尽全身之力,摆正航向,船如同离弦之箭,越过江心向南岸飞去。

老长江不行了,他软弱无力,沉重的身躯从舵把上往下溜。

"爹!"

那个戴斗笠的女儿冲上去,接过舵把子。

老人家的脸发青发白了,他最后看了他女儿一眼,想说什么没

说出来,就猝然倒了下去。牟春光撕裂人心地喊了一声:

"大爷!"

船队在这时乘风破浪,直冲彼岸,风帆却刷刷地降落下来。岸上敌人的江防工事里,泼火一样地向突破天险、从天而降的部队猛烈扫射,船来不及拢岸,船上的人都急匆匆跳下水去,一面开枪射击,一面涉水登陆。

牟春光离开船舱时,对老长江的女儿说了半句话:

"想不到他老人家……"

没想到那年轻妇女那样刚强,只一把把他推下水去,说:"老人常说,从前送红军往北送,就盼着什么时候往南送。爹死得值!"

江岸上的枪声召唤着牟春光,牟春光一下水,江水从岸坝上反冲回来,浮力特大,差一点把他冲倒,江水来回荡漾,一下淹到膝头,一下淹到腰际,他连忙蹦跳着身子往前跑。当他投入格斗时,回过头朝江面望了一眼,他看见那个戴斗笠的妇女孤零零一人站在船尾上,两手伸出收拢,收拢伸出,敏捷地扳着舵把,掉转船身,向烟波浩渺的江波上飞驶而去。

她载的是欢乐?

她载的是愁哀?

不过,老长江的女儿没有在战士面前流一滴眼泪。

四

经过一场激烈的格斗,六连终于夺取了大军渡江的滩头阵地。

望着阵地上袅袅硝烟,熊熊烈火,一时之间许多纷繁复杂的意念都涌上牟春光心头:南下路途中的红旗招展,锣鼓喧天;得到解放南京的消息时游行火炬熊熊燃烧,进入武汉时大街上欢乐的人群,这一切令人何等眉开眼笑,何等喜气洋洋;而后,暴风骤雨,酷暑炎阳,露营夜晚的痛苦与烦恼,蚊虫像雷鸣一样的袭击,泥泞、汗水,这一切和同岳大壮的争吵搅缠起来,像迷雾笼罩着他。他喘不过气来,但他又感觉到所有这些都迷迷糊糊、懵懵懂懂,只觉得懊恼、痛楚。

硝烟渐渐飞散了,冲净了,但空气还是那样辛辣呛人,他感到一阵不安。突然之间,那个老长江的女儿渐渐远去的身影又出现了。从始至终,除了老人夸奖她时,她那细细的眉眼笑过一下,还有就是临了时说过那一句话。可是这一句话现在像圣水在冲激牟春光心上的污垢。她,就是她,穿过泥泞、汗水、暴雨、热雾,正是她真正描画出中国南方一种美的神姿。

她图的什么?

忽然之间,在牟春光的脑子里,这个遥远的南方的女儿和那个遥远的北方的女儿——他的妹妹春玉融合成为一个形象了。他记起侦察参谋递给他的那封家信,他把武器擦拭干净,放在壕堑的胸墙上。他从左面小口袋里掏出那封信,信给自己的汗水濡湿了,信给老长江的血水染红了。他靠在堑壕边,不知怎么这样一个粗壮的人,在拆开信封时手指竟在索索地颤抖,他急速地看这封家信,这是妹妹春玉写的信:

哥:

爹妈都好,老人叫我给你说几句话,解渴不忘挖井人,好男儿志在四方,让你走到哪儿也别忘记咱家喝西北风的苦日子,别忘了吃地瓜央(秧)子、吃野菜叶子那当事,你要吃大苦,乃(耐)大劳,解放全中国。哥,我已经是一个优秀的拖拉机手。

妹 春玉

一股温暖的细流忽然从他心灵中流出,它像春天的小河一样泛滥,它冲刷了杂草和淤泥。他特别哆哆嗦嗦地又看了最后一句话,"我已经是一个优秀的拖拉机手"。而偏偏在这句话那儿给老长江的血水染红了。他觉得他在老船工女儿和妹妹这两个妇女面前感到羞耻——这些天的烦闷、苦恼,难道只是由于跟岳大壮的冲突吗?不,他畏难了,他怕苦了,他的意志萎靡了,他的精神颓丧了:"南方!南方!我宁可过冰山,也不愿下油锅。"这是这些天磨煎着他,而他又不敢正视的真实思想。"我算什么英雄!我还不如两个单薄的女子……"他惭愧,他不如老长江的女儿,也不如妹妹春玉。他仿佛看见她们俩人明亮的眸子凝然注视着他,他找到了那天大雾中他为什么溃退下来的真正原因。他慢慢用手抱住自己的脑袋,流下悔恨的眼泪。

连长嘶哑的声音惊醒了他:

"敌人反攻上来了!"

牟春光擦干眼泪抬头一看,敌人已经压上阵地前沿,黑糊糊一大片,他已经看清楚走在前面的每一个人的脸面,听清楚走在前面的每一个人的脚步。他注视着走在前面的每一个人端着的冷冷的冲锋枪枪口,拔脚向连长跟前跑去:"连长!我看有一个营!""冷静,来一个营就消灭一个营!"战壕里开始有人移动,有人准备开枪,都给连长凶狠的喝声制止住了,工事里一下变得鸦雀无声。敌人已经下定决心,不准渡江部队站稳脚跟,他们派出十倍之众,黑压压像一片乌云向前滚卷,也不放枪,也不叫喊,只是向阵地逼近来、逼近来。

耻辱和自尊是相联的,如果说自尊能变成力量,那么耻辱可以使人觉醒。牟春光从觉醒中生发出特别巨大的仇恨,他的下颚咬得紧紧的,身上每条肌肉都像绷紧的弓弦,两眼锐利闪光。他用牙齿拧下一枚一枚手榴弹盖。敌人那些狰狞的、像野狼一样的形象愈来愈清楚了,仿佛听到他们喘吁声。牟春光如同看到非常肮脏的东西,从心里感到厌恶。正在这时,连长挥了一下手,我们阵地上的机枪叫响了,牟春光随即扔出了手榴弹,他扔第一颗时心下喊道:"为了俺爹俺娘!"他扔第二颗时心下喊道:"为了老长江!"他扔第三颗时心下喊道:"为了我妹妹!"他扔第四颗时心下喊道:"为了老长江的女儿!"噙在眼窝里的泪水流出来,他不去擦它们,他一任滚滚而过的浓烟和泪水粘在一起,在脸上抹出一道道黑色印迹。他只顾一个劲扔手榴弹。正面的敌人,突然退潮一样一下停住,在一片火海中,似乎在犹豫:是前进?是后退?这时左翼上出现了危机,那儿胸墙上忽然像竖立起黑糊糊一堵墙,敌人一个个跳进了堑壕。

连长猛喝:"二班上!"嘶哑的声音此时特别震撼人心。牟春光带领那一班人顺着堑壕急急跑过去。牟春光猛然发现一个瘦小的、两只眼睛从钢盔下面凶狠狠突露出来的人,活活像一只野狼,正从胸墙上跳下来。牟春光一跳一丈多远,一下抱住那人,牟春光那粗壮的身子把那人猛压在底下。那人劲头不小,一个猛劲翻过来,又把牟春光压在底下,抽出一把寒光闪闪的匕首向他猛刺。牟春光咬紧牙关,用尽全身之力卡住敌人的手腕子。这时堑壕内外许多人紧紧搂抱一起,打成一团。大股大股的黑烟在阵地上飞,太阳给黑烟遮住,只像一个白惨惨的圆圈。正面敌人趁势又往上冲了,爆炸声在震响,火花在闪烁,这场厮杀真是"利镞穿骨、惊沙入面。主客相搏,山川震眩。声析江河,势崩雷电。"牟春光经过一阵猛力的决斗,终于骑在那人身上,抓起丢在地下的一支冲锋枪,向那人脸上一阵猛砸,粘滋滋热糊糊的血水溅了他一脸。经过一场肉搏,将跳进堑壕的人杀得尸骨狼藉,血流成河。后面的人吓得猛一转身,顺着斜坡,有的跑,有的滚。牟春光杀得性起,一蹦蹦上胸墙,又开两腿,胸口上顶住一挺轻机枪,紧抖全身,猛烈扫射。由于左翼突破受阻,正面的敌人也狼狈逃窜了。

牟春光瞪着血红的两眼拔脚想往下冲,却给连长喝住了。

西下的阳光已经有点黯淡,阵地上的火舌显得发红发亮了。坑坑洼洼的地面上,横七竖八地堆满死尸和伤兵,伤员大声发出痛苦的呻吟。牟春光最听不得这种声音,他轻蔑地咒骂了一句。恰在此时,他机灵地转动眼珠,发现一个目标,他立刻跑到连长身边,连长震聋了,他趴在耳朵上喊才听清楚。连长点了点头。牟春光就轻巧地跳出堑壕,像一只壁虎一样身子伏地迅速爬动着,向一个尸体爬去,所有阵地上的人都把眼睛盯牢他,他一跳回堑壕里,就放声大喊:

"是个大脑袋营长!"

大江被染成一片暗红色。战士们一个个本来像火人一样,骤然给清凉的江风一飕,胸襟是那样舒畅。红色变成紫色,紫色变成黑色,而后夜幕缓缓垂落下来。经过鏖战之后,四周显得特别宁静,好像连长江的滔滔声也从宇宙中消失了。牟春光觉得浑身痠疼,他把脊背靠在水泥工事的墙壁上,闭拢两眼。不知过了多少时间,一惊醒来,他沉思了一阵,从军衣口袋里慢慢掏出那封信。此时,半边残月,幽暗朦胧,他已辨认不出信纸上的字迹,但是他看见了老长江留在信纸上那块深深的血渍……

五

经过请示,兵团前指同意,陈文洪师留下六连所在的团队,支援六连坚守滩头阵地。他率领另外两个团和炮兵部队沿江东进,直捣沙市。

这时,整个大军在消灭江北敌军主力后,分兵两路:一路西向宜昌,一路东击沙市。兵团前指电报一到前方,东西两路,火速奔驰,展开竞赛。

陈文洪面临决战,全身热气腾腾。他在前面一边急急趱行,一边掌握情况。侦察兵骑着马,挥汗如雨地赶到他面前报告:

"敌人企图炸断前面桥梁。"

这是陈文洪最怕的。因为如果桥梁炸断,就要迟滞前进,就不能赶在拿下宜昌之前拿下沙市。他曾经在军用地图上反复衡量过,从距离上说,如果他不能先拿下沙市,那只能是他的无能。可是他也清醒地料到,敌人会想方设法阻挠他们,以迟滞时间,争取最后一刻炸毁沙市堤坝,那就会"为山九仞,功亏一篑",那将是多么巨大的危险!他听了侦察兵报告,立刻跑到前卫连前面,猛喊一声:

"停止前进!"

他自己翻身上马,像一只飞箭一样直冲桥梁而去。

他一上桥,就看见一包炸药已经点燃导火索,导火索上咝咝冒着白烟,迅速向炸药包烧去。

他跳下马,举起从一个战士手上抢过的刺刀,一挥斩断吱吱燃烧的导火线,飞起一脚,把一包炸药扑通一声踢落河里。

连队像飓风一样欢呼着通过桥梁。

平坦宽阔的大路上,一边是急急奔跑的步兵,一边是隆隆前进的炮兵。

炮兵队里一个驭手,从车辕上站起来,紧紧拢住缰绳,狂舞着皮鞭,纵马飞奔。六匹一色大红马,经过狂风暴雨、炎阳骄日的磨难,而今飞扬着鬃毛,翻起来的蹄铁和汗湿的身子都在闪闪发光。它们拖曳着那漆成橄榄色的炮筒,在车轮颠簸下上下颤动着,好像正在为了打破久久没有发炮的苦闷而跃跃欲试、一显身手。这马和炮的心情就是岳大壮的心情。

岳大壮这个轻言轻语、一说话就脸红的人,有点闷气,为什么?

不,不是因为跟牟春光的两场冲突,不过两场冲突在他心里确实留下创痕,令他伤心。这几天内,他前前后后仔细寻思:自从在火线上被解放,他和牟春光就相处得很好,他喜欢牟春光对人热火一团的正直、义气。他曾跟别人品评过:"这人,到了关键时刻,他为同志能两肋插刀。"没想到那天炮车深陷泥塘,他一时心里窝火,便和牟春光顶撞起来,事后寻思起来挺后悔。不过,那露营之夜,牟春光竟那样蛮横粗野,至今想起,心里还乌云沉沉,悻悻不乐。可是,他和牟春光不同,他心里有一种活跃的、顽强的精神力量,压倒一切,一想起就喜得合不拢嘴,那就是回到南方老家的喜悦。

他不是不怕狂风暴雨,

他不是不怕赤日如焚,

可是这是生养他的地方呀!

一路上,他看见一株攀天大树枝叶茂盛,绿荫如盖,心里就美滋滋地说:

"北方有这个?"

他看见大片竹林在微风中荡漾得像一湖春水,心里又美滋滋地说:

"北方有这个?"

美不美,家乡水,他看着什么都爱,看着什么都亲。

想起从家乡被绑了壮丁,一家人号啕大哭,后来,他不知挨了多少皮鞭抽、军棍打。他挺住了,终于成为一个熟练的炮手,给铁闷子车运到东北,编在一个美械师里。在一次战斗中,他向解放军举起双手,当时暗暗思忖,不知被俘后是何下场。怎么想得到,今天他会这样飞驰着六匹马拉的大炮,威风凛凛返回家乡!他的心怦怦跳,睁大两眼,一个战士的心是何等单纯,何等动人呀!

一条大路,两股洪流,炮兵要超越步兵,步兵加紧奔跑。

陈文洪骑在黑骏马上,一下跑到后面督促部队,一下跑到前边指挥部队,还不时举起望远镜遥遥瞭望。这时,侦察兵又骑马跑来报告:"沙市敌人有逃跑模样!"陈文洪立刻勒着马回身大喊:"前卫连猛插沙市!"一刹那间,前面忽然传来枪声,空气骤然紧张起来。陈文洪随着那个侦察兵,扬鞭纵马,飞奔前去。后面,参谋、警卫员一小群人紧跟上来,一闪一闪没入旋卷的烟尘。战斗炽情像火一样在燃烧、蔓延。一听到枪响,后面走不动的战士也拼命往前扑。

陈文洪一小队人跑进了沙市,他立刻命令侦察兵领他往江堤上奔跑,他要用整个身子抱住江堤,用整个身子护住江堤。他用脚后跟紧紧磕着黑骏马的后腹,马像在赛马场上跑在最前面的一匹马,它从头到背到尾拉成一根直线,它已经不是在奔跑,而是在飞腾。马背上的陈文洪向前俯着身子,但听见两耳忽忽风声,他心里还急如星火,他的整个神情似乎在说:"抢占堤坝,保住堤坝……"他确实是头一个飞上堤坝的。黑骏马跑疯了,蹦跳着四蹄,打了几个盘旋才收住脚。陈文洪看着大堤,敌人没有来得及破坏大堤,而他们自己却仓皇逃遁了。

古老而残破的大堤啊,像在发出笑声,他从颠簸的马身上侧耳倾听,才明白这是汹涌的江流拍击堤坝的轰响。他一看那几乎淹上堤顶的江水,飘着明晃晃阳光,滔滔不绝,不禁出了一身冷汗:这江堤要给炸开,该多危险!同时掠过一丝胜利的微笑,现在好了,平安无事了。他恨不得立刻用整个身躯抱住江堤,紧紧地抱住江堤。这时,忽然听到有人叫他:

"老陈!"

他从马背上转过身来。

啊,政委!

他立刻飘然跃下马背,把缰绳一扔,就大踏步朝梁曙光走去。

梁曙光和陈文洪几乎同时抢到沙市江堤。

两人都气喘吁吁,但却洋溢着说不出来的喜悦。

其实分手只不过几天,他们却好像很久很久没有见面了。

陈文洪说：

"看情形敌人只是些散兵游勇，没什么真正的战斗。"

梁曙光说：

"你挑的史保林可真是个杰出的人物。"

当他们两人目光同时转向江面，只见几只舰船正在慌慌张张地满载沙市的敌人向长江南岸逃跑。

陈文洪说："火速调炮兵，炸沉他们！"

梁曙光说："那上面肯定有敌人指挥机关。"

炮兵来了。第一个赶来的是岳大壮的那门炮，他们迅速地设好炮位，岳大壮看着自己那细长的炮身朝向江心，他的心情是多么愉快又多么急灼啊！像整个长江和天空都在崩裂，一颗一颗炮弹排空而去，爆炸开来。

陈文洪、梁曙光同时听到一个笑吟吟的声音，一看是秦震。

秦震站在那堤顶上，江风呼呼地吹动他敞开的衣襟。他举起望远镜仔细观察，而且高声叫着：

"好，中了！打得好哇，着火了！"

"嗯，倾斜了！"

"嗯，下沉了！"

炮兵还在射击，他扬了一下手，意思是可以停止发射了。然后，他笑着向陈文洪、梁曙光转过身来：

"击沉一只，击伤两只。神炮！神炮！"

站在附近的岳大壮听到了兵团副司令的夸奖。他脸上、身上都给烟尘熏得乌黑，白眼球比平时还白，就是这两只眼睛，笑了。笑得那样陶醉，笑得那样动人。

第十五章　火种

一

秦震过了长江后,从公安向西去追赶由鄂西向湘西紧紧追击敌军的部队,渡过虎渡河、松滋河那一大片沼泽地带。

他们午夜出发,在那水草丰盛、平坦辽阔的地面上飞奔。突然一种奇怪的东西引起他注目。这时,整个天空和大地都是黑漆漆的,他们好像不是行驶在坚实的大地上,而是飞翔在虚无飘渺的天穹中。由于吉普车的灯光闪亮,使得周围的黑夜显得那样深奥莫测,仿佛一切都在凝固、僵化。只有清醒雪亮的车灯,像探照灯一样投在前边路面上。引起秦震注目的是灯光中飘忽着两团东西,定睛看时,原来是两只兔子,一只白的,一只黑的,不知怎么从草丛中惊起,懵懵懂懂,慌慌张张,投身到这一注光亮中来。它们不知道只要横着向路边一跳,就可摆脱这从后面奔袭而来的怪物,它们只相信自己的速度,一个劲向前猛跑。司机一按喇叭,它们愈害怕就愈竭尽全力,跑,跑,向前跑。吉普车跑了半天,这两只兔子,就像给灯光吸住了,一直不离开灯光,只是竖着耳朵一纵一纵地飞奔。这引起车上一阵哄笑。秦震也笑了,他吩咐司机:

"不要轧死它们。"

小陈给这两只又机警又痴呆的小兔子逗得哈哈大笑,没听见秦震讲话。他拔出驳壳枪,想射击,却给秦震一把拦住:

"你修点好吧!要不来生让你托生成兔子给人追打!"

这一说又惹得全车人哈哈大笑起来。

那两只像没羽箭一样在雪亮灯光里奔驰的兔子,不知是出于一种灵感或是偶然发现,先是那只黑色的兔子一下没入路旁黑地里不见了。那只白兔好像一下还悟不过来,不过,它知道失去了伙伴,更感到张皇失措,它像一团白雪球,一团白棉花,两耳血红,纵身蹿跳。秦震看着看着,忽然之间,这只兔子斜刺里飞去,也一下不见了。

吉普车有时在浅水、有时在草丛、有时又在潮湿的路面上跑着。他打了一个呵欠,忽然觉得非常单调。他想思考一下湘西战局,但过度的疲劳使他的两眼忽然发沉、发涩,上眼皮一下跟下眼皮粘连起来,想睁也睁不开,脑子也朦胧、模糊起来,最终他还是抵不住睡魔。他像在幻境中飘忽,全身一左一右地轻轻摆动着、颠簸着,而后他睡着了。一个军人,可以在马背上颠着颠着就睡着了,可以在走路中走着走着就睡着了,虽然那只是一秒钟、一刹那,但那是多么香甜、恬适的一刹那呀!至于现在,坐在车上,靠着椅背,这种睡眠简直就等于卧床酣眠了。夜亲切地用一种潮湿、清凉而又温柔的空气弥漫着、包围着秦震。这是什么?是青草的香气吗?是流水的甜味吗?……他的灵魂深处轻轻叹了口气,他觉得这时真是难得的舒适呀!他的头渐渐向前向下倾斜,一会下巴抵在胸膛上,于是脖颈挺了起来。一会头又渐渐向前向下倾斜,把下巴又抵在胸膛上……据有丰富战地生活的人说,这样睡一小时比平时睡八小时还要深沉、踏实、解乏呢!何况秦震不只睡了一小时,等他一下睁开眼睛时,天已大明了。

他揉揉两眼,非常惊异:

怎么一切都这样明亮,这样柔和?

"这是什么地方?"

"进了湖南了。"

"哎呀,过边界你们怎么不叫我?"

他生气地噘起嘴巴。

"你睡得那样好,你已经一天一夜没合眼了……"

秦震心里感到十分后悔。他多么想在进入湖南边境,进入老苏区所在地的那一刻,下车来站一站、看一看、想一想,向苍穹、向大地深深鞠上一躬。他要告诉它们:"我回来了!"可是他睡着了,他失去了那个时刻。

不过,他的眼睛忽然发亮起来,清晨的一切唤起他的注目。他觉得这儿的天空、大地、树木、田地,都显得那样特殊、新鲜,就像一幅刚刚画出还湿润润的水彩画。被朝阳照成一边是红色、一边是白色的浮云,透明、发亮,地上好像有意跟天空映衬,一切都绿得那样水灵灵的。当吉普车穿过一个大树林时,他发现每一株树都是那样茁壮、高大、葱郁,树干自由自在地伸展,树叶自由自在地窸窣作响,树木好像欢迎远方归来的人,吐出一股浓郁的青春的气息。是的,旺盛的青春活力,使得这里的一切,既不同于北方,也不同于湖北,而是一种清新鲜丽的湖南景色。吉普车穿过碧绿浓荫的密林,又来到光泽明媚的原野上,这里已不是夜间走的那种沼泽地,而是无边无际的田畴。天气明朗,太阳明亮,秦震深深地吸了一口气,就像饮了一口清冽的甘泉。湖南,湖南的一草一木都令人如此快意,如此悦人眼目。

吉普车飞掠前进。经过耳濡目染,目前情景在秦震心中引起两层感情的冲击波:第一层就是大自然所唤起的内心的愉悦,随着太阳渐渐升高,第二层感情冲击波,好像从更深的心的底层涌上来。他记起发生在湖南的一生一世永远难忘的一件事。那是红军从中央苏区撤退出来的时候,为了冲破湘江封锁线,他在那儿参加了一场惊天地泣鬼神的殊死战斗。枪林弹雨,战火纷飞,秦震在最激烈的火线上指挥作战,一块炮弹片击中他的胸膛,他的脑子来不及想什么,已经失去知觉,猝然倒下。当他从疼痛中醒来时,他发现自己躺在担架上面,担架忽悠忽悠颤荡,伤口疼痛难忍。忽然担架止住了,原来有人俯身在看他,而后他听到熟悉的口音在问他:

"秦震同志,你觉得怎么样呀?"

他一看,是周恩来副主席。副主席满脸胡须,一身灰布军衣,身上脸上沾满灰尘,只有八角帽上的红五星还那样鲜亮。他日理万机,日夜难眠,疲倦神色已无法掩饰,但他的两只眼睛依然露出和煦、亲切的目光,正注视在秦震脸上:"伤很重吗?"秦震望着副主席,不觉一阵心酸,只挣扎着说了一句:

"首长放心……"

就一把拿被子蒙上脸,哭起来。为了不让副主席听见,不让担架兵听见,他用牙齿紧紧咬住嘴唇。他哭得很伤心。

而现在他回来了,又回到流贯着湘、沅、资、澧四条大江的湖南来了。湘江一幕蓦地又升上心头。

如果说,第一层感情冲激波是美好的、神妙的;那么,第二层感情冲激波是深沉的、崇高的。不过,在人生的道路上,美好的往往比较容易淡忘,而崇高的是会愈刻愈深的。

二

部队在武陵山脉的崇山峻岭中追击敌人。战士们渴望着歼灭敌人、解决战斗,而不愿在炎炎烈日下,攀悬崖、越峭壁,进行无止境的追击。而现在,捕捉战机,进行决战的时刻到来了。

陈文洪、梁曙光隐蔽在前沿悬崖陡壁上一片蒿草丛中,平心静气搜索观察。

侦察部队送来一个"舌头",据他供称:敌人已经走得精疲力竭,认为这里山高路险,解放军又不是鹞鹰,不可能插翅飞来。所以,一个司令部带着两个团正在面前这个虎跳坪驻扎休息,这"舌头"就是司令部的炊事兵。

这是一个非常重要的消息。它说明敌人就在面前,我们已经追到。就像一筐吃食摆在那里唾手可得,怎不令人馋涎欲滴?

但是,事情没有那样轻巧,敌人凭高据险,占据了十分有利的地形。

秦震从电话上听到报告,很快就来到前沿阵地。他亲自伏身在野草丛中,举着望远镜,观察了很久,才和军长何昌、军政委侯德耀打了招呼,退到山坳里一片茂密的竹林中,用手掸了掸沾在身上的泥土,几个人坐在绿茵茵的草地上,一面摘下帽子扇风,一面开起军事会议。根据侦察部队的报告、俘虏提供的情报以及指挥员直接观察的结果,分析形势进行判断。敌我双方各据一个山头,两山之间悬崖深壑,形如天堑,险峻无比,那虎跳坪隐没于高山之上,巉岩嵯峨,树木狼林,两山之间有一条狂暴的溪流。要攻击就得先从这边山头降入谷底,而后再向上仰攻,可正面那条盘山隘路,完全控制在敌人火网之下。这是一个易守难攻的地势。

陈文洪压不下一股子火气:"我就不相信有冲不垮的阵地,是钢钉也要咬断它。"

秦震翻了他一眼,好像自己跟自己商量一样字斟句酌地说着:"……主要山隘都有敌人把守……要是正面发动进攻,敌人就会逃跑……又来个平推!又演成追击战……"

他一边说,一边看了何昌、侯德耀一眼。何昌、侯德耀连连点头,表示支持他的论断。

秦震突然站起来对陈文洪讲:"严格控制部队,不可鲁莽行事。第一要隐蔽,第二要隐蔽,第三还是要隐蔽!"交代完毕,他带上何昌、侯德耀一干人等走了。

陈文洪根据秦副司令的指示,在前沿只留下少数侦察部队监视敌人,大部队撤到后面,抓紧时间进行休息,灶不开火,人不举烟,紧密地封锁消息以麻痹敌人。命令下达以后,陈文洪、梁曙光转悠一圈检查部队,看到竹林下、崖脚根,战士们已经睡熟,十分满意。回到刚才开会的竹林,看到在这片碧幽幽的地方,已安设了师部,摆开摊子,许多条黑色电话线蜿蜒曲折向四面八方伸展而去,直通兵团前线指挥所和各团团部,炮兵部队的专用线也都已经架通。一只只电话机立在弹药箱上,万籁俱寂,一无声响。警卫员砍了一些竹木给他们两人搭了一间小屋。不过,他们两人却情愿仰卧在绿茸茸、松软软的草地上。他们谁也没有合眼,他们各有各的心事。陈文洪因为不能一下拿下虎跳坪而烦恼,梁曙光为了设法使陈文洪从激怒中冷静下来而烦恼。他们之间似乎有一种默契——谁也没提过白洁,特别是梁曙光找到母亲之后,连跟母亲见面那些感情上的话都绝口不提。他知道陈文洪心上有一道流血的创痕,他谨慎地不去刺激他,伤害他。

三

一个侦察兵气喘吁吁,大汗淋漓地跑了来。

陈文洪翻身坐起,梁曙光没动,却风趣地说:"莫不是又弄了个炊事兵来?"

不对,陈文洪看到紧跟侦察兵而来的是一个头发苍白、目光炯炯、左面一只断臂的老人。看他那神情气度,自是不凡。

陈文洪、梁曙光连忙都站了起来。

那老人从容自若地说:

"我要见你们首长!"

侦察员介绍:"这就是我们师长、政委。"

老人几个大步跨过来,伸出唯一的一只手,先搂住陈文洪的脖子、又搂住梁曙光的脖子,眯缝两眼,仔细端详,自言自语地说着:"师长……政委……"这语声中含着多少深情、多少喟叹。他自我介绍说:"我是游击队张队长专门派来的,有重要使命。"

梁曙光满面春风,两手抓住老人的手,一面摇着一面说:"劳动你老人家了!"

"屋里头不说屋外头话,我刚从虎跳坪侦察出来,对你们应该有点用场。"

陈文洪连忙跑进竹林深处,摇通兵团前线指挥所的专机,立刻听到秦震洪亮的声音。陈文洪当即报告:"游击队来人了。""好呀,我马上来!"当陈文洪走出竹林,一看政委带着一伙人围拢老人家的热闹情景,心头也闪出一道亮光。梁曙光迫不及待地把他喊叫过去,喜洋洋一指那老人说:"老陈! 老苏区的红军战士来迎接我们了!"

原来政委早就为此人如此气度不凡暗暗有些诧异;等年轻人东一问、西一问,老人就讲出了一段悲壮的经历,瘆人心肠,催人泪下。

他先问道:"咱们朱总司令还好吗?"

一个战士饶有兴趣地追问:

"你在哪儿见过朱总司令?"

"话说来长呢! 头一遭看见,是朱德率领红军从井冈山下来,由武夷山转到赣江边开辟中央苏区根据地。那时间,土豪劣绅吓得鸡窜狗跳,无影无踪,朱德还亲手分给我一斗米……"

回忆往事,无限伤情,他两眼潮湿,一时哽咽说不下去。

"后来我就参加了红军。再后来,红军撤出了中央苏区,我最

后一次见到朱德是他们离开瑞金那天。走的、留的都哭了,朱德一一攥住我们的手说:

"中国革命一定会胜利,我们一定会回来。"

说着,老人霍地站起:"你们来看那座大山!"所有战士的眼睛都随着老人的手臂肃穆地望着那无数重山叠嶂之中巍立高空的一座大山峰,"它叫天冠山,我们留在苏区这片土地上打游击,难呀!敌人穷追不舍,四处围剿,我们只好化整为零。我们一个支队就转移到湘西,在天冠山这一带坚持游击战。我们三年没吃一锅热饭,没住一夜茅棚。天寒地冻,山野露营,前面抱一篷篝火,背后驮块冰凌。人得吃食才能活么,夏天还可嚼生笋子,到大雪封山就连根野菜也没处寻。不断有人传来消息,有的说:红军在大渡河被消灭了;有的说:红军远走高飞,怕永不回来了……

"这十年不好过呀!我们一个支队打得只剩下二十几个人,可是红旗没倒呀!我们只有一个心眼:就算红军完了吧,中国只要有穷人,就会出共产党……"这时,他白发耸立,两眼闪光,就像他又回到当年那艰难岁月。他把手往瘦骨嶙峋的胸脯上一按:"同志!你们不会懂得我们那时候的心意呀!戴了红帽子的绝不能戴白帽子,我们死也死在这最后一块红色土地上。"

夕阳照红了铁骨铮铮的老人。大家鸦雀无声,凝眸注视。他的眼神忽然变得十分戚楚,他的声音沙哑了:

"那年隆冬腊月,雪暴风狂,滴水成冰,粒米无存。我们十天十夜,又饿又冻,你扶住我,我扶住你,怎么办?得活下去呀!趁一个黑夜,我们派两个同志到村子里去筹点粮。这一带人心都是向着我们的,都说:'我们红军还在天冠山上。'连小伢子也伸着根小手指头说:'咱们大部队有一天会回来的。'谁知我们的人还没动身,原来红区贫农团员老姜带了三五个人,迎风冒雪,背粮上山来了。骨肉亲人呀!我们又是哭,又是笑,团团围抱在一起,说不出话来。

"这时,我们听到有人在喊:'缴枪吧!……投诚吧!……就剩下这一条道好走了!'我一听,像一颗炸弹轰响在我头上。我从我熟谙的声音辨识出,辨识出了……唉,同志!我跟你们怎样说呀!……"

老人颤抖着,苍白的脸色里泛出一阵铁青:

"这是我的儿子!是,我的儿子……在一次战斗中,他身中数枪,仆倒地下,我看他已经死了……就连忙随队撤出火线。谁曾想,这个孽种,他没有死,他成了可耻的叛徒,他带上人来抓他老子来了……我感到一阵天昏地暗,浑身发凉。我又听到了他的喊声,一下气从心上起,怒从胆边生,我和他之间就是红白分明,你死我活了!我咬牙切齿,你伢子身上流的不是你爹娘的血!我们离别家门,出来打游击,你娘说:'带上伢子,寒呀暖呀,有个照顾。'……现在,偏偏是你出卖了游击队,这是我多大的耻辱呀!我们连忙安排老姜几个人从后山崖翻山越岭逃走了。我们二十几个人就围着山头团团转,打了一场血战。我们瞄准了,一枪一个,打得敌人倒满山坡。可是,架不住白狗子人多势众,枪火凶猛,我们也死的死,伤的伤,山头上洒满了热血。天蒙蒙亮的时候,弹药打光了。我们又冷、又饿、又累、又乏,我们没有力气了。一面打,我一面跟队长合计。这时我虽然胸中怒火燃烧,但我暗暗镇定了自己。队长带上人,打了一阵枪向山前跑去,引得那群白狗子向那个方向猛追。我却一个人向山后跑去,在那悬崖顶上,我迎头见到我那逆子……我圆瞪两眼,像一只鹰一样向他扑过去……这个无耻的叛徒,我的亲生儿子,他一见我,吓得回身就跑,我就拼命追。那是悬崖绝壁,山路盘旋。我是不想活了……我还有什么脸活?我追到一处绝壁下,我一把抱着了他。我喝道:'这就是你当叛徒的下场!'我抱住他猛一跳,跳下万丈悬崖……"说到这里,老红军咽哽着喉咙说不下去了,大家都紧紧盯牢他,他腮边洒满泪水。而后他摇了摇满头白发,低声说:"我们这支红色游击队都高唱《国际歌》,也纷纷跳下悬崖。白狗子们当我们都死尽了。乡亲们摸着下谷底寻找,就寻到我一个,摔断胳膊,不省人事,只心口上还留有一口活气。天冠山的红军,就这样被消灭了。"

这是一段多么悲惨的历史啊!一时间四下里寂无人声,历史深深刺疼人心。还是老人家猛一抬头扑簌簌落下一串泪珠:

"今天看到你们,死也甘心了,这么多年的土匪帽子总算摘掉了……"

说到此处,有人分开众人,紧步向这位老红军奔去,这是秦震。他接到陈文洪的电话,很快就赶来了,他不愿打断老人家谈话,就站在人圈外面听着,一时之间,万箭钻心,心如潮涌。那老人见这人朝他走来,连忙站起,两个人就紧紧拥抱在一起了。秦震激动地说:

"老同志,你受苦了!"

陈文洪、梁曙光连忙介绍:

"这是我们兵团副司令。"

老人立刻肃然起敬,摆出一副老军人姿态,秦震一甩手说:

"别提什么司令了!你是留的,我是走的,当年你要是长征北上,现在肯定会是我的老领导、老上级呢!"

这话说得老人家哈哈大笑,笑得开朗、爽亮、痛快。

秦震扶着他两肩问:

"你家尊姓大名?"

"姓黄名松,都管我叫老黄,听惯了,亲热,你也叫我老黄吧,司令员!"

"又来了,我叫你老黄,你就叫我老秦吧!咱们来个等价交换好不好?"

黄松喜得兀自合不拢嘴来。

秦震问:

"这湖南,咱们老苏区的乡亲怎么样?"

"老秦,老百姓没法活下去了。"

原来,湘西是敌人统治镇压最残酷的地方。国民党特务和当地反动势力勾结起来,蒋介石把手伸到这里,现下白崇禧更是霸住不放,他说:没有湘西就站不稳长沙。最近,在常德开了个非常军事会议,决定死守湘西。可是眼见解放军到了鄂西,随时可能渡江南下,就在湘西广泛地布置特务,网罗土匪,勾结地主武装,对老百姓进行残酷镇压、血腥屠杀,把整个湘西遭害得遍地鲜血,一片火海啊。这些天来,每到夜晚,你听一听吧!乡村里远远近近一片悲凄凄的哭声。屋顶横梁上吊着赤裸裸的人,一鞭子下去就是一道血痕,勒索钱财,抢劫稻谷,不是打死,就是活埋,又一次白色恐怖,又一次血洗呀!

周围的人听了这些情况,一个个怒气填膺。陈文洪的心脏像马上要爆炸开来了,拳头捏得紧紧的,手心里出满冷汗,一股仇恨的怒火像要冲天而起。

老人家把头低低探到秦震面前小声说:

"老秦,我有重要情报!"

说着用两眼扫视一下周围人群,那意思是说:这里不是说话之所。

秦震立刻对陈文洪、梁曙光说:

"到你们师部吧!"

秦震和老人家挽手而行,陈文洪、梁曙光跟在后面,走进竹林深处,席地而坐,老人家说:

"黛娜在这里!"

秦震一惊问道:"在虎跳坪?"

"地下党一直派人跟踪,打探到白军中押解了一批重要囚犯,后来查清里面就有黛娜。"

陈文洪的脸刷地一下白了,心头突突跳。

秦震低下头冷静了一下自己,然后慢慢抬起头问:

"她怎么样?"

"你想想,千里迢迢手铐脚镣,一路遭的什么罪,不过她还在顽强斗争……"

这个消息的到来,把秦震、陈文洪、梁曙光的心一下都悬吊了起来。

作为一个老练的指挥员,秦震已经习惯于强力抑制自己。他徐徐说道:"老黄,这情报很重要,黛娜在这里,我们就要千方百计,设法营救。"

"这,省委已经通知了我们,省委决定劫狱,需要我们配合,我就为此而来。"

"那就让我们谋算谋算,怎样进行这一场斗争吧!"

第十六章 惊雷骇电

一

　　静寂无声。满天星斗的夜空下,陈文洪一个人悄悄走出竹林,远离众人,在一块岩石上坐下来。他仔细寻思,这种愤怒与苦恼的情绪不是从现在才开始有的,而是很久很久以前就开始有了,也许已经跟随他度过了半辈子了,不过只是现在才爆发出来罢了。夜如此静,露水在竹叶上凝成水珠,而后滴落到另外同样潮湿的竹叶上,发出只有这种夏夜才会有的微妙、隐秘的声音,这声音使得陈文洪想好好追寻一下,思考一下。
　　一切都临近一场恶战,而一切都在阻挠这一场恶战……
　　他作为一师之长的愤怒与苦闷的理由在此吗?其实不然。他突然发现,当他将要进入武汉时,他已经知道白洁在武汉监狱里,但他满怀希望,充满信心,和现在比较起来,那时的心情是多么辉煌呀!但是,自从在鄂西投入战争,随着白洁的茫无着落,使人苦恼的事就一幕跟着一幕降临了,一开始行动就遇到狂风暴雨,南方的河流里一下山洪暴发,河水陡涨。"我没有预见性,没有组织好那次涉渡,本来我应该想到设立渡河指挥部,可是我却没有想到……"他暗暗钦佩秦震在困难时亲临前线、直接指挥这种素来如此的作风,但同时也就加深了自己的耻辱感。虽然后来自己怒马扬鞭,九涉横流,从暴发的山洪里带出部队……不过这些都一点也不能弥补他的过失。秦震是在暗地里指点他、帮助他,秦震绝对没有说一句话,但在自尊心很强的陈文洪心里,感觉到秦震是用自身的行为在责备他,他对自己十分恼火;后来,在露营之夜,又爆发了步兵和炮兵之间的争吵,特别是发生在他最信任、最宠爱的牟春光和岳大壮之间,他也没有预感到这一点。作为指挥员,他本来应该料到,惯于北方作战的战士,无法忍耐南方的炎天酷暑,必然会发生的内心变化。可是,他怎样处理这一场冲突呢？正如秦震所指出的那一股辣子脾气,他凭仗着指挥员的无上权威压下争吵,却没刨根挖底解开他们心里结的疙瘩。"我是一个称职的指挥员吗？不,我陷进和战士的痛苦同样的痛苦,和战士的烦恼同样的烦恼。我从一个指挥员的位置上降低了我自己！"虽然以后一天一夜奔袭一百八十里,越过四十八道河流,抓住了敌人,消灭了敌人,打开了过长江的门户,受到嘉奖。但是,这些胜利不光彩！它们能掩盖那挫折的阴影吗？不,不能。在嘉奖面前,他没有沾沾自喜,是好的,可是他的心情如此黯淡就不正常,在不觉间背上了沉重的负担。就在这时,他进入了湖南境界。

　　一脚踏入湖南,他也有过像秦震一样激动的感情。不过,他和秦震不一样。如果说在秦震身上产生了两种感情冲击波,那么在陈文洪身上是波浪丛生、乱涛汹涌。他幼年失母,湖南就是他的母亲,是她生养了他。这里的山,这里的水,这里的风,这里的人,都聚集起来像乌云笼盖着他的心头。而现在,又来了一个消息：白洁就在虎跳坪,但他一下拿不下虎跳坪！

　　将近午夜,陈文洪站起来,慢慢沿着山谷间的小路走去。在看不见的涧壑里,有山泉流溅的声音,在黑森森的树林里,有两声枭鸣。万籁俱寂啊。这无声无息的宇宙像一面镜子照着他,他的过去、现在、未来。不知为什么,这一晚上他怎样也摆脱不了沉重的精神枷锁。他不知自己为什么要孤身独处。于是,他不知不觉向大片酣眠的战士身边走去。他站下来默默听着他们香甜的鼾声,他感到心里稍微熨帖舒展了些。

但当他仰望斜挂在空中的北斗星,心中又蓦地涌出一阵疼痛。广昌决战(到陕北在红大学习才知道这是"左"倾路线所造成的孤注一掷)紧急关头,他突然看到抬在担架上的二哥,头部重伤,一腿炸断,面色蜡黄,气息奄奄。他抓住文洪的手,从哆哆嗦嗦的两片嘴唇里吐出微弱的声音:"看情形……中央苏区站不住了……"一个普通战士的心有时像北斗星一般明亮啊!二哥从怀里掏出一根小小竹笛交到文洪手里说:"跟大哥怕见不到了……把这给他做个纪念……"几天之后,整个红军踏上了茫然不知去向的路途,亲爱的中央苏区陷落了。那根给二哥摩挲得通红的小竹笛转到大哥手里。过草地,大哥骨瘦如柴,拄着一根棍子,在陷人的泥坑中,一脚拔起来,一脚陷下去,大哥大口大口地喘气,——天上没有飞鸟,地下没有走兽,只有草地、草地,茫茫的草地——"我怕是走不出草地了……""莫乱说,我扶你,有我就有你……"他用尽全力架住大哥,跋泥涉水,蹒跚行进。我们多灾多难,而又坚韧不拔的中华民族啊!你载负了多少悲愁,多少哀怨,而这一切又凝成一种多么庄严雄伟的神魄呀。看吧,在那苍茫的天幕下,这一双相亲相爱的形影何等戚楚、何等动人,是大自然这个艺术巨匠的构思、塑造,塑出人的深情、人的血泪、人的光辉。大哥说:"让我坐下,……再吹一吹老二的笛子……"大哥真的吹了,在荒凉的大草地上,那声音那样哀婉、凄厉、激越……声音戛然而止,大哥头一歪,断了气,冰冷僵硬的手还握着那支横笛,人和笛都永远埋葬在古国最荒凉的一片草地上,而那笛声却在陈文洪灵魂中永远飘扬,他吹的是湖南的家乡调呀!

没父没母的三个孤儿,只剩下他孑然一身,重新踏上故土。

"只是孑然一身吗?"

"不。"

一个无声的声音在他心中震响。

"还有白洁……"

他坚信还有白洁,在人世间还存留下这一个唯一的亲人。

今天,听红军战士黄松讲到湘西水深火热的苦难,一股怒火腾地升起,他再也无法遏制自己,于是所有的怒火,一触而发。他不肯承认这一切是由于白洁,可是白洁的影子确实紧紧伴随着他的怒火而升腾,伴随着他的沉思而微漾。他记起梁曙光去湖荡前跟他说的那句话:"白洁这条线索抓住不要放啊!"这些天,苦行苦战,他没有想过白洁,而现在白洁蓦然出现眼前,她就在虎跳坪,而他也到了虎跳坪。他再也不能控制自己了。

他走到前沿阵地瞭望,这时一弯月牙出现天边,他透过朦朦胧胧的暗影,望着虎跳坪黑郁郁的高山。

——她在受着毒刑拷打吗?

——她在怀着苦苦的希求吗?

…………

这时,有一只手轻轻抚在他肩头,回头一看是梁曙光。

"文洪!夜深了,合一合眼吧!"

"老梁,我的心闷得像要炸裂!"

"事总要往宽处想啊。"

"唉……"这是一声发自内心深处的长叹。

两人的手紧紧握在一起,陈文洪毅然摆脱一切说:"好,临战前夕,让我好好睡一觉吧!"

二

陈文洪从睡梦中给电话铃声惊醒,天已通明。是秦震召集他们到兵团前线指挥部开会。

去开会的,除了军、师领导干部,还有红军老战士黄松。会议是在松林中一个绿色帐篷里举行的。在如此艰难困苦的条件下,兵团前线指挥部还能够这样严肃整洁,井然有序,使来的人都感到这里处处显示着秦震的风度。帐幕中心用炮弹箱摞成一条长桌,桌上还铺了洁白的桌布,不知哪一个有心人,还在一个细长的黄铜炮弹筒里插了一把鲜艳的山花,搁置在桌上。帐幕正面壁上,挂了一幅作战科绘制出来的虎跳坪地图,上面用红、蓝色箭头标出敌我态势。由于松林稠密阴森,以致光线暗淡,从篷顶上垂下一只点燃的大号马灯。几只皮包式的电话机摆在旁边小桌上,有几个年轻的参谋坐在那里,一人专守一台,从帐篷外传来轻轻的马达声,说明电台正在忙碌联络通报。大家围长桌坐下,通信员给每人倒了一白搪瓷茶缸开水。等了一阵,秦震才洒脱地迈着轻快脚步走进来,连声说:

"对不起,等兵团一个电报,我来迟了。"

他的两眼寻觅着那位独臂老红军,而后粲然一笑:

"我们这里开会不准抽烟,你老人家是客,不受约束。"

转过身问众人:"你们说好吗?"大家齐声说:"好。"

黄松却把刚吸了半根的纸烟,在鞋底上捻了捻,将它夹在了耳朵上,说:"你们敬我,我也不能倚老卖老,得有点自觉性呀!"这引起整个帐篷里一阵哄然大笑。笑声把松林深处的鸟雀都惊得扑扇了半天才平息下来。秦震拉老红军坐在他身旁,他不断送去微笑,递过茶水,说明这位老红军战士的到来,唤起他多么大的欣快、喜悦。

他们开始讨论进攻虎跳坪的作战计划。讨论很热烈,每个人都积极发言,不只提供意见,也说明求战心切。在讨论中,老人家一只独臂搁在桌上,另外一边一条空袖筒静静垂挂着,白发森然,目光炯炯,由这个发言人转到那个发言人,看着、听着,却一直没有做声。秦震历来是绝不干扰别人,让大家畅所欲言,然后慢慢寻思,再作结论的。实际上,他那厚厚的不大的手掌,红润的脸颊,他的精神,他的意志,在无形中引导着整个会场。不断有参谋把电报送给他,他就戴上老花眼镜看看,有的就压在手边,有的批了字又交给参谋拿走。几部电话机组成了一个交响乐队,一会这个响,一会那个响,参谋捂住受话筒低声讲话,有的听着作了记录,有的到秦震跟前问过,再作回答。中间有一个电话惹起会场上一阵骚动,这是师部给陈文洪来的电话。他一接就诧异起来,他随即镇定地说道:"你们注意观察,随时报告。"他回到位子上跟梁曙光耳语了一阵。当讨论进入决定阶段,秦震转向黄松:"耳闻不如眼见,请这位进过虎跳坪的老同志讲一下吧!"原来昨天傍晚这老人拉了秦震在陈文洪、梁曙光相跟下到前沿阵地伸手一指:"虎跳坪可不是好惹的地方,方圆几百里谁不知道,'金铸的武陵山,铁打的虎跳坪。'这虎跳坪有四个关口,都有重兵把守,特别正面这个虎头岩,壁坡陡立,直上直下,谷底下还有一条溪流,水流湍急,乱石密布,你刚一涉渡,火网就压下来,不易攻(老人摇摇头,仿佛说:'绝不能走这一着')。可是南、北、东三方,又容易惊动敌人,你一露脸,他就脚底板抹油溜了。"

这老人很清瘦,精神矍铄,脸上每一道皱纹都显得他深谋远虑。这种神态,从一开始就引起秦震的注视、敬重。

陈文洪焦躁不安地问:"难道就攻不得了吗?"

老人机智地笑了一下,把手往腿上一拍,站起来,转过身,在地图上边说边划:"我有一个建议不知对不对。"秦震说:"请说高见!"于是老红军从容讲道:"咱们四面八方都不走,单走这一条。"他随即向虎跳坪背后西南角一指(敌阵侧后方万山丛中,从地图上看那儿只是万山壁立、林莽丛生,原来这是军用地图上没有的路,因为,它不是人行的路,是鸟飞的路)。

"那儿有路吗?"

"你要说没路就没路,你要说有路就有路。这路么,只有我寻得出、走得过。"

这正证明了秦震认为黄松此来必有贡献的猜度。他展开双手抱住老人说:"老同志!你是虎老雄心在,不减当年!不减当年!"老人脸上泛出无比自信和自豪的神采,仰天哈哈大笑,连声说:"绝棋,得走这一着!"

秦震跟着笑了说:"老同志,这可是奇兵。"

"对,对,这叫出奇制胜呀!"黄松讲罢这段话,秦震站起来指着地图上虎跳坪西南角的荒山乱岭中那条小路问老红军:"老黄,你估计,从阵地出发,迂回到后方,得多长时间?"老红军没立刻回答,两道目光电闪闪注视着秦震手指的地方沉思。师部又来了电话,陈文洪听了就转身说:"虎跳坪敌人有移动模样!"

有人说:"是不是敌人发现我大军压境了?"

有人说:"他们怕我们进攻,先行下手了?"

秦震镇定地说:"不会,山深林密,十分隐蔽。兵团已报野战军司令部,请求东面向浏阳佯动,转移敌人注意力。这里敌人自恃穷山恶水,凭高踞险,不会轻举妄动。你们知道吗?他们正在祈祷上帝,赶紧发动第三次世界大战,美国人再赶来,派降落伞兵跳到咱们会场上来呢!"大家哄的一声笑了。秦震连忙说:"集中精力,议我们的事,莫受他干扰!"过了十分钟,果然师部又来了电话,说是敌人常规换防。这消息带来一阵轻松感,大家同时觉得松树清风在帐幕里徐徐回荡,颇有情趣。秦震最后决定:

一、一个营从西南角迂回敌西南背后。

二、待迂回目的达到,发出红色信号弹,以六连为主,由另外两个连支援,从正面发起攻击。

三、通知游击队,在敌军退路上截击,务必不使逃窜。

四、陈、梁师突破前沿,袭击得手,另一师部队立刻投入战斗,务期全歼。

秦震两眼炯然一闪:"这是敲开湘西大门的一战,大家必须严守作战部署,而关键的关键在西南一举!"

这西南一路就是老红军刚才指出来的:不是人走的路,是鸟飞的路。老红军听了秦震的布置连声称好,且把那空袖筒一甩站起来。他精神矍铄,斗志昂扬说道:"西南角上大涧三十九,小涧六十七,这路由我做向导。"秦震、何昌、侯德耀都说:"这一路非偏劳你老人家不可了。"

会议结束,许多干部纷纷回去准备,秦震留下陈文洪、梁曙光、黄松,专门商议如何搭救黛娜的事。秦震说:"天柱在这里,也请他来吧!"陈文洪急遑遑站起来,执意要马上回去部署战斗,因为时间所剩无几了。秦震思虑一下,认为这样也好,反正有梁曙光在这里。陈文洪就转身走出去了。秦震望着他的背影对梁曙光说:"烈马,你得勒紧缰绳呀!"不久,梁天柱大步流星地赶来了。经过一番计议,他们决定了两个步骤:第一步是包围虎跳坪,从中救出黛娜;万一做不到,第二步由游击队拦截袭击,务必设法抢救。秦震说:"得有个可靠的人去跟游击队联系,谁去合适?"梁天柱看了看梁曙光,梁曙光就说:"天柱去游击队!"老红军眨了眨眼睛,他思虑去游击队联系本来自己最合适,可是他要给袭击西南角的队伍带路。这梁天柱不知是何许人,因此他有些犹豫,有些踌躇。秦震看清他的意思,便指着脸膛发黑、身强体壮的梁天柱说:"梁政委的兄弟,武汉的火车司机,给游击队运过军火,认识你们张队长。"老人家一面听一面连连点头,喜笑颜开,说道:"那就偏劳你了!"梁天柱说:"找寻黛娜,本来是组织上交给我的任务。"于是由黄松向梁天柱交代了联络地点和联络暗号。"时间紧迫,我得先行。"说罢,梁天柱拔起腿就大踏步走了。

这里,秦震留下老红军吃了餐晚饭。在他的吩咐下,黄参谋和警卫员小陈把"小仓库"里的宝贝都搬出来了:美国牛肉罐头;天津一位老战友送给他,他一直舍不得吃的沙丁鱼;还有梅林公司的罐头黄瓜、西红柿;最使秦震得意的是那瓶陈年的金奖白兰地酒。

整个这一天,秦震都在振奋之中。为什么?他可以作出各种回答:抓住了面前的敌人,可以任由他钳制、撕裂、歼灭;与江南游击队取得了联系;当他第一脚踏上老苏区,就看到了从当年活下来的老红军,而且,正是由他带来了黛娜的消息。是的,虽然现在她还掌握在敌人手中,但失落在茫茫大海中的一只船,终于出现了。眼下,这一切都集中在对老红军的敬爱上。要讲老,两个人差不多,不过,一个是参加长征而又回来的人,一个是留在当地坚持游击战的人,两个人的会晤是两支力量的会师,这就具有特别深刻的含意了。当他和黄松碰杯后,呷下那醇香美酒时,他恍惚间又回到了他在中央苏区的那青年时代。酒热乎乎地流进胃腔,他感到一种平静而舒坦的暖流的泛滥、奔流、洋溢。他显出一个纯朴、真挚的普通战士的本色。

三

梁曙光陪同老红军去后,秦震在松林里缓缓踱来踱去,他似乎突然窥察到了一种"隐秘"——可怕的"隐秘"。他的心情遽然发生了变化,他连忙走进帐篷给师部打了电话。

从陈文洪的沉着而冷静的声音,他觉得事情并不像他想象的那样严重。陈文洪根据兵团前指的作战计划,作了细心、周密而恰当的部署。他信任陈文洪,他相信陈文洪只要一投入战斗,平时出现的思念、情绪就会一扫而光（哪怕那里面包含着他最大的欢乐或最大的痛苦）。他的目标只有一个，就是确定无疑的胜利。

但是，今天，秦震也有一种隐忧。现在情况愈来愈清楚，白洁潜进敌人上层机要部门，肯定掌握了敌人更多机密，于是对于她这样一个重要政治犯，他们死死抓牢不放。而陈文洪从到武汉以来痛苦熬煎，千思万念，苦苦追踪的她而今一下出现面前，在紧急时刻这种隐蔽的感情的因素，会不会干扰了他的指挥决心呢？秦震听完陈文洪的报告，那声音，那语气，泰然自若，并不失常，于是他觉得他对陈文洪的"隐秘"的担心是多余的了，不过他还是威严地说了一句：

"你要注意，你要把敌人放跑了，你可得赔我。"

他把电话挂上了，他想到：在临战时，一个高级司令官对下级应有信任与信心，何必如此忧心忡忡，顾虑重重？想着不禁哂然一笑。不过，这一晚，秦震却怎样也不能入睡。战前的等待、焦虑，这本来是他的老毛病。他只有在具体作战方案不但实施，而且取得了预期的效果得到证实以后，他才能倒头入睡。现在距离明天傍晚发起攻击的那个时间还很远很远，可是他怎么已经不能入睡了呢？他仔细分析自己的心理，他的思路像在脑子里周游一遍，而后集中在一点上——一定要救出白洁、白洁、白洁。他又一次默诵着周恩来副主席的电报：

"探听黛娜下落，千方百计，设法营救。"

第二天是决战的一天，秦震到前沿阵地又作了一次检查。他回到帐篷里来，和兵团作了最后一次联系，然后到担任后续部队那个师里检查去了。谁知就在这顷刻之间，前线突然发生遽变。

一阵枪声，打破沉寂。

陈文洪和梁曙光赶到前沿，一看，虎跳坪上，尘土飞扬，马嘶人吼。

陈文洪脸色一变:"不好,敌人要逃跑!"梁曙光说:"马上报告秦副司令!"

陈文洪紧紧摇着电话机,火急把电话要到兵团前指。

不料,电话里传来的却是:

"秦副司令跟何军长、侯政委到芜湖(后续作战师的代号)去了。"

陈文洪又赶紧将电话打到芜湖,芜湖又说还没有到达。

梁曙光:"怎么办?"

"……"

"我看赶紧派人去找……"

军情如火,稍纵即逝,陈文洪眼看敌人撤退情势,已迫在眼前。

"立刻发起攻击!"

梁曙光:"是不是等……"

陈文洪:"等不及了!"

陈文洪忽地一跳,立即在电话上命令正面出击,他自己也就从山上向下冲去。

事情是这样:原来在黎明之前就已预伏在溪流岸边灌木林中的牟春光班暴露了目标。这时,由老红军引导的七连还在高峰深涧之间攀援上下,尚未到达指定地点。但敌变我变,更待何时?陈文洪见情况突然变化,特别是看到敌人仓皇后撤,显然准备再次逃脱。六连既已暴露,何不抓住时机就此冲锋?于是命令六连从正面发起攻击。谁料敌人异常狡诈,表面上佯装撤退,其实在前沿伏下重兵。因此,六连一涉过溪流,敌人的火力就暴风雨般猛压下来。顷刻之间,六连大部伤亡,陈文洪连忙调动支援部队全部出击,英勇的部队浴血苦战终于冲上虎跳坪。由于我们正面暴露了军力,而又没有侧后方的迂回包围,虽有我们的炮火追击,还是使得敌人仓皇逃跑了。

秦震和何昌、侯德耀正走在路上，从兵团前指到芜湖部也不过半小时路途。就在急急行走之中，秦震忽然听到全线枪声大作，已经展开激战，他看看手表，距离预定作战时间还早，他连忙跑回前指，迅速要通前沿师指挥部电话。

他一听，他知道一切都晚了！一切都晚了！

等秦震赶到前沿阵地，看到的只是虎跳坪上的滚滚浓烟。更令他触目惊心、勃然大怒的是，我们的攻击道路上，尸横累累，血迹斑斑。

他跺着脚自言自语："这付出了多么大的代价呀！"

此时，陈文洪、梁曙光正进入虎跳坪。陈文洪率领部队放脚飞奔，猛追敌军，梁曙光留在场上处理着善后事宜。

四

秦震的指挥部进驻虎跳坪。他的脸色一直阴沉着，在这种情况下，整个指挥部鸦雀无声，谁也不愿因为一点小的疏忽而引起一阵雷霆爆发。

一家盐店的账房，墙上挂起军用地图。秦震像一头狮子一样愤怒地在那光线朦胧阴暗的房间里倒背双手来回来去地走动。

小陈提了一盏点亮的马灯进来，秦震突然生气地说："我不要！"他停了一下，从紧皱的眉峰下瞪着一双眼睛望了望，又说："我不要！"小陈没做声，带上马灯连忙退出去，掩上了门。

秦震愈想愈恼火。

是由于敌人全部逃脱？

是由于陈文洪指挥失当？

不，都不是，是由于敌人胜过了我们一筹。

这是他最难忍受的锥心之疼呀!

他已调查清楚,敌人佯装撤退,诱我全力出击,给我以重大杀伤,然后在混战中乘机逃脱。而这一种假象竟然迷惑了我们这个号称"百战百胜"的一师之长。于是,秦震把所有的火气最后都集中在陈文洪身上。他自言自语地嘟囔着:"这最可耻的败局!"他把牙齿咬得下嘴唇发紫、发青、发白。他认为自己应当考虑的是下一步棋,他走向地图面前,这时才发现屋里黑得竟连地图也看不清楚。在门外观察的小陈,提着马灯走进来。秦震吃惊地看了小陈一眼,不无歉疚地笑了一下,自个在那儿发牢骚:"找这么个卵房子,就不能露天设营……"

小陈知道这第一阵雷雨算是过去了,可是他知道第二阵雷雨随时可以到来,就连忙抽身躲出去了。屋里,只剩下秦震一个人,静静地背了两手站在地图面前,仔细地巡视着,不时挪动一下身子,然后又站定不动。不知过了多少时间,门上响起一阵怯怯的叩门声。

秦震没有理睬,他这时不愿意见任何人,也不愿听什么报告。只在寻思:"我要好好想一想,好好想一想!"

隔了一阵,又是两记叩门声,屋里还是没有反应。

后来,两扇门轻轻打开来,走进两个人,是陈文洪、梁曙光。

他们望着秦震的背影。秦震似乎根本没有觉察有人进来,只是面朝地图站着,一动不动。

屋内气氛十分紧张。

两个人只好怔怔地站在那里等着。等了半天,秦震猛然转过身来,不要说陈文洪,就连梁曙光心下也战抖了一下。

秦震神态凛然,他像巍立的岩石,红润的脸、爱笑的眼神都消失了,他用灼热的目光向两人扫了一眼,他发出声调不高但非常威严的声音:

"你放跑了敌人,你赔我!"

"我以为……"

陈文洪不无委屈地吐出三个字,就引起秦震震撼人心的一场暴怒:

"以为、以为!军事学上没有以为。陈文洪!湘西的人民在流血,你这喝老苏区的水长大的人,这就是你对老苏区的报答吗?!"

这里头每一个字都渗透深沉的、悲怆的、震颤的力量。他不愿意让他们看见他感情的发泄,自己背过身去。

陈文洪、梁曙光看见他整个身子在几乎不易觉察地颤抖着,他们知道秦震在极力压制自己,这更使他们难过万分。特别是陈文洪,在那一刹那间,一时跟秦震联系不上,又不能眼看战机消逝,自己确实以为应该当机立断,果决行事,谁知竟铸成大错。现在他深为悔恨,却已无法挽回了。梁曙光立刻觉得自己有负司令员的重托,也应该承担责任。尽管两个人各有各的想法,可都希望秦震不要把苦痛闷在心里,而把它发泄出来,哪怕再凶狠、再暴烈也好。梁曙光走上一步说:

"副司令,你事前警告过我,我应该负责……"

秦震对他一挥手:"谁欠的债谁还,你不要和稀泥!"他两道眼光直逼陈文洪,像一下穿透到他的心底,他狠狠地说:"你傲就是了!我看你一帆风顺,忘乎所以,任凭你天王老子我也要触犯一下,不客气地对你讲!"

秦震从陈文洪身上发觉一个尖锐的新问题。这叫什么问题?这叫胜利问题,是的,胜利道路上的问题。他在露营之夜就想到了,但没想到竟如此尖锐,无可收拾。面对这样的问题,应该采取什么态度?他铁定地回答自己:矛盾愈掩盖愈要激化。历史的经验告诉我们,对于棘手的问题不敢触犯,就是不要真理,真理反过头来就要惩罚我们。这是在一座爆发的火山之下的冷静思考。

他停止了斥责。屋中静得什么声音都没有,留下这一点时间似乎是让陈文洪深思一下。陈文洪只是低着头一声不响。这种僵持局面意味着更大的风暴来临。

秦震用手一指陈文洪:"我要处分你!不处分对不起那些牺牲了的同志,对不起老苏区望眼欲穿的人民!我要处分你!"

梁曙光连忙接过话头,想缓和一下气氛,说:"我们师党委要认真检查。"

"去吧!"

秦震望着陈文洪消失了的背影,他忽然问自己:"是不是过分了?他心中也是不好受呀!"他摇摇头立刻驱逐了这个念头。对于错误,绝对不能放松。但是,当他在屋里踱步沉思时,他想到陈文洪作战从来不但勇敢,而且细心。他想到他为革命负过几次伤,哪一处伤是在哪儿负的,他都清清楚楚。可是,这一回是怎么了?是的,他是太鲁莽了。他为什么不能沉住气,宁可让暴露的六连付出牺牲,也不上敌人的圈套?他为什么不能等几分钟时间,不那么贸然地下决心,致使千筹万措的布局毁于一旦?是陈文洪太冲动了,他只想一把抓住敌人。他是看到了局部忘却了全局。在严厉批评之后,秦震不仅想到了陈文洪的优点,他也想到陈文洪的痛苦。是的,看来,事先对陈文洪的隐忧不是多余的。一个指挥员在那瞬息万变的时刻,是最怕感情干扰、影响决心的。他突然站在马灯前面凝视着灯光,这时他的面孔,就像一阵惊雷骇电过后的晴朗天空,是那样平静、深思、凝重。他叹了一口气,想道:"如果说跟天斗难,跟人斗更难呀!"

他突然记起老红军,他说他曾经混进虎跳坪作过侦察,他知道关押黛娜的地方。秦震立刻派人去请他。没多久,这个白发萧萧,带着一只断臂的老人,一脚踏进门槛来,两道目光像闪电一样在秦震脸上扫了一下,说道:

"我来了一趟,听见你骂人呢!老秦啊,你现在官当大了,火气蛮凶呀!"

秦震一听心中不禁肃然。是的,多少年来他没有听到过有人这样对他说话了。他心头掠过一阵波澜,他觉得温暖、亲切。

"老黄,欢迎你来个竹筒倒豆子。"

老黄闪动了一下亮炯炯的眼睛,唉叹一声,然后就轻声轻语探询:

"找我有么事?"

"你带我到关黛娜的地方去看看。"

他们两个悄悄走出来。天不知什么时候落起潇潇小雨来了。两个人冒着雨,转弯抹角穿过几条小街小巷,来到一处高墙大院门前,老黄推开虚掩的两扇门,走进深深的三重院落,来到最后一进的一间小屋。两人弯腰进去,里面一片漆黑,老黄随身总带只手电筒,正好取出按亮,灯光一闪,屋舍空空。秦震接过电筒,照着地下墙上仔细察看,他多么想找到她留下的一点痕迹呀。果然,他在黄土泥墙墙根上发现有模糊的字迹。他连忙伏下身去用手掌揩去浮尘,他看见四个字。

白洁不死

这显然是白洁用手指甲在墙上刻下的信号。

秦震头脑一阵眩晕,心脏一下刺痛,整个身躯微微摇晃了起来,他连忙蹲下。老黄扶着他肩膀问:

"你怎样?"

秦震声音低弱地说:"我不要紧,这孩子吃苦了。"

秦震把墙上的字读给老黄听。他的声音低哑、战栗、痛楚。老黄忽然流出眼泪:

"这孩子有骨气,就是看在她的面上,你也不要再责备陈师长了,他心里不好受呀!"

秦震整个身子像给火烧烤着,他没有眼泪,只是心如刀绞。这两个老红军,就像亲兄弟一样默默紧靠了肩膀,蹲在那里。最后还是秦震挣扎着站起身,又伸手慢慢抚摸着、抚摸着白洁留在墙上那四个字,而后恋恋不舍地离去。

下半夜,雨下大了,屋顶上一片刷刷雨声。门轻轻一响,秦震在床上立刻翻身坐起:

"有报吗?"

"没有,是梁天柱回来了。"

"请他马上到我这儿来。"

这个又粗又大的汉子,说起话却慢条斯理,不慌不忙。不过,他带来的是非常令人心情震动的消息,游击队袭击成功,可是没有寻到黛娜,地下党已经派人寻踪打探。秦震坐在床沿上想了一阵,就派人找了黄松来,商议派他和梁天柱同返游击队,以便了解情况,分头联系,再做进一步安排。这个独臂老人和秦震经过关闭白洁那小屋里一段相处,似乎和秦震有了更贴心的关系,当秦震送他们走出门外,他紧紧握住秦震的手说:

"老秦!刚才我过分责备你了,我看你也不是好受的。"

"不,老同志,很感激你。我确实很久听不到这种知心话了。"

"老秦!我看你要保重……"

"老黄!你也要保重呀……"

两人紧紧拥抱了一下,这老人就跟上梁天柱,没入漆黑雨夜,向战斗的前方奔去。

秦震站了好一阵,才觉得凉透了双肩。

第十七章　音讯杳然

一

欢乐固可引发人们的豪情壮志，但，痛苦却能升腾起顽强的意志。

秦震收到一份信封上画了三个十字的报告。

兵团首长：

　　在虎跳坪战斗中，我犯了严重的错误。由于我有骄傲自满、麻痹轻敌的思想，临战又急于求胜，失去冷静判断的能力，贻误战机，使我军遭受了不应有的损失，延长了湘西人民难忍的痛苦。我辜负了党的信任，我对不起牺牲的烈士们，我请求给我以严厉处分。我只有一个要求，就是请领导上允许我再指挥一次战斗，战后一切听从处理。

布礼！

陈文洪

秦震把报告看了两遍，思索了一下，把信轻轻折叠起来，装在自己口袋里，而后就着马灯看他的电报。这是神圣不可侵犯的时刻，指挥部里任何人都不会来打扰他，他也没有走到墙壁下去核对地图，因为地图已装在他的心里。整个华中前线，由东线、西线两个兵团形成以长沙为目标，从株洲、常德包围的弧形攻势，正在行进，尚未完成。他按捺住跃跃欲试的心情，他等待着彻底解放湖南的大会战。不过,今天这屋里的光线比昨天还昏暗,因为南方的雨季在这时候来临了。

这是令人难受的季节,不像在江北那样,一下子暴风骤雨,一下子炎天酷暑。现在,雨就这样稀稀拉拉,永远不停歇不停歇地下着,太阳由于无法晒干乌云,就隐没在乌云后面死去了。更为严峻的是空中经常弥漫着雾。雾是黑色的,就像整个地球上的森林都着了火,于是滚滚浓烟塞满天空和大地。这一切看上去是凝然不动的,实际上它们在渗透、在侵蚀,而且任凭什么也阻止不了它,它可以钻进门缝,穿透衣衫,侵袭进人的骨头缝。似乎整个大自然都在沤烂、霉蚀。树在雨雾中摇摆,不知道是不是因为难受才摇摆?鸟在雨雾中飞翔,不知道是不是因为难受才飞翔?不过,人可真是难受啊。特别令人无法忍耐的是黏腻的闷热、汗水和雨水在衣衫上结成厚厚的盐碱似的东西,而且发出霉酸的气味。气压低得连呼吸都十分滞重,做点出力的事就要粗声喘气。可是,就在这种时候,要完成东西两线的夹击。当然,这是超乎一切难关之上的神圣的使命。

秦震看完电报,摘下眼镜,揉了揉眼睛,望着窗外那阴沉的天空。

他似乎想起了什么,其实他没想,也用不到想。每当他烦恼郁闷时,两脚便自然而然地向战士走去。他向门外喊了声:

"黄参谋!"

黄参谋应声而入,秦震把那一叠电报一推:

"拿走吧,我去看一看部队。"

说着他就往外走,小陈一脚踏进来拦住他:"在下雨……"

秦震翻了他一眼:"下雨就不活了吗?"

他继续往外走。

小陈拿着雨衣坚持让他穿,他却不肯穿:"鬼后勤部,这家伙在南方怎么用?又重、又厚,热死人。"

"这可是美国后勤部设计的。"

"美国就什么都好?你给我拿个斗笠来。"

小陈跑得喘吁吁,拿来斗笠,他已经走出好远一截路。

小镇上石块铺的路,凸凸凹凹,由于过往行人穿了鞋底上钉铁钉的雨鞋,踏得石块发出铿铿锵锵的一片声响。

秦震接过斗笠,却拿在手上,就迈步向镇外急行而去。

走了大约有一里路,到了师部,见到了陈文洪、梁曙光。他们二人还余悸未消,秦震却若无其事,他和他们站在师部的小屋屋檐下,慢慢说:

"雨季来临了!"

好像他到这儿来就是为了告诉他们这一件事。雨,凉丝丝落在脸上,这凉和热绞在一起真难对付。小屋里电话铃一阵紧响,陈文洪弯下身钻进小屋去接电话。秦震面对梁曙光,眼光朝小屋里一瞥问道:"怎么样,想通了?……""我请求首长让他指挥再打一仗吧!"秦震说:"打仗,好么,有你政委保证,还有什么说的。"陈文洪出来了,秦震说:"走!看看同志们去!"

他们走过崎岖的山路,穿过水灵灵的竹林,竹林旁野灶升起一缕青烟。

"这是哪个部队?"

"炮兵。"

"啊,炮兵,往后最艰苦的是炮兵了!"

他们走过去,先闻到一股浓重的马尿马粪气味。各种颜色的马匹都站在雨脚下,把嘴伸到料袋里,发出"喀嚓——喀嚓"一片声响。战士们围了铅铁筒,蹲成许多圆圈在吃饭。陈文洪想让大家起立,秦震制止了,他径自向人群中走去:

"好香啊,你们的伙食怎么样?"

"黄豆黑豆,喷香扑鼻。"

"能吃上热乎饭就是过大年了。"

战士幽默的语言使得秦震心中挺暖和,他问:

"你们这里谁是岳大壮啊?"

腼腆的岳大壮急着往人背后躲,他是最怕见高级首长的,但还是被人们推到前面:

"沙市江面上那条军舰是你一炮打沉的?"

"……"

岳大壮面孔一红,红得连脖颈都红了,左顾右盼,向人求援。秦震把一只手按在岳大壮硬实的膀臂上,他感到无限的力量,无限的强劲。大家一明白是兵团副司令来看望,立刻兴致勃勃,都端着饭碗围拢上来。秦震爱昵地望着大伙,高高举起手上的斗笠,大声叫道:

"希望你们人人都当神炮手!"

他们从那儿爬过几道山梁,雨下得更大了。上得一道山梁一看,下面是黑压压一片部队正在集合。这就是六连所在的那个营。当梁曙光告诉秦震,六连在这里,他才对此行恍然大悟:六连伤亡很大,他是想来看看六连的,这是对六连的慰问,也是对六连的检验。一面想着一面加快了脚步。这一回陈文洪早已叫参谋悄悄传来消息,队伍整整齐齐,全副武装,站成几个纵队。在这乱木丛生的山谷里,在这霉雨季节,战士们一个个昂首挺胸,精神饱满,从纵队这一头望到那一头,一根线一样齐崭崭的。秦震一见,心中一喜:"这是必胜之师!"立刻大踏步走向他们,边走边喊:

"同志们辛苦了!"

"首长辛苦!"

发自每人心胸的声音汇成一阵隆隆声,像浪涛一样飞荡开去,山鸣谷应,发出回响。

秦震心房颤动了一下,他很感动,也很感谢,他站下来说道:

"同志们!解放湖南的决战战幕拉开了,现在摆在我们面前的任务是彻底歼灭逃窜湘西之敌。同志们!雨季来临了,困难会很大,日夜下雨,遍地泥泞。可是你们想一想,这雨水,这泥泞,不只我们面前有,敌人面前也有。敌人不能战胜的我们要战胜,这就是克敌制胜的秘诀。我坚决相信,在你们师首长的指挥下,一定能取得这关键性一战的胜利,打开湘西,占领常德!"

但是,秦震心怀隐忧的是不知六连精神状态怎么样,伤亡惨重,补充新兵,这把刀子还能那样坚韧锋利吗?

突然,一个战士向他走来,他的步伐坚定、沉着。来人是牟春光,这个短小粗壮的人,他身上洋溢着一个战士最高贵的勇敢和尊严。秦震立刻喊道:

"啊,牟春光!你不就是战胜洪水、强涉大河的牟春光吗?"

牟春光深为高级首长记得他的胜利而没有记得他的失败而激动,他们连刚刚在虎跳坪由于暴露目标而遭受惨重伤亡啊!他的两只眼睛霍然一亮,不知是泪光还是水光,不过,他确实哽咽了一下,然后高声说道:

"报告首长!我要在火线上赎回我的过失……"

牟春光说到最后,声音发颤了。他想起武汉那夜晚的亲切交谈,他忽然觉得十分对不起老首长。战士的心,就是如此朴实、动人啊!

秦震说:"打仗哪能没有闪失的时候。憋足劲,好好打一个胜仗!"

牟春光立刻大声回答:"我们一定以一当十,每战必胜!"

于是,六连全体战士齐刷刷地喊出了同样的誓言。这是从遥远的北方打到遥远的南方,冲破千万重关山,冲破燠闷的雨雾,对他们的家乡,对他们的亲人,对整个民族,对整个革命的震撼人心的誓言。"六连还是六连!"秦震想着,露出满意、欣赏的神态。他握住了牟春光那粗硬得像岩石的手掌,牟春光感觉到秦震的手在簌簌颤动。然后,有一股热流传遍他的全身。秦震双目专注地低声对牟春光说:

"我等着你的好消息。"

站在秦震背后的陈文洪理解了老首长这句话的深刻含意。如此的信任,是对牟春光的,也是对他的。陈文洪感激得两眼中蓦地噙满热泪。

秦震这一小群人离开这个营地,走向另一营地。

二

灰色的雨丝时疏时密,连绵不绝地落着。

溪流里、稻田里的水都溢淌出来,加上无数双脚的践踏,这一片汪洋,已分不清哪里是路,哪里是田。南方的雨季在散播磨难、飘荡灾殃。战士浑身泥污,满脸雨汗,肩背上背负的枪支、弹药、背包、水壶,都由于增加了湿度而更加沉重了。但他们不顾一切,只是急急向前奔进。这人的怒潮,在赤红的山坡、碧绿的森林衬映下,像山洪暴发,沿着泥泞的道路,涌入河床,形成旋卷、激荡的河流,发出杂乱、纷繁的咆哮。人们常用"秋风扫落叶"形容胜利的气势,这湘西之战,却真如"石破天惊逗秋雨",它在通向理想王国的历史轨道上留下了特殊的印记。

严素在人群中显得特别生气勃勃,她光着脚,裤腿挽到膝盖头上,虽然背了两个沉重的药箱,但她还是那样矫健、轻快、活跃。她这时什么也没有想,只顾奋力跋涉。不过,自从在湖荡里见到梁曙光的母亲,不知为什么,她似乎变成了另外一个人。如果说在那之前,她的青春是美丽的、光辉的,虽然在欢乐中总伴随着一丝空虚;那么在那以后,尽管她没有寻找什么欢乐、美丽、光辉,然而,她却更加充实、稳妥、坚定,本来就开朗的性格也更加开朗了。就像一棵小雪松,带着未干的露珠,在朝阳红光里婆娑多姿,随风袅娜。是的,她在斗争中成长、成熟了。她从那位湖荡中的老人手里接过了伟大民族的精神的接力棒,(这把质朴的美德与对新的理想的追求溶而为一的精神呵!)使得她成熟了,成了一个真正的人。正因为这个缘故,一切艰难险阻都平淡无奇了:"这都是我必须做的,我不也正在这样做着吗?"她踩着泥浆,顶着泼溅的雨水,可是,她的步子是那样轻盈、坚韧。她有一股奔泻不尽的热情,是它把湿漉漉的热汗、沉甸甸的重负,一切一切都变成性质与之相反的东西了。她在这样一种心境之下一眼望到了陈文洪。她想,政委和师长总是在一起的。她用两眼睒巡一下,却没有看见梁曙光,于是她就集中注意力打量着陈文洪。

陈文洪从送出那份报告之后,什么都不想了,他似乎从愤怒与烦恼的旋涡中解脱出来了。在写报告之前,他和梁曙光有过一次谈话。

梁曙光:"老陈!你不要负担过重呀!"

陈文洪沉默、沉默,没有应声。

"我是这样想,不管问题多么复杂,只要抛开个人,都是容易处理的。"

"老梁,我想过了,我就是痛恨我自己。"

梁曙光看着陈文洪那由于痛苦熬煎而苍白瘦削的面容。他理解,他正经历着严酷的精神磨难。

"是的,生活的道路上有时会有迷误,要找到那个门槛,从那儿跨出一步就是光明。"

"政委,你敲吧!我经得起。"

"我认为你是一个很有点英雄主义色彩的人！"

梁曙光用话试探,看他反应,见他并没勃然大怒,就说下去:

"当然,一个革命者是要有一股子精神的,你有,这是你的长处。因此你有魄力,——你有任何困难也阻挡不住的魄力……不过,事情一旦过了头就走向反面,胜利会刺激你！困难也会刺激你！我知道你有你的苦恼,战争的苦难,个人的仇恨,血泪斑斑呀！可是,老陈！你有没有想过,敌人就是要拿这一切激怒你,你恨不得一拳砸个稀巴烂,可是事情偏不像你想得那么简单。你知道,新生总是伴随着苦痛的,你的英雄主义使你失去理智,陷入主观。"

"你说,老梁！你把该说的都说出来。"

"你想消灭敌人,心是好的。可是英雄主义蒙蔽了头脑,你就失去了掌握客观规律的思想力量,你的勇敢变成了盲目。"

两个亲密战友的心互相沟通、交溶,好像拨开云雾看到青天。

"我从进武汉,心里就窝着一股火,这火愈来愈大,我不冷静了！……"他紧紧抓住梁曙光的手,梁曙光觉得他的手颤抖得很厉害。"不,政委！我的心给敌人拖垮了。"一个铁一样的人,现在无可回避地展示他自己不敢正视、而又不得不正视的真心,这对他来说是多么大的痛苦呀！但是,他的忠诚的意志拯救了他:"当时,我只有一个念头,就是我必须立刻抓住敌人,绝不能错过时机,否则一切希望将成为泡影,我就下决心发起冲锋了——我觉得我的判断是正确的,我的决心是正确的……现在我才明白,在我莽撞出击的决心下面,掩盖着我个人的感情。……感情蒙蔽了我的眼睛,营救白洁的念头影响了我的作战决心。政委！你说我英雄主义是原谅我,实际上是由于我的私心杂念,造成无谓的牺牲。我后悔莫及呀！"这种真诚、坦白,说明他的痛苦是巨大的,可也正是这巨大的痛苦,使他醒悟,将他拯救出深渊。灵魂,经过烈火的熔炼才能真正纯洁啊！

梁曙光听了陈文洪的话,十分感动,但感到陈文洪内心的疼痛,他不愿再加深这疼痛,于是避开眼前的这些具体事情,而一般性地议论道:"胜利这个东西来之不易呀!过去,看不到胜利盼胜利,现在胜利在握了怕胜利,百尺竿头更进一步,每一个人都不能背胜利这个包袱。你不要觉得敌人已经'日薄西山、气息奄奄、人命危浅、朝不虑夕',其实,现在敌人在跟我们比赛,看谁真正跑得快,看谁先达终点。老陈!你对自己的思想挖得是很深的,那你就卸掉包袱,卸得愈快愈好,轻装上阵,终点在望。"

在这次谈话之后,陈文洪决然写了报告,那报告中的每一个字都是他纯洁灵魂的自白。

当陪同秦震看望部队,听到秦震那无限信任、无限嘱托的话,他的精神升华了。是的,

他现在像从山谷里吹出的清风,

他现在像从泉源里流出的净水,

他排除了一切庞思杂念,一条心就扑在一点上:打好这一仗!

严素看见陈文洪,也是光着两脚,把裤管挽到膝头上,袖子挽在臂肘上,肩头背着七八支枪,还一手挽住一个战士,在泥泞里跋涉。跟在他背后那匹黑骏马身上驮着战士们的背包,像个小山头,马一动弹那山头就颤动。见这情景,严素心头一阵发热,几步抢上去就夺陈文洪身上的枪。陈文洪胳膊一挡就把她挡开了,这时,才看出是严医生,就笑一笑说:

"你想抢我的买卖呀!"

严素脖子一挺,头发泼拉拉摇洒着雨水,说:

"这买卖你不给我做,我自己做。"

说着就去抢夺旁边一个战士的枪,那战士死抱住枪,不肯给她,两个人你争我夺就拉扯起来,这引起队伍中一阵欢乐的笑声。陈文洪趁势把手一挥喊道:"感谢严医生来给我们加油啊!"大家跟

着哄喊:"好呀！来一个呀！"严素两手一举做出打拍子的姿势:"唱个歌好吧？""好！"于是从这狂流中,一个强劲的旋律,冲破了霉雨和泥泞,震地动天。

三

泥泞难行。秦震骑着一匹雪青的蒙古马,带着几个骑马的卫士,在离部队约一百米的侧方缓缓前行。刚才这一幕夺枪的情景,完全落入他的眼帘。他很满意,从干部到战士,都有一股旺盛的意志,严素的行为特别令人鼓舞,他心下不禁暗暗称赞。然后,在还没有引起部队注意的时候,就策马一溜小跑,赶到部队前面去了。

严素找到六连,找到牟春光。

"小春子,吃得消？"

"行呐,严大姐。"

两人肩并肩踏着烂泥,一面走一面说话:

"我托人带的那封信收到了吗？"

"是春玉那封信吗？"

"就是,我想亲手交给你,还要跟你唠唠家里情景,可是我有任务离开了部队。这可是'家书抵万金'呀！你回信了吗？"

牟春光摇了摇头。

"你为什么不回信？你怎能够不回信,二老惦念着你呢！"

"你看,就这稀泥浊水有什么好写？"

"打了这么大胜仗,打开长江,进入湖南,听说你们班还被命名为战洪劈浪英雄班哩！"

"再也别提那吧！"

以后他就沉默不语了。

严素窥测出牟春光内心活动很复杂。她知道,他这人不是什么都挂在嘴头子上的,她就在用力寻思,想猜透他的心机。于是试探着说:

"师长,政委,都夸你呢!"

"我对不起师长,虎跳坪埋伏暴露了目标……"

牟春光脸色陡变,两眼充血,眼泪欲滴。他一想到这事,就充满无穷的懊悔和恼恨。不怨天,不怨地,怨自己。特别是现在,在同乡、同屯的严素面前,他难过地望了她一眼,觉得也很对不起她,没颜面见她,就小声说:

"严医生!你还是去执行你的任务吧!"

严素这个性格爽朗的人,最受不了这种一锥子扎不出血的劲儿。她像爆竹一样爆炸开来:

"小春子!看你这窝囊废的样子,还不如你爹痛快。我告诉你,你爹还有话呢……"

严素装出牟春光老爹那气派、那架势说:

"'春子这一步棋走得好!人总要讲个事理,什么南方北方,不能咱这里光亮,眼看着那里摸黑。你给我告诫告诫春子,他要是打不出个样来,瞧我不拿鞋底子掴打他屁股!'我说小牟,看你这劲头,是不是等着挨揍呢!"

严素学得惟妙惟肖,惹得牟春光也笑了。

"我南下以来,心里哪天不是热火乎乎的,可是遇到烦心的事,有什么法子呢!"

战士的口捂得再严实,只要对方真心实意,他就会一碗水泼在地,一点也不保留。何况,他从小就管严素叫姐。后来,她到哈尔滨上学堂,见了面就觉得生疏了。可是,现在,在这万里以外,她毕竟是一个家乡的亲人呀。牟春光下定决心,把他跟岳大壮的纠葛,一五一十对严素说了出来。严素两只光脚踩得烂泥嗞嗞响,但她

真心实意地在听着。她见牟春光说完,沉吟了老半天,然后一本正经地对牟春光说:

"小春子!你挖得不深。"

牟春光急得涨红了头脸争辩着:"我句句都是实打实!"

严素噗哧笑了,说:"我不是那个意思。你跟岳大壮闹矛盾是实,可这不是根本,根本是南方的艰苦吓倒了你!你忘了本。"

牟春光最受不了这一句,又觉得挖到了自己的思想根子。他没有反击,只梗着脖颈,勾着脑袋。雨水泼洒在身上有点凉意,可是他心里却火烫。

严素好像想起什么久远的事,用缓和、温柔的语调说:"辽西作战我负了伤,组织上照顾我回趟家,没曾想这一回去可开了眼界。就拿你家来说,从前过的什么日子,你心里明白。我这回一看,你们家在咱屯那条小河边盖了两间明窗瓦亮的房子,我一脚踏进你家门,那暖和劲就别提了。你家养了一百多只鸭子,坐在炕头上就看得见那雪白雪白的一大群鸭子在河水里游荡。你还记得咱屯那块荒地吗?咱们小时候都管那里叫'阴曹地府',不敢到那儿去。现在成了宝库,都是你妹妹开拖拉机开出来的。你妹妹可真带劲,头上扎着大红头巾,那个麻利劲可跟你不一样,就跟苏联第一名女拖拉机手叫什么、什么林娜的一模一样。拖拉机在她手下跟驯儿马一般,隆隆叫着,把黑油油的肥土都翻过来,老阳儿一晒,那土呀,油亮油亮,真是黑金子……"经严素这一描绘,牟春光心情也亮敞起来。严素趁机郑重其事、一板一眼地说道:"你不是怕艰苦的人,这我知道。可是,这种事由不得人。你以为你什么也不怕,可是你腻味了、烦恼了,这也是示弱。人情世态就是这么个劲头,你愈弱它就愈欺你。一开头遇上山洪暴发,你还有股子猛劲,可架不住天长日久、天天如此、夜夜如此。钝刀子割肉不好受啊!你跟岳大壮的冲突只是爆发点,要不为什么岳大壮夸奖南方的话你想起来就那么反感呢!"

这话把牟春光点透了,他心里认可,只是不吭声。因为他一想起那回岳大壮那无情无义的狠样,他就觉得太伤害他的自尊心了。

"小春子!我说你心胸狭窄,你没掂一掂你的分量。"

"啥分量?"

"你是老解放区的战士。"

"要不是老解放区的战士,我还不替他推炮呢!"

"替他,他是谁?难道炮不是你的?"

严素这人口齿伶俐,话又入情入理,这一问就问得牟春光哑口无言了。

严素又说:"你好好想一想吧!不过,打完这一仗,还是给老人写封平安家信,且看你怎样回话吧!"

严素惦记着伤员病号们的事,就离开牟春光,径自往前走去。

雨还在稀稀拉拉地下,云层薄了一些,天地也就显得光亮了一点。严素看到一处山坡的松林前面,有一小群骑马的人静静地站在那儿看着部队。严素一下认出秦副司令,鲜红的土壤、黑色的林木之间,他骑的那匹雪青马特别显眼。秦震披着雨衣,只在脖子下扣了一个扣,雨衣像斗篷一样披散开来。雪青马偶然举一下前蹄,甩一下尾巴,秦震稳稳坐在鞍子上,他那双并不大却目光锐利的眼睛注视着每一个战士。严素第一回看见秦震骑马,心中不知怎么激动起来。严素远远就向秦震招手,因为在这一刹那间,她想起南下火车上,他们的骤然相遇,她的请求,他的许诺……秦震笑吟吟朝她点着头,好像在说:"这不都实现了吗?"同时也举起手来向她招手,心头又发出那样的赞叹:"这是一个多么好的女青年啊!"

严素走过去之后不久,有两个奇异的人形映入秦震的眼帘。他定睛看时,是一男一女,把一件雨衣蒙罩在头上。秦震十分纳闷,这是什么人?不料那两人早已看到他,而且径直向他奔来,一

下把雨衣揭去。啊,是他们,南下列车上那两个青年。两个人像从万马军中蓦地看见了亲人,齐声叫道:

"秦副司令!我们也来了!"

"好,是真正的战士了!你,噉,对,你叫黎明,你……你叫李天歌,你还作诗?你还唱歌吗?"

黎明跟李天歌见秦震记得如此之牢,心下十分快意。他们说:

"我们现在是记者了。"

"不过,诗还要作,歌还是要唱嘛。你们看看,"秦震在马上把手一挥,朝着山河大地,朝着汹涌人流,"有多少诗好写,有多少歌好唱的呀!"

四

有一个人骑马向秦震急驰而来,这是梁曙光。他喘吁吁地喊着:

"包围了敌人——包围了敌人!"

这骤然而来的消息,使秦震兴奋起来。他打了那么多次仗,歼灭过那样多的敌人,可是,这种消息每次到来,还使他全身振奋,意气盎然。他两脚跟一磕马肚子,右手把缰绳轻轻一带,雪青马便灵活地转过身子,扬开四蹄。——秦震第一个,梁曙光第二个,后面一条线一样飞奔着几个骑马的人……他们沿着山梁向不太远的长满茂密黑松林的小山顶那儿跑去,它是这一带唯一一处高地,可以纵览全局。他们到达不久,陈文洪也骑着黑骏马飞奔而来了。梁曙光立刻报告,连接两份电报,本师一个营,从西面穿过无数密林和羊肠小道,插到撤退的敌兵团背后;与此同时,游击队也从东面湖沼地带横截住敌人。秦震、陈文洪、梁曙光都举起望远镜在观察。

从望远镜里看得很清楚,离他们数里之遥是一片广阔的阵地。有几处村庄隐藏在茂密繁盛的竹木林里,没完全露面的太阳透过稀薄的云层洒下光亮,曲曲弯弯的蓝色小河那面浮着淡淡的白雾。雾里,竹木林里,旷野上,都有敌人的兵马,有的从这边往那边,有的从那边往这边,急遽地调动着。本来,在几片裸露的场地上,一大批人疲于奔命,睡倒地下,不想再走,但是给几个军官驱赶着,利用丘陵的棱角抢修工事。令人可虑的是敌人炮兵竟抢在了我们前面,进入阵地,校正炮位。这一切说明敌方已经发现后路切断,预感到两把刀子已插将胁下,但对正面压力尚无精确判断,只是连忙设防、筑垒,准备决战。

陈文洪大大叉开两腿站在那里,回过头,向秦震投出问询的一瞥。

秦震感觉到陈文洪全身洋溢着求战的渴望。不过,他的神情是冷静的,甚至冷峻的。

秦震只轻轻说了一句:"彻底消灭敌人!"就策马缓缓穿过树林走去,好像是说:"我不插手,给你一个机会,让你打一场胜仗!"上级的信任形成力量,增强了陈文洪的信心和信念,他立刻全心全意组织战斗。

堑壕、掩体,迅速修筑起来。电话兵一下跑过高地,一下跑入洼谷,飞快地牵着黑色的电话线,把整个从行进改变为攻击的阵地的神经沟通起来,使它很快成为一个机动、灵活的作战整体。被陈文洪派去给兵团前指建筑工事的人回来了,说:"副司令骑马视察整个前沿阵地去了,说回头到师指挥所来,用不着另外修工事了。"陈文洪说:"那就在这给秦副司令修个坚固的掩蔽部吧!"陈文洪通过电话与团、营、连都直接通了话。恰在此时,发生了一个十分严重的情况,炮兵上不了阵地。陈文洪正聚精会神地视察、窥伺着敌人的变化,他听了报告,头也没回:"上不来,难道等着敌人炮火消灭我们阵地不行?命令炮兵排除万难,进入阵地,准备发射!"

由于雨水和山洪的冲击,山坡完全变成烂泥塘了,炮兵进入高地,遇到无法克服的困难。沉重的炮车深陷在泥泞中,前边几匹马奋力拖拽,把挽绳绷得像弓弦一样紧,而驾辕的马却扑倒在泥水中,发出哀鸣,炮车不但不能前进,而且往后面溜滑。炮兵们(这里边有一个就是岳大壮)用肩膀顶住车轮,车轮还是一个劲向后滚。这时,一个参谋跑来传达陈文洪的命令。

岳大壮突然从人群中跳出来,这个腼腆的人变成火暴的人,他大声喊叫:"我们抬也把炮抬上阵地!"

只有战争,在战争的启发下,凝聚起那么多智慧与勇敢,只有战争,在战神的胁迫下,才会做出非人力所能及的事情。

"咔!"

岳大壮一刀砍断了挽绳。

他们一群人竟把几千斤重的大炮抬了起来。

正在进入阵地的牟春光听到杂乱的吆喝,猛回过头来,看到这一情景。岳大壮像一头拓荒的老牛,奋尽全身之力,抬着大炮,两腿颤抖,身体摇晃,顽强地一寸一寸向前移动,可是沉重的大炮终于又滚落在地下。牟春光心头一烫,那里的冰块融成暖流,他的脸孔涨红了,他招了一下手,带领全班,沿着壁陡的山坡冲下来。他们撒开两腿飞跑,在半山腰里,他们呐喊着"炮兵兄弟,我们来了!"和炮兵会合。这波澜震动了宁静的空气,于是阵地上出现了惊人的场面,许多步兵从堑壕里跳出。一下子,热闹的人群拥聚在一起,这是多么动人、多么欢乐的场面啊!大自然给走向胜利的人们设置了障碍,可是,人们以坚韧的毅力战胜大自然。一门一门橄榄绿色的大炮被人们抬起来了,一个班长模样的人喊起号子"哎哟嘿,用力抬呀!哎哟嘿,向前走呀!……"几百只手,几百只脚,凝成一个统一的整体，按着一个统一的意志、统一的节奏在努力奋战，这种英勇而豪迈的壮举震惊了全军，鼓舞了全军。

天空，那迷濛黯淡的天空，一下被砸碎了。阳光骤然投射下来，湿漉漉的红土，鲜灵灵的绿草，特别是人们绷紧着、扭动着的赤裸的脊背、肩膀、大腿，给阳光照耀得像涂了一层脂油似的晶光发亮。

当第一门炮抬到炮位上，整个阵地上像急风一样掠过大笑和欢呼的声音。

牟春光向岳大壮扑过去，两个人紧紧拥抱在一起了。牟春光激动得半天才挣出一句话：

"大壮兄弟！我对不起你呀！"

"不，是我，我想过，我不对！"

牟春光与岳大壮由于从深沉痛苦中获得解脱的欢乐而热泪滂沱。周围的步兵和炮兵也都拥抱起来。牟春光往高里一蹦，将手一挥喊道：

"炮兵万岁！"

立刻引起一阵轰响：

"步兵万岁！"

这呐喊声引起巡视整个战场、骑马回来的秦震的注意，他勒住马，他笑了。这时，一个骑马的参谋向他跑来报告：

"师长请副司令进入指挥所！"

他知道战斗就要打响了，他从容地从马背上翻身下来，大踏步向师指挥所堑壕走去，走下堑壕之前，还特地站在围墙上回顾了一遍。步兵迅速进入堑壕，无影无踪了。炮队的掩体整整齐齐排成一列，所有炮口缓缓升起，直指前方。刚才的纷繁、复杂的快乐，一下变成了单纯、严肃的宁静。陈文洪站在用装了土的空弹药箱垒起来的掩体里，剪形瞭望镜像一个巨大的圆规竖立在地下，陈文洪正在仔细观察。见秦震进来,连忙向他报告。秦震听完报告,挥了一下手说:"就这么办,我做观察员!"于是把信任和信念一道交给陈文洪,他径自走向一个弹药箱坐下来,端起一个白搪瓷茶缸喝水。陈文洪经过仔细观察、周密考虑,已经下定决心。这时,整个指挥所里充满了果决、坚毅、强劲的气氛。陈文洪轻轻向作战科长说:"让各部队报告!"每一部电话机有一个人守住,几部电话机同时嗡嗡摇动电话机柄。而后,一个个向师长作出了肯定的回答:"准备就绪!""准备就绪!""准备就绪!"……这时,在陈文洪眉宇之间,除了信心之外似乎什么都没有了。他望着手表,秒针一下一下向一个决定的时刻跃进,——那是拼搏的时刻,那是所有力量组合成铁与火的冲击的时刻,也就是决定胜负的时刻。命令,是何等的威严呀!秦震、梁曙光、陈文洪都鹄立在那里,仰起头来,秦震轻轻对陈文洪说了一声:

"行动开始!"

陈文洪立刻命令发出攻击信号。然后,看见三颗红色信号弹忽悠悠升上高空。差不多在同一时刻,炮弹出膛,"嗡嗡"响着划空而过。敌人阵地上立刻出现了许多小小棉朵似的黑烟团。一刹那间,火光和黑烟一起爆炸。大地沉重地抖颤起来。战争是恐怖、震骇和死亡。但对掌握战争主动权的人来说,就像期待已久的事情一下赫然出现,每一场战争,都是一次创造,一次新生,从而唤起他们无法抑制的快感。随着电话上的报告、报话机上的报告,陈文洪敞开衣襟,指挥战斗。双方炮火交织起来,不过敌人的炮弹显然是漫无目标、空空荡荡地哀鸣。而我们的炮队在试射之后,立刻以强大火力控制一切,压倒一切,毁灭一切。敌人阵地上的丘陵、洼谷、竹木、村舍都不见了,只剩下一派茫茫黑烟,然后突然变成一片火海。我们的阵地上也落下敌人的炮弹,升腾起几股浓烟,弥漫着硝烟气味。炮兵部队纷纷报告炮火命中情况。陈文洪从观测和谛听中判断出我们已经压制了敌人的炮火,他命令炮兵立即延伸射击。这时,他突然感到,一件激动人心的事发生了,他一下甩掉手上的电话,一步跳出堑壕,他高高立在胸墙上,他听见敌人后方,紧张而剧烈的枪声乱成一团,包围圈合拢了。这对于他是最好的信息,敌人已经处于腹背夹击的窘态。"这一下子,我要瓮中捉鳖,让你上天无路,人地无门!"他是多么振奋呀!一转身跳下堑壕,由于他脚步的带动,胸墙上滚下一大堆泥块,他一步抢到电话机旁,立刻摇通电话,命令以六连为尖刀,从敌人的一处结合部(那条在阳光下闪亮的弯弯曲曲的小河那儿)发动猛攻,穿插进去,分割敌人。随着他的命令的下达,满山遍野响起嘹亮的号声,就如同在音乐堂中听交响乐。忽然,所有乐声停止,只听见小号在清亮地响着、响着。他从望远镜里看到,先头连的战士在弯腰飞奔,有的扑倒又跃起来,有的倒下就不动了。不久,他们投入滚滚的硝烟,硝烟像乌云一样,给风吹得向一个方向飞扬。

　　陈文洪这一次没有带领部队冲锋,只挺立在指挥所里,通过报话机和突击营紧密联系。

　　"天山!天山!天山回话,你们到达哪里?……遇到敌人碉堡火力拦击,……怎么?怎么?停滞不前?"

　　陈文洪拧着眉头,瞪大两眼,喝道:

　　"立刻集中火力,扫清道路!"

　　从报话机里传来集束手榴弹轰隆隆的爆炸声。

　　"什么?天山!你说话,天山!"报话员移向陈文洪:"营长要直接向你报告!"

　　陈文洪接过传声筒大声喊道:

　　"我是陈文洪,我是陈文洪,你报告吧!什么?捅进敌人指挥部?好呀!狠狠地捣烂它!"

　　秦震感到异常地疲乏,好像从襄阳、樊城出动以来,所积累的一切紧张、劳累,都在这一刻间凝聚起来,压在头上、身上,他感到全身像有无数根绳索紧紧捆绑着。他太乏了!他太乏了!所以他坐在弹药箱上,端着一缸热开水在慢慢喝,只默默观察着。他为陈文洪的从容不迫、镇定自若而感到莫大欣慰;同时,他也觉得陈文洪全身好像都在说:"我要打一个漂亮仗,打完了,你再处分我吧!"

秦震想道:"他的报告是他觉悟的表现,他从鲁莽猛撞中觉悟过来了!"陈文洪这样迅速吸取了教训,总结了经验,秦震感到无限的宽慰。他想说句话,可是,疲乏压倒他,他觉得全身肿胀、瘫软。不过,陈文洪最后的话声惊醒了他,他猛地站起来,想立刻奔过去。不行,头重脚轻,他只好勉强抑制自己,缓缓踱过去问:

"这一刀戳中了心脏?"

"看样子是击中了要害。"

秦震两眼炯炯发亮,像熊熊燃烧的蜡烛,熠熠闪烁。他立刻对陈文洪说:"是指挥部?要抓活的!"

陈文洪刚转过身去传达命令。正在这一瞬间,他突然又听到报话机里有声音,他一听,脸色变了:

"你再说一遍,抓到了敌人少将司令?你再说一遍……少将司令……"

秦震感到狂喜,他向报话机前走,想直接通话。但是心脏病患者,最怕猝然的焦急或猝然的狂欢。他觉得身子好像一下飘浮起来,而后心脏一阵剧烈的刺痛,他脸色苍白,一下倒在身旁几个人的怀中。

决定最后胜利的时间到来了。

陈文洪一看秦震那情景,像有一支箭刺在心上。他望望梁曙光,梁曙光也正在望他,他忽地挺直身子:

"政委!副司令交给你了!"

他立刻带领指挥所的人们跳出堑壕,向火线狂奔而去。

五

秦震的心脏病再次发作,使梁曙光感到无穷的忧虑。

医疗队的负责人带着严素来了。严素是秦震上一次犯病时的主治医生,比较熟悉秦震的病情。经过输氧和服药,心绞痛渐渐缓解了。秦震急于投入战斗,但从医学上来讲这是绝对不可能的。梁曙光劝说秦震先休息一下,然后走到掩体外和严素商议。

严素坚持往下送。梁曙光说:"老头是绝对不肯的。"

医疗队负责人当机立断:"不动!"他认为对心脏病患者不要过分强制,以免引起病人烦躁、焦急,反而使病情恶化。他认为在这个时候最好是静卧不动,接受治疗。严素则不以为然地说:"不到一个月时间,发作两次,这是危险信号。"梁曙光说:"你一定坚持,弄得他大发雷霆,后果更坏。我们能不能找寻一个折衷的方案呢?"严素机灵地两眼一亮说:"上担架……"梁曙光微微点头:"这倒是个办法。这么办,你们先别出面,我进去说服说服他。"梁曙光转过一段堑壕走进掩体。

秦震一见他就说:

"伙计,收拾摊子,前进吧!"

说着就想站起身。但两腿绵软,不随人意。梁曙光乘机叫了一声:"司令员!"可又把下面的话咽回去了。秦震说:"有话就说,何必这么吞吞吐吐。"梁曙光挨在秦震身边坐下,缓缓说道:

"副司令!你不常常告诫我们要讲科学吗!"

"我什么时候叫你们违背科学?"

"那就好办了。医疗队长和严医生仔细研究了你的病情,认为:第一,不能走路,也不能骑马;第二,你得送野战医院……"

秦震把手上的茶缸砰地放在弹药箱上,两眼一瞪:"你让我南下作战半途而废吗?这万万不可能。"说着把脖颈一扭。

梁曙光连忙缓和局势:"我倒是建议您坐担架……"

"你让我睡在担架上指挥?"

严素一脚踏进来,露出一副毫不妥协的神态说:"我看还是进医院!"

这一来,把秦震吓住了。他像一个顽皮的孩子,张大两眼,看看从梁曙光、医疗队长、严医生那里都得不到支持,只好顺从地上了担架。小陈将一条美国军用毛毯叠成三折垫在担架上,而后,几个人扶住秦震在担架上躺下来。秦震发愁地望了望担架兵:"你们应该去抬伤员……"严素立刻严肃地说:"病员也得抬,走吧!"秦震原打算磨一段时间,就想法下去,谁知医疗队长早料到他这一手,专派严素这个"严"医生紧跟着他。他们这一小队人沿着刚才打得火热、现在却冷冷清清的战场走过。

秦震朝梁曙光微微一笑说:

"这一仗,陈文洪该解气了!"

"副司令!这几天他的心境够苦的。"

"我知道,我怎么不知道呢,你发觉没有,对他来讲,最重要的是打一个大胜仗。否则,他会永远后悔,永远责备自己的。"

在颤悠悠的担架上,秦震沉默了很久。然后对梁曙光招了招手,把他招呼到紧跟前,跟他说了一段意味深长的话:

"曙光,这几天我一直在想,像一面镜子,从陈文洪跟白洁的关系上也照出我的弱点。在延安的时候,我是上级,我有权力彻底切断他们的关系。要是那样,陈文洪现在也就没有什么痛苦了。可是,我软弱了,我妥协了。唉,这是命运吧?我们马克思主义者相信命运吗?不过我想,在茫茫革命生涯中,哪里能够没有悲欢离合?问题是它引起的是什么?是晴还是阴,是希望还是失望。用这把尺子来衡量文洪和白洁的爱情,多少年,生离死别,岁月考验了他们的忠贞。我认为,他们的爱情是符合于革命的崇高目的的……

"曙光!也许在这一点上我应该自责。在草坝子上露营那个夜晚,我考虑了好多人生的问题,后来在搭桥抢渡那一夜,我的良心又受了沉重的责罚。我想的这些也许可以叫哲学问题吧!……不过,我没有及时把我想的,好好跟你们说一说……你不觉得吗?一个人过去的遭遇,往往会再一次出现,不过历史时期不同了,它的含意也不同了。我看到了这一点,可是我没抓住这一点。我在关键时刻没有很好引导我的部下,陈文洪那辣子脾气就来了个大爆发……是的,作为前线最高指挥官,我应该自责呀!曙光!我希望你了解我的心情。有一天,我要跟文洪……也许还有白洁说说,幸福是个美好的字眼,他们的牺牲是值得的。可是,如果历史要求我们付出更大的牺牲,那又怎么办呢?我们都是为了实现一个崇高理想才走到一起来的。崇高的理想永远在我们的前面,为了抓住它,实现它,我们得吃尽人间的苦,受尽人间的罪,我们要付出自己的生命,不,要付出无数代人的生命才能接近它……理想永远是光辉的。不过,光辉是未来的事,我们的任务,就是肩住历史的闸门,放地狱中人奔涌出去……"

人们常说,一个人在病痛中说的话往往是最真挚的。

梁曙光此时此刻更加明了,秦震的病痛说明南下以来,为了战胜困难,取得胜利,他付出了多少心血,多少代价。秦震好像疲乏了,难道他把他思考的都说完了吗?没有,当然没有。可是他闭上两眼,他沉默了下来,很久很久没有出声。梁曙光同严素急遽地相互一瞥,严素用手指去切秦震的脉搏。秦震变得那样平静、安详,过了好一阵,忽然张开眼,看了看严素,看见她身上血渍斑斑——是的,不久以前,她还拼着自己的性命,在绑扎所里抢救伤员。秦

震把梁曙光拉近自己,将嘴贴近梁曙光的耳朵上说:

"一个多么勇敢的姑娘!"

而后他泰然地合上两眼,像沉沉入睡一样,他的病情在这以后一段时间里渐渐稳定下来。

繁星在天。大野里传来梦幻一般的仲夏夜的乐曲。从稻田里传来蛙鸣,从草棵里传来虫吟,鱼在水面上的喋喋声,露珠从树叶上滴落的声音,这一切隐秘而微妙的声音,像一抹淡淡微云在悠悠飘荡。兵团前线指挥部在一座被炮火摧毁的村舍旁边搭起帐篷。警卫员小陈用四根小线绳拉开四角,吊起美国蚊帐。秦震蒙蒙眬眬继续沉睡着。像每一个心脏病发作的人一样,他特别需要安静地睡眠,他睡熟了,发出舒畅的鼾声。这鼾声于是也变成仲夏夜乐曲中一种柔和的颤音,和所有声音糅合在一起,起伏、荡漾。

六

严素守在秦震身旁,她为了他偶然发出的一阵阵急促的喘息而焦灼,为了他进入酣睡状态而高兴。

下半夜,不知是什么时间,帐篷外一阵沉重的咚咚脚步声把秦震惊醒。迷迷糊糊的严素也惊醒过来。她深怪来人鲁莽,马上要严厉制止。却听到梁曙光在那里同人悄悄谈话,秦震也已经发问:

"有情况吗?"

"是天柱来了。"

"赶快叫他到我这里来!"

严素不依:"副司令,你还是……"

"这事例外,严医生!"

一盏捻小了灯芯的小马灯,昏暗的光线照出梁天柱庞大的身

躯。从在武汉见到他以后,秦震就喜欢这个精干而又勇猛的汉子。经过酣眠之后,他似乎霍然而愈。他问:

"游击队会师了?"

"在火线上会师,很多游击队员都哭了。"

梁天柱用几句简括明了的语言,叙述会师情况之后,从口袋里掏出一封信说:

"地下党让我送来一封机要信件。"

秦震接过信,梁曙光取下马灯,举在床头上为他照明:

黛娜已被敌特押往沅陵方向,详情待查。

本来还牵住一条线,现在一切都音讯杳然了⋯⋯

这是又一次失望,又一次刺激,又一次打击吗?

不,秦震十分平静地接受了这突然而来的噩运。

是由于刺痛太多而麻木不仁,不再觉得那尖厉的疼痛了吗?那倒不是,他在跟梁曙光说出了对人生的思考之后,如同从霄汉上俯视人间,他的灵魂升得更高,一切看得更透彻、更辽阔了。

他给梁曙光看了信并说:"如实告诉陈文洪,我相信他承担得起。"随即把信折叠起来,装在口袋里,缓缓地说:"天柱休息一下吧!曙光!我想再睡一睡。"

他们出去之后,他两眼淡然望着帐篷顶,他什么也没有想,既没有欢乐,也没有痛苦。然后,他睡了,睡得很踏实。

第二天,他要梁曙光把俘虏的敌人少将司令官带到这儿来。

严素按住他,不让他起来,他却不客气地推开了她的手说:

"我没给他打倒,我不能躺着见他,我要站着见他!"

他隐隐地想道:"哈,真巧,又是一个少将!"他想起一九四六年在北京饭店和国民党那个少将面对面的事。那人说,"松花江的风雪很冻人呀!""不,我倒怕人民的血泪将会淹没你们!"——那是火花迸发爆射的一刹那,"现在,胜败已成定局,我是胜方的司令官,对他还有什么厌恶？还有什么仇恨？一个微不足道的人物，我倒要器量大些，我要见一见他。"此刻，他并没有猎人欣赏捕获物时的心情，他只想寻找一个历史的必然结论。

当那个少将司令官被带来时，他心里却忍不住笑了："这是堂堂的司令官……少将吗？"

这个少将换了肮脏破烂的士兵服装，胳膊挺长，袖子挺短，一副寒伧相。他是清点俘虏时被查出来的，他自己的士兵当面揭露了他。秦震心里掠过两字"鸵——鸟！"你看，他那养尊处优弄得鲜光肥胖的身子，哪里像一个士兵呢！

现在，他站在那里，倒想装得堂皇一点，气派一点，但他那发白的嘴唇却在哆嗦。

坐在担架上的秦震，坦然地做了一个手势：

"请坐！"

这个少将心神不定，手足失措，颓然跌坐在一只空弹药箱上。

秦震思索着，想起一句话。好像是马克思在哪里说过，一切伟大的世界历史事变和人物，往往都出现两次。不过，第一次是作为悲剧出现，第二次是作为喜剧出现。这话说得多好呀！……想到此处，秦震不想多说什么了，他突然问：

"你会下棋吗？"

那人猛地一怔，瞠然不知所云。

于是，秦震挥一挥手说：

"请吧！"

当这个少将司令官被带走以后，秦震冷冷一笑，说了四个字：

"稀松平常！"

第十八章　曙光在望

一

消灭逃窜湘西这一支敌军后,部队向常德锐进。

秦震在途中和兵团司令部会合了。当他们用担架抬着他在一座竹木丛林密布的山岗上行走,将接近约定地点时,他看见一大串吉普车沿着山路蜿蜒而来。黄参谋跑下山去,拦住了车队,从一辆小吉普上传来董天年洪亮的声音:"黄参谋!秦副司令员怎么样?"话声未歇,就旋风一样奔过来这个灰白头发、胖胖的圆脸上有一双笑眼的老人,不过此刻眼睛瞪得很大,显然心里着急。说话之间,秦震已经从绿荫荫的树影中出现。他要跑,可是严素和小陈从左右两面挟持住不放。董天年连忙大喝一声:

"老秦,慢慢来嘛,心急吞不下热汤团呀!"

秦震无论如何不肯这样狼狈地和兵团首长们见面。他终于挣脱了,慢慢缓步从长满青草的山坡上走下来。严素一直送他到车队跟前。秦震突然想起急忙里忘记和担架兵告别,就转回身向山岗上招手。那上面一小群战士也向他招手。然后他用力地握住严素的手摇撼了一阵,他本来想对严素说声谢谢,谁知却小声说道:

"你们政委是个好人啊……"

严素的脸蓦地红了。她连连叮嘱小陈:

"不要忘记,让首长按时服药。"而后扭转修长的身影,往山岗上跑去。

董天年数日不见,觉得秦震的脸消瘦而憔悴,他嘟嘟囔囔地埋怨着:

"你骗了我!你瞒过了我的眼睛,你为什么不告诉我你有心脏病!"

"司令员!我没有……没有心脏病。"

"你还辩解,我相信医生的诊断。"

"因为我激动了一下。"

"激动,激动,你不是狠狠剋了陈文洪好一阵子吗!好威严,好气派,可是你自己倒激动了,为什么激动?"

"陈文洪准确、果决,一家伙就端了敌人司令部。"

"还抓了个少将司令官?"

"对。"

"陈文洪是个人才呀,要用得好,得有你这么个抓得住缰绳的主帅。"

"我可不是主帅,是先锋。"

秦震眯着两眼笑了,董天年也笑了,伸出手指头,点着他数说着:

"你骗了个先锋官……可是,可是,这一仗打得好哇!"

董天年脸上表情丰富,有时那威严的神情和他那聪慧的笑眼在他身上配合得总是十分协调。他有时一下站起来,甩着断臂下的袖筒把桌子一拍,会使人震骇。可是,一下又闪着两眼,笑眯眯的,使你觉得他从心里喜欢你。现在,他的每一句话都在敲打着秦震,可是每一个字都在心疼秦震。他挥了一下手,好像声明友好的个人会面已经告一段落,他的语气、声调变得深沉、严肃:"打得好,消灭了敌人这一股主力部队,就打开了常德的大门,拿下常德,就打开了整个湘西的大门……"他这个人有一种魅力,他那恳切的声

音总使你那样信服。说到这里他突然截止,仿佛在征询秦震的意见。秦震讲出他的意见:

"东线拿下株洲,西线拿下常德……"

董天年机智地笑了一下,用他那唯一的一只手狠狠攥起拳:

"嗯!嗯!铁钳子……"

另一位副司令员一直俯身在吉普车水箱盖上,琢磨地图,焦思苦虑。一个参谋从后面电台车那边急匆匆跑来报告:

"参谋长来报,洞庭湖水猛涨,淹没道路,无法前进!"

一阵冷场。

董天年突然爆发,大声猛喝:"什么无法前进?我就不相信世界上有走不通的道路!"然后,他仰头望望太阳,时近正午,就努了一下嘴唇,一甩手:"找个地方设营,——开饭,对,开了饭再说!"

秦震跨上他自己那辆吉普车,脊梁一靠椅背,一任汽车颠簸,他全身洋溢着奇异的轻松之感。他一回到董天年跟前,就好像一身重担都卸下来了。好了,他的自我感觉良好,他的病确实好了。他觉得在董天年面前,就算堵住一座大山,他也会把他劈开。董天年惯于在紧张气氛中作出一个轻松的举动。秦震觉察出董天年很欣赏他自己所想出的"设营""开饭"的主意。秦震心里赞叹地说:"老头——这个老头呀……"于是,从秦震脸上绽出笑容。他觉得这些天,自己一路上与天斗,与人斗,斗得焦头烂额。可是,可是,一个主将怎么能这样呢?他对陈文洪产生了一种宽恕之感、同情之感。但秦震立刻驱逐了这种软弱的心情:我可没有权力原谅他的错误,姑息就是助长!

在一片蓊蓊郁郁的大树底下草坪上设营了。草地上铺了两条黄色的美国军用毛毯,中间展开了军用地图。真是大树荫下好乘凉啊,一阵阵小风吹来树叶的清香,不时将地图吹卷起来。参谋们用几个望远镜、放大镜等物件压在地图边上。董天年一下把鞋子、袜子都脱光,打着两只赤脚盘坐下来,凭一只独臂支撑着身子,俯在地图上凝视。从整个地形看来,洪水季节,长江暴涨,使得这湖沼地带滂沱漫溢,一片汪洋,再加上从湘西流下来的沅江,刚好在这一带流入洞庭湖,自然就加深了这儿的水势。水,到处是水,淹没一切。这儿跟长江不一样,长江奔腾叫啸,浩浩荡荡,但只要横腰急渡,便可战胜天险,而这里是一片无际的泽国,你要战胜它就得另外一种方法,一种本领。

在整个吃饭时间,董天年没有出声,大家也就一片沉寂。胡乱吞吃一顿,董天年伸开手掌抹了一下嘴巴:

"怎么样啊?同志们!"

他自己随即做出回答:

"咱们中国工农红军是从江河湖泊里打出来的,现在重新回到江河湖泊,却遇到难题,岂非咄咄怪事!历史辩证法常常是这样磨难人呀!水,这东西,可以载舟,也可以覆舟,这个哲理,知道吗?"他的目光闪烁地扫射了一下大家,"我们就来个因势利导,为我所用,怎么样?水战,水战,变陆军为海军。"他伸出手指点着每一个人,然后率先言道:"练习练习也好么,将来我们要有中国自己的远洋舰队,咱们这里面说不定会出个海军大将乌沙可夫呢!"

谁开玩笑地插了一句:"老了,不行了。"

"不行也得行,为国为家,天经地义,我还想当一个一只胳膊的老水手呢!"

说着一阵哈哈大笑,笑声把树上鸟群惊得哄地一下飞散了。

全军顷刻之间都收到了兵团司令部命令,在一阵寻船扎筏的忙碌中,夹杂着欢乐的笑语:

"我们当海军了。"

"记住,一九四九年在洞庭湖建立第一支人民海军!"

兵团司令部在高地上一片村庄里停滞了两天,按照整个作战计划,他们在第二天傍晚登上船。

二

红色晚霞在烟波浩渺的水面上,闪出红艳艳的波光。许多燕子穿梭一般飞掠着,原来的空旷之地被水淹没,树林就突露在水面之上。一只小船跟着另一只小船,迅速航进。渐渐离陆地愈来愈远,周围左右,湖水茫茫。黄昏的暮光在一瞬间飞逝而去,随之而来的是黑夜。夜,使这水上神秘莫测,大片村庄淹没在水里,大片树林淹没在水里,远远只看见一些模糊的轮廓,以为这里已经荒无人烟。谁知当小船在林间弯来弯去划过的时候,从房舍顶上却传来一阵阵犬吠声,声音顺着水面飘来,显得十分孤寂、凄凉。天和水都黑得像浓墨,在这个背景之上,一群一群的萤火虫闪着细碎的蓝色亮点,更加重了这黑夜的神秘色彩。偶然吹过一阵夜风,露在水面上的树梢,就发出瑟瑟低语。一阵风把蚊虫吹得无影无踪,风一拂过,它们又嗡嗡叫着飞回来了。一下,房舍不见了,树林不见了,船想必从村庄上空划过来了。而后,全是芦苇、湖荡,偶然间露出一间小屋,屋顶上闪着火光,水面上摇曳着火光颤抖的倒影,船从那倒影上浮游而过。于是,在死寂的黑夜之下,只听到"哗啦——哗啦"划桨的声音。黑夜是多么黑暗又多么潮湿啊,一种看不见但感觉得出的湿气,从四面八方飘荡过来。

董天年和秦震在一只船上。董天年原来坐在船头上,伸出两脚在水里浸泡,他快乐地连声说:"舒服!舒服!"可是隔不久,觉得肩膀头上一片凉意。用手一摸,湿淋淋的。老人便嘟嘟囔囔:"这哪里是露水,简直是下雨了。"举目四望,天上的繁星印在水面上,和萤火虫的亮点交相辉映,恍如神仙世界。水上漂浮过来大片菱角叶子,叶子里,有一条鱼泼剌蹦出水面,而后,又寂然无声了。董天年走到船舱那里来找秦震。秦震从上船后就被董天年按坐在软软和和的马褡子上,他深知老司令把他带在身边,还是病号待遇,不准乱跑乱动。实际上,他脑子里在思谋着作战部队的动向。现在见老司令大踏步走过来,就连忙让座,二人并肩坐了下来。董天年说:"怎么样?可纪念的一夜啊!……"秦震待欲回答时,只觉得董天年往马褡子上一靠,已经发出鼾声了。秦震很羡慕他,但自己做不到。参谋不时跳过船送来电报,秦震就连忙摇手示意放轻声音,以免惊动董天年,而由他自己就着参谋按亮的手电筒灯光读报、签字、批复。而董天年的鼾声却愈来愈响,简直像滚雷一样,隆隆轰响,随着天和水起伏动荡。

关于董天年的鼾声,流传着一段佳话。他和另外两个人在一个帐篷里宿营,第二天早起,互相抱怨。一个说,你打鼾吵得我一夜没睡好;第二个说,是你打得最响,一下把我惊醒过来;第三个连忙说:你们别争了,你们俩人的鼾声简直开了炮一样热闹。三人争执不下,就找了夜间放哨的战士来核对,几个战士瞠然而视说:"你们三个人比赛着打,一个比一个人响,闹腾了一夜。"从此,董天年的鼾声出了名。现在,秦震乐得由这响亮的鼾鸣相伴,度过这个寂静的水上之夜。不过,奇怪的是,当常德方面传来了枪声,遥远、低沉、轻微,像是一种什么特殊的神秘的信号,董天年就非常敏锐地拂袖而起,一下子十分清醒,毫无睡意。他立刻和秦震踏过摇晃的小船船舱,站到船头上来,仔细倾听。

黎明前的一阵特别黑暗,天上的星光也寂然熄灭了,正是整个宇宙游离奥变之际。这时间激战正在常德方向进行,好像是夏夜的露水闪,在天边闪烁着战争的火光。两人凝然不语,侧耳倾听,立刻从枪声中作出判断:"敌人溃退了!""我们在追击!""看来很顺利!"……果然,电台上立刻传来捷报,我军先头部队已逼近常德。董天年头也未回说道:"回报,彻底全歼!"参谋立刻跳船而去。

这时,前方忽然亮起几点火光,飘飘忽忽、悠悠荡荡、时明时灭,由于距离愈来愈近,那几星火光,变成红球,变成火炬。然后听到迎面而来的急速的桨声、水声,还有人说话声。最后,终于分辨清楚,原来是几只木船。船上的人举着火把,火把一下照得水面通明。当前面一只船滑翔而来时,秦震听到一个熟悉的声音在呼唤:

"是秦司令的船队吗?"

这边反问:"你们是哪一部分?"

"游击队的老黄。"

秦震一喜,连忙回答:"老黄,是我在这儿!"

说话之间,两条小船擦身而过,船身一颤,轻轻跳过一人。秦震连忙迎上去,一把握住老人的手,连连摇撼,喊道:

"你怎么找到我的?"

"游击队和大部队一道作战,怕这里港汊密布,险滩特多,特意派我来给你们引路。黑灯没火,难以寻找,我们就大张旗鼓了。"

"快见见,这是我们兵团司令员!这是中央苏区的红军战士老黄!"

董天年一见这人就觉得亲。

老黄借着火把的亮光,看见这个高大健硕的老人,气度非凡,十分潇洒,觉得有点面熟。就忙问:

"贵姓?"

"免贵,鄙姓董,草字天年。"

老黄一下愣住,把董天年推开一点,歪起头,眯上两眼打量一阵,忽然激动地叫起来:

"是董师长!当年红军时代,我给你送过信,这么多年没少打听你,就是没个下落。"

"我听小秦说了,没曾想是你,你到底活下来了。活得好,活得自在,活得有价值,活得有骨气! 我看到你,就像从炭灰里扒出个火种儿,总算见到老苏区的骨肉乡亲了!"

两人各自用自己的独臂互相搂抱起来,董天年豪爽地说:

"你看,咱们两人合起来才一双手,可还是把旧世界捣了个稀巴烂。"

秦震从旁说:"不减当年呀!"

"当年怎样?现在怎样?没有当年,能有现在?"

消息传开来,许多船划拢来围着看。董天年挥手撵他们:"看么事呀?两个一只胳膊的老红军。别耽误时间,快赶路。来,老黄!咱们坐下来说话。"

三人在船头盘膝坐下。董天年递了一支雪茄给老黄。老黄接过来觉得怪新奇,只在手上摆弄,不知怎么是好。董天年摸出一根火柴,在那根雪茄尾巴上戳了个洞洞,然后从头上点着,连说:"你吸!你吸!"自己也用粗壮的手指夹了一根默默吸着。老黄吸了一口忙说:"够味,够味,这叫么子烟?""咳,老哥哥,咱们红军时代,找到烟叶子不是搓个卷儿吸吗?这也是那么回事,不过这可是从拉丁美洲的古巴来的洋货……""你刚才递过来,我还以为是什么小手榴弹呢。我寻思,这董师长多年不见,一见面就先开一炮啊!"三人一阵哈哈大笑,笑声擦着水皮子缓缓震荡开去,显得特别嘹亮动听。于是,湖上洋溢出一种兴奋而欢乐的气氛。

三

天亮了,湖上的天光水色特别鲜明悦目。鄂西的湖水是墨蓝的,波涛汹涌,湘西的湖水是碧绿的,远望去像翠绿的孔雀毛织出的厚实而柔和的地毯。晨光在湖面映出乳白、淡黄、粉红各种迷离恍惚，朦胧醉人的色调。而后太阳上升了，一下子色彩变得那样分明，像画家在画布上涂出两种颜色，一片红色——是天，一片绿色——是湖。阳光一照，到处都在发出生机勃勃的闪烁的光辉。早晨，是一首多么美的抒情诗啊。它融合了湖南特有的热情，使得诗意渗透人们的心灵。船头上站着三个人：灰发盈颠、胖胖脸膛上展开一双笑眼的董天年；白发萧然，目光炯炯，身子枯瘦却充满朝气的黄松；两颊鲜红滋润，两眼闪着机智眼光的秦震。一时之间都陶醉在大自然之中了。太阳冉冉上升，天空由红色变成白色。第一道灼热的、战悚的阳光透过薄雾落在船上，仿佛正是它一下惊醒了人们，人们立刻回到当前的战争中来。秦震首先催促电台查问前线情况。董天年翘首遥望，常德方向如此寂然，这说明什么？无论如何，他们现在首要的任务是尽快进入常德。于是在司令员的督促与鼓舞下，船桨像翅膀一样掀动，船队在轻快地飞速向前划行。把桨人的膀臂上汗水淋漓，热气蒸腾。每一个人的心都在飞腾。不到中午，他们就到了常德。

　　船未拢岸，秦震第一眼就看到陈文洪。好像战尘已经给风吹光，陈文洪脱去沾满泥垢血污、破烂不堪的战衣，换上一套崭新的军装，特别显得精神、整洁。经过秦震介绍，董天年停住脚步，仔细打量这个站得笔挺、举手敬礼的青年人。显然，他很欣赏这个指挥员，他立刻跟陈文洪握了握手：

　　"打得蛮好嘛，蛮好！蛮好！"

　　他那洪亮的声音充满快乐，他一面跟陈文洪握手，一面举眼望着秦震，似乎在说："你不是要处分他吗？我在表扬他呢！"秦震领会了这层意思，陈文洪是他多年亲手培养出来的，董天年喜爱他，秦震也由此感到自豪。他们向前走了，董天年还回过头来看了两遍，把嘴唇凑到秦震耳边问：

　　"有对象了吗？"

"这事说来话长了,有时间我跟你讲。"

"区区小事,何足挂齿。"董天年很快就把刚才讲的事情甩开,郑重地说道:"秦副司令员!人才难得,要我们革命事业兴旺,最重要的是发现人才、培养人才。一个人就像一棵树,要给它晒太阳、浇水、通风、剪枝、打杈。可是最最重要的是放手摔打它,摔打它,根深叶茂,才能经风冒雨呀!"他忽然又想起另外一件使他饶有兴趣的事,便用手指捅了捅秦震的胸脯:"你……你说什么来着?对,对了,你问他会不会下象棋,问得有意思。全盘皆输,输个精光,他还不懂得是什么意思呢!"说罢一阵哈哈大笑,笑得流出眼泪。止住笑声,又很有深意地缓缓念叨起来:

"这盘棋,下了几十年,下得好艰苦哟!"

四

常德是湖南西部重镇,它是湘西的大门,川东、黔东、湘西出产的桐油、木料、各种土杂货出口的码头,所以这里水面上排满五颜六色、大小不一的船只。常德有一条繁华的街道,号称十里长街。秦震长时间过着野外战斗生活,走在大街上,看见两旁店铺,照常开门,心中欢喜。那些窗玻璃擦得锃明瓦亮,他心神不禁为之一爽。这里有两件事特别引起秦震重视,一个是街上连一个战士的影子也看不见,这说明陈文洪的治军严明;另一件是这里也没有武汉那种欢庆的狂热,人们来来往往,平静自如,好像解放军进城早在意料之中了。他们顺了长街走到尽头,在一个僻静的巷子里走进司令部设营的一处深宅大院。

在正面堂屋里吃罢午饭,董天年揩了把脸,连连挥手说:"休息,休息!莫开这个会,汇那个报,先休息!"

秦震忙说："我赞成。"他确确实实也疲劳不堪了。他进到西厢房他的住处，倒在床上就入睡了。秦震就是这个习惯，在整个作战过程中他很少休息，一旦仗打完了，就倒头大睡，最多一次睡过三天三夜。这一回，病后虚弱，更需休息。所以开晚饭时，大家要喊醒他，董天年立刻伸手制止：

"莫吵他，让他睡。现在他睡觉比吃饭重要。"

谁知秦震却笑盈盈跨过门槛，走进房来说："怎么？司令员要克扣我的伙食呀？"

"你说得对，小秦！你小心，我可是个大贪污分子呢！"

大家轰地一声笑了起来。董天年并没跟着大家笑，好像他不知大家为什么笑，而他只是为大家高兴而感到高兴。

原来，秦震躺下去，怎样也睡不着，这是为什么？他也弄不清道理。从上船起，就有许多思索与考虑在搅扰着他，使他不得安宁。而现在，正是这些东西使他不能入睡，不能入睡。他听一听，偌大一个院落寂静无声，他就悄悄走出门来，一看，正屋厅堂里，刚才嚷叫着要休息的董天年，却背朝外独自一人立在墙壁前面，凝视着军用地图。他偶尔伸出一只独臂，张开手指一拃一拃地在地图上测量着距离。而后，又静静地站在那里，一只空袖筒静静地垂着不动，他的全副身心都倾注到沅陵、凤凰、芷江一带了。

秦震不声不响走出门来，他顺了大街走着。这时他才明白自己为什么没有睡着，是由于进入常德而产生出来的一种异常激动的心情。从襄樊南下作战——从鄂西到湘西，开头那些日夜，他的灵魂像凝聚着雷声和电火的滚滚乌云横扫而下。现在，占领了常德，这一切都告一段落了。秦震就像一个长跑运动员，凭着他的体力、智慧、性格、技巧苦苦拼搏，一下跑到终点，取得了好名次，他一方面充满欢乐，一方面又若有所失。仿佛觉得：胜利也不过如此，真正有意义的是拼搏本身，拼搏本身才是最壮丽的。于是他很想找人一诉衷情,不过不是同兵团司令部的人,而是同在前线共同搏斗的人。只有与这样的人才有共同的语言、共同的理解。他首先想起岳大壮;还有一个,噢,牟春光;转而想到陈文洪和梁曙光。秦震走出大门时想去看看战士们,但是,他们太疲乏、太劳累了,他不便去打扰。于是他改变计划向师部走去。陈文洪军容整洁、举止得当的形象立刻又闪现出来,于是他心里想:"是的,我们曾共受煎熬,也应该共享欢乐,只需要他们把他们所经历的再回想一下,就是无比的欢乐呀!"没有真正经历过战争的人,是不会了解这种心理状态的。而正是这种心理状态驱使秦震来找陈文洪和梁曙光。

他走进一家大商店,穿过一间宽敞、清凉、干净的大过厅,到了后院一排房间。透过窗玻璃,他看见陈文洪和梁曙光面对面盘膝对坐在一个炕桌旁。炕桌上摆满笔记本、地图、烟灰缸等一堆东西。两人不像在做作战总结,好像只在谈论什么。秦震一见他们,一种亲切、钟爱的心情油然而生。他掀开门上的竹帘一脚踏了进去,随即笑吟吟说道:"你们这里好风凉呀!"两人蓦地瞅见副司令员,同时闪出喜悦的目光。秦震立刻感觉到这就是他要寻找的目光,沟通彼此心灵的目光。他又审视了一下,两个人坐在一个大木炕上,只穿一件汗背心,露出黑黝黝胸膛和膀臂,这是踏过炼狱的人。人消瘦了,眼睛显得大些。是的,不正是这些,说明只有踏过炼狱的人,才有资格夸耀黎明。这屋里所以风凉,是因为两面窗户通风对流,更何况后窗外就是白汪汪的沅江。不知怎么,那江面好像比这屋基还要高。

梁曙光悠然吸着他那野梨木的烟斗。秦震坐在临窗的木炕上,顺手脱下军上衣,卷起衬衫的袖口,解开纽扣。他发现了董天年给的那支雪茄,就点燃起来。不过他不真吸,只在那儿喷云吐雾。陈文洪把脊背靠在马褡子上,迎着习习的江风。不知是谁开的头,他们就热烈交谈起来:鄂北山石累累的土地,长满芦苇的大湖荡、急风骤雨、洪水暴涨、弹火横飞、骄阳灼人,一切一切……悠悠心曲,娓娓动人。但,看不见,辨得清,这三个人在交谈中都在回避着一个隐秘的伤痛,这就是白洁。从武汉追踪而来,经过多少艰难困苦、流血牺牲,牢牢抓住的一条线,现在也断了,线那头的风筝,飘远了、飘远了。但在现下这样的时刻,还是用滔滔不绝的谈话把它掩盖了为好。秦震却从此悟到,他所以不能入睡,根本上是由于心灵上有着这样一个流血不止的伤口啊!江风愈来愈诱人,秦震就拉了他们两个,出了院落,转到屋后,走到一个石拱桥上站下来。但见西斜的太阳在急速漂流的沅江水上投了一片潋滟的红光,清新而滋润的水气微微吹在人身上,如同丝绸拂过。秦震目送着江水从桥下浩浩荡荡一泻而下,不觉天高地爽,顿感心胸开阔。他似乎从江水里在品味着什么,缓缓说道:

"一个人的一生就像这江流一样,奔腾不息!"

说完,他严正而沉着地望着陈文洪:"文洪!你承受你应得的处罚吧!不处分你不足以正军纪!"

陈文洪心悦诚服地回答:"请党给我严厉处分。"秦震似乎也不听他讲什么,竟然转过身来,掉头而去。陈文洪、梁曙光一直送秦震到兵团司令部门口。秦震走了进去,刚好赶上开饭。

五

就在这天夜晚,黄参谋送来一份加急电报:

命令秦震速回武汉报到

秦震简直不相信自己的眼睛。戴上老花眼镜,又一个字一个字仔细读了两遍。

他无法猜透这是为了什么?他心底里升起万丈狂澜。好像正当他憋足一口气力,想往前猛冲的时候,忽然有人从后面拽住他的腰腿,他是何等的不情愿啊!他手里拿着电报,怔怔坐在那里,听见有人开门的声响,是董天年。他跨进门来,一直走到秦震面前,轻轻抚着他的肩膀:"怎么样,有什么考虑吗?"秦震用恳求的眼光望着董天年说:"司令员!能不能发个电报请求一下,让我把这一仗打完……"董天年不再是豪情满怀的董天年,倒像臃肿衰弱的老人,他充满同情心地叹了口气,在秦震身旁坐下:"我们多年分别,好容易在战场上相聚,现在又要作别了。看了这份电报,我也心事重重呀……"董天年显然是刚从睡梦中醒来,只在短袖汗衫上披了一件军上衣。他的断臂像一截苍劲的树干突露在外面,他的胸膛是那样宽厚,那样强劲。他寻思了一阵,又看了一遍电报,充满感情地说:"发个报很容易,只怕无济于事。你看,这是死命令,哪里有松动余地呀!秦震,我来是想同你说说,我倒不是推出门不要你,可是我想,你这一去也许不会回来了!"秦震一听更是愕然。董天年却马上从感情波澜中超脱出来,响亮地说了一句:

"建国伊始,百废待兴,需要人手呀!"

"老司令,你想到哪里去了?我就是个扛枪筒子的货。"

董天年又是庄严、又是微笑地说:

"什么话!党需要干啥就干啥,这是没得挑挑拣拣的。不过,小秦!现在确实有些人学得乖巧了!你看看,这是什么事?"他说着从兜里掏出一封信,一甩掷在秦震面前,用手一指,不胜感慨地说:

"这也是咱们的老相识,在革命征途上,一道拼过命、吃过苦。他要到地方上去工作,这倒也情有可原,可是他千里迢迢写这封信来让我给他向上头走门子,给他谋个高官!"他的声音愈说愈高,眼光愈来愈严厉,他已经到了怒不可遏的地步。

他一根粗壮的手指往那封信上一戳,仿佛戳到来信者心里。

显然,由于和秦震分别在即,他勉强把怒气抑制下来:"对于这等无聊勾当,在下实难从命,不过也不可小看。本人这次夜访,倒是要向你进一言呢!……我从一九二五年入党,总算经历了几个'朝代'……我希望于你的,不论职位摆得多高,多显要,都要做到清夜扪心,无愧于人呀!你这人好就好在认真,一丝不苟,不是一扇篱笆两面倒的货。要不我也不跟你费此唇舌了。一个人,顶天立地,就是要站得稳、坐得正,宁可自己吃亏,也不占人便宜。'大江东去,浪淘尽,千古风流人物',革命浪涛也不是没有凶险的呀!'任凭风浪起,稳坐钓鱼船',不见得那么轻松。你在用人上,要警惕那些个巧言令色的人……就是有那么一些人,属水萝卜的,红皮白心。"他把单臂猛然横扫,两眼霍然一亮,"我平生最厌恶那种鬼头鬼脑、游戏人生的人。他们有的是小聪明,察言观色,花言巧语……他们很会耍点小权术呢!话说直了吧:谨防扒手!……因为他们到哪里,哪里就有渺小、卑贱、耻辱、背叛的行为……民族的、国家的、革命的道德,他们可以捻着秤杆卖个干净,……当然,他们可以一时之间自鸣得意,飞黄腾达,但是出卖灵魂的人是没有好下场的。'谈笑间,樯橹灰飞烟灭',不值一提!可是他们会误国、误党呵!我们党史上几次浩劫,不就是这些人造成的吗?秦震同志!你此去,不论任务轻重、职务高低,在党性这一点上,是没得什么价钱好讲的,对己对人都要严。"此时此刻,经历过无数人情冷暖、世态炎凉的董天年,这一席发自肺腑的耿耿忠言,感人至深!他又淡淡一笑:"我这个人是讲究良心的。一个人可以一生忍辱含垢,默默无闻,但求得良心上清白。我说,良心不是唯心主义的字眼,革命者是要讲革命良心的!"

这次促膝夜谈,一生一世都会刻印在秦震心中,多少年之后还会发光,成为秦震约束自己,对待别人的准则。

秦震把陈文洪与白洁的关系以及白洁当前的处境都跟董天年

讲了。董天年听完之后,深受感动,不胜唏嘘,慨然说:"忠贞的爱情总会得到良好的结果。你没完成的任务交给我吧!"

末了,秦震说:"司令员!我还有个心愿,不知该不该提?"

董天年微微一笑,把嘴一撇:

"怎么你人还没走,就见外了?"

"就是我跟你报告过的吴廷英那件事……"

"咳,过去的事,你也不要老放在心里。"

"不是,是吴廷英救的那个孩子圆圆。她如若是个无依无靠的孤儿,我想,我们的老同志抚养了多少烈士的孤儿,圆圆这个孤儿就由我来抚养吧!这样也算完成吴廷英的一点遗愿吧!"

董天年听罢默然无语,然后说:

"你先去吧!这件事,我了解一下,办得成必办,也算你对吴廷英的一番心意。"

第二天,党委会上,在秦震的坚持下,决定给陈文洪严重警告处分。董天年从一开始就支持秦震,最后率尔言道:"玉不琢不成器!这才是最大的爱护呢!"陈文洪、梁曙光中午时间来看过他,也只匆匆说了十几分钟。他们之间都有意地回避不谈白洁的事,不愿在这别离时刻刺痛人心。可是晚间,秦震亲自打电话给梁曙光,让他单独到他这里来一趟。梁曙光走进秦震的住屋,大吃一惊。他发现副司令员颓然坐在那里,灰白的两鬓,失神的目光,黯然无光的脸色,竟显得如此憔悴。秦震发现梁曙光站在面前,才从沉思中一下惊醒过来。他站起身,意志终于战胜了感情。他没有让梁曙光坐下,意思是说:"我们的谈话不会太久。"他的话声是沉重的:

"曙光,我舍不得离开这里,可是我不得不离开这里。"

梁曙光是个重感情的人,心坎上沉甸甸的,没有做声。

秦震表面的平静掩盖不了内心的激动。

"白洁的事,我向董司令报告了。我有信心,我们能够营救出来,不过……"

好强好胜的老军人,披露自己真实的内心,而且是脆弱的内心,对他来讲是十分痛苦,难以启口的呀!但经过一天的反复考虑,他觉得必须把自己心中的悬念,交给一个可靠的人。现在他不只是把梁曙光作为一个下级,而且是作为一个亲近的朋友。他知道真挚、热诚的梁曙光是能够承受他的委托的。

"……我不知道还能不能够再回到这里来了,"他的难以抑制的心情终于决口而出,"万一事情不像我们所预期的那样,我怕文洪承受不了……"

"副司令,不要往这方面想吧!"

秦震点点头:"当然,我相信我们会得到最好的结局。"

他挺了挺不算高的身躯,军人的意志使他从忧虑和恐惧中摆脱出来。

"不过,不论出现什么情况,我相信你是能帮助文洪的!"

"文洪的事交给我,你放心走吧!"

"我写了一封信……"

他说出这句话,就转过身,向桌上去找信,可是寻了半天也寻不到,最后还是梁曙光提醒,信就在他手边。

秦震把信交给梁曙光,而后决然说道:

"见到白洁交给白洁,要是见不到,就交给文洪。这事,我拜托你了。"

他以十分郑重的心情和梁曙光握手,随即推了梁曙光一把:

"再见吧!"

就连忙转过身,匆匆忙忙去收拾什么东西了。

梁曙光刚迈出门槛,突然又听到秦震的召唤,便连忙回转屋内。秦震说:"还有一件事……"走过来停在梁曙光面前,看着他,好像一下忘记要说什么,而后又猛然想了起来:"噢,是关于严素的事。曙光!她是一个有为的青年,我们应该爱护她……"

秦震明亮的眼光和梁曙光羞涩的眼光碰在一起了。

"我们要培养她成为新中国第一代医学家,你看好不好?"

他没有直接提严素与梁曙光的关系,但这种含蓄的暗示,表达了他对他和她的深刻关切。把这要说的话终于说出之后,秦震从心里感到欣慰,他心里说:"是的,这样一来,我要交代的事都交代完了。"

秦震没有按照午饭后动身的预定计划行动,他暗地里嘱咐了黄参谋,在黎明尚未到来的时候,就悄悄离开了司令部。秦震坐的小吉普和坐满护送战士的中型吉普,一前一后,开出常德。刚到野外,小陈眼尖,说:"怎么?前面停着一辆吉普?"秦震说:"你莫睡迷糊了眼睛吧!"距离更近了,小陈一下猛跳起来嚷道:"是董司令!"秦震心头一热,车已旋风般驰到路口,从黑地里发出董天年爽朗而洪亮的声音:

"在下等候多时了!"

秦震忙跳下车来猛跑过去。

董天年哈哈大笑说:

"我料你会来这一手,我也就只好来个长亭送别了。"

第十九章　英雄奏鸣曲

一

武汉真正成为一个大火炉了。在秦震的感觉上,他回到武汉和离开武汉时完全不同。那时从江面上偶尔还吹来一阵清风,而现在,强烈的阳光投射到江面上,像蒸腾起濛濛浓雾,是半透明的,但是火辣辣的。天在下火啊!整个武汉好像都在燃烧。秦震仍然住在洞庭街原来住过的那套房间,尽管打开所有门窗,但室内的空气好像烤干了,仍令人感到呼吸困难。他摸摸墙壁、家具,都烫手,连水龙头里放出来的水也是温吞的,风扇吹的风也毫无凉意。秦震仰起脖颈连喝了几杯凉开水,而后脱掉外衣,打着赤膊,嗒然坐在令人不舒服的藤椅上。从离开前线,他觉得一切都不如意,现在,自己像个火人,从里到外都被煎烤着、焚烧着,最难令人忍受的是连一滴汗水也没有,莫非连最后一点水分也耗干了?过去的武汉是这样吗?不是。现在,难道是天时发生了变化,难道是自己老了,缺乏足够的适应能力了?怎么刚一回到后方,就想到"老"字,这对于四十几岁的人来说,实在非常好笑。窗上送进来一阵阵航笛声,转移了他的注意力,他走到通阳台的门口,两眼渐渐明亮起来。江上有那么多船只,交织穿梭,频繁往来。有黑色的轮渡船,有浅灰色的远航货轮,有深蓝色的客轮,还有一只红色的小型海关交通艇,忙忙碌碌在船只之间急驶。这些船远远近近、高高低低地鸣着汽笛,有的像男低音那样深沉,有的像女高音那样嘹亮,各种各样,纷繁复杂,组成了一曲长江大合唱。这可是他离开武汉时所没有的,它说明这个经济大动脉活跃了,繁盛了。"闾阎扑地,钟鸣鼎食之家;舸舰迷津,青雀黄龙之舳",真有这样一种非凡气魄呢!这些船只在灼眼的阳光下竞争着,忙碌着,难道他们不觉得热、忘记了热吗?

秦震急于想了解这次究竟是个什么调动,派黄参谋到司令部去询问报到的事,得到的回答是让他直接向政治部姚锡铭姚副主任报到。他亲自拨了电话,接电话的秘书笑吟吟地谦逊地说:姚主任正在参加一个会议,等姚主任约了时间,他立即通知秦震。秦震追问了一句:

"这样急如星火地调我回来是为什么?"

对方笑而不答,只是说:"秦副司令!我想下午姚主任不会约请您,您也得休息一下呀!"

"好吧,再见!"

他放下电话,焦虑地皱着眉头:"这个青年人嘴好紧,没透露一点风声,还笑吟吟的,笑什么? 笑我急么,这个青年人! 休息! 休息! 我跑到你这火炉里来休息? 咳!"想也想不出个什么道理,还是睡上一觉,这日子总得打发呀! 于是,他铺了一领竹席在地板上。本来,由湘西经鄂西然后穿云梦泽的长途跋涉,使他疲惫劳碌,使他很想睡眠。可是由于任务不明,形势莫测,他躺下来,又辗转反侧,无法入睡。就这样苦苦折腾了一个下午。

夜幕虽已降临,气温却未降低。不过凭楼远眺,一望无际的灯火,就像天上那虚无缥缈的银河倾泻人间,亿万点金沙银沙闪烁发光,特别令人神往的还是长江。黑黝黝江面上摇曳着黄的、白的、红的、绿的灯影,悠然浮荡,令人迷醉。秦震洗了个澡,扇着芭蕉扇,不去开灯,一任长江船艇闪射来的、马路上汽车闪射来的各色霓虹般的灯光通过窗口在屋顶天花板上挪移闪烁。

正在这时,他听到叩门声,他随即应了声:

"请进!"

进来的是姚锡铭的秘书,他说:

"姚主任请您过去。"

"他的病怎么样哟?"

"好了,不过医生叮嘱说不要疲劳,可他从一下床就没休息过……"

秦震一身整洁,崭新的军衣,锃亮的皮鞋,跟着秘书走了不太远的一段路,走进那座洋房的楼下客厅。这客厅里摆的是一色藤沙发,屋顶下长翼的电风扇在无声地旋转,上面的大吊灯没开,只亮着几只壁灯,使屋里的光线显得幽暗柔和。秦震正在端详,听到从楼梯上传下来一阵轻捷、紧促的脚步响,转过头一看,姚锡铭已经潇洒自如地走进来,他一坐下就说:

"你应该先歇一歇嘛!"

"不知这调令是怎么回事,心里不落底呀!"

"还是个毛猴子脾气,闲不得!闲不得!"

姚锡铭长满胡茬的脸上透出粲然一笑,两条浓眉一挑,投过一瞥亲切的眼光,而后郑重说道:

"两次心绞痛,这对你可是个警告!"

秦震的心怦怦跳起来,他暗暗思忖:糟了,是这个隐瞒不过的事,给自己带来了麻烦,说不定军旅生涯从此告一终结!不过,他还是镇定了自己,他说:

"你的病比我的重,可是你……"

"我那算什么!老毛病,躺几天,一退烧就过去了。"

秦震听人讲,姚锡铭由于长期坐牢,得了肺结核,据说肺上很有几个空洞,一犯病免不了咯几口血。姚锡铭为了避免纠缠,却果

决地单刀直入,说出使秦震灰心丧气的一个消息:

"中央通知你到北京开会。"

"这个时候,离开前线?"

"这事很重要,召开政治协商会议,成立新中国。"

秦震苦恼地央求:"领导上能不能考虑换个人,我这人,军事上能蹦跶两下子,政治上可不在行。"他的脸一下苍白起来。从前线回来的路上,他做过各种设想:是不是把他从西线又调回东线,是不是调到其他野战军去,或者是让他去执行一项特殊的战斗任务?却唯独没有想到这一着——立刻离开前线!他马上表现出非常执拗、实难从命的神气。

刚一开头就谈崩了。

姚锡铭从藤椅上站起来,在地板上缓缓地踱来踱去。他的脸上像风云变幻、闪烁不定。他把两臂抱在胸前,站到秦震面前,严肃地看了他一阵,问他:

"你想过没有,你是什么人?"

这一下把秦震问愣住了,他脱口而出:

"我是一个军人……"

"不,你首先是个革命家。如果说战争是政治的继续,反过来说,政治又何尝不是战争的继续?这些天,我听见不少人说你说的这种话,还有人说的比你玄乎,仗打完了我要失业了,好像我们只是战争机器,只是木偶,没有头脑,没有意识,没有理想。不行,那样不行。打来打去把人打糊涂了,忘了我们为什么而打了。我们进行世界上最漫长的革命战争,我们牺牲了那么多好同志,就拿秋白来说吧!鲁迅的战友,他不是高唱'国际歌'而从容就义了吗?我倒要问问你,他们临终那一刹那想的是什么?想的就是有一天在这灾难的大地上建立新中国!……"

姚锡铭由激动而转入深沉的思索,他坐下来很久没说话。

秦震内心感到巨大的震动,他后悔把话说得太绝对了,很想缓和一下。他想起刚才姚锡铭提鲁迅,想起他离开武汉时他到姚锡铭这儿来看见他正在病床上读《鲁迅全集》,就搭讪地问:

"《鲁迅全集》读完了吧?"

一说起鲁迅,姚锡铭就兴致勃勃了:"读完了,读完了,这不把我的病治好了吗?"

秦震知道姚锡铭也记起那次的谈话,随即相视而笑,打破沉闷。

"胜利!胜利,是一个什么含意?我最近常常想这么一个问题,我们中华民族本来是伟大的、光辉的,可是这么多年以来她蒙受了耻辱和灾难,——可是,我们的文明,我们的伦理,我们的道德,都没有了吗?不,就拿鲁迅来说,他所以伟大,就因为他代表了民族的高尚美德。他面对屠刀,毫没有奴颜媚骨,他生发着中华的魂魄、革命的志气。我们用血染红了这片大地,就为了让它向世界放出更加强大的光芒。我们义无反顾,勇敢前进,就为了跨过这道门槛。可是,到了门槛前,我们的同志怎么能望而却步了呢?"

这一席话把秦震的思想一下提到一个新的高度。是的,这么多年在血里火里滚来滚去,倒渐渐淡忘了终极目的,他不免报然;不过,他不忍心把自己同前线隔开,他觉得姚锡铭不完全理解他的希求,他的愿望,他的抱负。难道扫净最后一片国土、歼灭最后一个敌人,这不同样是为了共产主义理想吗?

姚锡铭心里也在暗暗思虑,他为秦震所动,他知道像他这样半生戎马的人,在这种时候如果离开前线,就像做了什么见不得人的事。这种普通战士的淳朴,也是我们一个高级指挥员的美德,他们为革命捐献了一切,可他们总觉对革命没有给予什么。姚锡铭笑着、望着他,他一眼看透他的心底。他不但不想责备他,而是同情他。要是他能挥一挥手说:"你回前线去吧!"对秦震来说,这该是

多么大的恩惠。可是不行,他没有那么大的权力。两个人沉默了一阵,秦震说:

"姚主任,能不能让我再考虑一下?"

"也好。思想上想不通,任务就执行不好。决定千秋万代的国家大计,可不是让你到那里凑数儿的。你要不通,那也没法,我只好再说服你!"

秦震举眼望着姚锡铭,立刻想起"肝胆照人"四个字。他更进一层领会了,这不但外形而且内心也像鲁迅的人,如同烈火,燃烧得那样无我无私,纯洁明净。秦震觉得这火在吸引他,使他情愿投身进去。他想到姚锡铭多病的身躯,便立刻起来告辞,谁知姚锡铭却执意留他吃饭。"姚主任!你太累了,我还是……""这是我们的老传统嘛!前线回来的人连一餐便饭也不留,我这个当主任的也太吝啬了。"一张小桌,二人对面而坐。饭菜很简朴,只是几盘青菜、豆腐,有一尾清蒸鱼,像是临时加的,倒是两碟小菜,一个是豆豉炒苦瓜,一个是油炸红辣椒,立刻引起秦震强烈的食欲。姚锡铭自己不饮酒,却斟了一杯白兰地,一定要秦震喝。姚锡铭变得那样谈笑风生,挥洒自如。他说到扬子江发电,说经济,说文化,说科学,说整个民族的知识结构将要发生巨大变化,那时中国将立于世界先进之林。从这一席闲谈中,秦震觉得姚锡铭整个心都朝向着一个方向,他注目的似乎不在目前,而是未来。这给秦震留下生动、深刻的印象。

秦震出来,一面走一面思索。到了一个十字路口,他才猛醒过来,发现走过了头。他笑了一下,折转身走回寓处。

暴风雨前的征兆,燠闷难当,气压很低。

他没有打开电灯,他借着窗外投进来朦胧的光影,放满一浴盆冷水,他浸泡在里面,默默不动,但思绪却像电闪雷鸣一样,在他内心里跳跃翻腾。是的,就像白昼同黑夜那样截然分明,这个门槛内外区分着两个不同的世界,前面是和平,后面是战争;前面是幸福,后面是灾难;前面是光明,后面是黑暗,不过,他又觉得两者之间有一线相通的脉络——那就是还要继续奋斗!……我现在应该清醒地跨过这个门槛。跨过之后,我还是栉风沐雨,披荆斩棘,……是的,生活的方式可以不同,但人生的道路一样,我们将继续战斗,不过从一条战线转到另一条战线,生命不息,战斗不止呀!一个革命的人的一生就是如此啊!……想着、想着,他的心情渐渐开朗,他泼剌一声从澡盆中一跃而出,围了一条大浴巾,就给姚锡铭打电话:

那边传来笑吟吟的声音:

"怎么样,想通了吧?"

"我要履行我的职责。"

"现在我告诉你!是中央点了你的名,不过我不想一见面就拿中央决定来压你。"接着电话筒里响起愉快的声音,"好啊!秦震同志,为了不计其数的生者和死者,你履行你的神圣职责吧!"

二

北京九月,残暑未尽,但不时有一阵清风送爽,预示着一个金秋的到来。秦震他们被从北京车站送到东交民巷的六国饭店。六国饭店和北京饭店是老北京仅有的两个西式高级宾馆。从前这里除了白衣侍者,是很少有中国人出入的,它们可以不折不扣地说是中国大地上的一小块外国领土。而现在,当秦震走进玻璃大门,缓步登上铺了红毡毯的台阶,觉得从穹顶上垂下来的巨大吊灯是那样灿烂夺目。他们向南走过铺着红地毯,镶嵌着木板护壁的长廊,长廊里亮着一串十分好看的壁灯。不久之前在茫茫黑夜里露宿草坪的秦震,目睹这豪华陈设,颇不习惯。但转念一想,又笑将起来。因为这一切都属于我们的了,就像那草坪夜晚红濛濛的月光属于我们一样。更何况,现在这里所有一切,都属于古老而又年轻的、正在喷发出欢乐气氛的北京的一部分呢?使秦震特别满意的是,分配给他的二楼那个房间,窗外不是繁华闹市而是古老城墙,城墙外面不断有火车发出隆隆震耳的声音,奔驰而过。他觉得正是这火车保持着他同遥远南方的一线联系,仿佛他可以凭借它们把他的心意带向前方,又由它们把前方的心意带回来。这一间堂皇而又幽雅的房间好像也在亲切地向远方表示好意,一切都朴实、舒适、安宁。从那浆洗得雪白的亚麻桌布上、床单上,散发出清凉气息。北京,一九四九年的北京是多么可爱呀!它像刚从黑暗沉沉的噩梦中醒来,但还没有来得及改换一下装束。不要说后代人简直无法设想当年北京是怎样一副姿态,就是经历过那个时代的人,也由于已经习惯于今天的大厦摩天、汽车如云,渐渐淡忘了过去北京的模样。但一九四九年的北京却以无可比拟,无法代替的重大历史意义永存人们心中。它像一颗璀璨瑰丽的星悬在天穹之上,是永远无法磨灭、熠熠闪光的。当时,天安门广场不像现在这样广阔、宏伟,但它有它若干世纪来形成的庄严、美丽。那时金水河的桥前,在天安门黄琉璃瓦和红城墙衬映下,有两座晶莹洁白的汉白玉华表,那是古老民族精灵的象征。雕塑的盘龙生动活泼、神采奕奕地飞向顶端一片白云,令人有上接云天,飘飘欲仙之感。东西各有一座红墙金顶、各有三座拱门的建筑,它们很有凯旋门的气势。广场的南端,巍立着前门和灰色的箭楼。这样从四面环抱着中间一片黑色古老石块砌成的广场。以广场为中心,全城四角热闹市街路口各立着一座牌楼,精雕细琢,彩锦藻绘,五色缤纷,动人眼目。不过你仔细看一下,无数小巷人家屋上都长满青草,许多街道都成了水潴泥塘,处处苍颜皓发,衰草斜阳,呈现出一个旧世纪的衰微破落景象。然而这时,这里已经发生一场剧变,正从废墟上萌发出一个生机勃勃、意气洋洋的新世界。你从微风中可以闻到从北海吹来的莲藕的淡雅清香,不,也许是从城外吹来的熟透的庄稼的气味。总之,像秦震这样刚从血火中来的人,更容易敏感地嗅到这样一派清新的、黎明的气息。

秦震一九四六年参加北平调处执行部工作时在这儿住过。

解放之后,又在这儿度过温馨难忘的一段时间。

他走了,又来了,这儿已经发生的巨变,使他感到回家的安宁、泰然。他躺到床上听着那火车的隆隆车轮声。他闭上眼,他要真正弥补战后必有的酣然大睡(在常德、在武汉,由于心事重重都没有做到,而现在可以做到了)。警卫员小陈了解这一点,连吃晚饭也没唤醒他,只在桌上给他留了一份饭菜。他不知什么时候醒来了,穿着睡衣胡乱吃了一顿,然后纳头又睡,——他像饥饿的婴儿需要乳汁,像久病的患者需要营养,营养他的乳汁就是安心宁神的睡眠,这也许是他两次心绞痛之后,恢复健康的自然法则。

果然,当他第一次步入怀仁堂,人们都发现秦震精力充沛,神采焕发,好像一下年轻了十年。秦震觉得每一个人都满脸喜气,挤来挤去,熙熙攘攘。可他却还怀着一桩心事。当他从政治协商会议代表名单上看到梁曙光的母亲梁妈妈的名字时,他心情万分激动,他要立即跑去见她一面。进入怀仁堂后,他立即央求大会的一个工作人员:

"你能不能带我见一见华中区的代表梁清秀?"

"你要见梁妈妈,跟我来。"

怀仁堂正面是座装饰一新的讲台,与讲台相对的两进大殿,两面走廊厢房,一色大玻璃。这中间有个长方形的大院落,上面覆盖着棚顶,这里排满一排排长桌坐椅,就是政治协商会议的会场。这怀仁堂雕梁画柱,色绘斑斓,极为富丽堂皇。其中虽然灯光闪烁,却十分凉爽宜人,特别是作为休息室的正厅与两厢房,都摆满了鲜花瑞草,一片清香。那工作人员领秦震顺着走廊绕过正厅,走出后门,来到一片碧绿浓荫的大花园,先迎面闻到阵阵桂花的甜香。而后,在一株大丹桂树下,一只蒙了白布的小圆桌旁,周围几把藤椅上坐满了人。就在这里,秦震看到一位身子骨纤细挺拔,满头银发婆娑、面孔清秀、目光善良慈爱的老妈妈。秦震连忙抢步走上去,老人家立刻对他投射来两道慈母对儿子的亲爱的目光。秦震肃然敬立自报名姓:

"梁妈妈!我是秦震。"

老人家一时不清楚来人是谁,只看着、笑着,不知说什么好。

那位工作人员提高声音说道:

"这是秦震,秦副司令!"

"知道了,知道了,你就是派严素严医生的秦司令呀!"

"我是曙光的战友……"

"看你说的,他是你的部下。可我得问你严素那孩子现在在哪里?她可是又开朗又聪明的好闺女!"

"严素是个好青年,她跟曙光一道负过伤,一道住过医院。"

"噢,噢,原来是这样!好,那就好,我喜爱这孩子!"

秦震挨紧梁妈妈坐下,梁妈妈拉着他的手抚摸着。秦震异常高兴,他想到:中国的母亲是多么感人呀!她们有一颗巨大的爱人之心,尽管自己历尽风霜,久经折磨,但她把对丈夫、对儿女之爱奉献给整个人间,像阳光普照,暖彻人心。在她眼中,严素、秦震跟梁曙光一样都像自己亲骨肉一样亲。

"我刚从前线来,曙光很好!"

"咳!说起来也可怜,从小无依无靠,孤苦伶仃,……"

说着眼角上涨满泪水。

秦震也不禁一阵伤情。

"你瞧,我是怎么了!"她用手揾去面颊上的泪痕,笑了一下:"这孩子是个犟脾气,现在不知改了没有,你得好好管教。"

秦震想,人活百岁,在妈妈眼里总还是孩子,于是他莞尔一笑说:

"他是一个出色的政治委员啊!"

话说到此处,听见开会的铃声。

"梁妈妈!我要去看你老人家。"

"那可不敢当,孩子,咱们不天天在这儿见面吗?"

秦震异常高兴,又有点忐忑不安,他本来想向梁妈妈表示一下敬意,这老人坐过牢,受过刑呀!可是,谁知一见面就亲热交谈起来,竟觉得说那些话不搭调了。当他随着人流涌向会场时,他脑际一掠而过,他从这个老人家更感到这会议的隆重意义了,就是这样一些平凡而又不平凡的人在决定国家命运啊!

好像心中荡过了一阵波澜,秦震坐到自己座位上,精力却很久集中不起来,一片热烈掌声才把他猛然唤醒。凝目前视,两眼亮了起来,啊!毛泽东!他容光焕发,迈着从容的步伐,正在走上讲坛,无数聚光灯朝向他,无数眼睛朝向他,无数掌声朝向他。但他没有做出任何反应,他似乎觉得:"这一切欢乐的表示,都不是为了我,是对我们大家,包括在场的每一个人的呀!"掌声像暴风骤雨,更加炽烈,人们看到陆续走上台的宋庆龄、刘少奇、周恩来、朱德、林伯渠、李济深、张澜、沈钧儒、郭沫若、何香凝……当秦震看到周副主席时,他的心神震动了起来。北京饭店东厅的一瞥,南下列车上的急报,一个一个镜头在他头脑中交叠出现。现在,他回来了,黛娜依然没有下落,如果周副主席问到他,他该怎么答复呢?是的,周副主席!我没有完成你给我的重要任务呀!……秦震的心情一阵黯然,一阵羞惭——于是他的心又驰向遥远的南方,想到白洁在虎跳坪那阴暗的墙壁上用指甲刻下的字迹。一刹那间,秦震的整个心神便转而投到这欢笑喜悦的洪流中了。在这沸腾的、欢呼的人群中,好像白洁也站在这里,她用清脆而坚定的声音在说:"白洁不死,白洁不死",……想至此处,秦震感到一阵头晕、心疼。不觉之间,汗水竟濡湿了全身,他的手在微微战抖了,他努力想集中精力,但怎样也抑制不住自己。飘忽之间,像有一扇门打开,放进一道光亮。他突然意识到这一点:是的,他自己还没跨过门槛,当然,也许正在迈过,不过终究还没有迈过……因为他的全副心身还在湘西,还在前线。而后,他发现一股热潮从心的深处向眼上冲涌、冲涌。

他迷茫中看到毛泽东站在装了几只麦克风的讲台后面,左手举着讲话稿,会场上一片凝然沉寂,只回旋着他那响亮的声音。

这是多么隆重、多么庄严的时刻啊!历史,不是一分钟一分钟,而是一秒钟一秒钟地在前进哪!是的,这里每一秒钟时刻都像金子一样闪光。

秦震的周围都是军队代表。他急速地掠了一眼,他们很多人都是从前线回来的,可是他们都在聚精会神地聆听,为什么我不能呢?秦震恼怒地在责备自己。他突然透过人群看到梁妈妈,她坐在离他并不太远的一个座位上,这刚才还欢笑着、闪烁着慈祥光辉的人,现在哭得像一个泪人一样,她哭得那样坦然,一点也不掩饰,……突然之间,他听到会场上一片轻轻的欷歔声——这是出于悲痛?还是出于幸福?……人们在死亡边沿上忍住了眼泪,而现在在胜利的边沿,眼泪却一下宣泄而出了。生活里有过多少这样伟大的时刻啊!与其说它是理智的时刻,不如说它是感情的时刻,中华民族的苦难太深重了,但无论在水里火里,民族道德的光辉,没有沉沦,没有撕裂,没有断碎,而是更加凝聚,凝聚成强大生命力。没有它,冲不开这整座历史的闸门,没有它,冲不开每个人心上的闸门,而走到这辉煌的光亮里来,让眼泪在光亮中冲流激荡吧!历史像莽莽长河永远流动,似乎既没有开端,也没有结尾,但是每一个浪花，每一点水滴，都是新的诞生、新的呐喊、新的开端。这一团像太阳一样庄重燃烧的光亮啊，就是人类文明史上一个永照千秋的创造。不错，这是创造，没有这个创造就没有后来的一切，无论它是正确的还是谬误的，光明的还是黑暗的，欢乐的还是痛苦的……但新的长河从这儿开始流入新的渠道了。

三

像一支雄浑博大、庄严华丽的交响乐在回环激荡。不过，它不是音乐家制作的艺术品，它是我们民族、祖国所发出的心声，这是自由之神在东方红色曙光中的第一声歌唱，它在珠穆朗玛峰、昆仑山、黄河、长江以及茫茫无际的原野和森林上震出强烈的回音，乐曲迂回曲折，起伏跌宕，逐步走向高潮。

会议的最后一天终于来到了。

为了这一天，秦震兴奋得几夜没睡好，早晨用冷水洗了脸，他的精神特别爽朗，体质也显得特别硕健。但是，一踏进会场，他变得格外的镇定、肃穆。当选举国家领导人这一议程到来时，会场洋溢着欢乐的洪流。他满面笑容地朝会场上认识的和不认识的人望着，而他们也同样喜气洋洋地望着他，仿佛每个人心里的喜悦，都自然地流露出来。这里已经没有单个的人，每个个体都是属于洪流的一部分，在一起闪烁、荡漾。当那粉红色的选票发到手上，在他接过来的那一刹那，他突然觉得它像一块千斤重的花岗岩石，要由他亲手在上面镌刻金字。怀仁堂里的灯光大放光明，照耀得如同白昼，雕梁放彩，彩绘增辉，更显得一派雍容华贵。一个白发森森的老人，清癯的面孔上闪着青春的光辉；一个戴着华丽小帽的青年妇女，她的脸庞像一朵玫瑰花一样鲜艳。寂静无声，但会场上活动着、腾跃着一种听不见,而又确确实实存在的声音。那是大家的血水畅流,心脏搏跳,那是几亿人民的意志,逾过高山大川、艰难险阻,汇集到这里来的声音,人们在这里为新中国大厦塑造一座金字塔形的尖顶。秦震收敛了心神,凝视着选票。当宣布写票时,他忽然觉得自己心房战颤起来,他的手战颤起来了,这是怎么回事?他责备起自己来。可是,这庄严的时刻具有一种魔法般的压力,是的,心情太庄重了,反而不能抑制自己。一瞬间,他听到会场上响起种种声音,正在写选票的急速的沙沙声,写完选票的轻松的喘息声,这是多么奇妙而又诡秘的声音呀,它满载柔情,轻传快意,它在催促秦震。就在这时,秦震的老花镜片上蒙上了一层水雾,他赶紧掏出手绢擦了擦,握着笔写自己的选票。等他写完时,会场上已有了嚓嚓的脚步声。他抬起头,看见毛泽东正走向红色油漆的票箱。这时弧光灯闪电般交织,照相机发出轧轧声响。毛泽东投了一下没投进去,可能选票折叠得太松了,于是他又用力折了一次,而后投进票箱。他像一个孩子终于完成了应该完成的课业而露出天真的笑脸,他摆着两只手臂,移动他宽厚坚实的后背,向休息室缓缓走去。秦震排在部队代表团行列里面,部队代表在会场中心靠左那一半,他们绕到前面,走向水银灯光照得最亮的那个投票箱。投罢票的人散在会场各处,走路声、说话声,立时震起一阵嘈杂的轰响。

这时麦克风响起来:

"请各位代表到天安门去!……"

秦震没听清楚后面的话。但见人群忽然分成两股,一股顺着东面走廊,一股顺着西面走廊,向怀仁堂门外涌去。这时夕阳像胭脂一样染红怀仁堂大门以及从门里涌出的人群。秦震向西面那个青铜狮子看了一眼,那狮子在夕照中笑态可掬,像正翩然起舞。他记得他乘坐的那辆轿车就停在西面青铜狮子旁边,他走去,竟是到达那里的第一个人,紧跟着同车的人都来了。怀仁堂大门外,黑压压一片都是汽车,要把这些车顺当地开出,得有一番精心的指挥。交通警喊叫着,做着手势,把庞杂的车群领入一条航道。当秦震乘坐的车开出中南海西门,夕阳忽然掩没在几片紫色浓云后面去了。车灯放亮了,一辆跟一辆小汽车顺着长安街向东驶去,一长串红色尾灯,形成一条委曲宛转、缓缓移动的红色虚线。

没有次序,没有排列,谁先下车谁就向天安门大街与南箭楼之间那块广场走去。这广场东西两面各立着一排刺梅,每当春天,金黄的嫩蕊,淡淡的芳香,颇为雅致。而现在在暮霭中,那两排树行,只是一垛黝黝暗影。秦震到得不算迟,不过前面已经挤了一层人圈,他只好站在后面,他的后面又不断有人群涌来,于是他就跻身人丛之中了,他只能从人缝中看到广场中心的情景。这时天已黑了下来。他忽然听到周恩来用响亮而又低沉的声音宣布人民英雄纪念碑奠基典礼开始,广场上的空气一下突然沉静下来,沉静得连每一个人心跳的声音都能听到。仿佛有忧伤悱恻的哀乐声云雾一样弥漫开来,笼罩在这一片广场之上。人们深深沉浸在庄严怀念之中。秦震为了永远牢记住人类历史长河中只有一次的时刻,他看了看天空,天上一片浓黑,只有西方上空还悬着一小片晚霞,像殷红的鲜血,非常醒目,十分动人。

毛泽东走向扩音器前宣读碑文:

三年以来,在人民解放战争和人民革命中牺牲的人民英雄们永垂不朽!

三十年以来,在人民解放战争和人民革命中牺牲的人民英雄们永垂不朽!

由此上溯到一千八百四十年,从那时起,为了反对内外敌人,争取民族独立和人民自由幸福,在历次斗争中牺牲的人民英雄们永垂不朽!

秦震觉得西方天空那一小片殷红,就是千百年来牺牲者的血凝聚起来的。在这庄严的一刻,他们正从九霄之上,以慰藉的心情穆然凝注着人间,人间此处正掀开庄重的一幕。

安息吧!

是的,在这一刻之前,还不能说这句话。

是的,在这一刻之后,说这话也就平淡无奇了。

只有在这一刻,我们完成了伟大工程的创造、把千千万万死者的意愿凝结在这国家大厦之中,而明天这个大厦就将矗天而立于地球之巅。在这一时刻,只有在这一时刻,我们可以告慰我们的英烈们的亡灵了。

秦震突然听到一片啜泣声。

他仰望长空,从那些闪闪烁烁的星辰中,

他看见自己的父亲,

他看见自己的母亲,

天上人间,心心相照。

他咬着嘴唇,抑住悲恸,但当他想起吴廷英,那个在抢渡之夜付出生命的人,他仿佛又看到那巨大的身影,沉重的步伐,从那儿向这儿走来。秦震的心胸敞开,他的热泪夺眶而出,失声痛哭了。

他听见铁锹铲土的声音⋯⋯

过去,他听到掩埋战友时沉重的铲土声,

而今,铲土是为了建立一座圣洁的丰碑,

当然这不只是使烈士安息的丰碑,

还将是战斗的丰碑。

因为它是几千年亡灵的凝聚,也是民族灵魂的凝聚。只要在紧迫需要时,当革命、当国家势如悬卵、危在旦夕的时候,它就会发出强大的啸声。从奠基起到现在三十六年过来的历史证明这一点;如果万一噩运复来,灾劫重临(不论它是内在的还是外来的),

未来的历史还将证明这一点。

长长的车队又行动起来,最后面的人还没上车,最前面的人已经到了怀仁堂。

怀仁堂,就像千百个太阳集中在这儿,华灯齐放,彩旗飘荡,充满了欢乐与幸福的气氛。从黑蒙蒙的奠基广场一下闯入明晃晃的亮光之中,秦震一下适应不过来,一个人要这样快从悲痛转为欢乐,可能吗?可能的。人们整整齐齐坐满会场,通过扩音器聆听选举的结果。啊!一个婴儿诞生了,一朵鲜花开放了,一轮红日升上天空了,英雄交响乐雄伟而奔腾的旋律响起了。它宣告一个社会主义的新中国屹然立起,一条红色激流冲破了黑暗沉沉的世界东方,熠熠光华,永耀万邦。会场上欢声雷动,一片沸腾,像暴风骤雨,像惊雷骇电,欢乐的乐曲以有力而颤抖的声音达到沸腾的高点,一到达高点,乐声就消失了,溶解了,变成了心灵的咏叹。这里面包含着每个人的心灵,带着血、带着泪,参加进这大的交响乐。人们在这时也就忘记了自己,消失了自己,大家都站在那里不肯离去,仿佛不愿这光亮的一夜过早逝去。

四

有人说:悲痛时流的眼泪是苦涩的,欢乐时流的眼泪是甜蜜的。

然而,在悲痛与欢乐紧紧糅合在一起、溶解在一起时流的眼泪,才是最深沉最可贵的。

夜深人静,回到六国饭店,秦震的心境就是如此。他顺着长廊向自己房间走去的那段并不长的时间里,他多么想打一个电话给姚锡铭。

我迈过了那个门槛,

我迈过了那个门槛,

在天安门广场上人民英雄纪念碑奠基那一刹那,望着西天上那片血一般殷红发亮的红光,我迈过了那个门槛……

谁想,当他走到门前,他一下愣住了。

"这是怎么回事?"

他听见从他屋里传出一个年轻女人和小孩子说笑的声音!

他像唯恐惊动什么,轻悄悄推开了房门。

哎呀!

这是何等明亮、何等光辉的景象啊!

在雪亮的灯光照射之下,

一个是严素,

一个是圆圆,

而且,她们两个都像天真烂漫的孩子,在地毯上打着滚在玩耍。

秦震喜得一下扑了上去,喊着:

"你们来了,你们来得好,来得是时候!"

秦震奔过去,一把把圆圆抱起。这时,这一个脸蛋像苹果一样鲜红的小女孩,在秦震心里就如同一道神奇的光亮,一下把奠基广场的悲恸与怀仁堂里的欢呼,都照得通明。她像给他所经历的这一天的一切一切作了一个总结,说明了它们的含意。她像一支乐曲已经完结,而忽然又升起一个光明圣洁的旋律。她使秦震感到至深至大的爱,他抱住的是一个新世纪的黎明。

他抱住圆圆,转身望着严素,关切地询问:

"你们什么时候来的? 你们怎么来的?"

严素有些不好意思,伸手整理着自己蓬乱的发丝和揉皱的衣衫。

可是,秦震不等她回答,又问圆圆:

"圆圆!你吃饭了吗?"

圆圆用稚嫩的声音回答:

"小陈叔叔领我们吃了饭。"

是的,在圆圆眼里,每一个穿着解放军军衣的人都是叔叔。吴廷英是叔叔,小陈是叔叔,当然,他秦震也是叔叔……

于是那令人悲恸的一幕又浮现在秦震脑际:

吴廷英躺在那里,伤痕累累,血渍斑斑,两眼紧闭,唇如银纸。

突然,"哇"的一声嚎叫。

正由于这声音那样娇嫩,那样稚弱,所以特别撕裂人心。小圆圆从铺上跳下来,光着小脚丫,一扑扑到吴廷英身上,一种可怕的预感抓住小小的心灵,她哭着喊着:

"叔叔!……叔叔!……"

…………

现在圆圆对秦震那样亲热,她伸出两只小胳膊,搂住秦震的脖颈,又用两只小手摸着秦震的脸颊:

"叔叔!……你哭了,你别哭!"

"没有……叔叔没哭。"

但,他那哽咽的声音,使严素心里一阵慌乱。她没想到,一个久战沙场的将军在这样一个年轻女人,一个幼小儿童面前,竟然如此激动。是的,她不知道秦震在这奠基典礼之夜的心境,她不知圆圆的到来引起秦震的情怀。不过她怕小孩家寻根究底,便上来抚着圆圆的小脊梁说:

"这个不是叔叔,这个是伯伯。"

小圆圆撒娇地从秦震怀中溜到地上,跳着两脚,拍着手喊叫:

"伯伯!伯伯!"

秦震莞尔一笑,连声说道:

"伯伯喜欢圆圆,伯伯喜欢圆圆。"

秦震突然一下想起什么,连忙对严素说:

"走!我带你去见一个人。"

不容分说,他一把抱上圆圆就旋风一样旋出门外去了。

严素不知怎么回事,只在后面跟着跑。

他们走下楼梯,走出饭店大门,秦震找到值班汽车,先把严素和圆圆推上去,而后自己上去,把车门"砰"地关闭,对司机说:

"快一点!到第三招待所!"

汽车便呼的一声急驰而去了。

严素不知秦震葫芦里装的什么药,欲待问时却被秦震那机智而又有点诡谲的眼光制止住了。

夜静更深,秋风萧瑟。

汽车风驰电掣般奔驰了一阵,把他们带进一个灯光照耀得如同白昼的所在。秦震下得车来,在前面引路,严素拉了圆圆的小手在后面跟随。穿过一个树木葱茏、花影重重的花园,来到一列平房跟前。秦震径直跨上台阶朝一间房走去。

秦震来时兴致勃勃,至此脚步却有点踌躇不安起来,因为究竟夜深了,许多房间都熄了灯光,人们怕已酣然入梦。等他来到他所寻找的那间房间,深颜色的窗帷上透出一线不甚明亮的灯光。他轻手轻脚,在门窗上轻轻敲了一下,等他听到里面应声,立刻推开房门,自己把身子闪在一边,转回头对严素说:

"你看!是谁!"

严素定睛看时,只见桌上亮着一盏台灯,灯光之下,一个一头银发的老人家,似乎正在灯下读着什么,见门开了蓦地回过头来。

严素抛下秦震和圆圆,一阵风一样扑了过去:

"梁妈妈!梁妈妈!"

梁妈妈转过身来,一把搂住严素:

"是素呀！好孩子,你怎么来了?"然后微嗔地责备秦震:"你这当司令员的！……事先也不说一声……"

秦震说道：

"我也是刚才回到住处才见到她们,这不连推带搡地都送到你老人家这儿来了！还有个小的呢！"

严素这时才想起圆圆,赶紧把圆圆抱给老人。

"圆圆！这是奶奶,叫呀！叫奶奶！"

圆圆有点怯生,把头靠在严素脸上,紧紧偎在严素怀中,却甜甜地叫了一声：

"奶——奶……"

老人伸手摸着圆圆小脸蛋问：

"这是谁家这么俊的孩子?"

严素使了个眼色,老人会意就没再问。

"坐下！都坐下说话！"

梁妈妈让秦震和严素坐在墨绿色布套的沙发上,她笑了一下：

"人老了,——那软沙发坐了不得劲,我还是坐这高处。"

说着她坐在一只红木镂花的高背椅上。

"素！你是从前线来的人,给我带来什么好消息?"

严素略一思索,说道：

"梁政委他们都好。"

"他们都好就好。"

她们说话间,小圆圆把头枕在严素大腿上睡熟了。

这时秦震才把吴廷英救圆圆这事讲了一遍。

老人家听得伤心,用手心抹了一下眼角的泪水。

"梁妈妈！这个孤儿就归我抚养了,我要把他养大成人,培养成材……"

"孩子,你这样做对,也给国家减轻一点负担呀！"

严素说:

"可不是,董司令派人调查,这孩子没亲没故,无人依托。再说地方上刚解放,事乱如麻,也顾不上关照,同意由部队抚养,领导上就决定派我送来了。"

秦震看了看表说:

"梁妈妈,我就把严素和圆圆寄托在您这里吧!"

"这可好,我可有个说话的了,我读文件逢到困难,素也可以帮帮我。"

秦震就告辞出来,仰天一看,清秋露冷,星斗阑珊。他不觉深深打了一个哈欠,坐上车去。

五

一种英雄的自豪感浸透秦震的身心,在这短短的时间内,他仿佛重新检点了自己所走过的全部人生道路。他觉得他好像背负着整个民族的重托,曾经跌倒又爬起来,爬起来又跌倒,而终于挺胸走向即将来临的明天。他对自己的检验的结果并不满意,但还算坦然自若。如果说,在这以前,他有过忧伤,有过悲怆,有过烦躁,有过厮斗,而现在他的灵魂如此清澄,难道真像宗教徒所说的那样,从圣水中沐浴而出?这是何等的圣洁,何等的圣洁!他关闭了屋顶的大灯,打开了床头几上的绿灯。他一躺到床上就酣然入睡了,绿幽幽的光线射在他的脸上,那脸上有一抹婴儿般甜蜜的、沉静的微笑。一觉醒来,天已大明,"啊,不论怎样说,这个红彤彤新世界的开端,是今天。不是昨天,不是明天,而只有今天,今天,今天……"他心中不断地重复着这一个令人陶醉的字句,走上了天安门城楼。那是一条没有台阶,砖头缝里冒出青草的微陡的坡路,当他将要向上走时,忽然看见一位白发婆娑的老人,定睛看时,正是梁妈妈。他连忙抢过去搀扶她。她拿一只消瘦颤悸的手扶住他的手,挪步向上走。她的眼角上细细的鱼尾纹都喜得战颤开来,像绽开一朵花那样笑着,她亲切地跟他说:"孩子!咱们沿着一股道走呀走呀,总算走到了今天……"是的,他心里又响起那句话:"是今天,不是昨天,不是明天,而只有今天,今天,今天……"

今天,一九四九年十月一日,北京晴空万里,爽朗宜人。秦震把梁妈妈扶到城楼大殿里,去找个座位坐下,立刻有一个女服务员捧来一杯香茶,秦震托付她照料老人,自己走到城楼前沿那排汉白玉栏杆那里,这儿已经站满人,后面又不断往这儿挤。秦震向广场一望,不觉一阵惊喜,只见旗影翻翻,万头攒动。这是人海,海上有荡漾的波浪,飘逸的涛声。这时,说话声、走路声、嗡嗡营营响成一片,就像戏剧启幕之前,剧院里常常有的喧声。不过,这声音,在阳光照射下,显得慵懒、轻松,而又悦耳。倏然之间寂静下来,所有的眼睛都注视着城楼上。啊,来了,他们来了。秦震原来站在人丛中间,人群忽然辟开一条路,这条路刚好在他前面。他看见毛泽东和宋庆龄似乎彼此谦让,请对方先走,他们两人低下头在说一句什么话,而后向前走去。他们一个个都精神饱满,光彩焕发,而且,在那一瞬间,他们把光彩传给了大家,传给了城楼上以至广场上的每一个人,好像在说:"多么好呀!我们做了一件前人没做过的事,而且做得多么好呀!"秦震肃立着,朱德、刘少奇走过去,李济深、张澜走过去。他的心忽然怦怦跳动起来,他看见周恩来正轻松自如地笑着和人们点头、招呼,他那炯炯有神的眼光蓦地落在秦震的脸上,向秦震点头微笑——一股暖流缓缓地、轻柔地流过秦震的心田。领导人的行列加快了前进的速度,秦震只来得及注目而视,刘伯承、彭德怀、贺龙和陈毅在微笑地说着什么走过来了。他们都在汉白玉栏杆跟前,面朝着广场站立下来。

太阳洒着有如淡红色细细薄雾般的光线,照明了天安门上、天安门下的每个人的脸。当国家领导人出现在天安门上的时候,广阔大海般的人群中曾发出了一阵快乐的骚动。人们指点着、谈论着,但笼罩广场的庄严气氛,使这一阵轻轻的喧哗很快平静了下来。没有一点声音,人们只见到城堞上、广场上无数面红旗,给微风吹得波波拂动,像是发自地心和天穹的喜悦的微吟。

下午三点,庆祝大会开始了。从天安门下的金水桥一直到南面的箭楼,东面西面那各有三座拱门的红墙黄瓦的建筑中间,方方正正,密密匝匝地排满人群。人群那样严整、肃穆,似乎每一个人都在品味着自己一生中这一珍贵时刻。在万人瞩目之下,毛泽东亲手升起了人类历史上第一面五星红旗,这面五星红旗冉冉上升,鲜红、灿烂、辉煌,五星红旗像一束火焰随风飘荡,它在上升,全世界所有的苦难的与崇高的灵魂都在随着它上升,像太阳一下迸发出火热通红的生命之光,倏地把划时代的一页历书掀了开来,从此改变了人类的行程。《义勇军进行曲》从无数播音喇叭筒里,发出雄壮、明快、充满激情的声音,翻江倒海,旋卷沸腾。它使人想到我们从奴隶深渊中决然走来的时刻。"中华民族到了最危险的时候……"千秋万代,激励前进。而后,威严的礼炮声,震撼得大地隆隆轰响。

在全部过程中,秦震都以一个老军人姿态端庄肃立,浸透他身心的那种英雄的自豪感已经消失了,更高的一种东西,从整个中国的人民心中升起的一种博大宏伟的精神,像晨曦,像曙光,带着希望,带着力量,充满秦震的胸怀。

整个中国的大地和天空闪现出耀眼的红光,

从巍巍的珠穆朗玛峰,

从长江和黄河,

从古老的万里长城,

从亿万人民心灵深处，

迸发出一个声音：

"中国人民从此站立起来了！"

两行发亮的泪水顺着秦震的双颊流淌下来。

全世界的人们都以各种不同的态度，对待这一崛然兴起、无可否认的新生事物。莫斯科、平壤、新德里、开罗、纽约、东京、巴黎、罗马、伦敦的新闻社和报纸，都发出引人注目的消息和评论。多数是以真挚、同情、热切的眼光欢迎它。也有为数不少的人怀疑、观望，他们被旧观念束缚住，他们总以为一切现存的就是不可移易的，如果谁要改变它，就要像从前人们对待异教徒一样被认为大逆不道，而遭受诛戮。他们不理解，从原始人到现代文明的今天，人类正是经历了巨大的、痛苦的突破而得到飞跃的。还有第三种，是少数，但是是不可忽视的少数。他们震骇、愤懑、激怒、仇恨，他们闪着阴森森的眼光。他们知道，旧世界崩溃的裂痕，加深了，扩大了；他们知道，这小小婴儿必将成为巨人，因此他们已在构思把这新生儿扼死在摇篮里的方案和计划。这些方案和计划，这些"文明"的产物，后来有的实施了，有的被封锁在秘密档案库里。将来有一天如果公之天下，真相大白，将是研究人类发展史的重要资料。当然，生活，活泼生动的生活，不会按照这些人或那些人的意志而运转；但，所有的人都不得不承认，不管他是怀着欢乐承认，还是怀着痛苦承认。

黑暗的东方永远一去不复返了，

光明的东方开始阔步前进了。

自从《共产党宣言》宣告"一个幽灵，共产主义的幽灵，在欧洲徘徊"以来，人们创造了几个璀璨辉煌的日子。在这些日子里，中国的十月一日，是具有特殊意义的一个，因为它宣布了殖民主义的锁链一举被砍断，宣布了黑暗的东方涌出一轮红日。这一天，宇宙像发生了裂变,神的创世纪早已腐朽崩溃,人的创世纪正方兴未艾,人类向自由王国飞翔得更接近了。

当秦震从肃穆中惊醒,庄严隆重的阅兵式开始了。作为一个军人,他虽然没有跟随队列走过广场,但自觉地认为被检阅者中当然包括自己,而且包括在遥远的南方,攀过山崖、穿过密林、涉过河流、走过大漠,而一往无前、奋战不息的所有部队。是的,这里有陈文洪、梁曙光,有牟春光和岳大壮。广场上的欢呼声突然一下又静止下来。一辆黑色的敞篷汽车从天安门城门开出,驶过金水桥,进入广场,朝列队在广场外面的部队驶去。朱德站在车上,两手扶在玻璃风挡上边,车影渐渐远了,不见了。时间在前进,人们在等待,检阅车所到之处,远远传来战士们一阵阵欢呼声浪。不久,那辆黑色汽车在那红墙黄瓦凯旋门式的拱门口上出现了,汽车的速度加快了,汽车轮胎辗过广场的声音,好像奏过一种轻微奇妙的乐声。一瞬间,秦震的心飞向湘西,那儿的天空该也这样明朗吧!……是的,不会有风,不会有雨,不会,今天到处都应该是晴朗的。可是,他们在做什么?他仿佛看到他们在艰苦跋涉、挥汗如雨,弹火硝烟、冲锋陷阵……忽然,整个广场爆发出最热烈的欢呼声。"来了!我们的队伍来了!""来了!我们的队伍来了!"……头戴钢盔、手持冲锋枪的步兵,雄赳赳、气昂昂的骑兵、装甲兵、炮兵,当他们经过天安门前时,千万双眼睛,刷地转向城楼,那雄壮的脚步声,卡卡的马蹄声,隆隆的履带声、车轮声,像战鼓的轰响。忽然,一种震天撼地的声音突然从天而降,压倒了一切,所有人都举头仰望:是我们的战斗机在云端出现了! 在这隆重的场面中,有一个小小的欢乐的插曲。也许多数人早已把它忘得干干净净了,而有些人,比如秦震,多年以后讲起此事,却还是津津有味。事情是这样:当装甲车排着整齐的队列,进入广场后,其中一辆装甲车刚刚驶到天安门前面,忽然熄火不动了,全场的人一下都惊得目瞪口呆。就在这时,后面一辆装甲车突然急驶上去,一声冲撞,推起那辆熄火的装甲车驰去了。多么机敏的战士啊!这一下引起全场欢声雷动,人们把无限爱意和敬意投向那机智敏捷的装甲兵。秦震后来谈起此事,很有深意地说:"那正是刚刚诞生的国家的形象。现在,我们的卫星遨游九霄之上,我们可不能忘记当年那步履维艰的开端呀!"部队行列过完之后,热闹沸腾、欢天喜地的群众游行队伍像狂流急瀑涌入广场。天安门上、天安门下都在招手,都在呼喊,一种轻松之感弥散开来,好像人们从刚才那庄严肃穆之中一下解脱出来。人们纵情地跳,纵情地笑,好像黄河、长江都带着哗啦啦的漩涡与激浪涌到这里,从广场上漫漫流过,漫漫流过,充满着欢乐,洋溢着欢乐。当检阅队伍过完,庆祝大会宣布结束,天安门上的人渐渐退走了。谁知,尾声还未到来,一个更大的高潮又异峰突起,如果说前面的高潮是组织序列中的高潮,而这一个高潮是自发的高潮,由于它出人意料之外,就特别令人惊喜。从聚集在广场南部的观礼群众队伍那儿,忽然响起一阵骚动与喧哗,他们呼啦一下都拔起脚,挥着手,向天安门下奔来,黑压压一片,有如大海浪涛,掀起万丈狂澜,向前猛冲。他们拼命地呐喊着、奔跑着,挥舞手臂,摇动旗帜,你无法听清他们在喊叫什么,只听到轰隆隆的震响。人们呼啦啦跑过广场,跑过金水桥,一直跑到天安门城墙根下,仰脸朝向城楼,在蹦跳,在欢呼。从人隙里秦震蓦然看见毛泽东深受感动的面容,他从玉石栏杆上俯下身去不停地招手,通过扩音器传出他的声音:

"同志们好!"

下面就像海浪冲击着礁岩,发出有节奏的呼应声响。

毛泽东又喊:"同志们好!"

周恩来、刘少奇、朱德都在挥着手喊:"同志们好!"

…………

…………

突然,一阵抽泣的声音送入秦震的耳鼓,他寻声看时,是梁妈妈。这个劳碌一生,只有善良、仁慈与母爱的人,她经过那么多坎坷的道路,她瘦弱,但她坚韧,一直是那样昂首前行。这一刻,她觉得自己应该是城下的人群中的一个,和万众一起表示她的欢乐;她不应该在城楼上,她感到很不合适,很受拘束。忽然,一种强大的幸福的激情推动了她,她的白发微微拂动,她带着满脸泪痕,迟疑了一阵,终于勇敢地向毛泽东走去。她一下握住他的两手,把脸俯在他那宽厚的胸脯上,她像一个小孩一样耸动着消瘦的肩头,哭了。毛泽东弯下身躯,亲切地扶着梁妈妈的两臂,既恭敬又激动,周恩来在旁边,双目已经湿润了。周恩来凭他非凡的精力和超人的记忆,在很短的时间里对每一位代表都已了如指掌。他向毛泽东介绍:"这是梁妈妈!为革命牺牲了丈夫,又为革命培养出一个好儿子,他现在是师政治委员。梁妈妈在衰老之年,还参加了党,走上共产主义道路,坐过牢,受过苦,……"毛泽东仔细倾听,连连点头,他好像在抓牢每一个字,记下每一个字。这时,城楼下人声鼎沸,万众欢腾,原已从会场上散出,向东、西长安街走去的游行大队,听见了天安门前传来暴风骤雨似的呼喊,又像回涌的海潮,带着呐喊与欢呼,转向了广场。梁妈妈怕自己多占了大家的时间,她赶紧仰起身来,一手挽住毛泽东,一手挽住周恩来:"你们都好,你们都好,我就放心了。"天翻地覆一样的声音震聋耳鼓,毛泽东向着梁妈妈稍微斜侧了身子,弯下头来,俯在老人家耳旁说:"梁妈妈!应该我们问你老人家好!你是中华民族的脊梁,你是革命的好妈妈,人民的好妈妈,没有你就没有今天……"梁妈妈、毛泽东、周恩来都哽咽着说不下去了。秦震连忙上去搀扶着梁妈妈。周恩来叮嘱秦震好好照护梁妈妈,而后又跟上毛泽东,急步走向城楼前沿,向四下挥手呼喊了。

欢乐达到了顶点,欢乐达到了极巅。

秦震感到梁妈妈全身都在簌簌颤抖,她心里洋溢着青春朝气,但她毕竟年老力衰了。秦震连劝带说,扶她走下城楼,找到她的汽车,把她送上车去。

夜晚回到住处,秦震把十月一日这天穿的军衣脱下来,折叠得齐齐整整,然后小心翼翼地用一块包袱皮包好,准备让丁真吾去永远收藏起来,作为纪念。

是的,欢乐到了顶点,欢乐到了极巅。

第二十章 微笑的太阳

一

十月二日傍晚,秦震接到一个电话:

"周总理请你晚间两点到他这里来,到时有车来接你。"

这意外的约见使他陷入沉思。

是了解前线的情况?是询问黛娜的下落?是不是自己两次犯心脏病的事,传到总理那里来了?……

他踱来踱去,无法安宁,好不容易挨到下半夜。听见叩门声,他立即一跃而起,门开处,正是总理办公室派人来接他了。

他戴上军帽,匆匆走下楼来。十月北京的深夜,银河灿烂,秋风萧瑟,颇有凉意了。汽车从东交民巷拐上长安街,掠过天安门前。他看了看,路灯光下没一个人影。北京在热闹沸腾之后酣然入睡了,四周静得如此出奇,好像能够听到每扇窗口里微微的憩息。经过新华门,往右驰入府右街。这样长的一段路,就这样孤零零一辆汽车,带着碾过马路的轻微"咝咝"声,开进灯火辉煌的中南海西门。往北拐,沿着一条灯光黯淡、夜色甚浓的夹道,一直驶到北头。透过风中摇摆的树影,看见闪烁不定的灯光。车停在西花厅前,秦震走下车,立刻从树木的浓冽的清气中闻到一阵不知道是什么花的幽香。秦震知道下半夜总理办公,从约会的时间来看,总理是从紧张忙碌中专门抽出时间来会他。刚过了十月一日,就急迫地找了他来，他心下十分感动。他踏上几层汉白玉石阶，走过一座石砌的平台，四周异常地宁静，使他不禁放轻脚步。他走进西花厅，就有一个工作人员过来迎接他，小声说：

"总理请你到办公室去。"

他从灯光不甚明亮的前厅过去，走进总理的办公室。这是一间并不怎么宽敞的房间，办公桌安置在西面墙壁前面，那上面有一盏台灯，从绿色的灯罩下衬出的灯光也仿佛绿幽幽的，灯光照着正在伏案奋笔疾书的周总理。秦震一下站住了。这一瞬间，总理那被灯光照亮的侧影，给他留下永生不可磨灭的印象，一双浓眉下的目光凝聚在沉思之中。他是那样英俊而端庄，毫无倦意，生气勃勃，身上只穿着一件洁白的衬衣，微微敞开领口，自然潇洒。周总理听到脚步声，立即仰起头来，目光炯然一闪，咬字非常清晰地说道：

"请坐一下，我就完。"

随着作了一个手势，请他坐在紧贴办公桌前面一只圈椅上。

周总理显然在批改一件重要公文，他继续在摇动着毛笔，在斟酌，在书写。写完之后，又从头到尾看了一遍，随即招呼秘书进来，把文件交给秘书，郑重地说道：

"立即报主席审阅。"

而后，总理伸出左手，把摊在面前的一堆公文往旁边一推，好像是说：我暂时不处理你们了，我要专门做一件重要事情。这时，总理脸上出现了一片严肃的神情，站起来，绕过办公桌，从左面走向秦震，握住秦震的手，总理的手并不特别大，但握得很用力，从中传达过来亲切、热情、不安和关注。秦震局促地站着，两人离得很近，总理望了他一眼说：

"秦震同志！我请你来，是告诉你一个很不幸的消息……"

秦震整个心房剧烈震颤了一下，但他努力抑制住自己。总理

好半天没有说话,终于,他决然说道:

"我相信你承受得住,秦震。这是你、是我们全党的损失。你的唯一的女儿,唯一的亲骨肉,白洁,她牺牲了……"

后半句话的声音是凄楚的,总理说不下去了。

秦震整个身子微微摇动了一下。

总理像对自己说话:

"她牺牲得很壮烈,在我们国家的黎明刚刚到来的时候,她捐献出她年轻的生命。"

一股热流从总理心底涌上他的眼角眉梢,而后迅速展布全身。

"为了建设一个社会主义的新中国,你们一家人,你父亲,你母亲,……现在又加上白洁,你把能奉献的全部都奉献出来了……我代表党中央感谢你!"

这一次,总理展开双臂拥抱了秦震,而后,他扶秦震坐到椅上,自己轻轻转过身去,说:

"你哭吧!你应该为这样的好女儿洒一掬热泪!"

秦震没有哭。他身经百战、历尽险关,磨炼就一副坚如铁石的意志。不过,这巨大的悲痛来得太突然了。昨天他攀上了幸福的顶峰,现在又一下落入痛苦的深渊。这一刻,办公室里一点声息都没有,好像都在沉哀悼念。夜,这隐秘而幽静的夜啊!

二

这悲剧发生在万里之遥的湘西。

我西线兵团为了截断白崇禧西退之路,于九月十五日,从常德、桃源一线出动,克服高山纵横,溪流密布,怪石嶙峋,荒无人烟等种种困难,向南大举进攻。陈文洪、梁曙光率领部队担负主攻任务。牟春光所在的六连,时而翻山越岭,闯路前行;时而迂回包抄,阻击敌人。当他们必须攀缘一座人踪不到,鸟兽难行的险山峻岭时,深更半夜时分,风雨骤然而降。而牟春光这个前卫班,这时正在漆黑不见五指的悬崖陡壁之间,毫不停留地翻山前进。紫红色的电闪不断倏倏闪烁,带来一连串天崩地裂的雷鸣。牟春光趁着闪亮举首瞭望,但见前面全是半人高的荆棘,密不透风,无法通过。只见他猛然把手上的刺刀一挥,大声喊道:"同志们!披荆斩棘,开条路出来呀!"风啊疯狂地旋转着,雨啊横暴地倾泻着,好像这是一座巍巍神山,上有天兵神将,为有凡人竟要砍伐荆棘,开山辟路,把天险变为通途,而万分震怒起来。但是,人啊!你这无敌于天地之间的人啊!荆棘刺得两手鲜血淋漓,他们咬紧牙关,忍着疼痛,终于从荒莽中开出一条途径。当电光一闪时,人们看到牟春光一跃跳上最高峰顶,从而千山万岭,尽伏脚下了。六连一夜之间奔袭百里,格斗三次,突然出现在敌人正要炸毁的渡口,一声呐喊,抢下渡船,狠狠击溃了敌军。湘西敌人全线崩溃,所有部队都向湘、桂、黔三省门户的芷江逃窜。芷江便立刻成为我西线兵团的攻击目标。正好是在十月一日至二日间,展开了猛烈的一战。岳大壮所在的炮兵部队,为了炮击敌阵,在漆黑的夜晚,从凶山恶岭中抢入炮阵地,他们攀上了壁陡的万丈悬崖,从崖顶上拴牢一根大绳,战士们一个一个拉住大绳攀缘上去,当晨曦从天空落下时,一门一门大炮的炮口已对准了芷江城。新中国诞生的消息就在这时传到前线。陈文洪、梁曙光刚一走进指挥所的掩蔽部,一个参谋就匆匆跑来,气喘吁吁地说:"报告首长,有重要新闻广播!"他们就打开那架灰色美国军用收音机。陈文洪、梁曙光和一小群人屏息静气地站在那里,中央广播电台的广播,传来无法抑制的幸福而欢乐的声音,报导了新中国诞生的消息……梁曙光兴奋地抓住陈文洪的手,两个人的心一起跳动,他们觉得骄傲,因为他们将要以芷江前线战斗的火炮作为天安门礼炮的回响。一下静下来的时候,他们听到:"中国人民从此站立起来了!……"陈文洪这个素不外露的人,竟突然回转身和梁曙光拥抱起来,他抱得那样紧,使梁曙光全身疼痛,呀呀直叫。掩蔽部里所有的人都在拥抱、跳跃,大家涕泪纵横,忽然又笑声顿起。当梁曙光走到埋首抄报的一位年轻参谋面前,立刻放轻脚步,拦住陈文洪,对那参谋说:"注意!一字不漏,马上油印,发给每个战士一份……"陈文洪抢着说:"用红色油墨印,哎!得有个好标题!"梁曙光略加思索便说:"用芷江决战的胜利为国庆献礼!""好!"这是何等震颤人心的快乐呀……

梁曙光忽然用手指压着自己嘴唇说出一个字:

"静!"

收音机里广播出朱总司令发布的命令:

"……我向你们表示热烈的庆祝和感谢,但是,现在我们的战斗任务还没有最后完成。残余的敌人还在继续勾引外国侵略者,进行反抗中华人民共和国的反革命活动。我们必须继续努力,实现人民的解放战争的最后目的。我命令中国人民解放军全体指战员、工作员,坚决执行中央人民政府和伟大的人民领袖毛主席的一切命令,迅速肃清国民党反动军队的残余,解放一切尚未解放的国土……"

这是从苍茫宇宙中凝聚迸发的一股精神力量。当红油墨印的快报,传遍每一道战壕,传给每一个战士,它变成了摧枯拉朽的物质力量。

"中国人民从此站立起来了!"

炮兵战士喊着它放炮,

步兵战士喊着它冲锋。

战士们势如江河崩决,冲激而下,爆炸的火光的闪烁,燃烧的黑烟在飞腾。十月一日一举攻下芷江,取得了歼敌八千六百五十四名,俘获六千七百三十一名,毙伤四百二十七名,投降一千四百九十六名的胜利。

但,悲剧就发生在充满胜利欢快的时刻。

我军冲入芷江,截断了敌人退路。敌人特务机关对于这从天而降的袭击手足失措,无法转移,但他们嗜血成性,凶顽毕露,立即下了最后的毒手。他们本想把从武汉押解来的重要政治犯作为资本,在决定关头当作交换条件;不料灭顶之灾突然崩落,他们就想杀人灭口,斩草除根,于是将政治犯们从囚牢中驱赶出来。这些政治犯从黑暗中第一眼看到炮火闪光,由于强光的刺激,他们张不开眼,但听到了白洁的喊声:

"同志们!难友们!我们的大炮响起来了,他们来解救我们了,起来跟刽子手们拼呀!……"

炮弹的碎片冰雹般纷纷崩落,爆炸声滚雷般震颤着大地。白洁,不死的白洁,是多么欢乐呀!——她听到了平生最好听的音乐。在一片废墟旷场上,她们和特务们展开殊死的搏斗。那个残暴成性的特务头子奔到白洁跟前,从牙齿缝里发出冷冷的声音:"住口!我让你永远听不到炮声……"白洁已经褴褛不堪,白洁已经骨瘦如柴,白洁已经软弱无力。但她冷笑了一声,这一声笑,使那个特务头子心中一阵寒战,他血红的两眼一下瞪得老大。这时,传来解放军冲进芷江的号角声。白洁昂首挺胸,又微微一笑说:"你不让我听见炮声,我倒要让你听听呐喊……"这群褴褛的、欢乐的人们以巍巍泰山之势,一下奔向敌人,和敌人展开厮斗。那个特务头子狂舞两臂,声嘶力竭地喊叫着。一片爆炸声凭空而起,火舌倏倏乱飞,敌人的机枪扫射了。白洁拼命往前跑,拼命往前跑,她那单薄的身子已经像一枝风中芦苇,但她大踏步跑到人们最前面。她仰首向天,她那蓬乱的头发纷纷飘散,她伸展开两臂,挺起胸膛,护住身后的难友,——为了明天,明天的幸福、明天的痛苦、明天的眼泪、明天的欢乐,她用自己身子挡着敌人的子弹。这时所有政治犯都呐喊着,争先恐后,向前奔跑。机枪子弹像风一样嗖嗖扫射过来,硝烟像浓雾一样旋卷飞扬。有的人还没有跑到前面,就猝然倒下;有的人已跑到前面冲入火网。在这一刹那间,人们听见白洁用她那充满热情但已非常微弱的声音在呼唤,可是谁也听不清她呼喊的是什么了。

白洁胸膛弹穿数处,血流如注,她挣扎,她多么想挺立起来,但她的身体在剧烈地颤抖着……

当陈文洪率领战士冲到这片废墟旷场时,他突然一眼看到白洁。

"白——洁!……"

白洁回过头来看到陈文洪,她的两眼一下变得那样明亮。

陈文洪跑上去,她努力想跟他说一句话,但是她的生命之火熄灭了,只在脸上留下一抹微笑。

董天年乘着吉普车驶来,他一跳下车,就踉踉跄跄朝着一大堆烈士尸骸那儿跑来。他看见陈文洪跪着一条腿,用手抱着白洁。

陈文洪放平了白洁,站起来,没有做声。

董天年走过去一把抱住陈文洪,发出渗透人心的嘶喊:

"我来迟了一步!我来迟了一步呀!"

不,陈文洪没有来迟,梁曙光没有来迟,董天年没有来迟,历史也没有来迟。然而,不管打开前面的哪一扇门,总是带着血污和眼泪的……

梁曙光从口袋里掏出秦震留下的一封信,递给陈文洪,信上写着:

　　白洁!我亲爱的小女儿:我不能亲自迎你出狱,这是我一生中的一件憾事。我祝福你,祝福你和文洪!

董天年涕泪纵横,泣不成声,他站不住了。梁曙光和陈文洪抢上去,扶住了他。

三

深夜,西花厅总理办公室的灯光幽静、温馨。

一个人的心从体积上来说并不大,但它比宇宙还辽阔,比地球还深厚。它能够容纳下那么多无法容纳的痛苦,而又焕发出那么强大的耐力。秦震承受了巨大刺激,但他能够奋力自拔。

周恩来坐在办公桌后面沉默了好一阵,他似乎有意地给秦震一些时间,使他平静下来。台灯的灯光照着一桌之隔、相贴很近的这两个人。周恩来偶然看秦震一眼,他发现秦震一会比一会镇定,他终于缓缓地放低了声音,说道:

"这是董天年的电报,你看一看吧!"

"不,总理,我不看了。"

"秦震同志!白洁的牺牲,使我万分难过……"

总理抓住椅子扶手的两只手在颤抖。

秦震心里一阵疼痛,他发现总理一下变得那样憔悴、衰弱,不像昨天在天安门上,也不像前天在怀仁堂里,他那刮得发青的两颊仿佛瘦削了许多。秦震感到总理内心的煎熬,他很为此不安。总理!你太累了,他想向总理告辞,回去自己慢慢消磨痛楚。可是他刚刚站起来,总理立即向他投过电光似的一瞥,那意思是:我不能让你走,我要跟你一道度过一段难熬的时间……于是,秦震又退回到椅子上坐下。总理站起来,两只胳膊横抱在胸前,右手手指轻轻叩着左臂,他在沉思。而后,他慢慢踱起步来,脚步迟缓、沉重,好像他的思索愈来愈深入。走了几个来回,像突然下定决心,他快步走到椅前坐下。总理的面庞又投入台灯雪亮光圈之内,这时他的神态充满了爱,他要把自己内心的柔情向别人倾诉。他没有再看秦震,目光集中桌面,好像在说:——我不是说给你听,我只是心里这样想……他缓缓将两只手合在一起攥了一下,然后,把两只手掌舒开抚在桌面上:

"白洁牺牲了,你失去了一个好女儿,我也失去了一个好女儿。我在重庆见过她几次,在南京见过她一次……我说过:你一时之间见不到你的父母了,你就把我们当作你的父母吧!你有什么为难的事,就找我吧,只要能够办到的我一定办。可是,她给我留下一个深刻的印象,她从来没有一次为自己提过任何要求,她总是笑笑,像个小孩子一样。

"在那如临深渊,如履薄冰的日子里,她从来没说过一个难字。在重要关头上,她完成了几项别人难以完成的任务。她十年如一日,兢兢业业,忠心耿耿,她为革命立了功。可是她默默无闻。

"她是爱陈文洪的,不过,就连那一封信,也是我把她关在一间屋里,逼她写的……"

总理很久说不出话来,而后问秦震:

"你参加建立新中国有什么感想?"

"我们迈过了一个门槛,不只是从战争迈向建设,而是整整迈过一个世纪。可是,我认识这个门槛很不容易呢!"

"是的,你说得对。我们有许多同志在欢乐之余没有深思。今天,每一点胜利,每一份欢乐,都凝聚着无数人的鲜血和生命呀!只从一九二七年大革命失败算起,有多少默默无闻的同志……我们的新中国是在他们血肉之躯上建立起来的。谁忘记这一点,谁就是背叛。"

他的两眼炯炯一亮。

"一九四六年撤退之前,和白洁见了一面,谁知那次见面竟是永诀。

"她看见我桌上有一盆雨花石,她惊讶地看了我一眼说:

"'周伯伯,听说你是不摆小摆设的。'

"我纠正她:'这不是小摆设,这是雨花石。是从我们的烈士被屠杀的雨花台拾来的。你不要看这一块块小石头,它凝聚着千百个烈士的亡灵。'她很快领悟过来,从盆中挑了一块鲜红的说:'这里面留着鲜血,伯伯!把这一块给我吧,我希望我的热血也能染红国土。'

"'不,你该活着,你们年轻一代人要好好活着。为了理想的明天,明天是属于你们的,我们应该说:明天再见!'

"'好,那我们就胜利时再见吧!'她留给我最后的印象是乐观的……"

周恩来耸动了一下浓眉,他正在努力摆脱凄切的心境。他举起右手,做了一个向下劈切的手势,好像说:我们不再说这些,让我们换一个新的题目吧!他在椅子上挺了一下脊背说:

"历史有时就这样颠倒过来。从白洁的牺牲来说,现在是年轻人留下路,让我们年老的人来走完它了。"

至此,他怡然一笑,突然把上半身俯过桌面,凑近秦震的面孔说:

"我请你来,还要跟你商量一下,这路我们怎样走!"

秦震的思想、感情如长江流水滔滔向前。他意识到前一段谈话已经结束,而又不太明白总理最后一句话的含意。

总理说:"部队进展迅速,新解放地区交通很混乱,中央决定你到建设战线来搞一下子!"

"总理!还是让我打仗吧,这个行不好改啊。"

"是呀,谈了几位,都是一个调子。可是你刚才不是说要迈过门槛吗?这个譬喻很形象、很生动。我们新的国家诞生了,我们就要肩起重担。可是现在,疮痍满目,饥鸿遍野,几亿人嗷嗷待哺,难道我们能听而不闻,视而不见吗?!秦震!这是又一个战场,我要送你走上这个战场。"

两人聚首灯下,亲密交谈。

悲哀,伤痛,从秦震心上掠过,他眼前展开了一个新的领域,一个新的境界。周恩来声音沙哑低沉,一刹那间使人感到他肩上担子十分沉重。秦震被总理感动了,他被新的战斗号召鼓舞,昂奋起来了。他的两颊又恢复了红润的颜色,他的两眼又闪现出机敏的微笑。周恩来把右手支着下巴。"要建设一个国家,需要人手。不是几个、几十个、几百个,而是成千上万。我们上哪去找?"周恩来有一种魅力,他非常善于在从容交谈中把人推上一个航道。他从秦震的反应中得到慰藉,急速地说了这样一段话:"铁路是国家的命脉,它要是不跳跃了,国家就是一盘死棋。你看到那条外国新闻没有?那上面说:中共取得了军事上的胜利,可是在经济上他们要被压倒压死!你听听,这些洋教师爷又在给我们上课了,我们怎么办呢?他们出的题目是幸灾乐祸,我们的答案应该是让他们望洋兴叹!"周恩来哈哈笑了起来。这肃静而深沉的中南海之夜啊,这充满豪情壮志的笑啊。"让他们隔着大洋观望吧!有一天,我们建设个样子出来,还要请他们来指教呢!……偏见!偏见!几百年形成的偏见,总以为东方人是愚昧无知的。可是,人民中间有的是聪明、才智,如果历史做了第一次答案,现实就将做出第二次答案。"

秦震不再退缩,他希望快些知道让他做什么。

"让你去抓一下交通,无官无职,受政务院委托,直接跟我联系。"

"这……"

周恩来截断他的话,两颊颤动了一下。

"这次南下渡河不都是你亲自指挥的吗?"

"哎,总理,小河沟的泥鳅,可经不起翻江倒海呀!"

"你去试试,先理理顺,修通平汉、津浦两条路线。"

总理站起来,显然这问题就这样决定了。不过,总理在陪送秦震往外走时,又问:

"小丁(丁真吾不小了,两鬓也有了银丝。不过她参加革命时是小丁,老同志叫惯了,这小丁就不好再改了)怎么样呀?春天她跟蔡大姐来参加全国妇女代表大会的时候见过一面。你看她承受得了这沉重的打击吗?做母亲的,心不同呀,何况又是唯一的女儿,你是不是到哈尔滨去一趟?"

"不,真吾是坚强的,我相信她承受得起,她会知道怎样对待。总理!我看百废待兴,还是立刻上马吧!"

周恩来很欣赏秦震这种作风,就说:

"也好。"

"我只有一个请求,我得回部队交代一下。作为父亲,我想去看一眼白洁的坟墓,也许我太感情了!"

"我们共产党人是多情的而不是无情的,鲁迅不是有一句诗:'无情未必真豪杰'吗!"

周恩来一直送秦震走出西花厅。仰天看时,已是银汉渺茫,晨曦初上了。周恩来一直送秦震上车,举起右臂,殷殷告别。

四

下午,丁真吾从医学院下班回家时收到秦震的信。

自从在草地上流产后,她身体一直比较虚弱,她拖着疲惫的身子走向南岗喇嘛台附近一条小巷自己的住家。十月的哈尔滨已入初冬,残阳把她的身影拉得很长。她身材瘦小,由于头发过早灰白,将近四十的人,乍看上去像五十来岁的样子。她那线条分明的脸庞上,眉清目秀,英气勃勃。不过,今天,党委会开的时间太长了,她这个院长兼党委书记确实感到十分劳累。她走进那座红墙绿顶的俄罗斯式的洋房,她推开门,走进地板咯吱咯吱响的大厅,穿过一段小小回廊,走进自己的工作室。她摘下军帽,又从肩头取下灰布军用挂包,一起挂在衣架上。她多么想把身子投入松软的黑皮长沙发,靠一靠,歇息一下呀!就在这时,她看见桌上摆着一封信,她眼皮一掠就知道是秦震的来信。他们夫妇感情很深,什么事总是心心相印,意会言传的。她立刻迈着细碎的急步冲向桌前,一把把信抓起来,撕开信封,取出信纸……

她的脸猛然一下苍白起来。

她的瘦弱的身躯震颤了一下。

她两手紧紧抓住信纸,信纸发出簌簌颤抖的声音。

她读了一遍:

亲爱的真:

　　我们共同经历过很多苦难,承受过很多打击,但是在我们开始迈向老年时,我不得不写这样一封信给你。看至此处,不用我说,也许你已经明白。这么多年,你想念女儿,虽然你很少跟我谈起女儿,但我知道,作为母亲,你一直悬着一颗心,一直在默默地等待、期望。可现在,我不能不告诉你,我知道对你来说这是多么无情的打击。不过,真!正因为你是母亲,你以献出你唯一的亲生女儿而骄傲吧!……

她实在支持不住了,她一歪身几乎晕倒,连忙伸手抓住椅背,而后扶着紫色印花纸裱糊的墙壁,挪着沉甸甸的脚步,向窗下一只木椅走去。

她呆呆坐在木椅上,两眼凝注前方。

她想动一下,可是一点动弹不得。

她想哼一下,可是发不出声音。

干枯的树影在玻璃窗上慢慢移动,如此的寂寞、凄凉。

不知过了多少时间,她突然站起来,喃喃自语:

"我不信……这是不可能的……我不信。"

那声音是可怕的。她是母亲,她永远对自己女儿怀着痴情,她坚信有一天会见到女儿,抱住女儿,吻遍女儿,把人间至真至大的柔情给予女儿,连同自己生命,完完全全给予女儿。

多少年来她就凭这痴情的信念支持着自己。

她跟秦震的谈话中,曾偶然流露出对女儿深深的歉疚。她并不懊悔,但她觉得自己给予女儿的太少了。可是,这种母爱的流露,往往没有得到丈夫的注意,她也不再多说。因为她知道父亲对女儿爱得真挚,爱得深沉,她不愿因此引起他的痛苦。何况在频繁战争中,分别日久,见面时短,她怎能让丈夫带着凄楚去作战,如果是那样,她将无以为生。于是,在多少个不眠之夜,她独自承受着悲苦的悬念。只有母性,伟大的母性,才能这样长期地、默默地作出自我牺牲。而现在,突然之间,仿佛灵魂中的一座宫殿坍塌、崩裂、粉碎……这时,她像溺水者紧紧抓住一根芦苇——她知道那是无望的,但,她不甘心让希望就此幻灭。她又开了台灯,紧紧抓住信纸。灯光一下照亮了她,她苍白的脸颊泛出枯红——她在发烧啊!……她两眼急灼灼地,想从字里行间再寻求到一点点什么,哪怕就一点点……但她得到的是更大的失落,更大的悲痛。

真!现在由严素医生把一个小女孩送给你,圆圆是烈士的孤儿,无依无靠,孤苦伶仃。我们一定要抚慰她创痛之心,将她抚育成人。圆圆很聪慧,这小生命也许会给你带来一点安慰,一份激励。真!只要你想一想:普天之下,还有多少父母失去儿女,多少孤儿没了父母,你就不会停留在我们一人、一家的沉痛中了。真!你要坚强起来,这是我唯一的希望,也是我对你的信任。

她念着信里的话,她看到秦震期待的眼光。

"啾! 他们在哪里? 严医生、圆圆在哪里?"

她问过公务员,公务员告诉她,她们刚刚下火车,正在餐厅吃饭。

她宁静地转过身,两眼茫茫停留在一幅大海惊涛的油画上。你看那海,蓝色、白色,在旋转、在飞扬,那浪涛击碎在礁岩上,激起千堆飞雪,万朵白云。是的,她就置身在这旋转飞扬的大海里。

她不知不觉牙齿已经咬得嘴唇发白。

不知为什么,她又把台灯关闭了。

暮色通过玻璃窗浸透全屋,深蓝、淡紫、灰黑。窗外白刷刷的白杨树枝上还挂着几片凄零的黄叶。远处传来教堂的钟声。她的心随着那黄叶的战颤而战颤、随着钟声的沉落而沉落。草丛里透露出一只蟋蟀奄奄一息的哀鸣,好像在说:冬天来了! ……我将死了! ……

这是什么意思?

冬天,不,我们正处于春天。十月一日是我们伟大时代的真正的春天,可是她死在春天到来的时候。多可怜呀! 我的孩子……当丁真吾意识到一点希望也没有了的时候,她看见了真真。真真站在面前,好像就要张开口叫妈妈了。丁真吾痛哭了,她穿过朦胧的黑暗,走向壁炉前那个大黑沙发,她在沙发的一角坐下来,她一任眼泪漫流,陷入沉思。

思索是超光速、超音速的,她一下想了女儿的一生,女儿的一生也就是母亲的一生,不论距离多远、时间多久,母亲和女儿的生命总是紧紧胶合在一起的。

在北伐征途中,丁真吾牵着真真的手走,走累了,就把她背在背上走,她就在妈妈脊背上睡眠。小真真是聪慧可爱的孩子,在大人的革命生涯中,她养成了特殊的性格。她不懂得撒娇,不愿意啼哭,她像一个小大人一样关心母亲。有时由于工作紧张,回家太晚,真真就安安静静坐在小竹椅上等妈妈。孩子爱这把小竹椅,它像黄玛瑙一样有光泽,除了这把小竹椅她什么玩具也没有。丁真吾带着负疚的心情踏进门来,还没开口,就听见孩子说:"妈妈!我不饿,你累了,你先歇一会儿!"多少次,妈妈把孩子紧紧搂在怀里,流下眼泪:"小真!小真!妈妈对不起你!"真真含住一根小指头,瞪着乌黑的眼睛说:"妈妈有工作,我知道,妈妈有工作。"丁真吾哭得更厉害了。因为她确实觉得给予孩子的太少了。正是这种相依为命的生活,使得女儿更热烈地希望温暖,祈求幸福,不过,真真从来没有提出过孩子的奢望。小女孩是爱娇的,妈妈偶然带回几张红纸绿纸,她就用小手拿着剪刀,剪呀,剪呀,不知她剪的是什么。可能是她梦中的天堂吧?而当母亲回来时,常常发现她趴在桌上睡熟了。当然,生活的匮乏并不等于幸福的淡薄,母亲的血汁滋养着美丽的花,大家都说:"小真真可爱。""小真真漂亮。"那时,母亲的心灵里便充满了幸福。

现在看来,小真真的童年时代也是父母的黄金时代。不,他们一家人的黄金时代,应该是在延安重聚时,小真对父亲的爱好像是在那时觉醒的。哎,不,黄金时代还应该说是大革命的时候。是的,那时,秦震,真吾与父母相聚,有了一个美满的家。小真爱祖父和祖母超过爱父亲、母亲。因为秦震、真吾奔波劳碌,日夜不息,有时十天半月不见人影。祖父秦宙,祖母陈雪飞屡遭坎坷,历尽沧桑,两位老人把全部爱倾注在小孙女身上。小真真成为抚慰老人的一股爱的小溪,小溪发出明亮的波光,丁冬的响声,成为引起这个家庭欢笑的源泉。可是,这美好的时光多么短暂呀!眼看白色恐怖来临,风起了,雨落了,秦宙、陈雪飞先后被暗杀身亡。在祖母的追悼会上,小真真小脸发白发青,瞪着两颗大眼睛,捏紧小拳头说:

"我要报仇!我要报仇!"

形势急转直下。

那时真真还小呢,就和父母分手了,寄养在前辈友人白老先生家里。小真真从此改名白洁,成为白老爷爷钟爱的孙女。从那时,骨肉分离,漫漫十载呀!……

周副主席很关心白洁的成长,革命的骨肉要有革命的灵魂啊!一方面考虑白老先生的处境,一方面有利于日后在白老先生掩护下进行地下工作,一九三七年,她被送到延安求学。这事是严格保密的。在这种情况下当然不能公开他们父女母女的关系,只能避开人眼旦暗暗相会。真吾见到女儿长大了,开始她简直不认得她了,当她从她脸上找到那颗小红痣,她一把抱住她,泪如雨下。倒是女儿说:"妈妈,你不应该哭,你应该笑。你看,我高兴,我多高兴……"整整十年,真真长大了,她甩动乌黑发亮的短发,穿着不合身的、肥大的灰布军衣,但她全身上下洋溢着美丽的青春的光辉。母亲破涕为笑,父亲破涕为笑。延安,那是充满甜蜜与欢欣的地方。真真常常在夜晚溜到妈妈身边。妈妈跟女儿合睡在一个床铺上,通宵不眠,喁喁倾谈。那是缠绵而愉悦的时光,夏季土窑里发出泥土气息,冬季炭盆上散发着温暖。这一切,都比花朵、蝴蝶还美呀……真真的头发长长了,她学当时延安女孩子中流行的样式,梳起乌黑发亮的两根长辫子。她那纤细的腰肢,白嫩的面容,水灵灵的眼睛,母亲看着看着也爱得抱起她,亲吻她,连连说:"真真,你真美……你长大了!"是的,她好像一株小玫瑰花,沐浴着金色的阳光,呼吸着新鲜的空气,吸收着滋润的水分,在微风中轻轻摇摆。如果说丁真吾的母爱在婴儿呱呱坠地时已经开始,秦震的父爱在延安重聚时也强烈滋长起来。因为他以教育科副科长的身份,与白洁频繁地接触,几乎每天无数次在操场上、讲堂上相见。尽管在人眼面前只能相视而笑,但在个别谈话时,他说得很深、很广,谈人生、谈理想。秦震好像要补偿长期睽隔而产生的歉疚,他把他的全副心血灌注在她心田上。他深为女儿的悟性聪颖而高兴,常常急匆匆回到自己的窑洞,向丁真吾夸奖女儿。丁真吾艳羡他、嫉妒他,同时也从中得到绝大的安慰。真真也会在夜晚突然跑到父母面前撒娇,但在她的灵魂深处,已经升腾起一个庄严的意志和信念,她拥有了伟大的共产主义理想。

就在这时候,白洁和陈文洪相爱了。

为此,父母有过万种柔肠,千般忧虑。他们知道她终究要回到国统区去,秦震坚决要切断这种恋爱关系,他不愿女儿将来忍受爱情的痛苦;丁真吾却为女儿争辩,因为对妈妈来说,女儿做的事都是对的,不愿让她再受一丝委屈。让她回去,带着充实的爱情回去。为这事,秦震和丁真吾争吵过。

当白洁被调往特别训练班时,他极力说服女儿,而且想亲手斩断他们的关系。但是此刻他发现,陈文洪不但闯进了女儿的生活,也闯进了自己的生活了。古人说严父慈母,其实父爱何尝不震颤人心?秦震终于心软了。他想:他们的命运由他们自己去安排吧!未来属于他们,我何必患得患失,斤斤计较?这想法立刻得到丁真吾的支持,白洁和陈文洪又见面了。那天,秦震高兴地搓着两手,告诉丁真吾说:"两人谈得很好……"丁真吾斜了秦震一眼说:"我们当时喊:打倒封建,争取女权,现在难道说我们倒干涉起恋爱自由了?"秦震哈哈大笑,戏谑地说:"你把我当作封建专制的泥胎塑像了,好,你骂吧,骂个痛快……"秦震和丁真吾都感到快乐,因为获得了一种深刻的幸福才有的快乐。尽管从此白洁、陈文洪走上了一条漫长漫长的生离死别的道路,但那终究是充满希望的道路啊!连秦震和丁真吾的个人生活都由于有了这种希望而变得充实起来了。他们身单影只,孤苦两人,但一想到将来,将来,就有几分兴奋。将来是什么?陈文洪和白洁的团聚之日也就是他们做父母的幸福实现之时。民族,你这凝聚着几千年神魂的民族啊!历史注定你在血火中前进,在死亡线上新生,你的命运维系着亿万人的命运,就如同高山绵亘,大江奔腾。白洁、陈文洪,以至秦震、丁真吾的命运,都维系在这迂回曲折、起伏跌宕、刀光剑影的大搏斗里。是的,我们无愧于民族。我们搏斗了,我们胜利了,而她……她……却永远地没有了,永远地消逝了……

丁真吾整个心在剧烈跳动。她突然两手颤抖,跑过去,找出贝多芬的《英雄交响乐》的唱片,放在留声机上。她想用这像火山爆发一样的英雄的激情来医治自己的创伤。但,不行,从那宏伟博大的乐声里,她好像看见女儿像一只矫健的鹰在飞翔、飞翔,她还是在想女儿呀!

她突然忍受不住,一下把留声机关闭。

冷冷月光落在桌上,这时她才发现桌上还有一个包袱。她猛扑过去,"十月一日穿的衣服,永留纪念"。丁真吾感到了秦震的体温,闻到他的呼吸,感受到他的血的潜流,心的跳动。她一下把包袱贴在脸上,她号啕大哭了。

突然,门呀的一声打开一条缝,射进一线灯光,圆圆像一个小天使一样放轻脚步走了进来。

她看到了丁真吾悲苦的形状,她迟疑了一下,然后,突然伸开两条小胳膊,喊了一声:"妈——妈——"一下跑过去,扑到丁真吾怀里,丁真吾紧紧抱住了圆圆。

电灯一下雪亮,严素痴痴站在门口,嗫嚅地说:

"首长希望您保重身体。"

"不去说它了,我谢谢你……"丁真吾只顾抱住圆圆,亲着圆圆,喃喃叫着:"圆圆,亲爱的圆圆……"

历史,多么深情又多么无情呀!历史可以过去,岁月可以消失,但母亲撕裂的心是永远无法愈合的……

五

　　秦震一回到前线,整个心神就为纷繁的事务所占据了,他以惊人的毅力压制了巨大的悲痛,这是一个军人应该做到的,也是一个军人能够做到的。

　　当他踏入湘西境内,他的精神振奋起来,这一方面由于身在前方,同时也由于这儿的自然环境出奇的美妙,引起他的注意。从常德(古称武陵)沿沅江而上,走沅陵,过辰谿,到芷江,他仿佛走入一幅色彩鲜明、诗情浓郁的画幅。原野上纵横交错的碧蓝蓝的河流,疏密有致,楚楚动人。赤红的山坡,坡上长着密丛丛的橘林和油茶林,还有远处像一抹绿雾似的竹林。有一次,秦震跟吉普车一道过摆渡,清澈流水,一望见底。阳光透过水波,照着河床底下的雪白的玛瑙石子,日影粼粼,波光潋滟,秦震看了不觉神往。突然他仰头看见河上漂着几只细长的木船,船头上蹲着一排黑色鱼鹰。不知渔人做了个什么信号,就像河面上骤然腾起一片乌云,所有鱼鹰都展开翅膀向水里扎去。隔了一阵,又一只只先后钻出水面,十分温驯地把啄住的鱼送给渔人,但见锦鳞闪烁活蹦乱跳,然后欸乃一声,船儿又飘然浮去。更多的时候,秦震是坐在奔驶的吉普上,有时在挺拔峻峭的高山大谷中盘旋,山阴风冷,飒然拂至;有时又在肥沃的田野中飞掠,群山如黛,阳光似锦。有时,两旁苍山如壁,路边却是随山峡而曲折的溪流,但听得一线潺潺淙淙的水声,天籁寂寂,绿影幢幢。仰望那头顶上一条曲曲折折的蓝天,就像天上有一条静静的河流。黄昏落日,黎明晨光,都各有韵致,各极其美。银白色的月夜,竹林里不停传来婉啭鸟鸣。你迎着微风闻一闻,里面都饱含有泥土、树叶、野花、橙橘混合的香味。黑夜与白天之间,横亘着一条淡紫色的绦带。等到天空一片猩红发亮的时候,江上浮出各色样式不一的船舶。下行的船传来咿呀摇橹声,上行船则被一根根绷紧的纤索牵着。偶然有一只小船由头戴斗笠、腕摇银镯,胸前围裙上绣着灿烂花饰的年轻妇女划着,倩影横波,悠然来去。从辰谿以后,到了沅江上游,一面山林,一面江流;到了芷江,一个红色山头接着一个红色山头,蔗田遍野,甜香扑鼻。一只小小的翠鸟急急掠过水面,像个绿色流星倏然而逝。这一切一切都引起秦震心弦的震颤。当秦震享受到人生中最大的幸福、欢乐,又承受了人生中最大的灾难、悲痛之后,他像从一间昏暗窒息的屋子走到广阔原野上来,世间一切好像刚刚给清水冲洗过,那样光泽、那样艳丽。阳光比过去的显得更明亮了,微风更清爽,空气更新鲜,树木更茂盛,河流更澄澈。当他顾盼着这天天地地、山山水水,仿佛有一种声音在他耳边响起:我们的祖国从来就是美丽的,而现在她变得更美丽了。也就在这时,他眯缝着两眼,忽然想起了用指甲刻在泥土墙上的"白洁不死"四个字……一阵悲怆忍不住掠上心头。这已是沐浴在金色朝晖中的深情怀念。这也许就是秦震和丁真吾不同之处吧!他心中无法忘记女儿的死,不过他把悲痛压在心房的一个角落里。他一路上尽量浏览风物,指点江山,他觉得当一个人知道了他必须寄托的东西已经找到了寄托之所时,他就平静了,泰然了。

车子穿过绿茵茵草地,他的眼光霍然一亮:

"停下!停下!"

他跳下车,大踏步向草地上走去。

像绿色毡毯上飘来一阵霜雪,草地上开满一层雪白的野花。花朵细小,却一簇一簇开得丰满、茂盛。他弯下身来采撷野花,使他高兴的是,这野花是洁白的,白洁——洁白,这不别有一番深意吗?他闻一闻,只有一股淡淡清香。他手上已经采了一捧,仍然久久地环顾草地上的白色野花,依依不舍,缓缓走上吉普。

在长着两棵高大橡树的路口没有见陈文洪,秦震感到宽慰。他很想单独一个人和女儿相处,因此把出发时间提前了两个小时。他的车从路口拐上一片丘陵,而后在茂林修竹郁郁葱葱的小山脚下停了车,他挥退警卫员和司机,独自缓步走向一片碧绿森森的树林环抱的、朝阳的山坡上,在这里,他看到一座白色石碑,——就在这地下埋着自己唯一的女儿呀!……他轻轻地把一捧雪白的鲜花献在墓前。他像唯恐惊醒女儿,向后退了一步,站在那里,默默地看着石碑,……我没看到你,真真!既没看到你活着,也没看到你死去……一个战士的眼泪,一个将军的眼泪,一个父亲的眼泪,洒落在埋葬女儿的一抔黄土之上了。倾泻吧!古老民族的心灵里,痛苦淤积得太多、郁闷得太久了……让这一滴滴眼泪深深渗进土壤,好像白洁还活着,还能感受父亲泪水的爱抚,不,不可能了,永远不可能了。他再不能看见她的笑脸,再不能听到她的声音,再不能……真真!我来看你了,我就要走了……留下你一个在此地……秦震仿佛忽然听到一阵声音,他有点惊异。然而,一切声音都听得见,只有心声听不见,那就让它沉默吧!……树叶在微风中簌簌微语,可是,秦震却什么也没有听见,他只觉得这里什么声音都没有……

不是声音,是感觉,渐渐他觉得他身边多了一个人。

他知道是陈文洪来了。

不过,他没有动,他不想动,他不能动。

难道还有什么话要同陈文洪说吗?此时此刻又有什么方法能表达自己的心意呢!等眼泪干了,他慢慢转过身来。那动作好像说明他不得不如此做才做的。可是,陈文洪默默忍耐,不愿触动老人。从一见面起,他就觉得秦震真的衰老了。他的感觉是对的。老年,往往不一定是从某一年龄开始的,而往往是从一次不幸遭遇,一次命运的打击开始的。乍看起来,秦震还是精力旺盛、体力充沛,其实,从得到女儿噩耗那一夜,他就开始步入老年了。这种老,并不表现在霜白的鬓角,而潜藏于偶然一瞬的神态之中。秦震不愿给人留下苦寂的印象,他努力振作精神。但像陈文洪这样亲近的人还是会感觉到他的衰老的。

陈文洪喔嚅地说:"我一点也不知道她是你的女儿……"

"那都是一样,十年忠贞,你们总算一朝相见了!"

他望了陈文洪半晌,他的手颤抖着从自己贴身口袋里取出一张被日月磨蚀得发黄的照片,递给陈文洪:

"这是白洁小时的照片,你永远留念吧!……"

一阵汽车马达声,董天年为首的兵团首长们都来了。董天年大踏步径直走上山来。他的一只单袖筒在不断飘动,他跟秦震说:

"这几天你一个字也不提白洁,你一个人走到这儿来了,我理解你的心情……"

他握着秦震的手掂了掂,好像要掂掂他的手有多少分量,而后说道:

"疾风知劲草。天上起了疾风,白洁就是劲草,我们呢?我们算什么呢?"

他谁也没看,肥胖的身子转了一个圈,像等候着一个回答,最后还是他说:

"秦震!你是重任在身,心如火燎呀!我们留也留不住你了。"

"我希望我能当个合格的后勤。"

秦震就要离开前线了,一生戎马,一旦抛离,心中实在难舍难分。董天年敏锐地感觉到了这一点,他把一只独臂用力一挥:

"分什么前线后勤,哪里都是前线,我问你打算从何着手?"

"先抢修从武汉到长沙到广州的铁路!"

"好,那就让我们在广州再见吧!哈哈,历史转了一个大圆圈,我们从广州出发,又回到广州来了,这不该是巧合吧?不,不,偶然中的必然,必然中的偶然,这就是历史的辩证法。"

"董司令!我也想过这问题。"

"过去的不要管了。历史不是原地踏步,而是螺旋形前进,它在新的时代又提出新问题。"

董天年威严地眯起两眼,闪出针尖似的光芒:"不过历史是不会衰老的,一个新的时代是从过去的时代延伸而来的,过去时代的奋斗精神在新的时代里还是巨大的动力。今后要建设了,建设难道不一样需要我们民族那种坚韧不拔的美德吗?这些天,我常常想:胜利!胜利!每一寸胜利都是用生命换来的呀,这一点不能忘掉,我们过去是创造未来,今后还是创造未来,创造未来意味着什么?……未必就没有艰难险阻吧!我们面前永远有困难待我们去克服。现在还是说说你吧!你到你新的工作岗位上去,人地两生,谈何容易,这不就是困难吗?你带几把手去吧,兵团的、军的、师的,由你挑!"

秦震立刻想到陈文洪、梁曙光,还有那个张凯。不过他还是说:

"不,我从来不带自己的人到新工作岗位的。"

"那也好。"

这位世事练达的老人,有点诡谲地放低声音,两只笑眼,瞅着秦震:

"我再叫你一声秦副司令员!一个革命的人一生都处于激流中呀!你明白吗?"

"明白。"

"那就看你是勇进还是勇退?就在一刹那,做出决定常常就在那一刹那。"

秦震一下充满活力,眼光明亮。董天年随即伸出一只独臂抱

住秦震的肩膀。他们一面说,一面走下山坡,走向停放在那儿的吉普车。秦震一一握手,告别众人。董天年瓮声瓮气猛然喊道:

"好哇,开航吧!我祝你一路顺风,万事如意。"

一股恋恋之情冲上胸膛,秦震和董天年紧紧拥抱,董天年不觉洒了几滴泪水,于是嘟嘟囔囔说:

"老了,就是这样容易动感情。不过,没想到你的女儿会埋葬在这遥远的远方。"

"不,这是我和丁真吾的故土,也是白洁的故土啊!"

董天年重重推了一把,把秦震推上车去。

秦震几次回身挥手,董天年目送两辆吉普远去,远去,最后,变成两个小黑点,消失在茫茫天地之际。他还兀自站在那里自言自语:

"一把好手啊!他到哪里哪里就会出现新面貌。"

尾　声

　　若干年后,秦震的头发完全白了,由于长期奔波野外,脸晒得黑里透红,童颜鹤发,更加健硕了。他刚刚在长江上游参加一项勘察工作,又赶往长江下游参加一个现场会议,乘轮船经过武汉。

　　他多年未到武汉,多想再一睹风采呀!可是,还不到武汉,天就黑下来了。谁知,正是武汉的夜晚,使他目不暇顾,心神迷醉。他一直站在轮船甲板上,忽然从极遥远的地方看见一点金光,不知是什么。江风峭劲,波浪滔天,船在不断颠簸起伏,因此那亮点也时隐时现。他依然保持着军人风度,站得稳,挺得直,江风把敞开的风衣吹得向后披拂。那一点金光变成一簇闪光,随着轮船距离愈近,能见度愈大,秦震仿佛一下进入虚幻的、缥缈的神话世界。啊,近了,近了,看清了,看清了。那是长江大桥,千万盏明晃晃的灯光,灿如群星、艳似云霞。这庄严、这瑰丽,使秦震一下想到当年江上大桥爆炸燃烧的情景。今昔对比,看我们把个新世界已经装点得多么美丽了。轮船引吭长鸣穿过桥下,停泊码头,装煤加水。秦震看看手表已经是夜间一时了,这时月明星稀,秋露正浓。秦震颇觉寒意,便缓缓走回舱内,他坐在沙发上,全身感到困乏。但是,不知为什么,他总觉得他在武汉这个地方有什么牵挂,一时又想不清,因此挣扎着不想瞌睡。渐渐,他觉得江浪拍船的声音隐约可辨,周围出现了一些模糊的影像。慢慢定睛看时,忽见白洁从大江之上缓缓走来……是的,是她,是白洁。她向前伸展着两臂,她是那样陶醉、那样舒畅,她飘飘而至,恍惚不定……秦震很想拉住她的手,但自己的手怎样也够不着她。忽然之间,白洁又向远处飘然而去了。秦震心中一急,便一惊醒来,蒙眬中还在想着:"白洁到哪里去了? 白洁到哪里去了?"……只见四周灯影荧然,渺无人迹。他靠在沙发背上,无限惊异,无限惆怅。他站起来,走出舱门,黎明的江风猎猎拂面,原来轮船不知何时已驶离武汉,正在浩荡东去的大江上顺流而下。他走到前甲板上,扶栏而立,向东眺望。但见清冷的晨曦之下,簇拥着墨蓝色的云霞,从中透露出几小片红光,红得透明,红得发亮。然后,这几片红光扩大、溶化、显现,一轮带着火、热、生命、光明的红日,突然飞跃而起,金光闪闪,灿烂夺目。

是的,

白洁在那里,

白洁在那里,

白洁在太阳光里微笑,

白洁在太阳光里微笑,

是的,如果说大自然创造的太阳光华、美丽,那么,人创造的太阳就更加光华、更加美丽了。

附　录

病中答问

时间:1991年3月9日午后
地点:白羽书房

记者:白羽同志,您的《第二个太阳》荣获本届茅盾文学奖,报社领导和同志们委托我向您表示祝贺!

白羽:谢谢你们,谢谢大家!

记者:《文艺报》打算辟出专门版面,请这次的获奖作家们提供一组笔谈,您看——

白羽:我正在病中,不能动笔。你看我们是不是换个方式,你问我答?随想随讲,精神压力也小一点。

记者:那么,就请您先谈谈对这次获奖和评奖活动的感想好吗?

白羽:正在病中,很突然地得知了获奖的消息。写《第二个太阳》,是出于我对创建新中国这一人类创举的人们的深沉的爱。我很高兴我的这种感情获得了鼓励。这不是对我个人的奖励,而是对那些为创建新中国付出了生命、抛洒过热血的死者和生者的纪念与安慰,这是我对自己获奖的最主要的心情。我希望有更多更好的作品描写这一题材,它们将会代替我的作品。

开展文学评奖活动,是培养作家、促进文艺创作、繁荣社会主义文学事业的一种方法。中青年作家大都创作力旺盛,是决定着文学的今天与未来的一支重要的创作力量。所以,我认为评奖和获奖的机会,应该更多地提供给他们,要设法鼓励他们写出更多的好作品。我衷心希望二十一世纪中国文学能创造高峰,为人类文明作出贡献。

　　记者:《第二个太阳》问世以来,评论家们已经发表过文章。现在,可否请您谈谈这部小说的创作过程和艺术追求?

　　白羽:写这部小说,是我一生的愿望;也可以说,是实现我一生的愿望。

　　《共产党宣言》的发表,是人类发展史上一个大转折点;在共产主义真理之光的照耀下,有三个伟大的日子,那就是:巴黎公社起义、俄国的十月革命和新中国的诞生。尤其是我们的十月一日,这是一个伟大突变、伟大壮举,从此改变了世界的格局,为被奴役的殖民地人民打开闸门、展开新路。在第一个"十一"的前夕,我参加人民英雄纪念碑的奠基礼,当时我流出了热泪:新中国是无数烈士用鲜血、用生命筑成的呵!何其芳同志在第一届政协会上找到我,要我为《人民文学》创刊号写稿。我在会议间隙中写了《火光在前》这部中篇。写完之后我并不满足,因为它远没有把创建新中国的深沉内涵充分表达出来。我曾想再写两个中篇,连同《火光在前》合并成一个长篇。这中间经过三十多年思考,特别是"文革"的七年禁锢之中,我认识到另外写一个长篇才能完成我的文学创作艺术的使命。

　　这个题材太大了,所以很难写好。怎样艺术地表现它,而不是仅仅写出创造十月一日的历史过程——这是我写《第二个太阳》的一大难题。丁玲同志得知我要写一部长篇小说之后,两次对我说:长篇小说,还是写二十万字到三十万字为好。她给我很大启发:她这么讲,难道只是一个字数问题?不,是精炼问题。所以,在构思的时候,我决定把一九二七年到一九四九年的革命史浓缩在短短的几个月之中。因为,我认为文学的任务,不是写战争过程,而是写人,是着力描写创造了我们的十月一日的几代人的心灵、命运、悲欢离合。当然,这样的设计,采取"战壕文学"的写法就不够了,而需要上及中央、下到火线,才能适应历史的深度、题材的阔度!这就注定了要写我军的高级将领。可这也正是我多年想做的艺术尝试,想开拓的艺术领域。我经历过多年的革命战争,熟悉众多的革命将领;而他们每个人的身世,就是一部活生生的悲壮的历史!这就是我为什么在写《大海》之后,才着手写《第二个太阳》的必然的艺术联系。

我用武汉战役展开笔触,不光是因为我亲身参加了这一战役,更重要的是,每向武汉接近一步,就引起我内心的激动,因为武汉,是一九二七年大革命失败时期革命先烈的一大屠场,后来创建的苏区也是在它的外围地区。后来,红军正是从这里走向北方,而现在终于胜利地回来了,这时他们心中会有多少感触啊!写出这时他们的心灵,他们的感情,将展现多么丰富、斑斓的艺术空间呵!所以,我把解放武汉的指挥员和战斗员,确立为作品的主要人物,并且用他们的身世、他们的悲欢离合,连接和折射二十多年的革命历史。

周总理,虽然只在作品的一首一尾正面出场,但他却如一条红线,贯通全书,关系着几个主要人物的命运。

白洁这个人物,既是作品三个主人公秦震、丁真吾和陈文洪的命运和情感的纽带,她的命运,又是我为作品设置的一种悬念。我把她的牺牲一直保持到"十一"之后,在欢乐达到高峰时,一下落下来的却是一个巨大的悲剧,这不仅是为了追求"大喜大悲"的审美效果。我觉得,只有这样,才能表达创建新中国的死者和生者的内在深情。——事实上,只有如此,才合乎历史本质,在创造新中国这个光辉的日子里,含有多少悲惨的灵魂的颤抖呀!为了表现人的内心的真实,我通过秦震的妻子丁真吾,宣泄了最大的悲哀、沉痛,因为只有母爱才能完成这一艺术使命。请想一想,难道只是一个丁真吾吗?……不,千家万户,千家万户呀!可是在丁真吾濒临绝望之境时,从战火中抢救活下来的小女孩圆圆一下出现在她面前,丁真吾抱住了她:失去了自己的亲生女儿,而抱住一个代表着未来新世界的"小精灵"。

为了把这样沉重的历史沧桑,包罗在三十万字篇幅之中,我在《第二个太阳》中必须尝试新的艺术结构、新的艺术创造。当然,我未必达到了我预期的效果;同时,由于力求篇幅短、结构紧凑,有些地方,笔墨不够舒展。因此,如有何可取之处,我只求自己的这一次小小的尝试,能够为同行们写出更辉煌的作品提供前车之鉴。

记者:《第二个太阳》是一部革命历史题材小说。这一题材的小说创作,在五六十年代曾经取得辉煌的成就;新时期以来却总显得未臻人意。对此,您能否谈一谈?

白羽:我也听到"五老峰"这一类非议。我不同意这样来概括五六十年代革命历史题材小说创作的成就,以及它们对于目前文学创作的影响。当然,在军事文学创作方面,确实存在必须突破、必须创新的问题。例如,在艺术上,停留于写事件、写过程,而没有深入历史、深入时代,特别是深入人的灵魂。我认为,军事文学现在还残余着概念化问题,必须突破概念化。文学是人学,这句话,既是艺术哲学的概括,必定也是创作实践的导向。文学诉诸感情,不能打动人,就不成其为文学。所以,革命历史题材,军事战争文学,同样要着重于刻画人,写人的心灵,写人的命运,写人的悲欢离合。我觉得《战争与和平》是永远值得借鉴的。如果托尔斯泰只写库图佐夫和拿破仑两军对垒,而不将安德列三个家族的命运贯穿其中,那就不能写出伟大的俄罗斯民族精神、时代精神,那就不能成其为艺术。也许有人会说,《三国演义》不是写三方对垒的过程吗?这也是我们的文学传统呀!我不这样看,不信,你对照一下陈寿的《三国志》,就拿曹操这一个典型人物为例,就能知道《三国演义》有多么大胆的艺术创造、想象和虚构!一切都照实写,那是摹仿而不是艺术。

要看到我们的优势:为创建新中国,我们打下二三十年的仗,这在世界上是独一无二的,这是文学创作的丰富的矿藏。从事军事文学和革命历史题材创作的同志,大多有长期的军旅生活经历。生活底子厚,自然能写出好作品来。心中有数,写起军人来,就不会只写他们站在地图前指指点点,如此而已。事实上,他们是最美的灵魂,他们心中有喜有悲,有爱有恨;在战争这个"大舞台"上,只有靠这些人的命运,才写得出"好戏"!总之,革命历史是影响造就我们后代的非常丰富的宝库,现在不是写得太多,而是写得太少,应该写得更出色、更光彩!

未来的文学之路,主要靠中青年作家开辟。他们也必定能写出更多的优秀作品。这一点,我很有信心。我相信,中国能在毛泽东军事思想引导下取得革命战争的胜利,也必然能在毛泽东文艺思想引导下取得社会主义文艺创作的胜利。

记者:最后,可否谈谈您目前的创作情况?

白羽:《第二个太阳》,由于酝酿了多年,所以只用了八十多天,就完成了初稿。现在,我年事已高,身体状况大不如前,也许不允许我再写一部巨大构思的长篇小说了。从一九八八年开始,我一直在写一个散文系列《心灵的历程》,用散文的形式记述我的生活。到目前为止,我已写完一百一十多篇。不过,才写到解放战争时期,后面的经历还很多,恐怕还要写百来篇。算下来,总的篇幅要超出《第二个太阳》一倍以上。现在有病,动不得笔,只有待痊愈了继续完成这个散文系列了。这一次获奖,对病中的我,对我进行着的创作,都是一种振奋和鼓励。

载《文艺报》1991 年 4 月 6 日